HARLAN COBEN

Né en 1962, Harlan Coben vit dans le New Jersey avec sa femme et leurs quatre enfants. Diplômé en sciences politiques du Amherst College, il a rencontré un succès immédiat dès ses premiers romans, tant auprès de la critique que du public. Il est le premier écrivain à avoir reçu le Edgar Award, le Shamus Award et le Anthony Award, les trois prix majeurs de la littérature à suspense aux États-Unis. Il est l'auteur notamment de *Ne le dis à personne...* (Belfond, 2002) qui a remporté le prix des Lectrices de *ELLE* et a été adapté avec succès au cinéma par Guillaume Canet.

Il poursuit l'écriture avec plus d'une quinzaine d'ouvrages dont récemment *Sans laisser d'adresse* (2010), *Sans un adieu* (2010), *Faute de preuves* (2011), *Remède mortel* (2011) et *Sous haute tension* (2012), publiés chez Belfond. Ses livres, parus en quarante langues à travers le monde, ont été numéro un des meilleures ventes dans plus d'une douzaine de pays.

Retrouvez l'actualité d'Harlan Coben sur :
www.harlan-coben.fr

FAUTE DE PREUVES

HARLAN COBEN

FAUTE DE PREUVES

Traduit de l'américain
par Roxane Azimi

belfond

Titre original :
CAUGHT
publié par Dutton, a member of Penguin Group
(USA) Inc., New York

Pour Anne
De la part du type le plus chanceux du monde

Prologue

JE SAVAIS BIEN QUE SI J'OUVRAIS CETTE PORTE ROUGE ma vie basculerait.

Pourtant, le mélo, les mauvais pressentiments, ce n'est pas trop mon truc, et à vrai dire cette porte rouge n'avait rien d'effrayant. Une porte tout à fait banale, quatre panneaux en bois, le genre qui monte la garde devant deux maisons sur trois, avec peinture écaillée, heurtoir que personne n'utilise jamais et bouton imitation cuivre.

En m'approchant dans la lueur blême d'un réverbère de cette ouverture semblable à une gueule béante prête à m'engloutir, je ne pouvais me défaire d'un sentiment de malaise grandissant. Chaque pas exigeait un effort surhumain, comme si je marchais non pas sur du bitume craquelé, mais sur une dalle de ciment encore humide. Tous les symptômes de détection d'un danger imminent étaient affichés. Frissons le long de l'échine ? Cochez la case. Poils hérissés sur les bras ? Ouaip. Picotements à la base de la nuque ? OK. Cuir chevelu qui fourmille ? Affirmatif.

La maison était plongée dans le noir, pas la moindre lumière. La bâtisse elle-même manquait totalement de caractère. Cela me gênait, allez savoir pourquoi. Qui plus est, elle se trouvait coincée au fond d'un cul-de-sac, tapie dans l'obscurité comme pour décourager les intrus.

Je n'aimais pas ça.

Cette histoire ne me plaisait guère, mais c'était mon boulot d'aller me rendre compte sur place. Quand Chynna avait appelé, j'étais avec mon équipe de basket poussins. Mes mômes, issus comme moi de l'Assistance publique (nous nous surnommons les Zépa, abréviation de Zéro parents... humour de bagnards), avaient réussi à gâcher leurs six points d'avance dans les deux dernières minutes de jeu. Sur le terrain comme dans la vie, les Zépa ne sont pas au top quand on leur met la pression.

Chynna a téléphoné au moment où je rassemblais mes ouailles pour le débriefing d'après match, composé d'aphorismes tels que « Bon travail », « On les aura la prochaine fois », « N'oubliez pas qu'il y a un match jeudi », et se terminant invariablement par la superposition des mains, suivi du cri de motivation : « Défense ! », peut-être pour conjurer le fait qu'on n'en avait pas.

— Dan ?

— Qui est à l'appareil ?

— C'est Chynna. S'il te plaît, viens.

Sa voix tremblait. J'ai donc congédié mes joueurs et sauté dans ma voiture sans prendre le temps de me doucher. À la sueur du gymnase se mêlait à présent celle de la peur. J'ai ralenti.

Que m'arrivait-il ?

Pour commencer, je ne suis pas bon à grand-chose quand je me sens moite et poisseux. Mais Chynna avait insisté. Supplié même. « Avant qu'il y ait du monde à la maison. » Du coup, j'étais là, face à cette porte, avec mon tee-shirt gris noirci par la transpiration et qui me collait au torse.

Comme la plupart des jeunes dont je m'occupe, Chynna avait de gros problèmes, et c'était peut-être cela qui avait déclenché le signal d'alarme. Je n'avais pas aimé le ton de sa voix au téléphone, et la tournure des événements ne me disait rien qui vaille. Inspirant profondément, j'ai jeté un coup d'œil derrière moi. Au loin, j'observais les signes habituels de la vie de banlieue le soir – lumières dans les maisons, reflets bleutés d'écrans de télévision ou d'ordinateur, portes de garage ouvertes –, mais, dans l'impasse, pas un bruit, pas un mouvement, juste le silence et l'obscurité.

Mon téléphone portable s'est mis à vibrer, et j'en ai presque fait un bond. Ce n'était pas Chynna comme je l'avais espéré, mais Jenna, mon ex-femme.

— Salut.

— Je peux te demander un service ? m'a-t-elle dit.

— Je n'ai pas trop le temps, là.

— J'aurais besoin d'un baby-sitter pour demain soir. Tu peux venir avec Shelly, si tu veux.

— Shelly et moi, ça… euh ! ne va pas très fort.

— Encore ? Pourtant, c'est une fille géniale.

— J'ai du mal à garder les filles géniales.

— Comme si je ne le savais pas.

Jenna, ma jolie ex, était remariée depuis huit ans à un respectable chirurgien nommé Noel Wheeler. Noel travaille comme bénévole pour notre association. Je l'aime bien, et il m'aime bien. Il a une fille d'un premier mariage, et Jenna et lui ont une petite Kari de six ans. Je suis le parrain de Kari, et les deux gamines m'appellent oncle Dan. Je suis le baby-sitter attitré de la famille.

Je sais, tout cela regorge de bons sentiments, mais dans mon cas précis nécessité fait loi. Je n'ai ni parents, ni frères, ni sœurs, par conséquent, ma seule famille, c'est mon ex-femme. Les mômes dont je m'occupe, pour lesquels je me bats, sont toute ma vie, pourtant, au fond, je ne suis pas certain d'être utile à qui que ce soit.

— Allô, Dan ! ici la Terre, a dit Jenna.

— Je serai là, lui ai-je répondu.

— Six heures et demie. Tu es un amour.

Elle a envoyé un baiser dans le téléphone et raccroché. J'ai contemplé l'appareil en repensant au jour de notre mariage. J'avais eu tort de me marier – j'ai toujours eu tort de vouloir me lier intimement avec quelqu'un, seulement voilà, c'est plus fort que moi. L'adage selon lequel il vaut mieux avoir aimé et perdu ce qu'on a aimé que ne pas avoir aimé du tout ne s'applique pas à moi. Notre ADN, à nous les humains, nous contraint à reproduire toujours les mêmes erreurs, et seuls les chats échaudés craignent l'eau froide. Je ne suis qu'un pauvre orphelin qui a grimpé les échelons pour devenir l'un des meilleurs produits d'une université prestigieuse, mais qui n'a jamais pu se débarrasser de ce qui compose sa nature profonde : je suis un solitaire qui n'est pas censé être seul.

Nous sommes le rebut de l'évolution, Dan...

Mon « papa adoptif », prof d'université, aimait à philosopher.

Réfléchis deux minutes, Dan. Qu'arrivait-il aux meilleurs d'entre nous jusqu'au siècle dernier ? On les envoyait se faire massacrer à la guerre. Et qui restait à la maison pour assurer la reproduction de l'espèce pendant que la fine fleur de la nation mourait sur les lointains champs de bataille ? Les faibles, les malades, les boiteux, les tordus, les lâches… bref, la lie du genre humain. C'est de cela dont nous sommes génétiquement issus, Dan.

J'ai zappé le heurtoir et tambouriné légèrement à la porte. Qui s'est entrouverte en gémissant. Je ne m'étais pas rendu compte qu'elle était entrebâillée.

Ça aussi, c'était inquiétant.

Quand j'étais môme, je regardais souvent des films d'horreur à la télévision alors que je détestais ça. Je détestais les choses qui me sautaient dessus et je ne supportais pas toutes ces effusions d'hémoglobine. En revanche, les réactions prévisibles de la bécasse d'héroïne m'emplissaient de joie. Ces scènes où ladite bécasse frappe à la porte, la pousse doucement, alors qu'on lui crie : « Sauve-toi, espèce de bimbo court-vêtue », ça ne loupe jamais : deux minutes plus tard, le zombie lui ouvre le crâne et lui boulotte la cervelle.

Je ferais bien de partir, tiens.

Et j'allais le faire. Mais j'ai repensé au coup de fil de Chynna, à ce qu'elle m'avait dit, au tremblement de sa voix. J'ai soupiré et, approchant mon visage de l'ouverture, risqué un œil à l'intérieur.

Tout était dans le noir.

— Chynna ?

L'écho a ricoché sur les murs. J'ai poussé le battant, me suis hasardé dans le vestibule…

— Dan ? Je suis là. Entre.

La voix était étouffée, lointaine. Ça aussi, ça ne m'a pas plu, mais il était trop tard pour reculer. Toute ma vie, mon indécision m'a coûté cher, et là je savais ce que je devais faire.

Je suis entré et j'ai refermé la porte.

Un autre à ma place serait venu armé. J'y avais pensé. Mais ce n'est pas mon truc. De toute façon, ce n'était plus le moment de s'en inquiéter. La maison était vide. Chynna me l'avait dit. Et si ce n'était pas le cas, eh bien, je trouverais une solution.

— Chynna ?

— Va au salon, j'arrive dans une seconde.

La voix paraissait… éteinte. J'ai vu une lumière au bout du couloir. Et j'ai entendu du bruit. Je me suis arrêté pour écouter. On aurait dit de l'eau qui coulait. Une douche peut-être.

— Chynna ?

— Je m'habille. Une seconde.

J'ai pénétré dans un salon faiblement éclairé. L'interrupteur était équipé d'un variateur de lumière ; j'ai voulu l'actionner, puis je me suis ravisé. Mes yeux s'étaient habitués à la pénombre. Les cloisons étaient recouvertes de panneaux en bois qui ressemblaient à du vinyle. Deux portraits de clowns tristes avec une énorme fleur à la boutonnière, le genre de tableaux qu'on peut trouver dans un vide-grenier particulièrement kitsch, étaient accrochés à un mur et une bouteille de vodka géante trônait sur le bar.

J'ai cru entendre chuchoter.

— Chynna ?

Pas de réponse. J'ai dressé l'oreille. Rien. Je suis ressorti dans le couloir.

— J'arrive.

Je me suis immobilisé. J'avais froid tout à coup. Car, de près, cette voix ne ressemblait plus du tout à celle de Chynna.

Mon cerveau a réagi en trois temps. Primo, la panique – ce n'était pas Chynna, le mieux, c'était de déguerpir au plus vite. Deuzio, la curiosité – si ce n'était pas Chynna, qui diable était-ce, et pourquoi tout ce cirque ? Tertio, à nouveau la panique – j'avais bien reconnu la voix de Chynna au téléphone… alors que lui était-il arrivé ?

Il fallait que je trouve une réponse à cette question.

Je suis retourné au salon, et là tout s'est passé très vite. Un projecteur braqué sur mon visage m'a ébloui momentanément. J'ai trébuché, porté la main à mes yeux.

— Dan Mercer ?

J'ai cligné des paupières. Une voix de femme. Ton neutre. Plutôt grave. Curieusement familière.

— Qui est là ?

Soudain, j'ai pu discerner des silhouettes dans la pièce. Un homme avec une caméra. Un autre avec ce qui ressemblait à un micro au bout d'une perche. Et la femme à la voix familière, une femme superbe aux cheveux châtains, en tailleur.

— Wendy Tynes, NTC News. Que venez-vous faire ici, Dan ?

J'ai ouvert la bouche, mais aucun son n'en est sorti. J'ai reconnu la présentatrice de cette émission à la télé…

— Pourquoi entretenez-vous un dialogue à caractère sexuel sur Internet avec une jeune fille de treize ans, Dan ? Nous avons l'intégralité de vos communications avec elle.

… la journaliste qui traque les pédophiles, qui les piège pour les exposer au grand jour.

— Êtes-vous venu pour avoir des relations sexuelles avec une fille de treize ans ?

J'ai enfin compris ce qui se passait, et mon sang s'est glacé. D'autres gens ont envahi la pièce. Le réalisateur peut-être. Un second cameraman. Deux flics. Les caméras se sont rapprochées. L'éclat des lumières s'est intensifié. Le front constellé de sueur, je me suis mis à bafouiller, à me justifier.

Mais j'étais déjà fichu.

Deux jours plus tard, l'émission est passée à l'antenne. Tout le monde l'a vue.

Et la vie de Dan Mercer, ainsi que je l'avais pressenti en arrivant devant cette porte, a basculé.

En voyant le lit vide de sa fille, Marcia McWaid ne s'était pas tout de suite affolée. Ce serait pour plus tard.

Elle s'était réveillée à six heures du matin, tôt pour un samedi, se sentant en pleine forme. Ted, son mari depuis vingt ans, dormait à côté d'elle. Sur le ventre, un bras autour de sa taille. Ted aimait dormir en veste de pyjama et sans slip. Rien. Entièrement nu au-dessous de la ceinture. « Comme ça, mon petit frère a de l'espace pour vagabonder », disait-il en rigolant. Et Marcia, imitant l'inflexion chantante de leur ado de fille, répondait : « Sans moi. »

Elle s'était dégagée de son étreinte et était descendue sans bruit dans la cuisine. Là, elle s'était fait un café avec leur nouvelle cafetière Keurig. Ted adorait les gadgets – ah, les garçons et leurs joujoux ! –, mais il fallait reconnaître que celui-ci était bien pratique. Il suffisait d'insérer une dosette dans la machine, d'appuyer sur un bouton… et hop, un café. Pas d'écran vidéo, pas de pavé tactile, pas de connexion wi-fi. Marcia adorait.

Ils avaient récemment fait agrandir la maison : une chambre supplémentaire, une salle de bains et une véranda avec un coin repas jouxtant la cuisine. Le matin, la véranda était inondée de soleil, et c'était vite devenu l'endroit préféré de Marcia. Elle avait emporté son café, le journal, et s'était assise sur les coussins, repliant ses jambes sous elle.

Un petit coin de paradis.

Elle avait pris le temps de lire le journal en sirotant son café. D'ici quelques minutes, elle consulterait l'agenda. Ryan, son dernier, élève de CM1, avait un match de basket à huit heures. C'était Ted qui entraînait son équipe. Une équipe qui n'avait pas remporté une seule victoire depuis deux saisons consécutives.

— Pourquoi tes joueurs ne gagnent-ils jamais ? avait demandé Marcia.

— Je recrute les gamins selon deux critères.

— Lesquels ?

— Un père sympa… et une maman canon.

Elle avait fait mine de le taper, et peut-être qu'elle se serait inquiétée si elle n'avait pas vu les mamans dans les gradins et compris, sans l'ombre d'un doute, qu'il plaisantait. Ted était un bon coach, non pas en termes de stratégie mais dans ses rapports avec les garçons. Ils l'aimaient, lui et son absence d'esprit de compétition, si bien que même les moins doués, ceux qui se décourageaient les premiers et ne terminaient pas la saison, venaient s'entraîner chaque semaine. Les gamins s'amusaient, acclamaient le moindre panier ; à huit ou neuf ans, c'était tout ce qu'on leur demandait.

Patricia, leur fille de quatorze ans, avait une répétition : cette année, les classes de troisième avaient monté une version abrégée de la comédie musicale *Les Misérables*. Elle y jouait plusieurs petits rôles qui lui donnaient autant de travail que si on lui avait confié celui de l'un des personnages principaux. Et leur aînée, Haley, en dernière année de lycée, dirigeait le traditionnel « entraînement du capitaine » de l'équipe féminine de lacrosse, le dernier avant le match du dimanche et qui se déroule sans coach.

Une demi-heure de paix pour commencer la journée. C'était tout ce qu'il lui fallait.

La première tasse bue, elle se prépara un autre café et ouvrit le journal à la rubrique « Tendances ». La maison était silencieuse. Au bout d'un moment, elle remonta pour inspecter l'état des troupes. Ryan dormait sur le côté, le visage tourné vers la porte. La chambre voisine était celle de Patricia. Qui dormait également.

— Chérie ?

Patricia remua, émit un vague bruit. Sa chambre, comme celle de Ryan, laissait à penser que les tiroirs avaient explosé. Certains vêtements gisaient morts sur le plancher ; d'autres, blessés, s'accrochaient aux meubles comme à une barricade pendant la révolution française de 1848, celle qui sert de cadre à un épisode des *Misérables*, justement.

— Patricia ? Tu as une répétition dans une heure.

— J'me lève, gémit-elle d'une voix qui trahissait clairement l'intention inverse.

Marcia passa à la chambre d'à côté, celle de Haley, et jeta un rapide coup d'œil à l'intérieur.

Le lit était vide.

Il était fait, mais ce n'était pas une surprise. Contrairement aux deux autres, cette chambre était toujours propre, rangée, ordonnée jusqu'à la maniaquerie. Elle aurait pu figurer en exposition dans un magasin de meubles. Pas de vêtements par terre, des tiroirs soigneusement fermés. Les trophées – nombreux – s'alignaient au cordeau sur quatre étagères. La quatrième, Ted l'avait rajoutée récemment, après que l'équipe de Haley eut remporté le tournoi de Franklin Lakes. Leur fille avait méticuleusement réparti les trophées sur les quatre étagères, pour n'en laisser aucun tout seul sur la dernière tablette. En partie parce que Haley ne voulait pas donner l'impression d'attendre un nouveau trophée, mais surtout parce qu'elle détestait l'asymétrie, qu'elle aimait l'équilibre. C'était une enfant modèle, et même si cela présentait moult avantages – une fille ambitieuse, qui faisait ses devoirs sans qu'on le lui rappelle, qui voulait être bien vue de tout le monde, qui cherchait à être première en tout –, il y avait une crispation là-dessous, un côté TOC qui inquiétait Marcia.

À quelle heure était-elle rentrée ? Haley n'avait pas de couvre-feu à respecter, ce n'était pas utile dans son cas. Elle était en terminale, c'était une fille responsable et qui n'abusait jamais. Fatiguée, Marcia était allée se coucher à dix heures et Ted n'avait pas tardé à la rejoindre.

Elle allait sortir quand elle décida de lancer une lessive. Elle entra donc dans la salle de bains de Haley. Pour Patricia et Ryan, « panier à linge » était synonyme de « plancher », voire de « tout sauf le panier à linge ». Haley, au contraire, déposait scrupuleusement chaque soir dans le panier les vêtements qu'elle avait portés durant la journée. Et c'est pour cette raison que Marcia sentit comme un rocher lui écraser la poitrine.

Le panier à linge était vide.

Le rocher se mit à grossir lorsque Marcia inspecta la brosse à dents de Haley, le lavabo et la douche.

Tout était archisec.

Le rocher grossit encore quand elle appela Ted en s'efforçant de chasser la panique de sa voix et lorsqu'ils découvrirent que Haley ne s'était pas présentée à l'entraînement du capitaine. Il grossit également quand Marcia téléphona aux amies de Haley, tandis que Ted envoyait un e-mail groupé à tout son carnet d'adresses, en vain. Personne ne savait où elle était. Et quand la police, malgré leurs dénégations, persista à croire que Haley avait fugué par pure impulsivité d'adolescente. Et aussi avec l'entrée en scène du FBI, quarante-huit heures plus tard. Au bout d'une semaine, Haley n'avait toujours pas donné signe de vie.

Comme si elle s'était évaporée.

Un mois passa. Rien. Un deuxième mois. Toujours rien. Et lorsque, enfin, il y eut du nouveau au cours du troisième mois, le rocher qui pesait sur la poitrine de Marcia, qui l'empêchait de respirer, de fermer l'œil la nuit, ce rocher cessa de grossir.

PREMIÈRE PARTIE

1

Trois mois plus tard

— JUREZ-VOUS DE DIRE LA VÉRITÉ, toute la vérité et rien que la vérité ?

Wendy Tynes jura, s'assit et regarda autour d'elle. Elle avait l'impression d'être sur scène, sensation familière pour la journaliste de télévision qu'elle était, sauf que, cette fois, elle ne maîtrisait pas la situation. Derrière elle, les parents des victimes de Dan Mercer. Quatre couples. Ils venaient tous les jours au tribunal. Au début, ils brandissaient les photos de leurs enfants, ce que la juge avait fini par leur interdire, et maintenant ils restaient assis là, silencieux. En un sens, c'était encore plus intimidant.

La chaise était inconfortable. Wendy changea de position, croisa puis décroisa les jambes et attendit.

Flair Hickory, célèbre ténor du barreau, se leva, et pour la énième fois Wendy se demanda comment Dan Mercer avait pu se payer ses services. Flair portait son habituel costume gris rayé de rose, une chemise et une cravate roses. Il traversa la salle d'une démarche que, par euphémisme, on aurait pu qualifier de « théâtrale ».

— Madame Tynes, commença-t-il avec un sourire cordial.

Cela faisait partie de son personnage. Flair était gay, certes, mais il en jouait au prétoire façon *La Cage aux folles*.

— Mon nom est Flair Hickory. Je vous souhaite le bonjour.

— Bonjour, répondit-elle.

— Vous animez une émission télé racoleuse intitulée *Pris en flag*, est-ce exact ?

L'avocat général, un dénommé Lee Portnoi, déclara :

— Objection. Juridiquement, le terme racoleur n'est pas approprié pour définir une émission de télévision.

Flair sourit.

— Vous en voulez, des « termes appropriés », monsieur Portnoi ?

— Ce ne sera pas nécessaire, intervint la juge Lori Howard.

Dans sa voix se devinait déjà la lassitude. Elle se tourna vers Wendy.

— Répondez à la question, je vous prie.

— Je n'anime plus cette émission, dit Wendy.

Flair feignit la surprise.

— C'est récent, n'est-ce pas ?

— Oui.

— Que s'est-il passé ?

— Elle a été interrompue.

— Taux d'audience trop faible ?

— Non.

— Alors pourquoi ?

— Votre Honneur, s'insurgea Lee Portnoi, nous savons tous pourquoi.

Lori Howard hocha la tête.

— Continuez, maître Hickory.

— Connaissez-vous mon client, Dan Mercer ?

— Oui.

— Vous vous êtes introduite chez lui, n'est-ce pas ?

Wendy s'efforça de soutenir son regard, en tâchant de ne pas avoir l'air coupable.

— Ce n'est pas tout à fait exact.

— Vraiment ? Eh bien, ma chère, faisons en sorte d'être aussi précis qu'il est humainement possible et revenons en arrière, voulez-vous ?

Il se promena à travers la salle comme s'il défilait sur un podium à Milan. Il eut même le culot de sourire aux familles des victimes. La plupart évitaient ostensiblement de poser les yeux sur lui, mais l'un des pères, Ed Grayson, le foudroya du regard. Flair ne broncha pas.

— Comment avez-vous rencontré mon client ?

— Dans un forum sur Internet.

Flair arqua les sourcils.

— Ah oui ?

Comme s'il s'agissait de la révélation du siècle.

— Quel genre de forum ?

— Un forum fréquenté par des enfants.

— Sur lequel vous étiez inscrite ?

— Oui.

— Vous n'êtes plus une enfant, madame Tynes. Je pourrais ajouter que – mais ne prenez pas cette remarque pour une tentative de séduction de ma part – vous êtes une pulpeuse créature.

— Objection !

La juge Howard poussa un soupir.

— Maître Hickory ?

Flair sourit, esquissa un petit geste de pseudo-contrition. Il était le seul à pouvoir se permettre ce genre d'incartades.

— Bien, madame Tynes. Sur ce forum, vous vous faisiez passer pour une mineure, est-ce vrai ?

— Oui.

— Après quoi vous engagiez des échanges via Internet avec des hommes afin de les inciter à vouloir coucher avec vous ?

— Non.

— Comment ça ?

— J'attendais qu'ils fassent le premier pas.

Flair secoua la tête.

— Tss-tss. Si on me donnait un dollar chaque fois que je dis ça…

Le public s'esclaffa.

— Nous avons les procès-verbaux, maître Hickory, intervint la juge, et nous sommes capables de nous forger une opinion à partir de leur lecture.

Wendy s'étonnait que Dan Mercer ne soit pas là, mais c'était logique puisque ces séances étaient destinées à auditionner les témoins. Flair Hickory espérait convaincre la juge de l'irrecevabilité du matériel effarant et révoltant découvert dans l'ordinateur de Mercer et disséminé un peu partout à son domicile. S'il y parvenait – et ce n'était pas gagné –, Dan Mercer mettrait probablement les voiles, et un prédateur psychopathe serait lâché dans la nature.

— À propos…

Flair pivota vers Wendy.

— … comment saviez-vous que votre interlocuteur était mon client ?

— Je ne l'ai pas su tout de suite.

— Ah bon ? Et avec qui pensiez-vous communiquer ?

— Je ne connaissais pas son nom. À ce stade, je savais que c'était un homme qui croyait dialoguer avec une mineure dans le but de coucher avec elle.

— Et comment pouvez-vous être aussi affirmative ?

— Pardon ?

Flair esquissa des guillemets avec les doigts.

— « Dans le but de coucher avec elle », comme vous dites. Comment pouvez-vous affirmer une chose pareille ?

— La juge vous l'a dit, maître. Lisez les procès-verbaux.

— Figurez-vous que je les ai lus et que j'en ai tiré une tout autre conclusion.

Lee Portnoi se leva d'un bond.

— Objection. Les conclusions de Me Hickory ne présentent aucun intérêt. Ce n'est pas lui qui est appelé à témoigner ici.

— Accordé.

Flair retourna à son bureau et consulta ses notes. Wendy regarda l'auditoire. Histoire de renforcer sa détermination. Ces gens-là avaient énormément souffert. Et elle était là pour les aider à obtenir réparation. Elle avait beau jouer les blasées et prétendre faire seulement son travail, la mission qu'elle s'était donnée lui tenait vraiment à cœur. Aussi, lorsqu'elle croisa le regard d'Ed Grayson, quelque chose dans ses yeux lui déplut. La colère peut-être. Et comme une sorte de défi.

Flair reposa ses papiers.

— Bien, formulons-le de la façon suivante, madame Tynes. En lisant ces procès-verbaux, que conclurait une personne ? Que l'un des protagonistes de ce dialogue virtuel était une pulpeuse créature de trente-six ans, journaliste de son métier…

— Objection !

— … ou une toute jeune fille de treize ans ?

Wendy ouvrit la bouche, la referma. La juge l'encouragea :

— Vous pouvez répondre.

— Je me suis fait passer pour une fille de treize ans.

— Ah, dit Flair, qui ne l'a pas fait ?

— Maître Hickory !

— Désolé, Votre Honneur, je n'ai pas pu résister. Donc, madame Tynes, en lisant ces messages, je n'aurais pas pu deviner que vous faisiez semblant, n'est-ce pas ? Je vous aurais prise pour une adolescente de treize ans.

Lee Portnoi leva les bras.

— C'est une question ?

— Ouvrez grand vos oreilles, mon cher collègue. Ces messages ont-ils été écrits par une jeune fille de treize ans ?

— La réponse a déjà été donnée, Votre Honneur.

— Oui ou non ? insista Flair. L'auteur de ces messages était-il une gamine de treize ans ?

La juge fit signe à Wendy de répondre.

— Non.

— Donc votre interlocuteur aurait pu tenter de se faire passer pour un homme en quête d'une relation sexuelle avec une mineure. Votre correspondant aurait tout aussi bien pu être une bonne sœur albinos atteinte d'un herpès.

— Objection.

Wendy regarda Flair dans les yeux.

— Une bonne sœur albinos n'aurait pas débarqué chez la fille pour essayer de coucher avec elle.

Mais Flair esquiva le coup.

— Chez la jeune adolescente, madame Tynes ? Dans la maison où vous aviez installé vos caméras ? Est-ce une maison où habite une mineure âgée de treize ans ?

Wendy se taisait.

— Répondez à la question, lui intima la juge.

— Non.

— En revanche, vous, vous y étiez. Il est tout aussi légitime de supposer que votre correspondant – et à ce stade, nous ignorons totalement son identité – a vu votre *émission*…

Flair prononça le mot comme s'il lui laissait un mauvais goût dans la bouche.

— … et a décidé de jouer au même jeu que vous dans le but de vous rencontrer, vous, une séduisante journaliste de trente-six ans. Cela est envisageable, n'est-ce pas ?

Portnoi était à nouveau debout.

— Objection, Votre Honneur. C'est un problème qui concerne le jury.

— Tout à fait, acquiesça Flair. Nous pouvons plaider un cas manifeste de guet-apens.

Il se retourna vers Wendy.

— Revenons à cette soirée du 17 janvier, voulez-vous ? Que s'est-il passé après que vous avez alpagué mon client dans votre maison piégée ?

Wendy s'attendait à ce que l'avocat général fasse objection sur le mot « piégée », mais celui-ci devait estimer qu'il en avait assez fait.

— Votre client a pris la fuite.

— Après que vous lui avez sauté dessus avec caméras, projecteurs et micros ?

À nouveau, elle attendit l'objection avant de répondre :

— Oui.

— Dites-moi, madame Tynes, est-ce ainsi que réagissent habituellement les hommes que vous attirez dans votre maison piégée ?

—. Non. La plupart du temps, ils tentent de s'expliquer.

— Et ils sont coupables, généralement ?

— Oui.

— Pourtant, mon client s'est comporté différemment. Ce qui, selon vos critères, est très instructif.

Portnoi se dressa.

— Pour Me Hickory, peut-être bien. Quant à nous, ses manœuvres…

— Soit, je retire, déclara Flair avec désinvolture. Détendez-vous, monsieur l'avocat général, il n'y a pas de jury dans la salle. Croyez-vous que notre juge puisse se laisser duper par mes « manœuvres » si vous ne les lui signalez pas comme telles ?

Il rajusta un bouton de manchette.

— Donc, madame Tynes, vous avez allumé caméras et projecteurs, vous vous êtes précipitée avec votre micro, et Dan Mercer a pris la fuite. Cela résume-t-il les termes de votre déposition ?

— Oui.

— Qu'avez-vous fait ensuite ?

— J'ai dit à mes assistants de le suivre.

Une fois de plus, Flair feignit d'être choqué.

— Vos assistants appartiennent-ils aux forces de l'ordre, madame Tynes ?

— Non.

— Pensez-vous que des particuliers soient habilités à se substituer à la police ?

— Il y avait deux officiers de police avec nous.

— Oh ! je vous en prie.

Hickory prit un air sceptique.

— Votre émission est du pur sensationnalisme. Un triple concentré de populisme…

Wendy Tynes l'interrompit.

— Nous nous sommes déjà rencontrés, maître.

Cette remarque le coupa dans son élan.

— Ah bon ?

— Quand j'étais assistante de réalisation sur *Affaires courantes*. Je vous ai invité en tant qu'expert dans le procès du meurtre de Robert Blake.

Se tournant vers le public, il s'inclina cérémonieusement.

— Ainsi donc, mesdames et messieurs, nous venons d'établir le fait que je courais les plateaux de télévision afin d'attirer l'attention sur mon auguste personne. Incroyable…

Nouveaux rires dans la salle.

— Cependant, madame Tynes, êtes-vous en train d'expliquer à la cour que les forces de l'ordre étaient favorables à vos manipulations journalistiques au point de coopérer avec vous ?

— Objection.

— J'autorise la question.

— Mais, Votre Honneur…

— Objection rejetée. Asseyez-vous, monsieur Portnoi.

— Nous étions en rapport avec la police et le bureau du procureur. Nous tenions à rester dans les limites fixées par la loi, expliqua Wendy.

— Je vois. Vous travailliez avec les forces de l'ordre, alors ?

— Pas vraiment.

— J'aimerais comprendre, madame Tynes. Avez-vous monté ce guet-apens de votre propre chef, sans en référer aux forces de l'ordre ?

— Non.

— Avez-vous contacté la police et le bureau du procureur avant la soirée du 17 janvier au sujet de mon client ?

— Nous avons contacté le bureau du procureur, oui.

— Formidable, je vous remercie. Vous dites que vos assistants ont poursuivi mon client, est-ce exact ?

— Ce n'est pas ainsi qu'elle l'a formulé, s'interposa Portnoi. Elle a dit « suivi ».

Flair le considéra comme s'il s'agissait d'un moustique importun.

— Suivi, poursuivi, on pourra discuter de terminologie une autre fois. Après que mon client s'est enfui, où êtes-vous allée, madame Tynes ?

— À son domicile.

— Et dans quel but ?

— Je me suis dit qu'il finirait par s'y manifester.

— Vous l'avez donc attendu à son domicile ?

— Oui.

— À l'extérieur ?

Wendy changea de position sur sa chaise. Et voilà, ils y arrivaient. Elle regarda les parents des victimes, s'attarda sur le visage d'Ed Grayson dont le fils de huit ans avait été l'une des premières proies de Dan Mercer.

— J'ai vu de la lumière.

— Chez Dan Mercer ?

— Oui.

— Comme c'est curieux.

La voix de Flair était lourde de sarcasme.

— C'est la première fois que j'entends parler de quelqu'un qui laisse la lumière allumée en son absence.

— Objection !

La juge soupira.

— Maître Hickory.

Flair avait les yeux braqués sur Wendy.

— Et qu'avez-vous fait, madame Tynes ?

— J'ai frappé à la porte.

— Mon client est venu ouvrir ?

— Non.

— Personne n'est venu ouvrir ?

— Non.

— Qu'avez-vous fait ensuite, madame Tynes ?

Wendy Tynes s'efforça de rester parfaitement immobile au moment de répondre.

— J'ai cru entrevoir du mouvement par la fenêtre.

— Vous avez cru... entrevoir du mouvement. Difficile de trouver formulation plus vague.

33

— Objection !

— Je retire. Alors, qu'avez-vous fait ?

— J'ai appuyé sur la poignée. La porte n'était pas fermée à clé, je l'ai ouverte.

— Pourquoi ?

— J'étais inquiète.

— À quel sujet ?

— Parfois, les pédophiles attentent à leurs jours après avoir été découverts.

— Vous m'en direz tant. Vous craigniez donc que votre guet-apens ne pousse mon client au suicide ?

— Quelque chose comme ça, oui.

Flair porta la main à son cœur.

— Vous vouliez sauver mon client ?

— Je voulais l'empêcher de se suicider.

— À l'antenne, vous employiez des mots comme pervers, malade, dépravé, monstrueux et racaille pour désigner les hommes que vous piégiez, est-ce exact ?

— Oui.

— Pourtant, vous dites dans votre déposition que vous étiez prête à pénétrer chez mon client – quitte à enfreindre la loi – pour lui sauver la vie ?

— On peut dire ça, oui.

Non seulement la voix de Flair dégoulinait de sarcasme, mais on aurait dit qu'elle y marinait depuis des jours.

— Quelle grandeur d'âme !

— Objection !

— Ça n'a rien à voir avec la grandeur d'âme, répliqua la journaliste. Je préfère livrer ces individus à la justice pour permettre aux familles de tourner la page. Le suicide est une porte de sortie bien commode.

— Je vois. Et que s'est-il passé une fois que vous êtes entrée par effraction chez mon client ?

— Objection, fit Portnoi. D'après Mme Tynes, la porte n'était pas fermée à clé…

— Oui, bon, avec ou sans effraction, comme il plaira à monsieur l'avocat général, dit Flair, les poings sur les hanches. Du moment que vous cessez de m'interrompre à tout bout de champ. Que s'est-il passé, madame Tynes, une fois que vous êtes *entrée*…

Là encore, il insista lourdement sur le mot.

— … chez mon client ?

— Rien.

— Mon client n'était pas en train d'essayer d'attenter à ses jours ?

— Non.

— Et que faisait-il ?

— Il n'était pas là.

— Y avait-il quelqu'un chez lui ?

— Non.

— Et ce « mouvement » que vous auriez entrevu ?

— Je ne sais pas.

Flair hocha la tête, s'éloigna à grandes enjambées.

— Vous affirmez vous être rendue au domicile de mon client aussitôt après qu'il a pris la fuite, poursuivi par vos assistants. Pensiez-vous sérieusement qu'il aurait eu le temps de rentrer chez lui et de préparer son suicide ?

35

— Il devait connaître le trajet le plus court et il avait de l'avance sur nous. Oui, je pensais qu'il en aurait eu le temps.

— Je vois. Mais vous vous trompiez, n'est-ce pas ?

— À propos de quoi ?

— Mon client n'est pas rentré directement.

— Non, en effet.

— Vous avez pourtant pénétré chez lui… avant son retour et avant l'arrivée de la police.

— Très brièvement.

— C'est-à-dire ?

— Je ne sais pas.

— Vous avez dû examiner toutes les pièces, non ? Pour vous assurer qu'il ne s'était pas pendu à une poutre avec sa ceinture, par exemple.

— Je suis juste entrée dans la pièce qui était éclairée. La cuisine.

— Mais, pour ce faire, vous avez dû traverser le séjour. Dites-moi, madame Tynes, qu'avez-vous fait après avoir constaté que mon client n'était pas chez lui ?

— Je suis allée attendre dehors.

— Attendre quoi ?

— L'arrivée des policiers.

— Et ils sont arrivés ?

— Oui.

— Avec un mandat de perquisition, n'est-ce pas ?

— Oui.

— J'admets que vos intentions étaient louables quand vous avez violé le domicile de mon client, mais quelque part ne craigniez-vous pas que votre histoire de guet-apens ne tienne pas la route ?

— Non.

— Depuis cette émission du 17 janvier, vous avez longuement enquêté sur le passé de mon client. Outre ce qui a été découvert chez lui ce soir-là par les policiers, avez-vous trouvé des preuves matérielles d'une quelconque activité illicite de M. Mercer ?

— Non.

— Bref, en dehors des pièces recueillies par les policiers lors de la fouille de son domicile, à votre connaissance, il n'existe aucune preuve matérielle contre mon client ?

— Il est venu dans la maison.

— La maison piégée où ne résidait aucune mineure de treize ans. Par conséquent, madame Tynes, toute cette affaire – ainsi que votre réputation – repose sur les pièces découvertes au domicile de mon client. En clair, vous avez eu l'opportunité et un mobile évident pour dissimuler ces fameuses pièces accusatrices chez lui en son absence.

Lee Portnoi n'allait pas laisser passer cette insinuation perfide.

— C'est ridicule, Votre Honneur. Ce genre d'argument est destiné au jury.

— Mme Tynes reconnaît avoir violé le domicile de mon client, dit Flair.

— Soit, rétorqua Portnoi, alors inculpez-la pour violation de domicile, si vous arrivez à trouver des charges suffisantes en ce sens. Et s'il plaît à Me Hickory d'avancer des hypothèses absurdes sur des bonnes sœurs albinos et de fausses pièces à conviction, c'est son droit… pendant le procès. Devant un jury et un tribunal pénal. Les procès et les tribunaux sont là pour ça. Mme Tynes est une simple citoyenne et en tant que telle n'est pas soumise aux mêmes obligations qu'un officier de justice. Vous ne pouvez pas frapper d'irrecevabilité les pièces telles que l'ordinateur et les photographies, Votre Honneur. Elles ont été découvertes au cours d'une perquisition légale. Certaines de ces photos innommables étaient cachées dans le garage et derrière une étagère de livres… Mme Tynes n'a pas eu le temps de procéder à une mise en scène aussi complexe.

Flair secoua la tête.

— Dans le meilleur des cas, Wendy Tynes s'est introduite chez mon client pour des raisons spécieuses. Une lumière allumée ? Du mouvement ? Soyons sérieux. Elle avait un mobile puissant pour introduire des pièces à conviction au domicile de mon client… et elle savait que le domicile de Dan Mercer serait fouillé rapidement. Toute pièce trouvée dans la maison doit être jugée irrecevable.

— Wendy Tynes est une simple citoyenne.

— Cela ne lui donne pas tous les droits. Elle aurait très bien pu apporter l'ordinateur et les photos pour les cacher chez lui.

— C'est un autre argument à présenter devant le jury.

— Votre Honneur, le matériel trouvé constitue d'éventuelles preuves accablantes. Selon son propre aveu, Mme Tynes est plus qu'une simple citoyenne. Elle travaille pour le bureau du procureur.

Lee Portnoi vira à l'écarlate.

— C'est grotesque, Votre Honneur. On ne va pas conférer le statut de représentants de la loi à tous les journalistes d'investigation !

— Wendy Tynes a reconnu travailler en étroite collaboration avec vos services, monsieur Portnoi. Je peux demander à la sténotypiste de relire le passage où elle parle de la présence d'officiers de police sur la scène et de ses rapports avec le bureau du procureur.

— Cela ne fait pas d'elle un représentant de la loi.

— La question est purement sémantique, et M. Portnoi le sait. Ses services n'auraient eu aucune charge contre mon client sans l'intervention de Wendy Tynes. Tout leur dossier – les crimes imputés à mon client – résulte du guet-apens monté par Mme Tynes. Sans elle, il n'y aurait même pas eu de mandat de perquisition.

Portnoi traversa la salle.

— Votre Honneur, Mme Tynes a peut-être contacté nos services, mais à ce compte-là le moindre plaignant ou témoin qui se manifeste serait considéré comme un agent…

— J'en ai assez entendu, déclara la juge Howard.

Elle abattit son marteau et se leva.

— Je vous communiquerai ma décision demain matin.

2

— HOU LÀ ! FIT WENDY À PORTNOI dans le couloir, ça craint.

— La juge ne rejettera pas la plainte.

Wendy n'était pas convaincue.

— C'est aussi bien, en un sens, ajouta-t-il.

— Comment ça ?

— Cette affaire est trop médiatisée pour être classée, dit Portnoi avec un geste en direction de l'avocat de la partie adverse. Finalement, Flair n'a fait que nous dévoiler sa ligne de défense.

Un peu plus loin, Jenna Wheeler, l'ex-femme de Dan Mercer, était en train de répondre aux questions du reporter d'une chaîne de télévision. Malgré les preuves accablantes, Jenna défendait son ancien mari bec et ongles, affirmant que les charges contre lui devaient avoir été truquées. Cette position, à la fois admirable et naïve aux yeux de Wendy, avait fait de Jenna une sorte de paria dans leur petite ville.

Plus loin encore, Flair Hickory était entouré d'une cour de journalistes. Ils l'adoraient… tout comme Wendy à l'époque où elle couvrait ses procès. Son style flamboyant restait inégalé dans les annales du tribunal, mais maintenant qu'elle se retrouvait dans sa ligne de tir, elle se rendait compte que « flamboyant » pouvait aussi rimer avec « impitoyable ».

Wendy fronça les sourcils.

— Flair Hickory est tout sauf un imbécile.

Les journalistes rirent avec empressement à une plaisanterie de l'avocat, qui distribua quelques claques dans le dos et tourna les talons. Lorsqu'il fut enfin seul, Wendy fut surprise de voir Ed Grayson l'aborder.

— Aïe ! dit-elle.

— Quoi ?

Elle pointa le menton. Portnoi regarda dans la direction qu'elle lui indiquait. Grayson, un grand gaillard aux cheveux gris coupés en brosse, s'était arrêté tout près de Flair Hickory. Les deux hommes s'affrontèrent du regard. Grayson se rapprocha imperceptiblement, mais Flair ne cilla pas.

Portnoi fit quelques pas vers eux.

— Monsieur Grayson ?

Leurs visages n'étaient plus qu'à quelques centimètres l'un de l'autre. Tournant la tête, Grayson le contempla fixement.

— Tout va bien ? demanda Portnoi.

— Très bien.

— Maître ?

— Tout baigne, monsieur l'avocat général. On était juste en train de tailler une bavette. Bon, eh bien, si on a terminé, monsieur Grayson…

Grayson ne répondit pas. Flair s'en alla, et Grayson rejoignit Portnoi et Wendy.

— Je peux faire quelque chose pour vous ? s'enquit Portnoi.

— Non.

— Puis-je demander de quoi vous avez parlé avec Me Hickory ?

— Vous pouvez.

Grayson se tourna vers Wendy.

— Vous croyez que la juge a gobé votre histoire, madame Tynes ?

— Ce n'est pas une histoire.

— Mais ce n'est pas l'exacte vérité non plus, n'est-ce pas ?

Sur ce, Ed Grayson les planta là.

— Mais enfin, qu'est-ce qui lui prend ? chuchota Wendy.

— Aucune idée, dit Portnoi. Bah ! ne vous occupez pas de lui. Ni de lui ni de Flair. Il est fort, mais il ne gagnera pas la partie. Rentrez chez vous, buvez un verre… Vous verrez, tout se passera bien.

Plutôt que de rentrer chez elle, Wendy Tynes se rendit à son studio de télévision situé à Secaucus, New Jersey, au-dessus du complexe sportif de Meadowlands. La vue était tout sauf apaisante : un terrain bourbeux, marécageux qui ployait sous le poids de chantiers permanents. En consultant sa messagerie, elle trouva un e-mail de son patron, le producteur Vic Garrett, peut-être le plus long qu'il lui ait jamais envoyé : VENEZ ME VOIR TOUT DE SUITE.

Il était quinze heures trente. Son fils Charlie, élève de terminale au lycée de Kasselton, devait déjà être à la maison. Elle l'appela sur son portable car il ne décrochait jamais leur téléphone fixe. Il répondit au bout de la quatrième sonnerie, la saluant de son habituel :

— Quoi ?

— Tu es rentré ? demanda Wendy.

— Ouais.

— Qu'est-ce que tu fais ?

— Rien.

— Tu as du travail ?

— Un peu.

— Tu l'as déjà fait ?

— Je vais m'y mettre.

— Et pourquoi pas maintenant ?

— J'ai pas grand-chose à faire. Ça me prendra dix minutes grand max.

— Justement. Puisque ce n'est pas grand-chose, autant t'y atteler tout de suite pour en être débarrassé.

— Je le ferai plus tard.

— Mais tu fais quoi, là ?

— Rien.

— Eh bien, mets-toi au boulot au lieu de traîner.

Tous les jours, c'était la même chanson. Charlie finissait par déclarer qu'il allait s'y mettre « dans une minute », histoire qu'elle cesse de lui casser les pieds.

— Je rentrerai vers sept heures, dit Wendy. Tu veux que je passe au chinois ?

— Bamboo House.

— OK. À quatre heures, tu donneras à manger à Jersey.

Jersey était leur chien.

— D'accord.

— N'oublie pas.

— Mmm.

— Et fais tes devoirs.

— Salut.

Clic.

Elle prit une grande inspiration. Charlie avait dix-sept ans, et c'était un emmerdeur de première. Ils avaient achevé la course à l'admission à l'université, un sport auquel les parents se livraient avec une férocité à faire envie à un dictateur du tiers-monde. Comme tous les ados, Charlie angoissait à l'idée du grand chambardement, mais sûrement pas autant que sa mère. Charlie, son bel emmerdeur de fils, était tout ce qu'elle avait. Depuis douze ans maintenant, la veuve et l'orphelin vivaient isolés dans l'immensité de la banlieue. Les années filaient à la vitesse de la lumière. Wendy ne voulait pas que Charlie s'en aille. Elle le regardait chaque soir et priait, comme elle le faisait depuis qu'il avait quatre ans : « S'il Vous plaît, faites que le temps s'arrête, qu'il reste comme ça, ni plus jeune ni plus vieux, que je le garde ainsi quelques années encore. »

Car bientôt elle serait seule.

Un autre e-mail s'afficha sur l'écran de son ordinateur : QUELLE PARTIE DE « VENEZ ME VOIR TOUT DE SUITE » AI-JE LAISSÉE OUVERTE À L'INTERPRÉTATION ?

Elle cliqua sur « Répondre » et tapa : J'ARRIVE.

Dans la mesure où le bureau de Vic était en face du sien, cette correspondance semblait absurde et agaçante, mais ainsi allait le monde. Charlie et elle échangeaient souvent des textos à l'intérieur de leur propre maison. Trop fatiguée pour crier, elle lui envoyait : « L'heure d'aller au lit », « Laisse sortir Jersey » ou le très classique : « Ça suffit l'ordi, prends un livre ».

Wendy avait dix-neuf ans quand elle s'était retrouvée enceinte. Lors d'une fête très arrosée sur le campus, elle avait fait connaissance avec John Morrow qui jouait dans l'équipe de foot, un sportif, quoi… qui, dans le guide personnel de Wendy, figurait dans la rubrique « pas mon genre ». Wendy se considérait comme la progressiste de la fac, une journaliste d'avant-garde, toujours moulée dans une tenue noire, n'écoutant que du rock alternatif, fréquentant soirées slam et expositions de Cindy Sherman. Mais le cœur n'a que faire du rock alternatif, des soirées slam et des expositions d'art contemporain. Elle avait fini par s'attacher au bel athlète. Allez donc comprendre. Au début, rien de bien sérieux : ils étaient ensemble sans l'être. Leur relation durait depuis environ un mois lorsque Wendy avait découvert qu'elle était enceinte.

Puisqu'elle était une jeune femme moderne, la décision, lui avait-on dit et répété toute sa vie, n'appartenait qu'à elle et à elle seule. Avec seulement deux années de fac derrière elle et la perspective d'une carrière journalistique, le moment, il faut bien le dire, était on ne peut plus mal choisi. La solution n'en était que plus évidente. Elle avait téléphoné à John :

— Il faut que je te parle.

Il était arrivé dans sa chambre exiguë et s'était assis sur le pouf. Un spectacle comique que celui de John s'efforçant de faire tenir sa carcasse d'un mètre quatre-vingt-dix sinon confortablement, du moins en équilibre dessus. Ayant senti au ton de la voix de Wendy que c'était sérieux, John s'était efforcé de garder un air solennel, ce qui l'avait fait ressembler à un petit garçon jouant à l'adulte.

— Je suis enceinte, lui avait annoncé Wendy.

Son discours, elle se l'était répété dans la tête pendant deux jours.

— Ce qui va se passer à partir de maintenant, c'est à moi d'en décider, et j'espère que tu respecteras mon choix.

Elle avait poursuivi son laïus en arpentant la petite chambre, sans le regarder et en prenant soin de parler d'une voix aussi neutre que possible. En guise de conclusion, elle l'avait remercié de s'être déplacé et lui avait souhaité bonne chance. Alors seulement elle avait risqué un regard dans sa direction.

John Morrow l'avait considérée de ses yeux d'un bleu qu'elle n'avait jamais vu auparavant tout embués de larmes, et lui avait dit :

— Mais je t'aime, Wendy.

Elle avait eu envie de rire, au lieu de quoi elle s'était mise à pleurer. John s'était laissé glisser de ce satané pouf, s'était mis à genoux et l'avait demandée en mariage séance tenante, entre le rire et les larmes. Personne n'y croyait, pourtant ils s'étaient mariés et avaient vécu un bonheur sans nuage qui avait duré cinq ans. John Morrow était gentil, attentionné, aimant, drôle, intelligent et beau gosse par-dessus le marché. Charlie était né alors qu'ils étaient en troisième année de fac. Deux ans plus tard, John et Wendy avaient réuni suffisamment d'argent pour constituer un apport et acheter une petite maison, idéale pour un jeune couple, dans une rue animée de Kasselton. Wendy avait travaillé dans une chaîne de télévision locale pendant que John préparait son doctorat de psycho.

Tout marchait comme sur des roulettes.

Et voilà qu'un jour, en une fraction de seconde, John avait perdu la vie. Depuis, la petite maison pour jeune couple n'abritait plus que Wendy et Charlie, et un énorme vide à l'instar de celui qu'elle avait dans le cœur.

Elle frappa à la porte de Vic Garrett et passa la tête à l'intérieur.

— Vous avez sonné ?

— Il paraît que vous vous êtes pris une déculottée au tribunal, dit son patron.

— Le soutien moral, répliqua Wendy. C'est pour ça que je bosse ici. Pour le soutien dont je bénéficie.

— Si vous voulez du soutien, allez dans un magasin de lingerie.

Wendy fronça les sourcils.

— Vous vous rendez compte que ça n'a aucun sens.

— Oui, je sais. J'ai eu votre mémo... plus précisément vos innombrables mémos où vous vous plaignez de vos missions.

— Quelles missions ? Ces deux dernières semaines, vous m'avez envoyée couvrir l'ouverture d'une boutique de tisanes et un défilé pour le lancement d'une nouvelle collection d'écharpes pour hommes. Vous n'avez qu'à me remettre sur quelque chose qui touche à la réalité.

— Minute.

Vic porta une main à son oreille comme pour mieux écouter. C'était un petit homme doté d'une

47

panse proéminente en boule de bowling, avec une tête de furet, à supposer qu'il existe un furet aussi laid.

— Quoi ? dit Wendy.

— Ne serait-ce pas le moment où vous vous mettez à râler contre l'injustice d'être un canon dans une profession dominée par les hommes et m'accusez de vous traiter comme une potiche ?

— Est-ce que le fait de râler m'aidera à décrocher des missions plus intéressantes ?

— Non, répondit-il. Mais vous savez ce qui pourrait vous aider ?

— Montrer un décolleté plus profond à l'antenne ?

— J'aime votre raisonnement, mais il ne s'agit pas de cela. Ce qui vous permettrait d'aspirer à des enquêtes à la hauteur du talent que vous vous attribuez, ce serait la condamnation de Dan Mercer. Vous devez apparaître aux yeux de nos concitoyens comme l'héroïne qui aura démasqué un pervers pédophile et non pas comme une journaliste trop peu respectueuse des lois de notre pays qui aura contribué à le faire relaxer.

— Contribué à le faire relaxer ?

Vic haussa les épaules.

— Sans moi, la police n'aurait jamais entendu parler de Dan Mercer.

Vic cala un violon imaginaire contre son épaule, ferma les yeux et se mit à mimer le jeu d'un virtuose.

— Ne faites pas l'idiot, dit-elle.

— Dois-je convoquer vos collègues pour faire la claque ?

— Tout à l'heure peut-être, après votre séance de sexe en réunion.

— Aïe !

— Quelqu'un sait où se cache Dan Mercer ? demanda Wendy.

— Non. On ne l'a pas vu depuis quinze jours.

Wendy ne savait trop qu'en penser. Elle avait appris qu'il avait déménagé après avoir reçu des menaces de mort, mais son absence au tribunal l'étonnait. Elle allait poser d'autres questions lorsque l'interphone de Vic bourdonna.

Il lui intima le silence d'un geste de la main et appuya sur la touche.

— Oui ?

La réceptionniste baissa la voix.

— Marcia McWaid demande à vous voir.

Ils se turent. Marcia McWaid habitait à quelques rues de celle de Wendy. Trois mois plus tôt, sa fille Haley – qui était dans la classe de Charlie – avait fugué, semblait-il, et n'avait plus jamais donné signe de vie.

— Du nouveau concernant sa fille ? s'enquit-elle.

Vic fit non de la tête.

Pendant deux ou trois semaines, la disparition de Haley McWaid avait fait la une – fugue ? enlèvement ? – avec flashs spéciaux, bande défilante à l'écran et « experts » charognards conjecturant sur ce qui avait pu lui arriver. Mais aucune histoire, même la plus sensationnelle, ne peut survivre si on ne l'alimente pas. Les médias avaient tout essayé, ils avaient relayé toutes les rumeurs possibles, depuis la traite des Blanches jusqu'au culte de Satan, mais dans ce métier, « pas de nouvelles » signifie forcément mauvaises nouvelles. C'est l'Audimat qui dicte la politique éditoriale. Si le public regarde, le sujet reste à l'antenne. Sinon les producteurs doivent se creuser les méninges pour trouver un nouveau jouet afin de récupérer l'attention volatile des téléspectateurs.

— Vous voulez que je lui parle ? proposa Wendy.

— Non, je m'en occupe. Je suis payé pour.

Vic la congédia. En longeant le couloir, Wendy se retourna le temps d'apercevoir Marcia devant sa porte. Sans la connaître personnellement, elle l'avait déjà croisée en ville : au Starbucks, devant le lycée, au vidéoclub. Normalement, une sémillante mère de famille qui avait toujours un marmot dans son sillage devrait prendre dix ans à chaque accouchement. Pas Marcia. Elle était toujours séduisante, elle faisait bien son âge, mais elle semblait évoluer au ralenti. Croisant le regard de Marcia, Wendy hocha la tête, s'efforça de sourire. Marcia se détourna et rejoignit Vic.

De retour dans son bureau, Wendy décrocha son téléphone. Elle songeait à Marcia McWaid, la maman idéale avec un gentil mari et une famille parfaite, et à ce qui, du jour au lendemain, avait fait voler tout cela en éclats. Elle composa le numéro de Charlie.

— Quoi ?

Entendre ce ton impatient la rassura.

— Tu as fait tes devoirs ?

— Je commence dans une minute.

— D'accord. Tu as toujours envie de manger chinois ce soir ?

— On n'a pas déjà eu cette conversation ?

Ils raccrochèrent. Se calant dans son siège, Wendy posa les pieds sur le bureau et se dévissa le cou pour jeter un œil sur le paysage de désolation dehors. Son téléphone sonna.

— Allô ?

— Wendy Tynes ?

Ses pieds retombèrent par terre.

— Oui ?

— Dan Mercer à l'appareil. Il faut qu'on se voie.

3

DANS UN PREMIER TEMPS, Wendy ne prononça pas un mot.

— Il faut qu'on se voie, répéta-t-il.

— Ne suis-je pas un peu trop mûre pour vous, Dan ? Vous savez que je suis réglée et que j'ai des seins ?

Elle crut entendre un soupir.

— Je vous trouve très cynique, Wendy.

— Que voulez-vous ?

— Il y a des choses que vous devriez savoir.

— Comme quoi, par exemple ?

— Comme le fait qu'il ne faut pas se fier aux apparences.

— Les apparences indiquent que vous êtes un malade, un pervers et un tordu qui s'est trouvé un bon avocat.

Mais pendant qu'elle parlait, il y eut comme une légère hésitation dans sa voix. Était-ce suffisant pour faire naître le doute ? Sûrement pas. Les preuves ne mentent pas. Elle l'avait constaté dans sa vie personnelle et professionnelle. En vérité, la prétendue

« intuition féminine » était généralement très surcotée.

— Wendy ?

Silence.

— On m'a tendu un piège.

— Mais oui, c'est ça. Je fonce chez mon producteur pour qu'on fasse défiler la nouvelle à l'écran.

Il y eut un nouveau silence. Elle craignit qu'il n'ait raccroché. Sa réaction avait été stupide. Il était préférable de rester calme, de lui parler. Elle pourrait obtenir plus d'informations si elle se montrait plus amicale avec lui.

— Dan ?

— C'était une erreur.

— Vous avez une idée de la personne qui vous aurait piégé ?

— Il vaut mieux que je vous laisse.

Wendy voulut protester, admettre avoir été trop sarcastique, mais tout ceci sentait la manipulation. Elle était déjà entrée dans son jeu, et plus d'une fois, à commencer par le jour où elle avait tenté de l'interviewer, un an auparavant. Elle n'avait pas envie de céder, mais il n'était pas question de le lâcher non plus.

— C'est vous qui m'avez appelée.

— Je sais.

— Alors je vous écoute.

— Venez me retrouver. Seule.

— Ça me branche moyen.

— Dans ce cas, laissez tomber.

— OK, Dan, comme vous voudrez. On se verra au tribunal.

Nouveau silence.

— Dan ?

Ce qu'il dit alors, il le prononça dans un murmure qui lui glaça le sang.

— Vous ne voyez pas, n'est-ce pas, Wendy ?

— Je ne vois pas quoi ?

Elle entendit quelque chose qui pouvait ressembler à un sanglot ou peut-être à un éclat de rire. Crispant les doigts sur le combiné, elle attendit.

— Si vous voulez me voir, dit-il, je vous enverrai les indications par e-mail. Demain à quatorze heures. Venez seule. Si vous préférez vous abstenir, eh bien, j'aurai été ravi de vous connaître.

Et il raccrocha.

La porte du bureau de Vic était ouverte. Elle risqua un coup d'œil et vit qu'il était au téléphone. Il leva le doigt pour lui dire de patienter et, après avoir pris congé de son interlocuteur d'un ton bourru, il reposa le combiné.

— Je viens d'avoir des nouvelles de Dan Mercer, dit-elle.

— Il vous a contactée ?

— À l'instant.

Vic se renversa sur son siège, joignit les mains sur sa bedaine.

— Et que vous a-t-il dit ?

— Qu'on lui a tendu un piège et qu'il voulait me voir.

Vic avait une drôle d'expression.

— Qu'est-ce que vous me cachez ?

Il soupira.

— La juge a rendu son arrêt. Toutes les pièces découvertes à son domicile ont été déclarées irrecevables, et compte tenu du préjudice lié à la médiatisation de l'affaire, elle a opté pour la fin des poursuites.

Wendy sentit son cœur se serrer.

— Dites-moi que ce n'est pas vrai.

Elle eut l'impression que les murs de la pièce se resserraient sur elle pour l'écraser. Elle comprenait mieux maintenant d'où lui venait la certitude qu'elle irait au rendez-vous fixé par Dan Mercer.

— Et maintenant ? demanda-t-elle.

Vic se contenta de la regarder.

— Je suis virée ?

— Ouaip.

— Comme ça ?

— Ben oui. C'est la crise. Là-haut, ils ont décidé de faire tomber des têtes.

Il haussa les épaules.

— La vôtre est toute désignée pour le billot.

— Je ne dois pas être la seule.

— Non, mais les autres ne sont pas des planches pourries. Désolé, mon petit, mais c'est comme ça. La DRH est en train de calculer vos indemnités. Faites vos cartons, ils ne veulent plus de vous dans les locaux.

Hébétée, Wendy se leva en chancelant.

— M'avez-vous défendue, au moins ?

— Je ne me bats que quand j'ai une chance de gagner.

Wendy ne bougea pas. Vic fit mine de se replonger dans son travail. Sans lever les yeux, il ajouta :

— Vous allez rencontrer Mercer ? demanda-t-il.

— Oui.

— Vous prendrez vos précautions ?

Elle se força à sourire.

— On dirait ma maman le jour où je suis partie pour la fac.

— Et vous n'avez pas écouté ses conseils, il me semble.

— C'est vrai.

— Officiellement, bien sûr, vous ne travaillez pas ici et n'avez aucun statut. Je devrais vous recommander de garder vos distances vis-à-vis de Dan Mercer.

— Et officieusement ?

— Si vous trouvez le moyen de l'épingler, ma foi, une héroïne est plus facile à réintégrer qu'une truffe.

La maison était silencieuse quand Wendy entra chez elle, mais cela ne voulait rien dire. Dans sa jeunesse, ses parents savaient qu'elle était là grâce au ghetto-blaster qui beuglait dans sa chambre. Aujourd'hui, les gamins utilisaient un casque ou des oreillettes vingt-quatre heures sur vingt-quatre, sept jours sur sept. À tous les coups, Charlie était devant l'ordinateur, un casque sur les oreilles. La maison pourrait brûler qu'il ne s'en apercevrait pas.

Néanmoins, Wendy cria à tue-tête :

— Charlie !

Pas de réponse. C'était comme ça depuis trois ans.

Elle se servit à boire – une vodka grenade avec une giclée de citron vert – et s'affala dans le fauteuil club élimé. Ç'avait été le fauteuil préféré de John, et quelque part c'était un peu glauque de l'avoir gardé pour s'y écrouler tous les soirs avec un verre d'alcool à la main, mais Wendy trouvait ça réconfortant.

Jusqu'à aujourd'hui, elle s'était demandé comment elle allait payer les études de Charlie avec son salaire. Désormais, ce n'était plus un souci car c'était devenu mission impossible. Elle but une gorgée, regarda par la fenêtre, réfléchissant à ce qu'elle allait faire. Personne n'embauchait à l'heure actuelle et, comme Vic l'avait souligné avec tact, elle était une planche pourrie. Que pourrait-elle trouver d'autre, négligente comme elle l'était, désorganisée, teigneuse, réfractaire au travail d'équipe ? Ce qui était un avantage pour une journaliste d'investigation était un handicap ailleurs.

Elle alla chercher le courrier et, en découvrant une troisième lettre d'Ariana Nasbro, elle eut la sensation de recevoir un coup de poing à l'estomac. Ses mains se mirent à trembler. Pas la peine d'ouvrir l'enveloppe. Elle avait lu la première deux mois plus tôt et avait failli vomir. Du bout des doigts, Wendy prit cette chose comme si elle sentait mauvais – ce qui était vrai en un sens –, alla dans la cuisine et l'enfonça au fond de la poubelle.

Dieu merci ! Charlie ne regardait jamais le courrier. Il savait qui était Ariana Nasbro, bien sûr : c'était la femme qui avait tué son père, il y a douze ans.

Wendy monta, frappa à sa porte. Naturellement, il n'y eut pas de réponse. Elle l'ouvrit.

Son fils leva les yeux, agacé, retira son casque.

— Quoi ?

— Tu as fait tes devoirs ?

— J'allais m'y mettre.

Voyant qu'elle était contrariée, il la gratifia d'un sourire… si semblable à celui de son père que c'en était déchirant. Elle allait le sermonner encore une fois lorsqu'elle se dit qu'il n'y avait aucune raison de lui pourrir la vie avec des bêtises alors que leur temps ensemble était compté.

— Tu as donné à manger à Jersey ?

— Euh…

Elle leva les yeux au ciel.

— Pas grave, je vais le faire.

— M'man ?

— Oui ?

— T'es passée à Bamboo House ?

Le dîner. Elle avait oublié le dîner.

Charlie leva les yeux au ciel pour l'imiter.

— Arrête de faire l'andouille.

Bien qu'elle ait décidé de ne pas lui annoncer la mauvaise nouvelle tout de suite, d'attendre le moment propice, elle se surprit à ajouter :

— Je viens de me faire virer.

Charlie se borna à la regarder.

— Tu as entendu ?

— Ouais. Ça craint.

— Eh oui.

— Tu veux que j'aille chercher de quoi manger ?

— Volontiers.

— Mais… c'est toujours toi qui paies, hein ?

— Pour le moment, oui, c'est encore dans mes moyens.

4

MARCIA ET TED MCWAID ARRIVÈRENT À L'AUDITORIUM du lycée à dix-huit heures. Illustrant ainsi la vieille formule, « la vie continue », particulièrement adaptée à leur cas, puisque Haley avait disparu depuis quatre-vingt-treize jours. Ce soir, c'était la première des *Misérables*, le spectacle scolaire dans lequel leur cadette, Patricia, jouait respectivement la Spectatrice n° 4, l'Étudiante n° 6 et le rôle tant convoité de la Prostituée n° 2. En l'apprenant, Ted l'avait chambrée pendant des jours, proclamant combien il avait été fier d'annoncer à ses amis que sa fille de quatorze ans serait la Prostituée n° 2. C'était avant que Haley disparaisse. Ça se passait à une autre époque et dans un autre monde.

Le brouhaha de la salle retomba quand ils y pénétrèrent. Les gens ne savaient pas quelle attitude adopter avec eux. Marcia en était consciente, mais elle s'en fichait.

— J'ai soif, dit-elle.

Ted hocha la tête.

— Je te garde ta place.

Elle sortit dans le couloir, fit une brève halte à la fontaine à eau, puis poursuivit son chemin. Un peu plus loin, elle tourna à gauche. Un homme d'entretien était en train de passer la serpillière dans le hall, un casque sur les oreilles, dodelinant de la tête au rythme de sa musique ; s'il la remarqua, il n'en laissa rien paraître.

Marcia gravit l'escalier menant au premier étage. Il faisait plus sombre ici. Ses pas claquaient, éveillant un écho sonore dans le silence d'un bâtiment si vivant et animé pendant la journée. Rien n'est plus irréel, plus caverneux ni plus désert qu'un couloir de lycée le soir.

Elle jeta un coup d'œil par-dessus son épaule. Personne. Elle pressa le pas car elle avait une idée derrière la tête.

Le lycée de Kasselton était grand – il accueillait près de deux mille élèves. Comme dans toutes les villes à démographie galopante, il avait subi nombre d'ajouts et d'extensions, si bien que le bel édifice en brique d'origine avait fini par ressembler à un méli-mélo architectural qu'un enfant aurait fabriqué avec des cubes en bois, des Lego et autres planchettes.

La veille, dans la sinistre quiétude de leur maison, Ted, cet homme merveilleux, avait ri, pour la première fois en quatre-vingt-treize jours. C'en était presque indécent. Il s'était interrompu aussitôt, étouffant son hilarité dans un sanglot. Marcia aurait voulu faire quelque chose pour soulager son calvaire. Mais elle en était incapable.

Leurs deux autres enfants, Patricia et Ryan, semblaient mieux s'accommoder de l'absence de Haley, mais les enfants s'adaptent plus facilement que les adultes. Marcia essayait bien de leur prodiguer tendresse et réconfort, mais, là encore, c'était au-dessus de ses forces. Certains pensaient qu'elle souffrait trop. Ce qui était vrai en partie, mais fondamentalement, si elle négligeait Patricia et Ryan, c'était parce qu'elle s'était fixé le but de retrouver Haley, de la ramener à la maison. Elle aurait le temps de se rattraper auprès des deux autres.

Sa propre sœur, Merilee, la très mondaine Mme Je-sais-tout de Long Island, avait eu le culot de déclarer : « Occupe-toi de ton mari et de tes autres enfants et arrête de larmoyer. » En entendant ce mot – larmoyer ! –, Marcia avait été saisie d'une envie quasi irrépressible de lui mettre son poing dans la figure et de lui dire : « Occupe-toi plutôt de ta propre famille, de ton fils qui se drogue, de ton mari qui doit avoir une maîtresse, et on en reparle après. Patricia et Ryan s'en remettront, Merilee... et tu sais quoi ? Le mieux pour eux n'est pas d'avoir une mère qui veille à ce que le col de Ryan soit cassé comme il faut, ou que l'ensemble de Patricia ne jure pas avec la couleur de ses chaussures. Non, la seule chose qui pourrait les rendre heureux, c'est que leur sœur aînée revienne à la maison. »

Alors, et alors seulement, la vie reprendrait son cours.

Malheureusement, Marcia ne pouvait pas passer tout son temps à chercher Haley. Une fatigue accablante, insurmontable, pesait sur elle. Le matin, elle avait envie de rester au lit. Ses membres étaient lourds. Même maintenant, accomplir ce drôle de pèlerinage dans le couloir de son lycée lui demandait un effort titanesque.

Quatre-vingt-treize jours.

Devant elle, Marcia repéra le casier de Haley. Quelques jours après sa disparition, ses amis avaient entrepris de décorer la porte métallique comme ces petites chapelles mortuaires au bord de la route rendant hommage à des victimes d'accidents de la circulation. Il y avait des photos, des fleurs fanées, des croix, des messages. « Reviens, Haley ! » « Tu nous manques ! » « Nous t'attendons. » « On t'aime ! »

Marcia effleura le cadenas à chiffres, songeant à toutes les fois où Haley avait dû faire le même geste pour sortir ses livres, fourrer son sac à dos à l'intérieur, accrocher son manteau pendant qu'elle bavardait avec une copine.

En entendant du bruit au fond du couloir, elle se tourna et vit que la porte du proviseur était ouverte. Pete Zecher, le proviseur du lycée, sortit de son bureau avec un couple, des parents d'élèves, sûrement. Marcia ne les connaissait pas. Sans un mot, Pete Zecher leur tendit une main qu'ils ignorèrent. Pete les suivit des yeux pendant qu'ils descendaient l'escalier, secoua la tête, puis aperçut Marcia devant les casiers.

— Marcia ?

— Bonsoir, Pete.

Pete Zecher était un bon proviseur, très accessible et prêt à enfreindre le règlement ou à tenir tête à un professeur si c'était dans l'intérêt de l'élève. Il avait grandi à Kasselton, fréquenté ce même lycée et réalisé le rêve de sa vie en décrochant ce poste.

Il s'approcha d'elle.

— Je vous dérange ?

— Pas du tout.

Marcia se força à sourire.

— J'avais juste envie de fuir les regards.

— J'ai vu la répétition générale, dit Pete. Patricia est formidable.

— C'est gentil à vous.

Il hocha la tête. Tous deux contemplèrent le casier. Marcia remarqua un autocollant avec les mots « Kasselton Lacrosse » et deux crosses croisées. Elle avait le même sur la lunette arrière de sa voiture.

— Qu'est-ce qui se passe avec ces deux parents ? demanda-t-elle.

Pete eut un petit sourire.

— Secret professionnel.

— Ah…

— Mais je peux vous décrire un cas imaginaire.

Elle attendit la suite.

— Quand vous étiez au lycée, vous arrivait-il de boire de l'alcool ?

— J'étais une fille sage, répondit Marcia.

Comme Haley, faillit-elle ajouter.

— Mais des fois on se prenait une bière en douce.

— Et qui vous les procurait ?

— Les bières ? Ma voisine avait un oncle qui tenait un magasin de spiritueux. Et vous ?

— J'avais un copain qui faisait plus vieux que son âge. Vous savez, le genre qui se rase dès la sixième. Il allait acheter la bibine. Aujourd'hui, ce n'est plus possible. Il faut montrer ses papiers d'identité.

— Et quel rapport avec notre couple imaginaire ?

— On croit que les jeunes se procurent de l'alcool avec de faux papiers. Ça existe, mais, dans toute ma carrière, j'en ai confisqué à peine quatre ou cinq.

Pourtant, l'alcoolisme chez les jeunes est un problème plus grave que jamais.

— Alors comment font-ils ?

Pete regarda l'endroit où le couple s'était tenu pour prendre congé de lui quelques minutes auparavant.

— Cherchez du côté des parents.

— Les gamins se servent dans leur réserve ?

— Si seulement ! Les gens à qui je viens de parler, c'étaient les Milner. De braves gens. Lui est courtier en assurances et elle tient une boutique à Glen Rock. Ils ont quatre gosses dont deux au lycée. L'aîné est dans l'équipe de base-ball. Vendredi soir, ces parents gentils et attentionnés ont acheté un tonnelet et organisé une fête pour l'équipe de base-ball dans le sous-sol de leur maison. Deux des garçons se sont saoulés et ont bombardé d'œufs la maison d'un troisième. L'un d'eux était tellement imbibé qu'il a presque fallu lui faire un lavage d'estomac.

— Ce sont les parents qui ont acheté le tonnelet ?

Pete hocha la tête.

— C'est pour ça que vous les avez convoqués ?

— Oui.

— Et qu'ont-ils dit pour leur défense ?

— Ils m'ont sorti l'excuse la plus rebattue qui soit : les jeunes boiront de toute façon, alors autant que ce soit dans un environnement sûr. Les Milner ne veulent pas qu'ils aillent à New York ou dans un endroit louche, ni qu'ils prennent la voiture après avoir bu. Ils préfèrent qu'ils se torchent dans leur sous-sol, où ils ne risquent pas grand-chose.

— Dans un sens, ça peut se comprendre.

— Et vous, vous l'auriez fait ? demanda-t-il.

Marcia réfléchit.

— Non. Mais l'an dernier nous avons emmené Haley et une copine à elle en Toscane. Nous les avons laissées boire du vin dans les vignobles. Nous n'aurions pas dû ?

— Ce n'est pas interdit par la loi italienne.

— La marge est étroite, Pete.

— Donc, d'après vous, ces parents ont eu raison ?

— Ils ont eu tort à cent pour cent, répondit Marcia. Et leur excuse ne tient pas la route... Acheter de l'alcool à leurs gosses ? Ce n'est pas seulement pour s'assurer qu'il n'arrive rien à leur progéniture. Ce qu'ils veulent, c'est passer pour des parents cool, branchés. Des parents copains ou, pire, des copains parents.

— Je suis d'accord avec vous.

— D'un autre côté, dit Marcia en se retournant vers le casier, qui suis-je pour donner des conseils en matière d'éducation ?

Il y eut un silence.

— Pete, quand vous en parlez entre vous... profs, élèves, n'importe... qu'est-ce qui revient le plus souvent : Haley a été enlevée ou elle a fugué ?

Il y eut un nouveau silence. Visiblement, il cherchait la meilleure façon de présenter les choses.

— Pas de filtre, Pete. Ne cherchez pas à me ménager.

— D'accord.

— Alors ?

— Ce n'est qu'une intuition.

— Je vous écoute.

Il y avait des affiches partout dans le couloir. Le bal de fin d'année approchait. La remise des diplômes aussi. Les yeux de Pete Zecher se posèrent sur le casier de Haley. Marcia suivit son regard et vit une photo qui l'arrêta net. Toute sa famille sauf elle – Ted, Haley, Patricia et Ryan – posant aux côtés de Mickey à DisneyWorld. Marcia avait pris cette photo avec l'iPhone de Haley dans son étui rose orné d'une fleur violette. Trois semaines avant la disparition de Haley. La police s'était brièvement demandé si Haley n'avait pas rencontré quelqu'un lors de ce voyage, mais les investigations en étaient restées là. D'habitude, les gamins faisaient la queue pendant une demi-heure avec leurs carnets d'« autographes » pour que Mickey le leur tamponne, mais Haley avait remarqué que ce Mickey-là n'avait aucun succès. Elle avait saisi son frère et sa sœur par la main. « Venez, on va faire une photo ! » Marcia avait insisté pour la prendre elle-même : elle se souvenait de l'émotion qui l'avait submergée lorsque toute sa famille, son univers tout entier, s'était rassemblée autour de Mickey dans une parfaite harmonie. En contemplant le sourire éclatant de Haley, elle repensa à ce fugace instant de bonheur.

— On croit les connaître, nos jeunes, dit Pete Zecher, mais ils ont tous leur jardin secret.

— Même Haley ?

Pete écarta les bras.

— Regardez ces casiers. Ce que je vais dire peut vous sembler bateau, mais derrière chacun d'eux il y a les rêves et les espoirs d'un ado pris dans la tourmente. L'adolescence est un combat, une période de tensions à la fois réelles et imaginaires. La famille, les études, le sport… et tout ça en pleine mutation, avec les hormones qui font la java. Tous ces casiers, tous ces individus coincés sept heures par jour entre ces murs. Comme j'ai une formation scientifique, chaque fois j'imagine des particules piégées dans un espace où règne une chaleur intense. Et toutes cherchent à s'échapper.

— Vous pensez donc que Haley a fugué ?

Pete Zecher regardait la photo prise à Disney-World, comme si lui non plus n'arrivait pas à s'arracher au sourire de Haley. Lorsqu'il se retourna, elle vit qu'il avait les larmes aux yeux.

— Non, Marcia, je ne pense pas qu'elle ait fugué. Je crois qu'il lui est arrivé quelque chose. Quelque chose de grave.

5

LE MATIN AU RÉVEIL, Wendy mit en route la machine à panini, nom ronflant pour presse-sandwich ou alors gril à croque-monsieur. C'était vite devenu l'appareil le plus indispensable de la maisonnée, Charlie et elle se nourrissant principalement de panini. Elle disposa du fromage et du bacon entre deux tranches de pain complet et abaissa le couvercle chauffant.

Comme chaque matin, Charlie dévala l'escalier façon cheval de labour lesté d'enclumes. Il s'écroula plus qu'il ne s'assit à table et inhala le fumet du sandwich.

— Tu pars au boulot à quelle heure ? demanda-t-il.

— Mon boulot, je l'ai perdu hier.

— Ah oui ! c'est vrai. J'avais zappé.

L'égoïsme des ados. Quelquefois, comme maintenant, c'était plutôt attendrissant.

— Tu peux me déposer au bahut ?

— Bien sûr.

Le matin, les abords du lycée de Kasselton étaient imparablement bouchés. Certains jours ça la rendait folle, mais à d'autres moments ce trajet en voiture leur offrait l'occasion de parler tous les deux, et il arrivait que Charlie se confie à elle, pas ouvertement, mais, en écoutant bien, on pouvait glaner deux ou trois infos. Aujourd'hui, cependant, il passa tout ce temps à envoyer des textos, le nez baissé sur son téléphone portable.

Lorsqu'elle se gara le long du trottoir, il dégringola par la portière sans cesser de pianoter sur les touches.

— Merci, maman ! lança Wendy.

— Ouais, pardon.

De retour chez elle, Wendy remarqua la voiture garée en face de la maison. Elle freina, se mit en position parking, tout en gardant son téléphone à portée de main. En principe, il n'y avait pas de quoi s'inquiéter, mais on ne pouvait être sûr de rien. Elle composa le 911, le doigt sur la touche envoi, descendit de voiture et découvrit Ed Grayson accroupi à côté de son pare-chocs arrière.

— Il est dégonflé, votre pneu, lui dit-il.

— Que puis-je pour vous, monsieur Grayson ?

Ed Grayson se releva, s'essuya les mains et plissa les yeux au soleil.

— Je suis passé à votre bureau. On m'a dit que vous aviez été virée. C'est à cause du jugement, j'imagine.

— En quoi puis-je vous être utile, monsieur Grayson ?

— Je voudrais m'excuser pour ce que je vous ai dit hier après l'audience.

— C'est tout à votre honneur.

— Et si vous avez une minute, ajouta-t-il, j'aimerais vraiment qu'on parle.

Une fois dans la maison, une fois qu'elle lui eut offert à boire et qu'il eut décliné sa proposition, Wendy s'assit à la table de la cuisine et attendit. Grayson arpenta la pièce avant de s'emparer d'une chaise et de s'asseoir à moins de un mètre d'elle.

— Tout d'abord, déclara-t-il, je vous renouvelle mes excuses.

— C'est bon, je me mets à votre place.

— Vous croyez ?

Elle ne dit rien.

— Mon fils s'appelle E. J. Ed Junior, quoi. C'était un gamin heureux. Il adorait le sport. Le hockey, surtout. Moi, je n'y connais rien. À mon époque, c'était plutôt le basket. Mais ma femme Maggie est née au Québec. Toute sa famille y joue. Ils ont ça dans le sang. Du coup, j'ai appris à aimer le hockey. Pour mon fils. Sauf que, maintenant, E. J. ne s'intéresse plus au sport. Si je l'amène à la patinoire, il se défile. Tout ce qu'il veut, c'est rester à la maison.

Il s'interrompit, le regard perdu au loin.

— Je suis désolée, dit Wendy.

Il y eut un silence.

Elle voulut passer la vitesse supérieure.

— De quoi avez-vous parlé avec Flair Hickory ?

— Son client n'a pas été vu depuis plus de quinze jours.

— Et alors ?

— J'ai cherché à savoir où il pouvait bien être, mais Hickory n'a pas voulu me le dire.

— Ça vous étonne ?

— Pas vraiment.

Nouveau silence.

— Et qu'attendez-vous de moi, monsieur Grayson ?

Il se mit à jouer avec sa montre, une Timex à bracelet flexible. Le père de Wendy avait eu la même. Quand il l'enlevait, le bracelet laissait une marque rouge à son poignet. Curieux, les détails dont on se souvient tant d'années après la mort de quelqu'un qu'on a aimé.

— Votre émission, dit Grayson. Vous avez passé une année à pourchasser les pédophiles. Pourquoi ?

— Pourquoi quoi ?

— Pourquoi avez-vous pourchassé des pédophiles ?

— Question d'audience, peut-être.

— Oui, j'imagine. Mais vous aviez d'autres raisons, n'est-ce pas ?

— Monsieur Grayson…

— Ed, la reprit-il.

— Restons-en à M. Grayson. J'aimerais que vous en veniez au fait.

— Je sais ce qui est arrivé à votre mari.

Comme ça, de but en blanc.

Wendy sentit le feu lui monter lentement au visage.

— Elle est sortie, vous savez, poursuivit-il. Ariana Nasbro.

D'entendre ce nom prononcé à haute voix la fit tiquer.

— Je suis au courant.

— Vous croyez qu'elle est guérie ?

Wendy repensa aux lettres qui avaient le don de lui retourner l'estomac.

— Peut-être bien, ajouta Grayson. J'en connais qui ont raccroché à ce stade. Mais ça ne change rien pour vous, n'est-ce pas, Wendy ?

— Ce ne sont pas vos oignons.

— C'est vrai. Dan Mercer, en revanche, ça me regarde. Vous avez un fils, non ?

— Qu'est-ce que ça peut vous faire ?

— On est sûr d'une chose avec les types comme Dan, continua-t-il, c'est qu'on ne peut pas les guérir.

Il se rapprocha un peu, inclina la tête.

— C'est l'une des raisons, hein, Wendy ?

— L'une des raisons de quoi ?

— D'avoir choisi la chasse aux pédophiles. Un alcoolique, ça peut arrêter de boire. Un pédophile, c'est plus simple : aucune véritable chance de rédemption et donc de pardon.

— Soyez gentil, monsieur Grayson, ne me psychanalysez pas. Vous ne savez strictement rien de moi.

Il hocha la tête.

— C'est un fait.

— Alors venons-en au vôtre.

— C'est tout simple. Si on n'arrête pas Dan Mercer, il fera d'autres victimes.

— Vous feriez mieux d'aller dire ça à la juge.

— Elle ne peut plus rien pour moi.

— Et moi, je peux ?

— Vous êtes journaliste. Et une bonne avec ça.

— Ex-journaliste.

— Raison de plus.

— Pour faire quoi ?

— Aidez-moi à le retrouver, Wendy.

— Pour que vous puissiez le tuer ?

72

— Il ne s'arrêtera pas.

— Vous l'avez déjà dit.

— Mais ?

— Je ne tiens pas à participer à votre projet de représailles.

— Il ne s'agit pas de représailles, fit Grayson en baissant la voix. C'est même carrément l'inverse.

— Je ne comprends pas.

— C'est une décision réfléchie. Pragmatique. Qui ne laisse rien au hasard. Je veux m'assurer que Dan Mercer ne fera plus souffrir personne.

— En l'éliminant ?

— Vous voyez un autre moyen ? Ce n'est pas non plus une question de violence, de soif de vengeance. On est tous des êtres humains, mais, quand on en arrive là – que vos gènes ou votre misérable existence sont à un stade de déliquescence tel que vous éprouvez le besoin de vous attaquer à un enfant –, la solution la plus humaine est de supprimer l'individu.

— Ça doit être sympa d'être à la fois juge et partie.

Ed Grayson eut l'air de trouver la repartie amusante.

— La juge Howard a-t-elle pris la bonne décision ?

— Non.

— Alors qui d'autre que nous... nous qui connaissons la situation ?

— Hier, à la sortie de l'audience, dit Wendy, pourquoi m'avez-vous accusée d'avoir menti ?

— Parce que c'est vrai. Vous n'aviez pas peur que Mercer se suicide. Vous êtes allée chez lui pour qu'il ne détruise pas les preuves.

73

Se levant, Ed Grayson traversa la cuisine et s'arrêta devant l'évier.

— Vous permettez que je boive un peu d'eau ?

— Je vous en prie. Les verres sont sur votre gauche.

Il en prit un dans le vaisselier et ouvrit le robinet.

— J'ai un ami, commença-t-il en regardant le verre se remplir, un type sympa, avocat, qui a très bien réussi. Eh bien, il y a quelques années, il m'a dit qu'il soutenait à fond la guerre en Irak. Pour un tas de raisons dont l'une était que les Irakiens méritaient qu'on les aide à se libérer. Moi, j'ai répondu : « Tu as un fils, n'est-ce pas ? Sois honnête, sacrifierais-tu sa vie pour cette guerre ? » Je lui ai demandé de vraiment bien y réfléchir. Je lui ai dit : « Imagine que Dieu vient te voir et te dit : "OK, je te propose un marché. Les États-Unis gagnent la guerre en Irak, quoi que cela sous-entende, mais, en contrepartie, ton fils recevra une balle dans la tête et mourra. Lui seul. Personne d'autre. Tout le monde rentre chez lui sain et sauf, mais ton fils meurt. Aurais-tu accepté le deal ?" »

Se tournant vers Wendy, Ed Grayson but une gorgée d'eau.

— Et qu'a-t-il répondu ?

— Qu'auriez-vous répondu, Wendy ?

— Je ne suis pas votre ami avocat va-t-en-guerre.

— Vous vous en tirez par une pirouette.

Grayson sourit.

— La vérité nue, c'est qu'aucun d'entre nous n'accepterait un tel marché. Personne ne voudrait sacrifier son enfant.

— Chaque jour, des gens laissent partir leurs enfants à la guerre, pourtant.

— Oui, on peut accepter de les laisser partir à la guerre, mais pas à la mort. Il y a une différence, même si elle suppose une bonne dose de déni. On peut braver le hasard, tenter sa chance mais on n'imagine pas que son enfant va y rester. Ce n'est pas pareil. Il ne s'agit pas d'un choix comme celui dont je parle.

— Vous attendez des applaudissements ? s'enquit-elle.

— Vous n'êtes pas d'accord ?

— Votre hypothèse déprécie la notion de sacrifice. Et puis, elle est absurde.

— Admettons, c'est peut-être absurde, je vous le concède. Mais pour nous, Wendy, il y a quelque chose de très vrai là-dedans. Dan ne touchera plus à mon enfant, et le vôtre est trop grand pour lui. Allez-vous capituler parce que votre fils n'a rien à craindre ? Est-ce que ça nous donne le droit de nous en laver les mains… Vous ne pouvez pas vous voiler la face, Wendy.

— Se faire justice soi-même, ce n'est pas trop mon truc, monsieur Grayson.

— Il ne s'agit pas de ça.

— Ça y ressemble.

— Réfléchissez un peu.

Grayson darda son regard sur elle pour s'assurer qu'elle restait concentrée.

— Si vous pouviez remonter le temps et retrouver Ariana Nasbro…

— Stop, dit-elle.

— Remonter à sa première condamnation pour conduite en état d'ivresse, ou à la deuxième, voire à la troisième…

— Fermez-la, d'accord ?

Ed Grayson hocha la tête, apparemment satisfait du résultat.

— Il est temps que je rentre.

Il sortit de la cuisine et se dirigea vers la porte d'entrée.

— Pensez-y. C'est tout ce que je vous demande. Vous et moi, on est du même côté, Wendy. Et je crois que vous le savez.

ARIANA NASBRO

Après le départ de Grayson, Wendy fit son possible pour oublier cette maudite lettre au fond de sa poubelle.

Elle brancha son iPod, ferma les yeux, cherchant l'apaisement dans la musique. Elle sélectionna sa plage zen, avec *Angels on the Moon* de Thriving Ivory et *Please Forgive Me* de William Fitzsimmons, mais ces chansons autour du pardon ne lui firent aucun effet. Elle changea de registre, essaya tout depuis les morceaux de son enfance, comme *Shout* de Tears for Fears jusqu'à Eminem.

Sans succès. Les mots d'Ed Grayson revenaient la hanter.

Si vous pouviez remonter le temps et retrouver Ariana Nasbro…

Elle l'aurait fait. Sans hésitation. Elle aurait remonté le temps, trouvé cette salope, lui aurait coupé la tête et aurait dansé autour de son torse palpitant…

Charmant. Mais c'était la vérité.

Wendy consulta ses e-mails. Dan Mercer lui indiquait le lieu du rendez-vous : une adresse à Wykertown dans le New Jersey. Une ville dont elle n'avait jamais entendu parler. Elle regarda l'itinéraire sur Google. Une heure de trajet. Parfait. Elle en avait encore presque quatre devant elle.

Wendy se doucha et s'habilla. La lettre. Cette fichue lettre. Elle redescendit quatre à quatre, fouilla parmi les déchets, récupéra l'enveloppe blanche. Examina l'écriture, comme si celle-ci pouvait contenir quelque indice caché. Un couteau de cuisine fit office de coupe-papier. L'enveloppe contenait deux feuilles de papier ligné, arrachées à un bloc-notes, comme elle en utilisait quand elle était petite.

Debout devant l'évier, Wendy lut la lettre d'Ariana Nasbro... du début à la fin. Aucune surprise, pas d'introspection véritable, rien qu'un ramassis de clichés usés jusqu'à la corde baignant dans les bons sentiments. Ariana Nasbro parlait des « germes de ma propre image de soi », de « rachat », de « quête de sens » et de « toucher le fond ». Lamentable... Elle avait même le culot d'évoquer « les épreuves que j'ai subies et comment j'ai appris à pardonner », « le miracle du pardon » et son désir de partager ce « miracle avec des gens comme vous et Charlie ».

Que cette femme ose écrire le prénom de son fils remplit Wendy d'une rage indicible.

Je resterai toujours une alcoolique, disait Ariana Nasbro vers la fin de sa lettre. Encore un *Je*. *Je* suis, *Je* vais, *Je* veux. Son courrier en était truffé.

Je, Je, Je.

Je sais maintenant que je suis un être imparfait digne de pardon.

Wendy eut envie de gerber.

Et la dernière ligne :

Ceci est la troisième lettre que je vous adresse. S'il vous plaît, donnez-moi de vos nouvelles pour que je puisse entamer ma guérison. Que Dieu vous bénisse.

Ah ! tu veux de mes nouvelles, pensa Wendy, tu vas en avoir. Et tout de suite.

Elle saisit ses clés et fonça à sa voiture. Elle entra l'adresse dans le GPS et prit la direction du centre de réadaptation où Ariana Nasbro résidait actuellement.

L'établissement était situé à New Brunswick, normalement à une heure de route, mais Wendy, le pied enfoncé sur la pédale de l'accélérateur, y arriva en moins de quarante-cinq minutes. Elle descendit de voiture et fit irruption dans le hall où elle donna son nom à la réceptionniste et dit qu'elle voulait voir Ariana Nasbro. La femme lui offrit de s'asseoir. Wendy répondit qu'elle préférait rester debout, mais la remercia quand même.

Ariana Nasbro fit son apparition quelques minutes plus tard. Wendy ne l'avait pas revue depuis douze ans, depuis son procès pour homicide involontaire. À l'époque, c'était une créature craintive, pitoyable, la tête enfoncée dans les épaules, les cheveux d'un châtain terne, mal coiffée, clignant des yeux comme si elle s'attendait à ce qu'on la frappe.

Cette Ariana-là, l'ex-détenue, était différente. Ses cheveux étaient courts et blancs. Très droite, elle regarda Wendy dans les yeux et lui tendit la main.

— Merci d'être venue, Wendy.

Wendy ignora la main tendue.

— Je ne suis pas venue pour vous.

Ariana essaya de sourire.

— Voulez-vous qu'on aille faire un tour ?

— Non, Ariana, je ne veux pas qu'on aille faire un tour. Dans vos lettres – je n'ai pas réagi aux deux premières, mais visiblement, vous n'avez pas saisi le message – vous demandez ce que vous pouvez faire pour vous racheter.

— Oui.

— Je suis donc venue vous le dire : cessez de m'envoyer vos élucubrations nombrilistes *made in* AA. Je m'en balance. Je n'ai pas envie de vous pardonner pour vous permettre de guérir, de vous en sortir ou quel que soit le terme. Que vous alliez mieux ou pas m'est égal. Ce n'est pas votre premier passage chez les Alcooliques anonymes, n'est-ce pas ?

— Non, répondit Ariana, la tête haute. Ce n'est pas la première fois.

— Vous aviez déjà essayé à deux reprises avant le meurtre de mon mari ?

— C'est exact, dit-elle d'une voix un peu trop calme.

— Vous étiez déjà arrivée à la huitième étape ?

— Oui. Mais cette fois, c'est différent parce que...

Wendy l'interrompit en levant la main.

— Je m'en fiche. Que ce soit différent ou pas ne change rien pour moi. Je n'ai que faire de vous, de votre guérison et de la huitième étape, mais si vous voulez réellement vous racheter, je vous suggère d'aller dehors, d'attendre au bord du trottoir et de vous jeter sous le premier bus qui passe. Ce ne sera pas facile, je vous l'accorde, mais si vous aviez fait ça la première fois que vous avez atteint la huitième étape – si celui ou celle qui avait trinqué par votre faute, et à qui vous aviez envoyé vos moi-moi-moi à la gomme, vous avait dit la même chose au lieu de vous pardonner – vous seriez peut-être morte et mon John serait en vie. J'aurais eu un mari et Charlie un père. C'est ça qui m'importe. Pas vous. Pas votre fête des six mois d'abstinence aux AA. Pas votre voyage spirituel vers la sobriété. Alors si vous désirez vraiment vous racheter, Ariana, arrêtez pour une fois de vous mettre en avant. Êtes-vous guérie… totalement guérie, cent pour cent sûre de ne plus jamais boire une goutte d'alcool ?

— On n'est jamais guéri.

— Et voilà, toujours le même blabla. Qui sait ce qui nous attend demain, hein ? Pour vous racheter donc, cessez d'écrire des lettres, de parler de vous, de vivre l'instant présent. Au lieu de tout ça, faites la seule chose qui vous évitera de tuer un autre père de famille : attendez le bus et jetez-vous sous ses roues. Et laissez-nous tranquilles, mon fils et moi. Jamais nous ne vous pardonnerons. Jamais. Faut-il être un monstre d'égoïsme pour nous demander une pareille chose afin que vous puissiez guérir, *vous* !

Là-dessus, Wendy fit volte-face, retourna à sa voiture et mit le moteur de sa voiture en marche.

Elle en avait fini avec Ariana Nasbro. Il était temps d'aller retrouver Dan Mercer.

6

MARCIA MCWAID ÉTAIT ASSISE SUR LE CANAPÉ à côté de Ted. En face d'eux, Frank Tremont, un enquêteur du comté d'Essex, faisait le point hebdomadaire sur la disparition de leur fille. Marcia savait déjà ce qu'il allait dire.

L'officier de police portait un costume marronnasse et une cravate élimée qui semblait avoir passé ces quatre derniers mois roulée en boule bien serrée. La soixantaine, proche de la retraite, il arborait l'air blasé de celui qui avait tout vu pour être resté longtemps au même poste. En s'informant à droite et à gauche, Marcia avait entendu dire que Frank quitterait ses fonctions dans quelques mois.

Mais bon, cela ne sautait pas aux yeux, et Tremont venait les voir régulièrement. Il y en avait eu d'autres, agents fédéraux, experts spécialisés dans les personnes disparues. Divers représentants de la loi. Avec le temps, ils s'étaient faits de plus en plus rares et, pour finir, il ne restait plus que ce flic solitaire et vieillissant, fagoté comme l'as de pique.

Les premiers jours, Marcia avait tenté de paraître accueillante en offrant aux officiers de police café et petits gâteaux. Aujourd'hui, elle ne se mettait plus en frais. Assis en face d'eux, ces parents frappés par le malheur, dans leur douillet nid de banlieue, Frank Tremont se demandait clairement comment leur annoncer qu'il n'y avait rien de nouveau à leur annoncer à propos de la disparition de leur fille.

— Je suis désolé, dit-il.

Marcia l'aurait parié.

Elle regarda Ted s'enfoncer dans le canapé, lever le visage pour ravaler ses larmes. Ted était un homme merveilleux, un mari exemplaire, un père idéal. Oui, mais elle découvrait que ce n'était pas un homme fort.

Marcia ne quittait pas Tremont des yeux.

— Et maintenant ? interrogea-t-elle.

— On continue à chercher.

— Comment ? Je veux dire, que peut-on faire d'autre ?

Tremont ouvrit la bouche, se ravisa.

— Je ne sais pas, Marcia.

Les yeux de Ted McWaid débordèrent.

— Je ne comprends pas, répéta-t-il pour la énième fois depuis le début de l'enquête. Comment se fait-il que vous ne trouviez rien ?

Tremont se taisait.

— Avec toutes ces nouvelles technologies, tous les progrès, Internet…

Sa voix se brisa. Il secoua la tête. Il ne voyait toujours pas. Marcia, si. Les choses ne fonctionnaient pas de cette manière. Jusqu'à présent, comme la plupart des familles américaines, ce qu'ils savaient du fonctionnement de la police (et la confiance qu'ils y plaçaient) ils le tiraient des séries policières qu'ils regardaient à la télé, où toutes les énigmes finissaient par être résolues. Les acteurs au physique avantageux trouvent un cheveu, une empreinte de pas, une squame, l'examinent au microscope, et hop ! la réponse surgit dans la minute. Mais ce n'était pas la réalité. La réalité, on la voyait davantage aux informations. Les flics du Colorado, par exemple, n'avaient toujours pas retrouvé l'assassin de la petite reine de beauté, JonBenét Ramsey. Et Elizabeth Smart, la jolie fille de quatorze ans, enlevée en pleine nuit dans sa chambre à coucher ? Les médias ne parlaient que de cette histoire ; la police, les agents du FBI et tous ces « experts » des scènes de crime avaient passé au peigne fin le domicile d'Elizabeth à Salt Lake City... pourtant, pendant neuf mois, personne n'avait songé à interroger le SDF cinglé qui avait travaillé dans cette maison et qui se prenait pour Dieu, bien que la sœur d'Elizabeth l'ait aperçu cette nuit-là. Mettez ça dans *Les Experts* ou *New York District*, et le spectateur jettera la télécommande à travers la pièce en clamant que c'est « invraisemblable ». Néanmoins, on aura beau enjoliver, ces choses-là arrivent tout le temps.

La réalité, Marcia le savait maintenant, c'est que même un crétin peut commettre impunément un crime gravissime.

La réalité, c'est que personne n'est à l'abri.

— Vous n'avez rien de neuf à m'apprendre ? hasarda Tremont. Rien du tout ?

— On vous a déjà tout dit, répondit Ted.

Tremont hocha la tête, avec son air de chien battu particulièrement expressif aujourd'hui.

— On a vu d'autres cas comme celui-ci, où une adolescente portée disparue avait refait surface quelque temps après. Elle avait eu besoin de prendre l'air ou peut-être qu'elle fréquentait quelqu'un en cachette.

Il avait déjà essayé de leur vendre cette théorie. Comme tout le monde, y compris Ted et Marcia, Frank Tremont préférait croire à une fugue.

— Et cette gamine du Connecticut, poursuivit-il. On l'avait surprise avec un type peu fréquentable, du coup elle est partie. Trois semaines après, elle était de retour chez elle.

Ted opina du chef et pivota vers Marcia en quête de réconfort. Elle fit de son mieux pour afficher un optimisme de façade, mais sans grand succès. Il se détourna et s'excusa.

Bizarre, pensa Marcia, que des trois ce soit elle la plus lucide. Naturellement, aucun parent ne veut reconnaître qu'il n'a pas su déceler les signes d'un malaise si profond chez sa fille adolescente qu'elle serait partie de la maison pendant trois mois. La police avait mis en avant toutes les désillusions de sa jeune existence : oui, Haley n'avait pas été admise à l'université de Virginie, son premier choix. Oui, elle n'avait pas remporté le concours de dissertation dans sa classe. Oui, elle venait de rompre avec un garçon. Et puis après ? Ces choses-là sont monnaie courante dans la vie d'une ado.

Marcia connaissait la vérité, depuis le premier jour. Pour reprendre les mots du proviseur Zecher, il était arrivé quelque chose de grave à sa fille.

— Frank ? dit-elle. Je vais vous montrer quelque chose.

Elle sortit la photo de la famille entourant Mickey trouvée dans le casier de sa fille et la lui tendit. Tremont prit le temps de bien la regarder. Dans le silence de la maison, on entendait sa respiration laborieuse.

— Ce cliché a été pris trois semaines avant la disparition de Haley.

Il l'étudia comme s'il pouvait lui fournir une solution.

— Je me souviens. Le séjour en famille à DisneyWorld.

— Regardez son visage, Frank.

Il s'exécuta.

— Pensez-vous que cette fille-là, avec ce sourire-là, serait partie sans rien dire à ses parents ou à ses amis ? Croyez-vous vraiment qu'elle aurait pris la clé des champs, poussant le vice jusqu'à n'utiliser ni son iPhone ni sa carte de retrait bancaire ?

— Non, dit Frank Tremont, je ne le pense pas.

— S'il vous plaît, Frank, continuez à chercher.

— Promis, Marcia. Je ne vous laisse pas tomber.

Quand on parle des autoroutes du New Jersey, on pense au Garden State Parkway avec son mélange d'entrepôts délabrés, de cimetières à l'abandon et de maisons mitoyennes décrépites, ou alors au New Jersey Turnpike dont les cheminées d'usine et les gigantesques complexes industriels semblent tout droit sortis de l'univers cauchemardesque de *Terminator*. On oublie la route 15 dans le comté de Sussex, les terres agricoles, les villages lacustres, les granges anciennes, les champs de foire et le vieux stade de base-ball.

Suivant les indications de Dan Mercer, Wendy roula sur la route 15 jusqu'à ce qu'elle devienne la 206, tourna à droite dans un chemin gravillonné, dépassa un entrepôt de garde-meuble et arriva dans un camp de caravanes à Wykertown. Le terrain était petit et désert, le genre de décor fantomatique auquel il ne manquait plus qu'une balançoire rouillée grinçant au vent. Le camp était divisé en parcelles. La section 7 de la rangée D se trouvait tout au fond, près de la clôture grillagée.

En descendant de voiture, Wendy fut frappée par le silence. Pas un bruit alentour. Pas même un tourbillon de poussière au milieu de la route. L'endroit avait une allure postapocalyptique, comme si ses résidents avaient été désintégrés par l'explosion d'une bombe atomique. Il y avait des cordes à linge, mais pas de linge dessus. Des chaises pliantes au tissu déchiré jonchaient le sol. Des barbecues au charbon de bois et des jouets de plage semblaient avoir été abandonnés là à la hâte.

Wendy consulta l'écran de son portable. Pas de réseau. Super… Elle grimpa les deux marches en parpaings et s'arrêta devant la porte de la caravane. Une petite voix – celle de la raison – lui soufflait qu'elle était une mère, pas une superhéroïne, et qu'elle ferait mieux de ne pas faire l'imbécile et de rebrousser chemin. Mais elle n'eut guère le temps d'y réfléchir car la porte-moustiquaire s'ouvrit, et Dan Mercer parut devant elle.

En voyant son visage, elle eut un mouvement de recul.

— Qu'est-ce qui vous est arrivé ?

— Entrez, marmonna-t-il entre ses mâchoires tuméfiées.

Son nez était aplati. Son visage était couvert de bleus, mais ce n'était pas le pire. Le pire, c'étaient les traces de brûlures. L'une d'elles semblait lui avoir traversé la joue.

Elle pointa le doigt sur l'une de ces marques circulaires.

— Brûlure de cigarette ?

Il haussa péniblement les épaules.

— Je leur ai dit que ma caravane était une zone non-fumeurs. Ça les a énervés.

— Qui ?

Dan Mercer balaya la question d'un geste désinvolte.

— Vous ne voulez pas entrer ?

— On est aussi bien dehors.

— Bon sang, Wendy, vous avez peur de moi ? Comme vous l'avez vous-même souligné, vous n'êtes pas vraiment mon genre.

— N'empêche.

— Je n'ai pas très envie de rester dehors.

— Ah ! mais j'insiste.

— Dans ce cas, au revoir. Désolé que vous ayez fait tout ce chemin pour rien.

Dan disparut dans la caravane, laissant la porte se refermer toute seule. Wendy attendit une minute pour voir s'il ne bluffait pas. Il semblait bien que non. Oubliant son appréhension – de toute façon, dans l'état où il était, elle ne risquait pas grand-chose –, elle poussa la porte et pénétra à l'intérieur du mobile home. Dan était tout au fond.

— Vos cheveux, dit-elle.

— Quoi, mes cheveux ?

Ses cheveux ondulés, autrefois châtains, étaient à présent d'une horrible couleur jaune censée passer pour du blond.

— C'est vous qui les avez teints ?

— Non, je suis allé chez Dionne, ma coloriste préférée.

Elle sourit presque.

— Ça vous va à ravir.

— Je sais. J'ai l'air de sortir d'une vidéo glam-rock des années 1980.

Il se rencogna dans le fond, comme s'il avait voulu cacher son visage meurtri. Wendy lâcha la porte qui se referma en claquant. Les rayons du soleil zébraient la pénombre qui régnait à l'intérieur. Côté entrée, le sol était recouvert d'un lino usé, mais en face il y avait un bout de moquette mal coupé, d'un orange que, faute d'un terme plus évocateur, on aurait pu qualifier de « criard ».

Recroquevillé dans son coin, Dan paraissait petit et cassé. Le plus curieux, ce pour quoi Wendy était autant en colère, c'était qu'elle avait voulu réaliser un reportage sur Dan Mercer et ses « bonnes œuvres » un an avant que son traquenard n'ait dévoilé sa véritable nature. Jusque-là, il avait fait figure de perle rare : l'altruiste désintéressé, qui voulait faire bouger les choses sans pour autant en tirer une gloire personnelle.

Elle s'était – oserait-elle l'avouer ? – laissé séduire. Dan était un bel homme avec une tignasse indisciplinée et des yeux bleu foncé, et quand il vous regardait on avait l'impression d'être une femme unique au monde. C'était quelqu'un d'intègre, qui avait du charme, un sens de l'humour décalé… pas étonnant qu'il eût été aimé de tous ces jeunes paumés.

Mais elle, la journaliste pathologiquement sceptique, comment s'était-elle laissé abuser ?

Elle avait même – une fois de plus – espéré qu'il lui ferait la cour. En le rencontrant, elle avait éprouvé un véritable coup de foudre, et elle n'avait pas douté que la foudre l'avait touché lui aussi.

Rien que d'y penser, elle en avait la chair de poule.

Depuis le fond de sa tanière, Dan essayait de la regarder avec la même intensité, en vain. Le charisme dont il avait su user pour la séduire autrefois avait volé en éclats. Aujourd'hui, il faisait peine à voir. Malgré tout ce qu'elle savait, l'instinct de Wendy lui disait qu'il ne pouvait pas être le monstre qu'elle avait démasqué.

L'instinct, parlons-en. Elle s'était fait avoir en beauté par sa modestie de façade. D'ailleurs, chaque fois qu'elle s'était fiée à son instinct, son intuition, ses tripes… elle s'était plantée.

— Je n'ai rien fait, Wendy.

Encore *Je*. Décidément, c'était son jour.

— Oui, c'est ce que vous m'avez dit au téléphone. Vous pouvez développer peut-être ?

Il avait l'air perdu, semblant chercher des arguments pour la convaincre.

— Depuis mon arrestation, vous avez enquêté sur moi, n'est-ce pas ? Vous avez parlé aux gamins avec lesquels je travaille au centre social. Combien ?

— Qu'est-ce que ça change ?

— Combien, Wendy ?

Elle voyait très bien où il voulait en venir.

— Quarante-sept.

— Combien d'entre eux m'ont accusé d'abus sexuels ?

— Officiellement, zéro. Mais il y a eu quelques tuyaux anonymes.

— Tuyaux anonymes, répéta Dan. Vous parlez de ces blogs dont les auteurs pourraient être n'importe qui, vous y compris.

— Ou alors des gamins terrifiés.

— Vous y croyez si peu, à ces blogs, que vous n'en avez même pas parlé à l'antenne.

— Ça ne prouve pas votre innocence, Dan.

— C'est drôle.

— Quoi ?

— Je pensais que c'était l'inverse. Qu'on était présumé innocent tant que votre culpabilité n'est pas prouvée.

Wendy se retint de lever les yeux au ciel. Elle n'avait pas envie de rentrer dans son jeu. Le moment était venu de lui renvoyer la balle.

— Savez-vous ce que j'ai trouvé en enquêtant sur vous ?

Dan Mercer parut s'enfoncer dans son coin au point de se fondre avec la caravane.

— Quoi ?

— Rien. Vous n'avez ni amis, ni famille, ni relations véritables. En dehors de votre ex-femme, Jenna Wheeler, et du centre social, vous menez l'existence d'un fantôme.

— Mes parents sont morts quand j'étais petit.

— Je suis au courant. Vous avez grandi dans un orphelinat en Oregon.

— Eh bien ?

— Il y a beaucoup de blancs dans votre CV.

— C'est un coup monté, Wendy.

— Soit. Mais vous vous êtes pointé dans cette maison pile à l'heure, non ?

— Je croyais aller voir une jeune fille qui avait des ennuis.

— Et vous êtes entré sans frapper ?

— J'ai entendu Chynna m'appeler.

— Son nom est Deborah, pas Chynna. Elle est stagiaire chez nous. Quelle coïncidence qu'elle ait la même voix que votre mystérieuse inconnue.

— Ça venait de loin, répondit-il. C'était ça, votre piège, non ? Comme si elle sortait de la douche.

— Je vois. Vous avez cru que c'était une fille du centre social prénommée Chynna, c'est ça ?

— Oui.

— Naturellement, je l'ai cherchée, cette Chynna. Votre mystérieuse inconnue, Dan. Histoire de faire mon travail de journaliste. Vous avez travaillé avec notre dessinateur.

— Je sais.

— Et vous savez aussi que j'ai montré son portrait-robot à tout le voisinage, sans parler des employés et des pensionnaires de votre centre social. Personne ne la connaît, personne ne l'a vue.

— Je vous l'ai dit. Elle est venue me voir en cachette.

— C'est pratique. Et quelqu'un s'est servi de votre ordinateur portable pour envoyer ces messages nauséabonds ?

Il ne dit rien.

— Qui plus est – aidez-moi, Dan –, quelqu'un y a téléchargé ces photos. Oui, et ce quelqu'un – moi peut-être, à en croire votre avocat – a dissimulé de révoltantes photos d'enfants dans votre garage.

Dan Mercer ferma les yeux, vaincu.

— Savez-vous ce que vous devriez faire, Dan ? Maintenant que vous êtes libre, que vous n'êtes plus passible de jugement, vous devriez vous soigner. Allez voir un thérapeute.

Il sourit faiblement et secoua la tête.

— Vous pourchassez les pédophiles depuis deux ans, Wendy. Et vous l'ignorez encore ?

— J'ignore quoi ?

Sa voix lui parvint dans un murmure :

— On ne guérit pas un pédophile.

Wendy se sentit soudain glacée. Au même moment, la porte de la caravane s'ouvrit à la volée.

Elle eut tout juste le temps de bondir en arrière, manquant se prendre la porte-moustiquaire. Un homme au visage camouflé par un masque de ski se glissa à l'intérieur. À la main, il tenait un pistolet.

Dan fit un pas en arrière, leva les mains.

— Ne faites pas ça…

L'homme masqué pointa son arme sur lui. Wendy recula en trébuchant pour se mettre à l'abri. Et l'intrus tira.

Comme ça, sans sommations. Une déflagration brève, assourdissante.

Dan pivota et s'écroula face contre terre.

Wendy hurla. Elle s'aplatit derrière le vieux canapé, comme s'il pouvait la protéger. Par-dessous elle voyait Dan étendu sur le sol. Immobile. Une mare de sang en train de se former autour de sa tête, maculant la moquette. Le tireur traversa la pièce.

Sans hâte. D'un pas nonchalant. Il s'arrêta au-dessus de Dan, le visa à la tête.

Ce fut à ce moment-là que Wendy aperçut la montre.

Une Timex avec un bracelet flexible. Exactement comme celle de son père. L'espace de quelques secondes, le temps parut s'arrêter. La taille correspondait. Le gabarit aussi. Plus la montre.

C'était Ed Grayson.

Il tira à deux reprises dans la tête de Dan, avec un bruit mat, saccadé. Le corps de Dan se convulsa. Wendy lutta contre la panique pour essayer de réfléchir.

Elle avait deux solutions.

La première, négocier avec Grayson. Le convaincre qu'elle était dans son camp.

La seconde, fuir. Se précipiter dehors, foncer à la voiture et déguerpir.

Ces deux solutions présentaient des inconvénients. Dans le premier cas, Grayson la croirait-il ? Elle l'avait envoyé sur les roses voilà quelques heures plus tôt, elle lui avait menti, et elle était allée à un rendez-vous secret avec Dan Mercer, l'homme qu'il venait d'abattre froidement sous ses yeux…

La première solution se révélant problématique, il ne restait plus…

Elle se rua vers la porte ouverte.

— Arrêtez !

Courbée en deux, Wendy titubait quand elle sortit dehors.

— Attendez !

Sûrement pas. Elle déboula au soleil. « Bouge, se dit-elle. Ne traîne pas. »

— Au secours ! cria-t-elle.

Pas de réaction. L'endroit semblait abandonné.

Ed Grayson dégringola du marchepied de la caravane, le pistolet à la main. Wendy se mit à courir. Les autres caravanes étaient trop loin.

— Au secours !

Des coups de feu.

Le seul refuge en vue, c'était sa voiture. Au moment où Grayson tirait à nouveau, elle plongea derrière ce bouclier de fortune.

Devait-elle courir le risque ?

Mais avait-elle le choix ? Fallait-il qu'elle reste là à attendre qu'il fasse le tour et la descende ?

Elle fourragea dans sa poche à la recherche de ses clés de voiture. D'une pression sur la commande à distance, elle déverrouilla les portières. Mieux que ça, quand Charlie avait eu son permis, il avait insisté pour avoir la commande du démarrage à distance afin de chauffer la voiture l'hiver depuis la cuisine. Wendy avait protesté contre ce caprice d'enfant gâté, trop douillet pour rester quelques minutes dans le froid. Aujourd'hui, elle l'aurait embrassé.

Le moteur se mit en marche.

Wendy ouvrit la portière du conducteur et, tête basse, se glissa sur le siège. Elle jeta un œil par la vitre. Le pistolet était pointé droit sur la voiture. Elle se baissa précipitamment.

Nouveaux coups de feu.

Elle s'attendait au fracas du verre brisé. Rien. Pas le temps de s'en préoccuper maintenant. Couchée sur le flanc, elle poussa le levier sur la position *drive*. La voiture démarra. Avec sa main gauche, elle appuya sur la pédale de l'accélérateur, sans savoir où elle allait, priant pour ne pas rencontrer un obstacle.

Dix secondes passèrent. Était-elle suffisamment loin ?

Elle décida que oui.

Wendy se redressa, s'assit sur le siège. Grayson, toujours masqué, s'encadrait dans son rétroviseur ; il courait vers elle en pointant son arme.

Elle écrasa l'accélérateur, rejetant la tête en arrière, et roula jusqu'à ce qu'il n'y ait plus personne dans le rétro. Alors seulement elle attrapa son téléphone portable. Toujours pas de réseau. Elle composa de nouveau le 911, pressa la touche et n'obtint que le signal « pas de connexion ». Au bout d'un kilomètre et demi, elle recommença. Toujours en vain. Une fois sur la route 206, elle réessaya. Rien.

Son appel n'aboutit que cinq kilomètres plus loin.

— Quelle est la nature de votre urgence ? lui demanda-t-on.

— Je voudrais signaler des coups de feu.

7

LE TEMPS DE FAIRE DEMI-TOUR pour retourner à la caravane, trois voitures de patrouille du comté de Sussex
étaient déjà arrivées sur les lieux. Un officier surveillait le périmètre.

— C'est vous, la dame qui a appelé ? demanda-
t-il à Wendy.

— Oui.

— Vous n'avez rien, m'dame ?

— Non, ça va.

— Vous n'avez pas besoin d'assistance
médicale ?

— Non, ça va très bien.

— Vous avez dit au téléphone que l'agresseur
était armé ?

— Oui.

— Et qu'il était seul ?

— Oui.

— Venez avec moi, je vous prie.

Il l'escorta vers un véhicule de police et ouvrit la
portière. Wendy hésita.

— Pour votre sécurité, m'dame. Rassurez-vous,
vous n'êtes pas en état d'arrestation.

Elle se glissa à l'arrière. L'officier ferma la portière et s'assit à la place du conducteur. Le moteur coupé, il l'interrogea longuement. De temps à autre, il levait la main pour l'interrompre et transmettre par radio les renseignements qu'il venait d'obtenir d'elle. Elle lui raconta tout ce qu'elle savait, y compris ses soupçons à l'encontre d'Ed Grayson.

Une bonne demi-heure plus tard, un autre officier de police, un Noir énorme, cent cinquante kilos au bas mot, s'approcha de la voiture. Il portait une chemise hawaïenne qui débordait du pantalon et qui, sur une personne normale, aurait fait office de boubou. Il ouvrit la portière arrière.

— Madame Tynes, shérif Mickey Walker, police du comté de Sussex. Puis-je vous demander de descendre du véhicule ?

— Vous l'avez attrapé ?

Sans répondre, Walker se dirigea d'une démarche chaloupée vers l'entrée du camp. Wendy lui emboîta le pas à la hâte. Un autre policier était en train d'interroger un homme en marcel et boxer.

— Shérif Walker ?

Il ne ralentit pas l'allure.

— Vous dites que selon vous l'homme qui portait le masque de ski serait un dénommé Ed Grayson ?

— Oui.

— Et qu'il est arrivé après vous ?

— Oui.

— Savez-vous ce qu'il avait comme voiture ?

Elle réfléchit un instant.

— Je ne l'ai pas vue, non.

Walker hocha la tête comme s'il s'attendait à cette réponse. Arrivé à la caravane, il poussa la porte-moustiquaire et se baissa pour entrer, non sans difficulté. Wendy le suivit. Deux agents en uniforme se trouvaient à l'intérieur.

À l'endroit où Dan était tombé, il n'y avait rien.

Elle se tourna vers Walker.

— Vous avez enlevé le corps ?

La réponse, elle la devinait déjà. En venant, elle n'avait croisé ni fourgon ni ambulance.

— Il n'y avait pas de corps, répliqua-t-il.

— Je ne comprends pas.

— La caravane est telle que nous l'avons trouvée en arrivant.

Wendy désigna le coin.

— Il était là. Dan Mercer. Je n'invente rien.

Elle contempla l'endroit en se disant : « Oh non ! ce n'est pas possible. » Elle revit la scène mille fois utilisée au cinéma et à la télé, le cadavre volatilisé, la femme qui insiste, implore : « Il faut me croire ! » et, évidemment, personne ne la croit. Son regard se posa de nouveau sur le flic massif pour observer sa réaction. Elle s'attendait à du scepticisme, mais Walker la surprit.

— Je sais que vous n'inventez rien.

Elle qui était prête à se lancer dans un long discours de justification, cette remarque lui coupa le sifflet.

— Inspirez profondément, dit Walker. Vous ne sentez rien ?

Elle s'exécuta.

— Une odeur de poudre ?

— Exact. C'est même très récent, dirais-je. Qui plus est, il y a un trou dans le mur. La balle l'a traversé, on l'a retrouvée dehors dans un parpaing.

Apparemment, c'est du trente-huit, mais on en saura plus d'ici quelque temps. Regardez autour de vous et dites-moi s'il y a quelque chose de changé par rapport au moment où vous êtes partie…

Il marqua une pause.

— … à l'exception du cadavre, j'entends.

Wendy s'en rendit compte tout de suite.

— La moquette a disparu.

Une fois de plus, Walker hocha la tête comme s'il savait d'avance ce qu'elle allait dire.

— Quel genre de moquette ?

— Orange, à longues mèches. C'est là que Mercer est tombé quand l'autre lui a tiré dessus.

— Et cette moquette était dans le coin que vous m'avez montré ?

— Oui.

— Venez voir.

Walker prenait beaucoup de place dans la caravane exiguë. Ils se dirigèrent vers la cloison du fond ; il pointa un doigt épais, et Wendy aperçut le trou laissé par le projectile, petit et net. Walker souffla comme un bœuf en se baissant.

— Vous voyez ceci ?

De minuscules tortillons orange jonchaient le sol. Preuve qu'elle disait la vérité… mais ce n'était pas ce que Walker voulait lui montrer. Elle suivit la direction de son doigt.

Du sang.

Pas beaucoup, comparé à celui qui avait coulé quand Dan Mercer avait été touché. Mais suffisamment. D'autres bouts de moquette orange baignaient dans le liquide gluant.

— Il a dû saigner à travers la moquette, dit Wendy.

Walker acquiesça.

— Nous avons un témoin qui a vu un homme déposer un rouleau de moquette dans le coffre de sa voiture. Une Acura MDX noire immatriculée dans le New Jersey. Nous avons déjà contacté les services d'immatriculation au sujet d'Edward Grayson domicilié à Fair Lawn, New Jersey. Il possède une Acura MDX noire.

Pour commencer, on lança le thème aux accents mélodramatiques du générique. Ta-ta-taaaaaa…

Drapée dans une robe de magistrat, Hester Crimstein ouvrit la porte et gagna, d'une démarche de lionne, le fauteuil du juge. À mesure qu'elle se rapprochait de la caméra, le tempo s'accéléra. Une voix off, déclama : « Levez-vous, mesdames et messieurs, la juge Hester Crimstein. »

Et le titre : LE TRIBUNAL DE CRIMSTEIN.

Hester prit place.

— Voici mon verdict.

Les choristes, celles qui chantent les jingles des stations radio comme « Cent deux point sept… New Yooork », entonnèrent :

— C'est l'heure du verdict !

Hester ravala un soupir. Trois mois déjà qu'elle travaillait sur son nouveau concept, abandonnant le cadre étroit de *Crime selon Crimstein*, son émission sur le câble qui traitait de « cas réels »… cas réels étant un euphémisme pour frasques de stars, disparitions de jeunes Blancs, adultères d'hommes politiques.

Son huissier se nommait Waco. C'était un humoriste à la retraite. Ils étaient sur un plateau de télévision, pas dans une salle d'audience, même si cela en donnait l'impression. Bien qu'il ne s'agît pas d'un procès à proprement parler, Hester présidait une procédure ayant valeur juridique : les deux parties signaient un contrat d'arbitrage, la production payait les dommages-intérêts, et tous deux, plaignant et défendeur, touchaient cent dollars par jour. Gagnant-gagnant.

La téléréalité a plutôt mauvaise presse, et c'est largement mérité, mais ce qui en ressort, surtout dans les émissions ayant trait à la cour – la cour qu'on fait à une femme ou la cour de justice –, c'est que cela reste un monde d'hommes. Prenez le défendeur, Reginald Pepe. Big Reg, comme il aimait qu'on l'appelle, avait censément emprunté deux mille dollars à la plaignante, Miley Badonis, sa petite amie de l'époque. Big Reg affirmait qu'il s'agissait d'un cadeau.

— Les nanas, elles aiment bien m'offrir des trucs… que voulez-vous que je vous dise ?

La cinquantaine bedonnante – il devait avoir dépassé le quintal –, Big Reg arborait une chemise en maille qui laissait entrevoir son abondante pilosité. Il ne lui manquait que le soutien-gorge. Ses cheveux enduits de gel rebiquaient façon méchant de dessin animé, et il portait des chaînes en or autour du cou, une bonne dizaine, au bas mot. Son visage large, arrondi par la haute définition de l'image, présentait suffisamment de cratères pour qu'on se mette à chercher un véhicule lunaire sur sa joue droite.

Miley Badonis, la plaignante, avait facilement vingt ans de moins et, même s'il n'y avait pas de quoi foncer sur le téléphone pour composer le numéro de l'agence de mannequins Elite, elle était pas mal. Mais elle voulait tellement un homme, un homme à n'importe quel prix, qu'elle avait donné l'argent à Big Reg pratiquement sans poser de questions.

Deux fois divorcé, séparé de sa troisième épouse, Big Reg était venu accompagné de deux femmes. Toutes deux moulées dans un top bustier et le nombril à l'air, mais dépourvues de la silhouette qui va avec. Tellement serrés, les bustiers, que la chair débordait côté sud, leur donnant une allure de calebasses.

— Vous !

Hester pointa le doigt sur le bustier de droite.

— Moi ?

Elle réussit à faire claquer son chewing-gum au milieu du monosyllabe.

— Oui. Avancez. Qu'est-ce que vous faites là ?

— Hein ?

Waco, son désopilant huissier, se mit à chanter :

— *Si seulement j'avais une cervelle...*

Un air tiré du *Magicien d'Oz*. Hester le foudroya du regard.

— Vous avez choisi le moment, Waco.

Il se tut.

Le bustier de gauche fit un pas en avant.

— Avec la permission de la cour, Votre Honneur, nous sommes venues en tant qu'amies de Big Reg.

Hester jeta un coup d'œil sur Big Reg.

— Amies ?

Il arqua un sourcil, l'air de dire : « Ben, quoi, amies. »

Hester se pencha en avant.

— Je vais vous donner un conseil, mesdames. Si cet homme travaille dur pour s'instruire et s'améliorer, il pourrait un jour s'élever au rang de total loser.

— Hé, m'dame la juge ! fit Big Reg.

— Taisez-vous, monsieur Pepe.

Elle gardait les yeux rivés sur les deux filles.

— J'ignore quelle est votre relation avec lui, mesdames, mais je peux vous dire que ce n'est pas la meilleure façon de vous venger de papa. Vous voyez ce que c'est, un thon ?

Les deux filles semblaient déconcertées.

— Je vais vous aider, ajouta Hester. Toutes deux, vous êtes des thons.

Miley Badonis cria :

— Dites-leur, madame la juge !

Le regard d'Hester pivota en direction de la voix.

— Mademoiselle Badonis, avez-vous entendu parler de la paille et de la poutre ?

— Euh… non.

— Alors fermez-la et écoutez.

Hester se tourna vers les deux bustiers.

— Connaissez-vous la définition d'un thon ?

— C'est genre traînée, dit le bustier de gauche.

— Oui et non. Une traînée, c'est une fille qui a la cuisse légère. Un thon, ce qui à mes yeux est bien pire, est une fille qui voudrait d'un homme comme Reginald Pepe. En clair, Mlle Badonis est en bonne voie pour échapper à ce triste état. La même possibilité s'offre à vous. Je vous implore d'en profiter.

103

Peine perdue. Hester connaissait la chanson. Elle regarda le défendeur.

— Monsieur Pepe ?

— Ouais, m'dame la juge.

— Je vais vous répéter ce que me disait ma grand-mère : on ne monte pas deux chevaux avec un seul derrière…

— Ah ! mais si, m'dame la juge. Il suffit de savoir s'y prendre.

Bonté divine.

— Je vous traiterais bien de rebut, monsieur Pepe, mais franchement, ce serait injuste vis-à-vis des rebuts. Un rebut, ça ne fait de mal à personne, tandis que vous, misérable parodie d'être humain, vous ne laisserez derrière vous que gâchis et désolation. Et la pêche au thon.

— Eh, fit Big Reg en écartant les bras avec un sourire, vous allez me vexer.

Hester se retourna vers la plaignante.

— Hélas ! mademoiselle Badonis, ce n'est pas un délit que d'être une misérable parodie d'être humain. Vous lui avez donné cet argent. Il n'y a aucun document permettant d'affirmer qu'il s'agissait d'un prêt. Si on inversait les rôles – si vous étiez un homme laid comme un pou qui avait donné de l'argent à une femme plus jeune, charmante, mais quelque peu naïve –, vous seriez déboutée d'office. Bref, je donne raison au défendeur. Que je trouve par ailleurs répugnant. La séance est levée.

Le thème du générique de fin retentissait déjà, mais Hester n'y prêta pas attention. Son portable sonna. En voyant s'afficher le numéro, elle gagna précipitamment la coulisse.

— Où êtes-vous ? s'enquit-elle.

— J'arrive chez moi, répondit Ed Grayson. Et j'ai bien l'impression qu'on est venu m'arrêter.

— Vous êtes allé là-bas comme convenu ?

— Oui.

— OK, parfait. Faites valoir le droit de vous faire représenter et bouclez-la. J'arrive.

8

WENDY FUT SURPRISE DE TROUVER la Harley-Davidson de Papou devant chez elle. Épuisée par le long interrogatoire – sans parler de l'entrevue avec la meurtrière de son mari et de l'homme qui s'était fait descendre sous ses yeux –, elle dépassa en clopinant la vieille bécane recouverte d'autocollants défraîchis : le drapeau américain, la Ligue pour le port d'armes, les Vétérans. Un petit sourire flottait sur ses lèvres.

Elle ouvrit la porte d'entrée.

— Papou ?

Il émergea pesamment de la cuisine.

— Y a pas de bières dans le frigo.

— Personne n'en boit ici.

— Ouais, mais bon, tu sais jamais qui peut te rendre visite.

Wendy sourit à son… comment appelle-t-on le père de son défunt mari ?… son ex-beau-père.

— Ça, c'est bien vrai.

Papou la serra dans ses bras. Un léger relent de cuir, de bitume, de cigarette et, oui, de bière, chatouilla les narines de Wendy. Son beau-père – on laisse tomber « ex » – avait ce côté ours d'un ancien du Viêtnam. Il était costaud, dans les cent trente kilos, il soufflait comme un phoque et avait une moustache grise en guidon de vélo jaunie par la fumée de cigarette.

— Paraît que tu as perdu ton boulot, dit-il.

— Comment tu le sais ?

Papou haussa les épaules. Il n'y avait qu'une réponse possible : Charlie.

— C'est pour ça que tu es venu ? demanda-t-elle.

— Je passais par là et il me fallait un endroit où crécher. Où est mon petit-fils ?

— Chez un copain. Il devrait être de retour d'une minute à l'autre.

Papou observa Wendy avec attention.

— Tu as une tronche de déterrée.

— Et toi, tu sais parler aux femmes.

— Raconte-moi ça.

Il prépara des cocktails qu'ils allèrent siroter sur le canapé, et pendant qu'elle lui parlait de l'assassinat dont elle avait été témoin Wendy se rendit compte, même si c'était dur à admettre, à quel point la présence d'un homme lui manquait.

— Un violeur d'enfants qui se fait buter, dit Papou, je vais pas pleurer sur son sort.

— Un peu rugueux comme commentaire, non ?

— Comme on fait son lit, on se couche. Au fait, tu vois quelqu'un, toi ?

— J'aime bien la transition.

— Ne te défile pas.

— Non, je ne vois personne.

Papou secoua la tête.

— Les humains ont besoin de sexe.

107

— Je pensais que vous autres, les réacs, vous étiez contre le sexe hors mariage.

— Mais non, on prêche le principe juste pour avoir le champ libre.

Elle sourit.

— Ingénieux.

Papou la regarda.

— À part ça, qu'est-ce qui ne va pas ?

— J'ai reçu plusieurs lettres d'Ariana Nasbro.

Il y eut un silence.

John avait été fils unique. Il est certes difficile de perdre un mari, mais aucun parent n'a envie d'imaginer ce que ça ferait de perdre un enfant. Papou était l'image vivante de cette douleur-là. Elle ne le quittait jamais.

— Et alors, que voulait-elle, cette chère Ariana ?

— Elle est en train de suivre les douze étapes.

— Et tu es une de ces étapes ?

Wendy hocha la tête.

— La huit ou la neuf, je ne sais plus.

La porte d'entrée s'ouvrit à la volée, interrompant leur conversation. Ils entendirent Charlie faire irruption dans la maison : lui aussi avait repéré la Harley.

— Papou est là ?

— Nous sommes au salon, fiston.

Charlie se précipita, le visage fendu d'un large sourire.

— Papou !

Papou était son seul grand-parent encore en vie. Les parents de Wendy étaient morts avant la naissance de Charlie, et Rose, la maman de John, avait succombé à un cancer deux ans plus tôt. Les deux hommes – Charlie n'était encore qu'un garçon, mais il dépassait déjà son grand-père par la taille – s'étreignirent de toutes leurs forces. En fermant les yeux. Il était comme ça, Papou. Il ne faisait pas les choses à moitié.

Une fois leurs effusions terminées, Wendy opta pour le retour aux affaires courantes.

— Comment c'était, le lycée ?

— Naze.

Papou enlaça son petit-fils par le cou.

— Ça t'ennuie pas qu'on aille faire un tour, Charlie et moi ?

Elle allait protester, mais en voyant le visage de Charlie s'éclairer, elle se retint. L'adolescent maussade était redevenu un gosse.

— Tu as un second casque ? demanda-t-elle à Papou.

— Toujours.

Il haussa un sourcil à l'adresse de Charlie.

— Des fois qu'on tombe sur une petite belette à cheval sur la sécurité.

— Ne rentrez pas trop tard, dit Wendy. Et, au fait, avant que vous ne partiez, on devrait peut-être diffuser un message d'alerte.

— Pour quoi faire ?

— Pour qu'on enferme les demoiselles puisque vous voilà partis en chasse tous les deux.

Papou et Charlie se tapèrent dans la main.

— Yesss !

Les hommes…

Elle les accompagna à la porte et les regarda s'éloigner sur l'engin pétaradant de Papou. Au moment où elle s'apprêtait à rentrer dans la maison, une voiture inconnue se gara devant chez elle.

Wendy marqua une pause. La portière côté conducteur s'ouvrit, et une femme descendit en trombe. Elle avait les yeux rouges et les joues humides de larmes. Wendy la reconnut aussitôt : c'était Jenna Wheeler, l'ex-femme de Dan Mercer.

Leur première rencontre remontait au lendemain de l'émission sur Dan. Wendy s'était rendue chez les Wheeler et, assise sur le canapé jaune à fleurs bleues, avait écouté Jenna plaider publiquement la cause de son ex. Pourtant, elle avait tout à y perdre. Les gens du voisinage – Jenna habitait à dix minutes de chez Wendy ; leur fille fréquentait le même lycée que Charlie – étaient sous le choc, bien sûr. Dan Mercer était souvent invité chez les Wheeler. Il lui arrivait même de garder la petite fille de Jenna, née de son second mariage. Comment, se disaient les voisins, une bonne mère pouvait-elle ouvrir sa porte à un monstre pareil, et comment pouvait-elle le défendre, alors que la vérité venait d'éclater au grand jour ?

— Vous êtes au courant, fit Wendy.

Jenna hocha la tête.

— On est considérés comme ses plus proches parents.

Les deux femmes se tenaient sur le perron.

— Je ne sais que dire, Jenna.

— Vous étiez là ?

— Oui.

— C'était encore un piège ?

— Non, Jenna, ce n'était pas un piège.

— Que faisiez-vous là-bas, alors ?

— Dan m'a téléphoné. Il voulait qu'on se voie.

Jenna semblait dubitative.

— Il voulait vous voir ?

— Il disait détenir les preuves de son innocence.

— Mais la juge l'avait relaxé.

— Je sais.

— Dans ce cas, pourquoi… ?

Jenna s'interrompit.

— Quelles preuves ?

Wendy haussa les épaules, comme si ce geste pouvait tout expliquer. Le soleil s'était couché. L'air était doux, avec un souffle de brise.

— J'ai d'autres questions à vous poser, dit Jenna.

— Entrez alors.

Le premier choc passé, la journaliste d'investigation avait repris le dessus.

— Je vous offre une tasse de thé ?

Jenna refusa la proposition d'un revers de la main.

— Je ne comprends toujours pas ce qui s'est passé.

Wendy lui raconta tout ce qu'elle savait. À commencer par le coup de fil de Dan et jusqu'à son retour à la caravane en compagnie du shérif Walker. Elle ne parla pas de sa conversation avec Ed Grayson. Pas la peine de jeter de l'huile sur le feu.

Jenna écoutait, les yeux humides.

— Et il a tiré, comme ça ?

— Oui.

— Sans rien dire ?

— Rien.

— Il a…

Jenna regarda autour d'elle, comme si elle cherchait de l'aide.

— Comment peut-on faire ça à un autre être humain ?

Wendy avait bien une idée, mais elle préféra se taire.

— Vous l'avez vu, hein ? Ed Grayson ? Vous pouvez l'identifier avec certitude ?

— Il portait un masque de ski. Mais je pense que c'était lui, oui.

— Vous pensez ?

— Il portait un masque, Jenna.

— Alors comment savez-vous que c'était lui ?

— Grâce à sa montre. Et sa taille, sa carrure. Sa silhouette.

— La police l'a placé en garde à vue.

Wendy l'ignorait, mais une fois de plus elle préféra se taire. Jenna se remit à pleurer. Wendy ne savait pas comment réagir. Toute tentative de réconfort serait pour le moins futile. Du coup, elle attendit.

— Et Dan ? demanda Jenna. Vous avez vu son visage ?

— Pardon ?

— Quand vous êtes arrivée là-bas, avez-vous vu ce qu'ils ont fait à son visage ?

— Vous parlez des bleus ? Oui, je les ai vus.

— Ils l'ont battu comme plâtre.

— Qui ça, ils ?

— Dan cherchait désespérément un endroit où se réfugier. Mais où qu'il aille, on le reconnaissait et c'était l'hallali. Il y a eu des coups de fil, des menaces, des graffiti et même des agressions physiques. C'était épouvantable.

— Qui l'a agressé la dernière fois ? demanda Wendy.

Jenna la regarda dans les yeux.

— Sa vie était devenue un calvaire.

— Et vous voulez que je m'en sente responsable ?

— Wendy, après que votre émission est passée à l'antenne, la décision de la juge importait peu, Dan ne pouvait plus reprendre une vie normale, ne pouvait plus faire comme si de rien n'était.

— Je me suis bornée à relater des faits.

— Vous dites n'importe quoi, et vous le savez. Vous avez créé cette affaire de toutes pièces. Vous lui avez tendu un traquenard.

— Dan Mercer était en train de flirter avec une mineure…

Wendy se tut. À quoi bon radoter ? Tout avait déjà été dit et répété. D'autre part, cette femme, aussi naïve soit-elle, venait de perdre un proche. Elle lui laisserait vivre son deuil en paix.

— On a fini ? s'enquit-elle.

— Il était innocent.

Wendy ne prit pas la peine de la contredire.

— J'ai vécu quatre ans avec lui. J'ai été mariée avec cet homme.

— Et vous avez divorcé.

— Un mariage sur deux dans ce pays se termine par un divorce.

— Mais vous, pourquoi avez-vous divorcé ?

Jenna secoua la tête.

— En tout cas, ce n'est parce que j'aurais décou-vert des tendances pédophiles chez lui.

— Vous le savez mieux que moi.

— Il est le parrain de ma fille. Il garde nos enfants. Elles l'appellent oncle Dan.

113

— Oui, ce que vous me dites est très touchant, mais j'aimerais savoir pourquoi vous avez divorcé.

— C'était un divorce à l'amiable.

— Vous ne l'aimiez plus ?

Jenna prit son temps avant de répondre.

— Pas exactement.

— Vous répugnez à l'admettre, mais peut-être avez-vous senti qu'il n'était pas très net.

— Pas de cette façon. Il y avait quelque chose chez lui qui m'échappait, mais ce n'était pas lié à une quelconque déviance sexuelle. Dan a eu une enfance difficile. Il a été ballotté d'une famille d'accueil à une autre…

Sa voix mourut. Wendy se retint de souligner l'évidence. Orphelin. Familles d'accueil. Abus sexuels. Fouillez le passé d'un pédophile, vous trouverez toujours une histoire qui contient ces épisodes-là.

— Je sais ce que vous pensez. Mais vous avez tort.

— Pourquoi ? Parce que vous le connaissiez bien ?

— C'était comme si… Je ne sais pas comment l'expliquer. Il lui est arrivé quelque chose pendant ses années de fac. Il a étudié à Princeton, vous le savez, n'est-ce pas ?

— Oui.

— Un pauvre orphelin qui a travaillé dur et qui a réussi à entrer dans une université prestigieuse.

— Oui, et alors ?

Jenna soutint son regard sans ciller.

— Vous avez une dette envers lui.

Wendy resta muette.

— Quoi que vous pensiez, reprit Jenna, quelle que soit l'ultime vérité, une chose est certaine.

— Laquelle ?

— Il est mort par votre faute.

Il y eut un silence.

— Peut-être même pire que ça. Son avocat vous a mouchée devant la cour. Dan allait être relaxé. Ç'a dû vous contrarier.

— N'en dites pas plus, Jenna.

— Vous étiez en colère. Vous aviez l'impression que les magistrats n'avaient rien compris. Vous allez à ce rendez-vous avec Dan et, coïncidence incroyable, Ed Grayson se pointe là-bas. Que vous le vouliez ou non, vous êtes impliquée, peut-être même complice. Ou alors on vous a tendu un piège…

Jenna s'interrompit.

— Vous alliez dire « comme à Dan » ? fit Wendy.

Jenna haussa les épaules.

— C'est une sacrée coïncidence.

— Je crois que vous feriez mieux de vous en aller, Jenna.

— Vous avez raison.

Les deux femmes se dirigèrent vers la porte.

— Une dernière question, dit Jenna.

— Je vous écoute.

— Dan vous a dit où il était, n'est-ce pas ? C'est bien pour cette raison que vous vous trouviez dans ce camp de caravanes ?

— Oui.

— Vous en aviez parlé à Ed Grayson ?

— Non.

— Alors comment a-t-il pu débarquer là-bas… pile au même moment ?

Wendy hésita avant de répondre.

— Je ne sais pas. Je suppose qu'il m'a suivie.

— Mais comment aurait-il su où vous alliez ?

Wendy ne se l'expliquait pas. Elle se souvint d'avoir regardé dans son rétro, sur ces routes peu fréquentées. Elle n'y avait vu aucun véhicule.

Comment Ed Grayson avait-il retrouvé Dan Mercer ?

— Vous voyez bien ? La réponse la plus logique, c'est que vous l'avez aidé.

— Pourtant c'est faux.

— Bien sûr. Ce serait dommage, dit Jenna, que personne ne vous croie.

Elle s'éloigna. Sa réflexion était restée en suspens. Wendy la suivit des yeux, puis tourna les talons quand soudain une pensée lui traversa l'esprit.

Le pneu de sa voiture. Dégonflé. C'était ce que lui avait dit Ed Grayson.

Elle se précipita dans l'allée. Le pneu était en excellent état. Après s'être accroupie, elle tâta la partie invisible du pare-chocs arrière. Les empreintes digitales, se dit-elle. Dans sa hâte, elle n'y avait pas pensé. Elle retira sa main, s'accroupit plus bas pour mieux voir.

Rien.

Faute d'alternative, elle s'allongea sur le dos comme un vrai mécano. Elle avait installé des spots dans son allée. Du coup, on y voyait suffisamment clair. Wendy se tortilla sur le bitume pour se glisser sous la voiture. Juste un peu. Elle découvrit alors un objet à peine plus gros qu'une boîte d'allumettes fixé à l'aide d'un aimant, le genre qu'on utilise pour cacher un second jeu de clés. Voilà qui expliquait tout.

Ed Grayson ne s'était pas penché pour inspecter son pneu arrière, mais pour coller un traqueur GPS sous son pare-chocs.

9

— VOTRE CLIENT SOUHAITE-T-IL FAIRE UNE DÉPOSI-TION ? Assise dans la salle d'interrogatoire au commissariat central de la police du comté de Sussex en compagnie d'Ed Grayson, d'un shérif colossal nommé Mickey Walker et d'un jeune flic du nom de Tom Stanton, Me Hester Crimstein répliqua :

— Ne le prenez pas mal, mais c'est à mourir de rire.

— Je suis content que ça vous amuse.

— Et comment ! Cette arrestation est d'un ridicule !

— Votre client n'est pas en état d'arrestation, dit Walker. Nous voulons simplement nous entretenir avec lui.

— Ah oui ! un brin de causette entre amis. Comme c'est gentil. Pourtant, vous avez fait émettre des mandats de perquisition pour son domicile et son véhicule, je me trompe ?

— C'est exact.

Hester hocha la tête.

— Bon, parfait. Tenez, avant qu'on commence…

Elle fit glisser une feuille de papier et un stylo à travers la table.

— Qu'est-ce que c'est ? demanda Walker.

— J'aimerais que vous écriviez vos nom, grade, adresses personnelle et professionnelle, numéros de téléphone, goûts et dégoûts… bref, tout ce qui pourrait nous aider à vous retrouver quand on vous citera à comparaître pour arrestation abusive.

— Je vous le répète : votre client n'est pas en état d'arrestation.

— Et moi je vous répète : vous avez fait émettre des mandats de perquisition.

— Il me semble que votre client voudrait faire une déposition.

— Ah bon ?

— Nous avons un témoin qui l'a vu exécuter un homme, déclara Walker.

Ed Grayson ouvrit la bouche, mais Hester Crimstein l'empêcha de parler en posant la main sur son bras.

— Vous m'en direz tant.

— Un témoin digne de foi.

— Et votre témoin digne de foi a vu mon client exécuter – vous n'avez pas dit abattre, ni tuer, ni liquider, mais exécuter – un homme ?

— C'est cela.

Hester sourit, faussement suave.

— Cela ne vous ennuie pas, shérif, qu'on procède par étapes ?

— Procédons comme bon vous semblera.

— Bien. Tout d'abord, qui est cet homme ? La victime de cette exécution ?

— Dan Mercer.

— Le pédophile ?

— Peu importe ce qu'il était ou qui il était. Et je vous rappelle que toutes les charges qui pesaient contre lui ont été levées.

— Je vous l'accorde bien volontiers, vos collègues se sont plantés en beauté dans cette affaire, mais bon, passons. Première étape : vous dites que Dan Mercer a été exécuté.

— Exact.

— Alors, montrez-nous le cadavre.

Il y eut un silence.

— Vous ne m'avez peut-être pas entendue ? Où est le cadavre ? Je voudrais le faire examiner par mon expert médical.

— Ne faites pas la maligne, Hester. Vous savez bien qu'il n'a toujours pas été localisé.

— Pas localisé ?

Cette fois, Hester feignit d'être choquée.

— J'ai peur de ne pas avoir bien compris à mon tour. Vous n'avez pas de cadavre, c'est bien ce que vous me dites ?

— Pas encore.

— Très bien. Étape suivante. Vous maintenez, malgré l'absence de cadavre, que Dan Mercer a été exécuté ?

— Oui.

— À l'aide d'une arme, j'imagine ? Pouvons-nous examiner celle-ci, je vous prie ?

— Nous ne l'avons pas encore localisée, répondit Walker.

— Pas de cadavre, pas d'arme.

Hester écarta les bras en souriant.

— Vous voyez maintenant pourquoi j'estime que la situation est pour le moins cocasse ?

— Nous espérions que votre client accepterait de faire une déposition.

— À quel sujet ? L'énergie solaire au XXIᵉ siècle ? On a évoqué le cadavre et l'arme… qu'est-ce qu'il nous reste à voir ? Ah oui ! le témoin.

Nouveau silence.

— Vous affirmez que votre témoin a vu mon client exécuter Dan Mercer ?

— C'est exact.

— A-t-il, ou a-t-elle, vu son visage ?

— Il portait un masque.

— Je vous demande pardon ?

— Il portait un masque.

— Un masque qui lui cachait la figure ?

— C'est ce qu'a déclaré notre témoin, oui.

— Et comment a-t-il pu identifier mon client ?

— Il a reconnu sa montre.

— Sa montre ?

Walker s'éclaircit la voix.

— Ainsi que sa taille et sa carrure.

— Un mètre quatre-vingts, cent quarante kilos. Ah ! et la Timex, un modèle rarissime. Savez-vous pourquoi ça ne m'amuse plus, shérif Walker ?

— Je suis sûr que vous allez nous le dire.

— Ça ne m'amuse plus parce que c'est trop facile. Avez-vous une idée de mes tarifs horaires ? À ce prix-là, je mérite de me confronter à un vrai défi. Et là, c'est tout simplement humiliant. Votre affaire, telle qu'elle se présente, c'est plus mou que du nougat et il me faut des éléments concrets, irréfutables, pour autoriser mon client à faire la déposition que vous attendez de lui.

Elle attendit. Jusqu'à présent, Walker ne lui avait rien appris qu'elle ne sache déjà. C'était la seule raison pour laquelle Hester Crimstein était toujours là : elle voulait savoir où ils en étaient.

— Nous avons des preuves matérielles qui relient votre client à la fois à Dan Mercer et à la scène de crime.

— Chouette ! Dites-moi tout.

— Comprenez qu'il s'agit d'analyses préliminaires. Nous aurons les détails dans les semaines qui viennent. Mais nous savons déjà ce qu'il en ressortira. C'est pour qu'il nous explique son rôle dans cette affaire que nous avons convoqué votre client, histoire de prendre de l'avance.

— C'est très gentil à vous.

— Nous avons trouvé du sang dans la caravane. Et des traces de sang dans l'Acura de M. Grayson. Les analyses ADN complètes vont prendre un certain temps, mais, d'après les premiers résultats, ça colle. Autrement dit, le sang prélevé sur le lieu où, d'après le témoin, M. Mercer a été abattu correspond au sang découvert dans le véhicule de votre client. Nous avons également déterminé à quel groupe sanguin il appartenait, O négatif, celui de M. Mercer. Par ailleurs, nous avons des fragments de moquette. Sans entrer dans les détails, les mêmes fragments ont été trouvés dans la caravane louée par M. Mercer et dans l'Acura. Ainsi que sur la semelle de la basket de votre client. Pour finir, nous avons cherché un résidu de poudre. Il y avait des traces sur les mains de votre client. Il s'était servi d'une arme.

Hester se contenta de le dévisager. Walker lui rendit son regard.

— Madame Crimstein ?

— J'attends que vous me donniez de véritables éléments qui pourraient incriminer mon client.

Walker se tut.

Hester se tourna vers Ed Grayson.

— Venez. On s'en va.

— Pas de commentaire ? demanda Walker.

— À propos de quoi ? Mon client est un marshal fédéral à la retraite, médaillé qui plus est. C'est un père de famille, un pilier de la communauté, avec un casier judiciaire vierge… et vous nous faites perdre notre temps avec ces bêtises. Au mieux – si les résultats des analyses répondent à votre attente, si mes experts ne démolissent pas vos prétendues preuves matérielles et si je ne vous traîne pas en justice pour corruption et incurie –, si tout se passe bien pour vous, ce dont je doute fort, vous pourriez, *pourriez*, établir un lien fortuit entre mon client et Dan Mercer. Mais la situation est risible : vous n'avez pas de cadavre, pas d'arme, pas de témoin capable d'identifier formellement mon client. Vous n'avez même pas la preuve qu'il y a eu crime… et encore moins que mon client y a été mêlé.

Walker se laissa aller en arrière, et la chaise craqua en signe de protestation.

— Alors comme ça, vous pouvez expliquer le sang et les fragments de moquette ?

— Est-ce bien utile ?

— Je pensais que vous accepteriez peut-être de nous aider. Histoire de blanchir votre client une fois pour toutes.

— Voici ce que je vais faire.

Hester griffonna un numéro de téléphone et le lui tendit.

— Qu'est-ce que c'est ?

— Le numéro de téléphone du stand de tir Gun-O-Rama.

Walker la considéra en silence.

— Passez-leur un coup de fil, dit Hester. Mon client y était cet après-midi, une heure avant que vous ne l'appréhendiez. Il s'exerçait au tir.

Hester remua les doigts en un petit geste d'adieu.

— Bye-bye les traces de poudre.

Bouche bée, Walker regarda Hester avant de se ressaisir.

— C'est bien pratique.

— Du tout. Rappelez-vous, M. Grayson est marshal fédéral à la retraite. Il a l'habitude de s'entraîner. C'est bon, on a fini ?

— Pas de déclaration à faire ?

— Non, pas de déclaration. Venez, Ed.

Hester et Ed Grayson se levèrent.

— Nous continuerons à chercher, madame Crimstein. Soyez-en assurés tous les deux. Nous avons le tableau chronologique. Nous établirons l'emploi du temps de M. Grayson. Nous retrouverons l'arme et le cadavre. Je comprends les raisons de son geste. Mais on n'a pas le droit de se faire justice soi-même. Je mènerai mon enquête. Ne vous inquiétez pas.

— Puis-je parler franchement, shérif Walker ?

— Bien sûr.

Hester regarda la caméra au-dessus de lui.

— Coupez la caméra.

Walker se retourna, hocha la tête. Le voyant rouge de la caméra s'éteignit.

Les deux poings sur la table, Hester se pencha en avant.

— Vous auriez beau retrouver l'arme, le cadavre et même montrer une vidéo de mon client en train de tirer sur ce violeur d'enfants au Giants Stadium devant quatre-vingt mille témoins, il ne me faudrait pas plus de dix minutes pour le faire relaxer.

Elle tourna les talons. Ed Grayson avait déjà ouvert la porte.

— Passez une bonne soirée, dit Hester.

À dix heures du soir, Charlie envoya un texto à Wendy.

papou demande où est le bar à putes le plus proche

Elle sourit. Sa façon de lui faire savoir que tout allait bien. Charlie était très fort pour garder le contact.

Elle répondit :

je ne sais pas. et ça ne se dit pas. on dit club privé maintenant

Charlie :

papou dit qu'il en a rien à f*tre du politiquement correct

Wendy souriait toujours quand le téléphone sonna. C'était le shérif Walker qui la rappelait, suite à son coup de fil.

— J'ai trouvé quelque chose sur ma voiture, dit-elle.

— Oui ?

— Un traceur GPS. Je pense que c'est Ed Grayson qui l'a posé là.

— Je suis à côté, fit-il. Je sais qu'il est tard, mais vous permettez que je vienne y jeter un œil maintenant ?

— Je vous en prie.

— Donnez-moi cinq minutes.

Elle sortit l'attendre à côté de la voiture. Il se baissa, et elle lui parla de la visite d'Ed Grayson sans omettre, cette fois, de mentionner l'épisode apparemment insignifiant du pneu dégonflé. Il regarda le GPS et hocha la tête. Il lui fallut un petit moment pour déplier sa carcasse massive.

— J'enverrai quelqu'un pour prendre des photos et l'enlever.

— J'ai appris que vous aviez arrêté Ed Grayson.

— Qui vous l'a dit ?

— L'ex-femme de Mercer, Jenna Wheeler.

— Elle se trompe. Nous l'avons convoqué pour interrogatoire. Il ne s'agissait en aucun cas d'une arrestation.

— Et vous le retenez toujours ?

— Non, on l'a laissé partir.

— Et après ?

Walker se racla la gorge.

— L'enquête suit son cours.

— Alors là, si ce n'est pas de la langue de bois !

— Vous êtes journaliste.

— Plus maintenant, mais bon, disons que ce que vous me direz restera entre nous.

— Entre nous, il n'y a pas matière à investigation. Nous n'avons pas de cadavre. Pas d'arme. Nous n'avons qu'un seul témoin – vous, en l'occurrence –, qui n'a pas vu son visage, donc qui ne peut pas l'identifier formellement.

— Foutaises.

— Comment ça ?

— Si Dan Mercer avait été un citoyen respectable, et non un type soupçonné de pédophilie…

— Et si je perdais cinquante kilos et devenais blanc et beau gosse, on pourrait me prendre pour Hugh Jackman. La vérité, c'est que, sans arme et sans cadavre, nous n'avons rien.

— À vous entendre, vous baissez les bras.

— Non. Mais ma hiérarchie n'a strictement aucun intérêt à poursuivre dans cette voie. Comme mon chef et l'avocat de la défense me l'ont rappelé aujourd'hui, dans le meilleur des cas, nous inculperions un flic fédéral à la retraite dont le fils a été sexuellement agressé par la victime.

— Voilà qui n'est pas bon pour une carrière politique.

— Ça, c'est un point de vue cynique, jugea Walker.

— Vous en voyez un autre ?

— Oui : nos effectifs sont limités. Un de mes collègues, un vieux briscard nommé Frank Tremont, recherche toujours la fille disparue, Haley McWaid, mais après tout ce temps, là encore, c'est une question d'effectifs. Et qui voudra mobiliser des effectifs pour rendre justice à une racaille et porter devant un tribunal une affaire perdue d'avance ?

— C'est bien ce que je dis : vous baissez les bras.

— Pas tout à fait. Je compte remonter la piste, localiser le dernier domicile en date de Mercer.

— Ce n'était pas la caravane ?

— Non. J'ai parlé à son avocat et à son ex-femme. Mercer bougeait beaucoup… À mon avis, il lui était difficile de rester longtemps à la même adresse. Bref, il avait loué cette caravane le matin même. Il n'y avait rien apporté, pas même une tenue de rechange.

Wendy esquissa une moue.

— Et qu'espérez-vous découvrir quand vous aurez trouvé l'endroit où il habitait ?

— Si seulement je le savais.

— Quoi d'autre ?

— Je tâcherai d'identifier l'acheteur du traceur que vous avez trouvé sur votre voiture, mais je doute que ça nous mène quelque part. Même si, avec beaucoup de chance, nous réussissons à prouver qu'il appartenait à Grayson, ça montrera simplement qu'il vous surveillait. La partie est loin d'être gagnée.

— Il faut retrouver le cadavre, dit Wendy.

— C'est la priorité numéro un. Je dois reconstituer le trajet emprunté par Grayson… et je pense y arriver grosso modo. Nous savons que, deux heures après avoir quitté la caravane, Grayson s'est arrêté à un stand de tir.

— Vous plaisantez ?

— Ç'a été ma première réaction. Mais en fait, c'est drôlement ingénieux. Des témoins l'ont vu tirer à la cible, ce qui rend caduque notre analyse des traces de poudre. Nous avons contrôlé l'arme dont il s'est servi sur le stand de tir : les balles ne correspondent pas à celles découvertes sur la scène de crime.

— Grayson aurait pensé à se rendre sur un stand de tir pour brouiller vos analyses ?

— C'est un ex-marshal. Il sait ce qu'il fait. Il portait un masque de ski, il s'est débarrassé du corps, de l'arme, il a saboté nos analyses... et il a engagé Hester Crimstein. En revanche, il y a plein de trous dans son emploi du temps, et ce ne sont pas les terrains en friche qui manquent dans la région pour y balancer un corps.

— Et vous n'avez pas assez d'hommes pour tout explorer.

— Comme je vous l'ai dit, il ne s'agit pas d'une adolescente portée disparue. Il s'agit du cadavre d'un pédophile. Si Grayson a tout planifié – et jusqu'ici, cela semble être le cas –, il aurait pu creuser un trou avant même de tuer Mercer. Il est possible qu'on ne retrouve jamais le corps.

L'air vague, Wendy secoua la tête.

— Oui ?

— Je suis le pigeon de l'histoire. Grayson a essayé de me rallier à sa cause. Comme ça n'a pas marché, il m'a suivie... et je l'ai conduit directement à Mercer.

— Vous n'y êtes pour rien.

— Peu importe. Je n'aime pas être manipulée.

Walker n'en rajouta pas.

— C'est une fin merdique, déclara Wendy.

— Certains diraient que tout est bien qui finit bien.

— Comment ça ?

— Le pédophile échappe à la justice humaine, mais pas à la justice divine. C'est presque biblique, quand on y pense.

— Je le sens mal, moi.

— Quoi donc ?

Elle se garda de répondre. Mais elle voulait dire tout. Comme si l'ex de Mercer n'avait pas tort.

Comme si toute l'histoire puait depuis le début. Comme si, depuis le début, elle aurait dû se fier à son intuition.

Soudain, elle eut le sentiment d'avoir aidé à tuer un innocent.

— Retrouvez-le, dit Wendy. Quoi qu'il ait pu être, vous lui devez bien ça.

— J'essaierai. Mais comprenez que cette affaire ne sera jamais prioritaire.

10

WALKER SE TROMPAIT LOURDEMENT.

Wendy n'entendrait parler de la macabre découverte que le lendemain, lorsque la nouvelle serait reprise par tous les médias. Entre-temps, pendant que Charlie et Papou faisaient la grasse matinée, et après avoir repensé aux paroles de Jenna à propos de Princeton, Wendy avait décidé de mener sa propre enquête. Première étape : Phil Turnball, qui avait partagé le logement de Dan Mercer sur le campus. Se pencher sérieusement sur le passé de Dan était un bon point de départ.

Au moment même où Wendy entrait dans un Starbucks d'Englewood, New Jersey, deux officiers de police, le shérif du comté de Sussex Mickey Walker et son juvénile adjoint Tom Stanton, se trouvaient à quarante kilomètres de là, à Newark, en train de fouiller la chambre 204 de *Chez Freddy*, suites luxe grand confort. Un bouge immonde. Il ne manquait pas d'humour, Freddy, se dit Walker, vu qu'on ne trouvait là-dedans ni luxe, ni suites, ni grand confort.

Walker avait remué ciel et terre pour reconstituer les deux dernières semaines de la vie de Dan Mercer.

Les indices étaient maigres. Mercer avait utilisé son portable pour appeler trois personnes : son avocat, Flair Hickory, son ex-femme Jenna Wheeler et, la veille, la journaliste Wendy Tynes. Flair n'avait jamais demandé son adresse à son client ; moins il en savait, mieux ça valait. Jenna n'était pas au courant non plus. Wendy n'avait eu de ses nouvelles que la veille.

Pour finir, ils remontèrent la piste sans trop de difficulté. Dan Mercer s'était caché, certes, mais, d'après son avocat et son ex, c'était plus pour échapper aux menaces de citoyens trop zélés et de groupuscules organisés en milices de protection civile qu'aux autorités. Personne ne voulait d'un prédateur dans le voisinage. Il se déplaçait donc d'hôtel en hôtel, payant généralement avec du liquide retiré au distributeur le plus proche. En raison du procès à venir, il n'avait pas le droit de quitter l'État.

Seize jours plus tôt, il était descendu *Au Motel 6* à Wildwood. Ensuite, il était resté trois jours à *Court Manor Inn* à Fort Lee, puis à *Fair Motel* à Ramsey, pour atterrir *Chez Freddy*, suites luxe grand confort, chambre 204, à Newark.

La fenêtre donnait sur un foyer nommé Le Recours (comme Dernier Recours) où Dan Mercer avait travaillé autrefois. Intéressant comme ultime refuge. Le gérant n'avait pas vu Dan depuis deux jours, mais, comme il l'avait expliqué, les clients ne venaient pas ici pour se faire remarquer.

— Voyons si on trouve quelque chose, dit Walker.

— D'accord.

— Je peux te poser une question ?

— Bien sûr.

— Personne n'a voulu travailler avec moi sur cette affaire. Ils se disent : une racaille de moins, bon débarras.

Stanton hocha la tête.

— Et moi, je me suis porté volontaire.

— Ben oui.

— Et vous voulez savoir pourquoi.

— Ben oui.

Stanton referma le tiroir du haut, ouvrit celui qui était en dessous.

— Peut-être que je suis un bleu, peut-être que je finirai par me blinder. Mais la justice a blanchi ce gars. Point barre. Si on n'est pas content, il n'y a qu'à changer les lois. Nous autres, flics, devons être impartiaux. Si la vitesse est limitée à soixante-dix, on verbalise celui qui roule à quatre-vingts. Si on attend qu'il ait atteint les quatre-vingt-dix, alors il faut fixer la limite à quatre-vingt-dix. Et c'est valable dans l'autre sens. D'après le règlement, la juge a relaxé Dan Mercer. On ne contourne pas les règles. On les change légalement.

— Tu es un bleu, confirma Walker.

Stanton haussa les épaules tout en continuant à fouiller parmi les vêtements.

— En fait, il n'y a pas que ça.

— Je m'en doutais.

— J'ai un grand frère qui s'appelle Pete. Un type génial, sportif de haut niveau. Il a fait partie de l'équipe de réserve des Buffalo Bills pendant deux ans. Comme ailier. Sa troisième saison commence. « Ça y est, qu'il se dit, ça va être mon année. » Il fait de la muscu, il bosse comme un malade, et il a toutes les chances d'être engagé. Il a vingt-six ans, il est à Buffalo. Un soir, il rencontre une fille chez Bennigan. Vous savez, la chaîne de restaurants.

— Je connais.

— Bref, Pete commande des ailes de poulet, et cette petite allumeuse l'accoste et demande si elle peut en avoir une. Évidemment, qu'il dit. Elle en fait des tonnes en mangeant. Vous voyez ce que je veux dire ? Avec la langue et tout, et elle a un décolleté plongeant qu'on ne peut pas s'empêcher de reluquer. Une vraie chaudasse, quoi. Il la branche. Elle s'assied. De fil en aiguille, Pete la ramène chez lui et lui fait son affaire.

Stanton tapota son poing... au cas où Walker n'aurait pas compris.

— Il s'avère que la fille a quinze ans. Elle est élève de première, mais, franchement, on ne l'aurait pas deviné. Vous savez comment les gamines s'habillent de nos jours. Elle est fringuée comme une barmaid dans un Hooters... ou plus, si vous voyez ce que je veux dire.

Stanton s'interrompit, regarda Walker.

— Je vois ce que tu veux dire, acquiesça le shérif pour relancer la conversation.

— Oui, bon, le père de la nana apprend ce qui s'est passé. Il pète les plombs, accuse Pete d'avoir séduit sa petite fille, alors qu'elle a dû se taper mon frère juste pour faire bisquer son vieux. Et Pete se retrouve inculpé pour détournement de mineure. Piégé par le système. Je comprends. C'est la loi. Maintenant, il est étiqueté délinquant sexuel, pédophile, la totale. Quelle blague ! Mon frère est un bon citoyen, un brave gars, mais aujourd'hui aucune équipe ne veut de lui. Donc je me dis qu'on a peut-être tendu un traquenard à ce Dan Mercer. Ce dont je suis sûr, c'est que tant qu'on n'a pas prouvé le contraire, il est innocent.

Walker regarda ailleurs, ne voulant pas lui donner raison. Il est bien plus facile de classer les gens en catégories, anges ou démons, sauf que ça ne marche pas. On travaille dans le gris et, honnêtement, ça craint. Les extrêmes, c'est tellement plus simple.

Alors que Tom Stanton se baissait pour regarder sous le lit, Walker essaya de se concentrer. Autant rester dans le noir et blanc pour le moment. Le jugement moral, ce sera pour plus tard. Un homme avait disparu. Il était probablement mort. Il devait le retrouver, peu importe qui il était ou ce qu'il avait fait.

Walker passa dans la salle de bains, inspecta la trousse de toilette. Brosse à dents, dentifrice, rasoir, mousse à raser, déodorant. Passionnant.

Dans la chambre, Stanton lança :

— Bingo !

— Quoi ?

— Sous le lit. J'ai trouvé son téléphone portable.

Walker se retint de crier « Super ! »

Connaissant le numéro du portable de Mercer et grâce à la triangulation du réseau, le shérif savait déjà qu'il avait passé son dernier appel quelque part sur la route 15, peu de temps avant le meurtre, à cinq kilomètres environ du camp de caravanes et à une bonne heure de voiture d'ici.

Alors que faisait son portable dans cette chambre ?

Il n'eut guère le temps d'y réfléchir. Il entendit à côté la voix basse de Stanton, presque un murmure :

— Oh non…

Cette voix lui fit froid dans le dos.

— Quoi ?

— Oh, mon Dieu…

Walker fonça dans la chambre.

— Qu'est-ce que c'est ? Que se passe-t-il ?

Stanton tenait le téléphone dans sa main. Blanc comme un linge, il était en train de fixer l'image à l'écran. L'appareil était protégé par un étui rose bonbon.

C'était un iPhone. Walker avait le même.

— Qu'est-ce que c'est ?

L'écran de l'iPhone s'éteignit. Sans un mot, Stanton leva l'appareil, rappuya sur la touche. L'écran se ralluma. Walker se rapprocha pour mieux voir.

Son cœur plongea dans ses chaussettes.

Le fond d'écran était une photo de famille. La traditionnelle photo de vacances. Quatre personnes – trois enfants, un adulte – tout sourires. Au centre de la photo, il y avait un Mickey. Et à droite de Mickey, peut-être la plus souriante de tous, se tenait la jeune fille disparue, Haley McWaid.

11

WENDY TÉLÉPHONA AU DOMICILE de l'ancien coloc de Mercer, Phil Turnball. À sa sortie de Princeton, Turnball avait pris le train express direction Wall Street et la haute finance. Il habitait le quartier le plus huppé d'Englewood.

Lorsque l'épisode de *Pris en flag* consacré à Dan était passé à l'antenne, elle avait tenté de contacter Turnball. Il s'était refusé à tout commentaire. Elle n'avait pas insisté. Mais maintenant que Mercer était mort, il se montrerait peut-être plus coopératif.

Ce fut Mme Turnball – Wendy n'avait pas saisi son prénom – qui décrocha. Wendy se présenta.

— Votre mari m'a envoyée promener une première fois, mais croyez-moi, ceci va l'intéresser.

— Il n'est pas là.

— Y a-t-il un moyen de le joindre ?

La femme hésita.

— C'est important, madame Turnball.

— Il est en réunion.

— À son bureau de Manhattan ? J'avais noté l'adresse…

— Au Starbucks, répondit-elle.

— Pardon ?

Wendy trouva une place de stationnement en face de Baumgart's, un restaurant qu'elle fréquentait assidûment, et que quatre devantures seulement séparaient du Starbucks. Mme Turnball lui avait expliqué que Phil s'était fait licencier à cause de la crise. La réunion en question, c'était plus des copains qui se retrouvaient autour d'un café, les ex-maîtres du monde… un groupe fondé par Phil et baptisé le club des Pères. D'après Mme Turnball, pour ces hommes subitement réduits au chômage, c'était une manière de « faire face et de retrouver un esprit de camaraderie dans ces moments particulièrement pénibles », mais Wendy avait perçu comme une nuance de sarcasme dans sa voix. Ou peut-être que c'était une pure projection de sa part. Une bande de yuppies rapaces, surpayés, imbus d'eux-mêmes, en train de pleurnicher sur une économie qu'ils avaient aidé à déglinguer à force de la parasiter… tout en dégustant un café à cinq dollars la tasse.

Les pauvres.

En entrant au Starbucks, elle repéra Phil Turnball dans le coin droit. Costume-cravate impeccable, assis à une table avec trois autres hommes. L'un d'eux, en tenue de tennis, balançait sa raquette comme dans l'attente d'un service de Federer. Un autre était équipé d'un porte-bébé avec un… bébé endormi dedans. Le dernier, celui qu'ils écoutaient tous avec attention, portait une casquette de base-ball beaucoup trop large avec la visière négligemment tournée de côté.

— Vous n'êtes pas d'accord ? s'enquit Casquette de travers.

De près, il ressemblait à Jay-Z, avec dix ans de plus, des muscles en moins… à supposer que Jay-Z ait été un Blanc au teint blafard essayant de ressembler à Jay-Z.

— Non, non, Fly, ne le prends pas mal, disait le tennisman. C'est moral et tout. Cent pour cent moral.

Wendy fronça les sourcils. Moral ?

— Mais – ce n'est qu'une suggestion – ce vers, je crois que ça ne va pas. L'histoire des flotteurs.

— Hmm. Trop vulgaire ?

— Peut-être.

— Il faut que je reste moi-même, quoi. Vous comprenez ? Ce soir, au Blend. Soirée tremplin. Il le faut. On ne va pas contre sa nature.

— J'entends bien, Fly. Tu vas faire un tabac, pas de problème. Mais la carrosserie ?

Le tennisman écarta les bras.

— Ça ne colle pas avec ton thème. Trouve une autre référence nautique. On ne parle pas de carrosserie pour un bateau.

Murmures d'assentiment autour de la table.

Celui-qui-n'était-pas-Jay-Z remarqua Wendy et baissa la tête.

— Alerte rouge ! Gazelle à tribord.

Tout le monde se retourna. À l'exception de Phil, elle ne s'était pas du tout attendue à ce qu'elle découvrait ici. Tout de même, Mme Turnball aurait pu la prévenir.

— Minute.

C'était le tennisman.

— Je vous connais. NTC News. Wendy quelque chose, c'est ça ?

— Wendy Tynes, oui.

139

Tout le monde sourit, à l'exception de Phil Turnball.

— Vous êtes là pour le concert de Fly ?

Faire un reportage sur ces gars-là, voilà une chienne d'idée, se dit Wendy.

— Pas précisément. Plus tard peut-être. Pour le moment, je viens voir Phil.

— Je n'ai rien à vous dire.

— Pas besoin. Venez. Je voudrais vous parler en privé.

En sortant du Starbucks, Wendy demanda :

— Alors c'est ça, le club des Pères ?

— Qui vous en a parlé ?

— Votre femme.

Il garda le silence.

— Et donc, poursuivit Wendy, c'est qui, Vanilla Ice là-bas ?

— Norm… enfin, il veut qu'on l'appelle Fly.

— Fly ?

— Un raccourci pour Ten-A-Fly. C'est son nom de scène.

Wendy retint un soupir. Tenafly était une ville du New Jersey à deux pas d'ici.

— Norm… Fly… était commercial de choc chez Benevisti Vance à Manhattan. Ça fait deux ans qu'il est au chômage, mais il s'est découvert un nouveau talent.

— Lequel ?

— Le rap.

— S'il vous plaît, dites-moi que vous plaisantez.

— C'est comme un deuil, dit Phil. Chacun le vit à sa façon. Fly pense pouvoir conquérir un nouveau marché.

Ils étaient arrivés à la voiture de Wendy. Elle déverrouilla les portières.

— Le rap ?

Phil hocha la tête.

— Il est le seul rappeur blanc d'âge moyen natif du New Jersey sur le circuit. Du moins, c'est ce qu'il dit.

Ils s'installèrent dans la voiture.

— Alors, qu'est-ce que vous me voulez ?

Pas facile de prendre des gants. Wendy alla droit au but.

— Dan Mercer a été assassiné hier.

Phil Turnball l'écouta sans mot dire. Il regardait par le pare-brise, pâle, les yeux humides. Il était rasé à la perfection, nota Wendy. Ses cheveux, séparés par une raie tirée au cordeau, bouclaient sur le devant, si bien qu'on l'imaginait aisément en petit garçon. Wendy lui laissa le temps d'encaisser le choc.

— Vous voulez que j'aille vous chercher quelque chose ?

Phil secoua la tête.

— Je me souviens de ma première rencontre avec lui, le jour de l'orientation. Il était d'un drôle ! Nous autres, on était tous coincés, on se la jouait. Lui était complètement à l'aise. C'était étrange comme comportement.

— Étrange dans quel sens ?

— Comme s'il avait déjà fait le tour de la question et qu'il n'y avait pas de quoi s'affoler. Et puis, il voulait se démarquer. Il avait ses limites. Lui aussi

141

faisait la fête, mais en même temps il parlait de se rendre utile. On avait des projets. Chacun le sien. Et maintenant…

Sa voix s'étrangla.

— Je suis désolée, dit Wendy.

— Je suppose que vous n'êtes pas venue jusqu'ici uniquement pour m'annoncer la mauvaise nouvelle.

— Non.

— Alors ?

— Je suis en train d'enquêter sur Dan…

— Vous l'avez déjà fait, non ?

Il se tourna vers elle.

— C'est un cadavre qu'il vous faudra harceler.

— Telle n'était pas mon intention.

— Qu'est-ce que vous cherchez, alors ?

— Je vous avais laissé un message une fois quand on tournait ce sujet sur Dan, et vous ne m'avez pas rappelée.

— Pour vous dire quoi ?

— Ce que vous auriez voulu.

— J'ai une femme et deux gosses. Je ne voyais pas l'intérêt de prendre publiquement la défense d'un pédophile… même accusé à tort.

— Vous pensez que Dan a été accusé à tort ?

Phil ferma les yeux. Wendy eut envie de le toucher, mais elle sentit que ce n'était pas le moment. Elle opta donc pour un changement de sujet.

— Pourquoi mettez-vous un costume pour aller au Starbucks ?

Il faillit sourire.

— J'ai horreur des *casual Fridays* [1].

Wendy contempla ce beau garçon complètement défait. Il avait l'air vidé, exsangue presque ; on aurait dit que le superbe costume et le vernis de ses chaussures l'aidaient à se maintenir debout.

Pendant qu'elle scrutait son visage, le souvenir d'un autre visage surgit devant ses yeux, lui coupant le souffle. Son père, son papa chéri, assis à la table de cuisine, manches retroussées, en train de glisser son mince CV dans une enveloppe. À cinquante-six ans, pour la première fois de sa vie d'adulte, il s'était retrouvé au chômage. Son père avait été responsable syndical, imprimeur durant vingt-sept ans pour un grand journal new-yorkais. Il avait défendu les intérêts de ses hommes, n'avait fait grève qu'une fois, en 1989, et était aimé de tous dans l'entreprise.

Puis il y avait eu une fusion, une de ces fusions-acquisitions en vogue au début des années 1990, qu'affectionnaient les costumes-cravates de Wall Street dans le genre de Phil Turnball, parce que ça faisait grimper leur portefeuille d'actions de plusieurs points, et tant pis pour les conséquences humaines. Soudain de trop, son père avait été licencié. Le lendemain matin, il s'était installé à la table de cuisine avec ses CV. Il avait la même tête que Phil Turnball en ce moment.

— Tu n'es pas en colère ? avait-elle demandé à son père.

---

1. Coutume, dans certaines entreprises américaines, de venir travailler le vendredi en tenue décontractée. *(N.d.T.)*

— La colère est une perte de temps, avait-il répondu en cachetant une nouvelle enveloppe. Tu veux un conseil… ou tu es trop vieille maintenant ?

— On n'est jamais trop vieux, avait répliqué Wendy.

— Mets-toi à ton compte. C'est le seul patron en qui tu peux avoir confiance.

Il n'avait pas eu l'occasion de travailler à son compte. Et il n'avait jamais retrouvé du travail. Deux ans plus tard, à cinquante-huit ans, il était mort d'une crise cardiaque à cette même table de cuisine, pendant qu'il consultait les petites annonces et continuait à remplir des enveloppes.

— Vous ne voulez pas m'aider ? fit Wendy.

— Pour quoi faire ? Dan est mort.

Phil Turnball chercha la poignée de la portière.

Elle posa la main sur son bras.

— Une seule question avant que vous ne partiez : pourquoi pensez-vous que Dan a été accusé à tort ?

Il réfléchit avant de répondre.

— Ces choses-là, quand ça vous arrive, on les sent, c'est tout.

— Je ne vous suis pas très bien.

— Ne vous inquiétez pas. Ça n'a pas d'importance.

— Que vous est-il arrivé, Phil ? J'ai raté quelque chose ?

Il eut un rire sans joie.

— Pas de commentaire, Wendy.

Il abaissa la poignée.

— Mais…

144

— Pas maintenant, dit-il en ouvrant la portière. Je vais aller marcher un peu en pensant à mon vieil ami. Je lui dois bien ça.

Phil Turnball se glissa hors de la voiture, rajusta son veston et s'éloigna dans la direction opposée au Starbucks.

12

ENCORE UNE PUTE MORTE.

L'enquêteur du comté d'Essex Frank Tremont remonta son pantalon par la ceinture, regarda la fille et soupira. Toujours la même histoire. Newark, South Ward, à quelques pas de l'hôpital Beth Israel, et pourtant un tout autre univers. Il y avait comme une odeur de pourriture dans l'air, et pas seulement à cause du cadavre. C'était toujours comme ça. Personne ne se donnait la peine de nettoyer par ici. Ils se contentaient de mariner dans leur jus.

Et voilà, encore une pute morte.

Ils avaient déjà mis son mac en garde à vue. La pute s'était fichue de lui et pour prouver sa virilité il lui avait tranché la gorge. Il avait toujours le couteau sur lui quand ils l'avaient alpagué. Futé, le gars, une vraie lumière. Frank avait mis six secondes à obtenir ses aveux. Il lui avait suffi de dire : « Il paraît que tu n'es pas assez balèze pour lever la main sur une femme », pour que l'autre, le futé, se répande.

Il considéra la fille morte, quinze ans peut-être, ou alors trente, difficile à dire, affalée parmi les détritus, canettes écrasées, emballages de McDo, bouteilles de bière. Frank repensa à sa dernière affaire de pute morte. Elle lui avait explosé à la figure. Il avait merdé. Dans les grandes largeurs. Son erreur avait failli coûter cher en vies humaines, mais bon, inutile de revenir là-dessus. Il s'était planté et avait perdu son boulot. Poussé vers la sortie par le procureur du comté et son enquêteur principal. Forcé à prendre sa retraite.

Là-dessus, il avait dû établir le dossier Haley McWaid.

Il était allé voir ses supérieurs pour leur demander de rester le temps de boucler l'enquête. Ils avaient accepté. Cela faisait trois mois déjà. Frank avait travaillé dur pour essayer de retrouver l'adolescente. Il avait fait appel à tout un tas de gens : agents fédéraux, collègues férus d'Internet, spécialistes des recherches et du profilage, quiconque pouvait l'aider. Il ne faisait pas ça pour la gloire, mais simplement pour ramener la fille.

Sauf que l'enquête piétinait.

Il regarda la pute morte. On en voyait beaucoup dans le métier. Des putes, des junkies qui fichaient leur vie en l'air, qui glandaient, se défonçaient, se faisaient démolir ou qui se retrouvaient en cloque de Dieu sait combien de pères différents, et tout ça, ça faisait un sacré putain de gâchis. La plupart s'en tiraient bon an mal an, titubant à travers leur pitoyable existence sans faire trop d'accrocs dans le tissu social, et quand elles se faisaient remarquer, c'était rarement pour une bonne raison. Mais elles survivaient. Tout déchets qu'elles étaient devenues, Dieu les laissait vivre, quelquefois jusqu'à un âge avancé tandis que, farceur comme Il savait l'être, Il avait pris la fille de Frank.

Une foule clairsemée s'était massée derrière le ruban jaune. Un rapide coup d'œil, et les gens passaient leur chemin.

— Vous avez fini, Frank ?

C'était le médecin légiste.

Tremont hocha la tête.

— Elle est à vous.

Sa petite fille, Kasey. Dix-sept ans. Gentille, vive, aimante. Il y a ce vieux cliché à propos du sourire capable d'illuminer tout ce qui l'entoure. Eh bien, Kasey avait ce sourire-là. Un rayon de soleil. Elle n'avait jamais fait de mal à personne. Jamais. Elle ne se droguait pas, ne se prostituait pas, ne se faisait pas mettre en cloque. Mais pendant que ces putes et ces junkies rôdaient comme des bêtes sauvages, Kasey, elle, mourait.

Dire que c'est injuste est un sacré euphémisme.

Kasey avait seize ans quand on lui avait diagnostiqué le sarcome d'Ewing. Un cancer des os. Parties du pelvis, les tumeurs s'étaient propagées à travers tout le corps. Sa petite fille avait souffert avant de mourir. Frank avait été là, assis à son chevet, les yeux secs, se raccrochant à la fois à sa main frêle et à sa raison. Il voyait les cicatrices postopératoires et les yeux cernés de l'agonisante. Il sentait la chaleur brûlante de son corps quand elle avait de la fièvre. Il se rappelait les cauchemars qu'elle avait faits, enfant ; tremblante, elle se glissait dans leur lit, entre Maria et lui, et elle parlait, se tournait et se retournait dans son sommeil. Mais depuis le diagnostic, plus rien. À croire que ses terreurs diurnes avaient supplanté les épouvantes nocturnes. Ses nuits étaient devenues calmes, apaisées, comme un avant-goût de la mort.

Il avait prié, mais ç'avait été peine perdue. Dieu sait ce qu'Il a à faire. Il a un plan, non ? Si vous êtes convaincu qu'Il est omniscient et tout-puissant, pouvez-vous imaginer que vos pauvres suppliques vont infléchir Sa volonté ? Tremont savait que c'était impossible. Il avait rencontré une autre famille qui avait prié chaque jour pour obtenir la guérison de leur fils atteint de la même maladie. Il était mort quand même. Leur autre fils s'était fait tuer en Irak. Comment pouvait-on croire aux miracles, cela le dépassait.

Pendant ce temps-là, les rues grouillaient de parasites. Les filles qui avaient une famille, des filles comme Haley McWaid et Kasey Tremont, qui étaient aimées et avaient la vie devant elles, une vraie vie, ces filles-là comptaient davantage. Et ça, personne ne le disait tout haut. Les bonnes âmes prétendaient que la pute morte enfermée dans sa housse mortuaire méritait exactement la même considération qu'une Haley McWaid ou une Kasey Tremont. Mais tout le monde savait que c'était du pipeau.

Frank songea, comme cela lui arrivait souvent ces jours-ci, à la mère de Haley, Marcia, et au père effondré, Ted. Cette pute qu'on était en train d'emporter – peut-être que quelqu'un aurait de la peine, mais, neuf fois sur dix, personne ne s'en souciait. Ses parents, à supposer qu'elle les ait connus, avaient dû faire une croix sur elle depuis belle lurette. Marcia et Ted, eux, attendaient, angoissés, espéraient encore. C'était peut-être cela, la différence entre les putes mortes de ce monde et les Haley McWaid. Ni la couleur de peau, ni le porte-monnaie, ni la maison avec jardin, mais les proches qui vous aimaient, la famille dévastée, les pères et les mères à jamais inconsolés.

Non, Frank ne partirait pas tant qu'il ne saurait pas ce qui était arrivé à Haley McWaid.

Il repensa à Kasey, essayant de se rappeler la petite fille pleine de vie qui préférait les aquariums aux zoos, et le bleu au rose. Mais ces images-là s'effaçaient devant celles de Kasey sur son lit d'hôpital : elle semblait de plus en plus petite, se souvint-il, et quand elle passait la main dans ses cheveux, ils se détachaient par touffes, elle regardait sa main et pleurait, devant son père, impuissant.

Le médecin légiste avait terminé son travail. Deux hommes soulevèrent le corps et le jetèrent sur un chariot comme si c'était un sac de tourbe.

— Doucement, dit Frank.

L'un des hommes se retourna.

— Ça va pas l'abîmer.

— Tout de même, allez-y doucement.

Pendant qu'ils transportaient le corps, Frank sentit son portable vibrer.

Il cilla pour chasser l'humidité qui lui brouillait la vue et appuya sur la touche.

— Tremont, j'écoute.

— Frank ?

C'était Mickey Walker, le shérif du comté voisin. Un grand Noir qui avait travaillé à Newark avec Frank. Un type carré, bon enquêteur. L'un de ses préférés. Son bureau avait hérité de l'affaire concernant le meurtre du violeur d'enfants. Apparemment, un parent avait réglé son problème de pédophilie. Aux yeux de Frank, c'était tant mieux et bon débarras, mais il savait que Walker mènerait l'enquête jusqu'au bout.

— Ouais, je suis là, Mickey.

— Tu connais *Chez Freddy*, suites luxe grand confort ?

— Le taudis de Williams Street ?

— C'est ça. Il faut que tu rappliques dare-dare.

Tremont sentit son pouls s'accélérer. Il changea de main.

— Pourquoi ? Qu'est-ce qui se passe ?

— J'ai trouvé quelque chose dans la chambre de Mercer, annonça Walker d'une voix d'outre-tombe. Je crois que ça appartient à Haley McWaid.

13

PAPOU ÉTAIT DANS LA CUISINE en train de battre des œufs quand Wendy arriva à la maison.

— Où est Charlie ?

— Toujours au lit.

— Il est une heure de l'après-midi.

Papou regarda la pendule.

— Ouaip. Tu as faim ?

— Non. Vous étiez où hier soir ?

Papou, maniant la poêle comme un chef cuistot, arqua un sourcil.

— Secret-défense ?

— Quelque chose comme ça, répondit-il. Et toi, qu'est-ce que tu as fait ?

— J'ai passé un petit moment avec les membres du club des Pères.

— Tu peux préciser ?

Elle s'exécuta.

— Triste, dit-il en haussant les épaules.

Avec peut-être une certaine dose de complaisance.

— Un homme qui n'est plus capable de subvenir aux besoins des siens... autant lui couper les roustons. Il a l'impression d'être un moins que rien.

Perdre son boulot, c'est la cata, qu'on soit en bas ou en haut de l'organigramme. En haut, ça doit être pire.

— Peut-être que la solution n'est pas de trouver un autre travail, fit Wendy, mais de réviser sa conception de la virilité.

Papou hocha la tête.

— Ça, c'est profond.

— Et pontifiant ?

— Tout à fait, acquiesça-t-il en saupoudrant la poêle de fromage râpé. Mais si tu ne peux pas pontifier avec moi, avec qui le feras-tu ?

Wendy sourit.

— Avec personne, Papou.

Il éteignit le gaz.

— Tu es sûre que tu ne veux pas goûter les *huevos* à la Papou ? C'est ma spécialité. J'en ai fait pour deux.

— Bon, d'accord.

Ils s'assirent pour manger. Elle lui parla plus en détail de Phil Turnball, du club des Pères et du sentiment que Phil lui cachait quelque chose. Ils avaient presque fini quand un Charlie ensommeillé fit son entrée, en boxer déchiré et immense tee-shirt blanc, les cheveux en bataille. Au moment même où Wendy se disait qu'il avait l'air d'un homme, il se frotta les yeux et remua les doigts.

— Ça va ? demanda-t-elle.

— J'ai des fourmis.

Wendy leva les yeux au ciel et monta allumer l'ordinateur. Elle entra le nom de Phil Turnball sur Google. Le résultat fut mince. Un don à un parti politique. Elle eut plus de succès à la rubrique « Images ». Elle tomba sur une photo de groupe avec

153

Phil et sa femme Sherry, une jolie petite blonde, à une séance de dégustation de vins qui remontait à deux ans. Phil Turnball était répertorié comme travaillant pour une société de courtage du nom de Barry Brothers Trust. Priant pour qu'on ne lui ait pas changé son mot de passe, Wendy se connecta à la base de données médias utilisée par sa chaîne de télévision. On a beau disposer de moteurs de recherche gratuits, les services, ça se paie.

Elle chercha des infos sur Turnball dans la presse. En vain. En revanche, Barry Brothers faisait l'objet d'un certain nombre d'articles peu flatteurs. Tout d'abord, la société quittait son siège historique de Park Avenue. Wendy reconnut l'adresse. L'immeuble *Lock-Horne*. Elle sourit, sortit son téléphone portable. Eh oui, deux ans après, elle avait toujours le numéro dans sa liste de contacts. Elle s'assura que la porte était bien fermée.

On lui répondit dès la première sonnerie.

— Qu'y a-t-il ?

La voix était hautaine, dédaigneuse… en un mot, pontifiante.

— Salut, Win. C'est Wendy Tynes.

— C'est ce que j'ai vu sur mon écran.

Il y eut un silence.

Elle avait l'impression de voir Win, son visage beau jusqu'à l'indécence, ses cheveux blonds, ses yeux bleus perçants avec, en apparence, très peu d'âme derrière.

— J'ai besoin d'un service. D'un renseignement plutôt.

Nouveau silence.

Win – diminutif de Windsor Horne Lock-wood III – n'allait pas lui faciliter la tâche.

— Tu connais Barry Brothers Trust ? demanda-t-elle.

— Oui. C'est ça, le renseignement qu'il te faut ?

— Fais l'imbécile, tiens.

— C'est pour mes défauts qu'on m'aime.

— Je sais. Je suis passée par là.

— Oh, oh !

Re-silence.

— Les Barry Brothers ont renvoyé un employé nommé Phil Turnball. Je suis curieuse de savoir pourquoi. Tu peux te renseigner ?

— Je te rappelle.

Clic.

Win.

Il était souvent décrit dans les pages people comme un « play-boy international », et ça correspondait bien au personnage. Il descendait d'une vieille famille d'aristocrates fortunés, si vieille qu'à peine débarqués du *Mayflower* ils avaient dû réclamer un caddie pour porter leurs clubs et un green pour s'entraîner au golf. Wendy l'avait rencontré à une réception mondaine deux ans plus tôt. Il s'était montré d'une candeur désarmante. Il voulait coucher avec elle. Sans chichi, sans obligation. Rien qu'une nuit. D'abord décontenancée, elle s'était dit : « Oh, et puis zut ! pourquoi pas ? » Elle n'avait jamais connu ça, l'aventure d'un soir, et voilà qu'un type beau, sympa en plus, lui en offrait l'occasion. On ne vit qu'une fois, non ? Elle était une jeune femme moderne, célibataire, et, comme Papou l'avait fait remarquer, les humains avaient besoin de sexe. Elle

155

l'avait donc suivi chez lui, dans l'immeuble Dakota sur Central Park West. Pour finir, Win s'était révélé gentil, drôle, attentionné et, de retour chez elle le lendemain matin, elle avait pleuré toutes les larmes de son corps pendant deux heures.

Son téléphone sonna. Wendy consulta sa montre et secoua la tête. Il lui avait fallu moins d'une minute.

— Oui ?

— Phil Turnball a été viré pour avoir détourné deux millions de dollars. Bonne journée.

Clic.

Win.

Soudain, une pensée lui traversa l'esprit. Elle était allée une fois au Blend pour assister à un concert. C'était à Ridgewood. Elle ouvrit leur site web et cliqua sur « calendrier des événements ». Ce soir, c'était bien soirée tremplin. Il était même spécifié : « Participation exceptionnelle de la dernière révélation du rap Ten-A-Fly ».

On frappa à la porte.

— Entrez.

Papou passa la tête dans l'entrebâillement.

— Ça va ?

— Très bien. Tu aimes le rap ?

Il fronça les sourcils.

— Tu veux dire la râpe ? L'ustensile de cuisine ?

— Euh… non. La musique.

— Je préfère encore écouter tousser un chat catarrheux.

— Viens avec moi ce soir. Il est temps d'élargir ton horizon.

Ted McWaid regardait son fils Ryan courir sur le terrain de lacrosse de Kasselton. Le jour avait baissé, mais le terrain, recouvert d'une pelouse artificielle dernier cri, était équipé d'un éclairage comme on en trouve dans les stades. Ted assistait au match de son fils parce que c'était mieux que de broyer du noir à la maison. Ses anciens amis – « anciens » n'était peut-être pas très gentil pour eux, mais Ted ne se sentait pas d'humeur charitable – le saluaient poliment en évitant son regard et fuyaient généralement sa compagnie, comme si la disparition d'un enfant pouvait être contagieuse.

Ryan faisait partie de l'équipe poussins de Kasselton. Leur art de manier la crosse, pour parler avec tact, se situait quelque part entre « initiation » et « inexistant ». La balle restait pratiquement tout le temps au sol, aucun garçon n'étant capable de la garder très longtemps dans le filet de sa crosse ; on aurait dit des joueurs de hockey dans une mêlée de rugby. Les gamins portaient des casques trop grands, et il était impossible de dire qui était qui. Ted avait acclamé Ryan pendant tout un match, émerveillé par ses progrès, jusqu'au moment où, le petit garçon ayant ôté son casque, il s'était rendu compte qu'il n'était pas son fils.

Debout à l'écart des autres parents, Ted sourit presque en repensant à ce jour-là. Mais le présent reprit ses droits. Il se souvint de Haley sur ce même terrain, des heures qu'elle avait passées à travailler sa main gauche. Cette main gauche qui était son point faible et qu'il fallait améliorer à tout prix pour être acceptée dans l'équipe championne de l'université de Virginie. Du coup, elle l'avait travaillée sans relâche, pas seulement ici, mais à la maison. Elle s'en servait aussi pour se brosser les dents ou prendre des notes en classe. Tous les parents poussaient leur progéniture à obtenir de meilleures notes, de meilleurs résultats sportifs dans l'espoir que les universités les plus prestigieuses à leurs yeux leur ouvrent leurs portes. Ce n'était pas le cas de Haley. Elle se fixait des objectifs toute seule. Plaçait-elle la barre trop haut ? Peut-être. Pour finir, l'université de Virginie avait refusé sa candidature. Sa main gauche était excellente maintenant, et elle était rapide pour une équipe de cadets, mais pas pour l'UVA. Haley avait été effondrée, inconsolable. Pourquoi ? Qui s'en soucie ? Qu'est-ce que ça change, à long terme ?

Ted était en manque d'elle.

Pas seulement de ses matchs de lacrosse, mais regarder la télé avec elle, les vidéos sur YouTube qu'elle trouvait si drôles et voulait partager avec lui. Des bêtises comme imiter le moonwalk dans la cuisine devant Haley qui levait les yeux au ciel. Ou comme bécoter outrageusement Marcia jusqu'à ce que Haley, excédée, fronce les sourcils et crie : « Eh, oh, beurk, il y a des enfants ici ! »

Depuis trois mois, il n'y avait plus rien entre eux… par une sorte d'accord tacite. Ils étaient trop à cran. L'absence d'intimité physique ne leur pesait pas, même si Ted sentait le fossé s'élargir. Simplement, ça ne faisait pas partie de leurs préoccupations du moment.

L'incertitude, ça vous ronge de l'intérieur. On veut une réponse, quelle qu'elle soit, et cela ne fait qu'ajouter à l'horreur et au sentiment de culpabilité. La culpabilité le tenaillait, l'empêchait de dormir la nuit. Ted fuyait les conflits. Ça lui donnait des palpitations. Une querelle de voisinage à propos d'une limite de la propriété l'avait privé de sommeil pendant plusieurs semaines. Il restait éveillé à ruminer, à peaufiner ses arguments.

C'était sa faute.

La priorité de l'homme consistait à veiller sur sa famille et à assurer la sécurité de ses enfants sous son toit. Inutile de tourner autour du pot : Ted n'avait pas fait son boulot. Quelqu'un aurait-il pénétré chez eux pour kidnapper Haley ? C'était sa faute à lui. Et si Haley était partie en catimini, en pleine nuit ? C'était sa faute aussi. Parce qu'il n'avait pas été le genre de père à qui sa fille pouvait confier ses soucis.

Ces pensées, il les ressassait à l'infini. Haley avait toujours été forte, indépendante, pleine de ressources. Il avait admiré son efficacité qui, indéniablement, lui venait de sa mère. Avait-il failli, là aussi ? Avait-il cru que Haley demandait moins de présence, de surveillance que Patricia et Ryan ?

Ruminations obsessionnelles, stériles.

Ted n'était pas du genre dépressif, pas du tout même, mais il y avait des jours où il se rappelait exactement l'endroit qui servait de cachette au pistolet de son père. Il se représentait la scène : il arrivait dans la maison de son enfance où ses parents habitaient toujours, s'assurait qu'il n'y avait personne, prenait le pistolet dans la boîte à chaussures en haut de l'armoire, descendait au sous-sol où il avait embrassé Amy Stein quand il était en CM2, entrait dans la buanderie où le sol était en ciment, donc plus facile à nettoyer. Il s'asseyait par terre, le dos appuyé contre le vieux lave-linge, mettait le pistolet dans sa bouche… et adieu la souffrance.

Jamais il ne ferait cela aux siens, il n'ajouterait rien à leur douleur. Un père ne faisait pas ça. Il prenait sur lui. Mais dans ses moments de lucidité, les moments les plus terrifiants, il se demandait pourquoi l'idée de cette fin, de cette délivrance semblait aussi attirante.

Ryan venait d'entrer en jeu. Ted s'efforça de se concentrer sur le visage de son fils, dissimulé par sa grille de protection, de partager cet instant de joie enfantine. Il n'avait toujours pas saisi les règles du lacrosse masculin – qui paraissait très différent du lacrosse féminin –, mais il savait que Ryan faisait partie des attaquants. C'était la position dans laquelle on avait le plus de chances de marquer un but.

Les mains en porte-voix, il cria :

— Vas-y, Ryan !

Sa voix résonna sourdement. Depuis une heure, les acclamations fusaient, mais sa propre voix lui parut tellement peu naturelle, tellement empruntée, qu'il se tassa sur lui-même. Il essaya d'applaudir, mais se sentit là aussi mal à l'aise, comme si ses mains n'avaient pas la bonne taille. Il se détourna une fraction de seconde, et c'est à ce moment-là qu'il l'aperçut.

Frank Tremont avançait pesamment, comme dans une neige épaisse. Un grand Noir, qui devait être flic lui aussi, l'accompagnait. Un bref instant, l'espoir lui dilata le cœur. Mais seulement un bref instant.

Frank avait la tête basse. À son attitude, Ted comprit que quelque chose n'allait pas. Ses jambes se dérobèrent. L'une d'elles ploya, mais il réussit à garder l'équilibre. Il traversa le terrain le long de la ligne de touche pour aller à sa rencontre.

Lorsqu'il fut suffisamment près, Frank demanda :

— Où est Marcia ?

— Elle est allée voir sa mère.

— Il faut qu'on puisse la joindre, dit Frank. Tout de suite.

14

UN LARGE SOURIRE S'ÉPANOUIT SUR LE VISAGE DE PAPOU lorsqu'ils entrèrent au Blend.

— Quoi ? dit Wendy.

— Il y a plus de cougars sur ces tabourets de bar que sur la chaîne Discovery.

Dans la salle, l'éclairage était tamisé, les miroirs teintés, et la clientèle habillée en noir. En un sens, il n'avait pas tort.

— Par définition, répondit Wendy, un cougar est une femme qui fréquente les clubs pour rencontrer des hommes plus *jeunes*.

Papou fronça les sourcils.

— Mais il y en a bien qui doivent rechercher un papa, non ?

— À ton âge, on peut l'espérer. Enfin, un papy plutôt.

Il la regarda, désappointé, comme si elle avait commis un impair. Elle hocha la tête en manière d'excuse.

— Tu permets que j'aille faire mon petit tour de reconnaissance ?

— Je te gêne ?

— Tu es le plus sexy de tous les cougars ici présents. Alors la réponse est oui. Quoiqu'il y ait des nanas que ça branche. Comme si la concurrence les émoustillait.

— Du moment que tu ne les ramènes pas à la maison. J'ai un adolescent impressionnable sous mon toit.

— En général, c'est moi qui vais chez la fille, dit Papou. Jc n'ai pas envie qu'elle sache où me trouver. Et puis, ça lui évite la promenade de la honte, de bon matin.

— C'est très délicat de ta part.

Le Blend se composait d'un bar, d'un restaurant et d'un club tout au fond. C'était la soirée tremplin. Wendy paya l'entrée – cinq dollars avec conso pour un homme, un dollar avec conso pour une dame – et se faufila à l'intérieur. D'emblée, elle reconnut la voix de Norm, alias Ten-A-Fly.

Écoutez-moi, mes chéries,
Vous n'êtes peut-être pas à Tenafly,
Mais Ten-A-Fly sera bien en vous...

« Ouille », se dit-elle. Il y avait quarante, cinquante personnes autour de la scène en train de l'acclamer. Ten-A-Fly était tout embijouté d'or et portait une casquette perchée de guingois sur son crâne. D'une main, il tenait son pantalon tombant – peut-être parce qu'il était trop grand, ou bien parce qu'il n'avait absolument pas de fesses ; de l'autre, il agrippait le micro.

Lorsqu'il eut terminé sur cette note particulièrement romantique, le public, composé de quadragénaires, lui fit une ovation. Une groupie en rouge lança quelque chose sur la scène ; avec un sentiment proche de l'horreur, Wendy se rendit compte que c'était une culotte.

Ten-A-Fly la ramassa, la renifla profondément.

— Yo, yo, on vous aime, les filles, les gazelles torrides, Ten-A-Fly et le CP rien que pour vous !

La groupie leva les bras en l'air. Elle portait, que Dieu lui vienne en aide, un tee-shirt avec l'inscription : « La tasspé préférée de Ten-A-Fly ! »

Papou arriva par-derrière. Il avait l'air peiné.

— Doux Jésus…

Wendy scruta la salle. Elle repéra le reste du club des Pères – le CP ? – au premier rang, y compris Phil. Ils hurlaient pour encourager leur camarade. Le regard de Wendy fit le tour et s'arrêta sur une petite blonde, assise seule au fond, les yeux fixés sur son verre.

Sherry Turnball, la femme de Phil.

Wendy se fraya un passage jusqu'à sa table.

— Madame Turnball ?

Sherry Turnball releva lentement la tête.

— Je suis Wendy Tynes. Nous nous sommes parlé au téléphone.

— Ah oui ! la journaliste.

— C'est ça.

— Je n'avais pas compris que c'était vous qui aviez fait le reportage sur Dan Mercer.

— Vous l'avez connu ?

— Je l'ai rencontré une fois.

— À quelle occasion ?

— Phil et lui partageaient un appartement à Princeton. Je l'ai croisé à une réunion de soutien organisée pour Farley l'année dernière.

— Farley ?

— Un autre de leurs camarades.

Elle but une gorgée. Sur scène, Ten-A-Fly réclama le silence.

— Je vais vous parler du prochain morceau.

Le brouhaha s'interrompit. Il arracha ses lunettes noires comme si elles l'avaient offensé et prit un air qui se voulait mauvais, mais qui tenait plus de la constipation.

— Un jour, je suis assis au Starbucks avec mes potes du CP, commença-t-il.

Le club des Pères accueillit cette annonce par des cris et des sifflets.

— Je suis là, assis devant mon *caffè latte*, et il y a cette gazelle qui se pointe, à tomber par terre, avec du monde au balcon, si vous voyez de quoi je parle.

Les clameurs signifiaient : « Nous savons de quoi tu parles. »

— Moi, je cherche l'inspiration, une nouvelle mélodie, quoi, je mate cette gazelle avec son dos nu… et il y a cette phrase qui me vient à l'esprit : « Balance tes flotteurs. » Comme ça. Elle passe, la tête haute, ça bouge grave, et moi je me dis : « Ouais, chérie, balance tes flotteurs. »

Ten-A-Fly marqua une pause pour donner au public le temps d'assimiler. Il y eut un silence, puis quelqu'un cria :

— T'es un génie !

— Merci, mon frère, et c'est pas du chiqué.

Il désigna le « fan » d'un geste compliqué, comme si ses doigts avaient été une arme pointée sur le côté.

— Bref, mes potes du CP m'ont aidé à mettre ce rap au point. Alors voilà, c'est pour vous, les gars. Et bien sûr pour vous, les gazelles aux balconnets bien garnis. Vous êtes l'inspiration de Ten-A-Fly.

Applaudissements.

— Vous devez trouver ça pathétique, non ? dit Sherry Turnball.

— Je n'ai pas à porter de jugement.

Ten-A-Fly entreprit d'exécuter ce que d'aucuns appelleraient une « danse », même si des experts médicaux parleraient davantage d'une « attaque sévère » ou d'une « crise d'apoplexie ».

Yo, frangine, balance tes flotteurs,
Balance-les, ma tasspé préférée,
Balance les flotteurs,
Balance-les, t'es la meilleure,
Balance les flotteurs,
Amarre-toi à ma bitte,
Balance les flotteurs,
Y a de la place au port.

Wendy cilla, se frotta les yeux.

Les autres membres du club des Pères, debout, reprenaient le refrain entre deux strophes :

Balance les flotteurs.

Ten-A-Fly :

Cool, bébé, tranquille.
Balance les flotteurs,
J'irai voir sous ta quille.

Wendy grimaça. Ce soir, le tennisman, très classe, arborait un polo vert pomme. Phil, lui, portait un pantalon kaki et une chemise bleue à col boutonné. Il applaudissait, debout, pris dans l'euphorie ambiante. Sherry Turnball détourna les yeux.

— Tout va bien ? lui demanda Wendy.

— Ça fait plaisir de voir Phil sourire.

Ten-A-Fly poursuivait sur le même registre. Wendy aperçut Papou en grande conversation avec deux femmes dans un coin. Le look biker n'était pas monnaie courante dans les petites villes de banlieue, et les clubbeuses chic ne rechignaient pas à se faire raccompagner par un mauvais garçon.

— Vous voyez cette femme, dit Sherry, assise là-bas devant ?

— Celle qui a lancé sa culotte sur la scène ?

Elle hocha la tête.

— C'est la femme de Norm… euh, de Ten-A-Fly. Ils ont trois gosses, et ils sont obligés de vendre leur maison et d'emménager chez ses parents à elle. Mais elle le soutient.

— Heureusement, dit Wendy.

En y regardant de plus près, elle trouva les acclamations un peu trop forcées, plus proches du phénomène de décompression que du véritable enthousiasme.

— Et vous, que faites-vous ici ? s'enquit Sherry.

— Je cherche à découvrir la vérité concernant Dan Mercer.

— C'est un peu tard, non ?

— Peut-être. Phil m'a dit une chose étrange aujourd'hui. Qu'il savait ce que c'était d'être accusé à tort.

Sherry Turnball jouait avec son verre.

— Je ne veux plus qu'il trinque.

— Ce n'était pas mon intention.

— Phil se lève à six heures tous les matins et met son costume et sa cravate. Comme s'il allait au travail. Puis il achète les journaux locaux et va au Suburban Diner sur la route 17. Il s'installe devant un café et étudie les petites annonces. Tout seul, en costume-cravate. Et c'est comme ça tous les jours.

Wendy revit encore une fois son père à la table de cuisine glissant son CV dans les enveloppes.

— J'essaie de le rassurer, continua Sherry. Mais si on devait déménager dans une maison plus petite, Phil le prendrait comme un échec personnel. Vous savez comment sont les hommes.

— Que lui est-il arrivé, Sherry ?

— Phil adorait son boulot. Il était conseiller financier. Il gérait des capitaux. Aujourd'hui, c'est très mal vu. Mais Phil disait : « Les gens me confient toutes leurs économies. » Réfléchissez un peu. Il prend soin de leur argent. Ils lui confient les fruits de leur labeur afin d'assurer l'éducation de leurs gamins, leur retraite. Il disait : « Imagine la responsabilité… et l'honneur que c'est. » Pour lui, c'était une question de confiance. D'honnêteté et d'honneur.

Elle s'interrompit. Wendy attendit, mais comme Sherry se taisait, elle essaya de relancer la conversation :

— Je me suis informée.

— Je vais reprendre mon travail. Phil ne veut pas, mais il le faut bien.

— Sherry, je sais qu'il a été accusé de détournement de fonds.

Sherry tressaillit comme si elle venait de recevoir une gifle.

— Comment l'avez-vous appris ?

— Peu importe. C'est de ça qu'il parlait, quand il disait qu'il savait ce que ça faisait d'être accusé à tort ?

— Cette histoire a été inventée de toutes pièces. Un prétexte pour virer un de leurs collaborateurs les mieux payés. S'il était coupable, pourquoi n'ont-ils pas porté plainte ?

— J'aimerais en discuter avec Phil.

— Pour quoi faire ?

Wendy ouvrit la bouche, puis se ravisa.

— Ça n'a rien à voir avec Dan, dit Sherry.

— Peut-être que si.

— Comment ?

Bonne question.

— Vous accepteriez de lui parler ? demanda Wendy.

— Pourquoi ?

— Je veux l'aider.

Elle repensa soudain aux propos de Jenna, à ce que lui avaient dit Phil et Sherry à propos du passé, de Princeton, du dénommé Farley. Il fallait qu'elle rentre, qu'elle se remette à l'ordinateur pour continuer ses recherches.

— Parlez-lui, d'accord ?

Ten-A-Fly se lança dans un nouveau rap, une ode à une certaine Charisma, se plagiant lui-même au passage : comme quoi il n'avait pas de charisme en lui, mais qu'il avait envie d'être dans Charisma. Wendy se précipita vers Papou.

— Viens, on y va.

Papou hocha le menton en direction d'une femme éméchée et très décolletée, au sourire en forme d'invite.

— J'ai encore du boulot ici.

— Prends son numéro de téléphone et dis-lui que tu viendras la regarder balancer ses flotteurs un autre jour. Il faut qu'on parte, là.

15

OBJECTIF NUMÉRO UN pour l'enquêteur Frank Tremont et le shérif Mickey Walker : établir un lien entre le délinquant sexuel Dan Mercer et la jeune fille disparue Haley McWaid.

Le téléphone de Haley avait jusqu'ici fourni peu d'indices – pas de nouveaux textos, ni e-mails, ni appels –, même si Tom Stanton, le jeune flic du comté de Sussex qui s'y connaissait un peu en nouvelles technologies, n'avait pas fini de l'examiner. Toutefois, avec l'aide d'un Ted en larmes et d'une Marcia de marbre, ils ne furent pas longs à trouver un rapport entre Haley et Dan Mercer. Haley McWaid était en terminale au lycée de Kasselton. Dans sa classe, il y avait une fille nommée Amanda Wheeler, belle-fille de Jenna Wheeler, l'ex de Dan. Dan, qui était resté en bons termes avec son ex-épouse et qui était un habitué de la maison.

Jenna et Noel Wheeler étaient assis sur le canapé du salon de leur pavillon. Jenna avait les yeux rouges et gonflés. Elle était petite, sans une once de graisse – à tous les coups, elle faisait du fitness –, et proba-blement très jolie quand elle n'avait pas le visage bouffi d'avoir trop pleuré. Le mari, avait appris Frank Tremont, était chef du service de cardiologie au Valley Medical Center. Il avait une tignasse brune indisciplinée, un brin trop longue... un peu à l'image d'un pianiste concertiste.

Encore un canapé, se dit Frank, dans un autre nid douillet de banlieue. Comme chez les McWaid. Très beaux, les deux canapés, et probablement très chers. Celui-ci était jaune vif avec des fleurs bleues. En un mot, printanier. Frank les imaginait, Noel et Jenna Wheeler (ou Ted et Marcia McWaid), se rendant dans un magasin de meubles en pleine zone commerciale, probablement sur la route 4, testant un canapé après l'autre pour décider lequel conviendrait le mieux à leur charmant pavillon, assorti à la fois au décor et à leur mode de vie, alliant confort et longévité, et qui s'accorderait avec le papier peint de créateur, le tapis d'Orient et les bibelots rapportés de leur voyage en Europe. Ils l'auraient fait livrer et l'auraient changé de place plusieurs fois, jusqu'à trouver l'emplacement idéal ; ils se seraient laissés tomber dedans, auraient appelé les enfants pour qu'ils l'essaient, peut-être même seraient-ils descendus l'étrenner tard dans la nuit.

Le shérif du comté de Sussex Mickey Walker se dressait derrière lui comme une éclipse du soleil. Maintenant que les deux affaires s'étaient imbriquées, ils allaient coopérer pleinement : on ne se chamaille pas pour les histoires de juridiction quand il s'agit de retrouver une adolescente disparue. Ils étaient convenus que Frank mènerait l'interrogatoire.

Frank Tremont toussota dans son poing.

— Merci d'avoir accepté de nous recevoir.

— Vous avez du nouveau à propos de Dan ? demanda Jenna.

— J'aurais des questions à vous poser à tous les deux sur vos relations avec Dan Mercer.

Jenna eut l'air déconcertée. Noel Wheeler ne broncha pas. Il se tenait légèrement penché en avant, les bras sur les cuisses, les doigts croisés entre les genoux.

— Qu'entendez-vous par nos relations ? fit Jenna.

— Vous étiez proches ?

— Oui.

Frank regarda Noel.

— Pareil pour vous ? C'était tout de même l'ex de votre épouse.

Une fois de plus, ce fut Jenna qui répondit :

— Pareil pour lui. Dan est… était le parrain de notre fille Kari.

— Quel âge a Kari ?

— Qu'est-ce que ça vient faire là-dedans ?

Frank laissa percer une note métallique dans sa voix.

— S'il vous plaît, répondez à la question, madame Wheeler.

— Elle a six ans.

— La laissiez-vous seule avec Dan Mercer ?

— Si vous insinuez…

— Je vous en prie, madame Wheeler, la coupa Frank. Laissiez-vous votre fille de six ans seule avec Dan Mercer ?

— Naturellement, répliqua Jenna, la tête haute. Elle était très attachée à lui. Elle l'appelait tonton Dan.

— Vous avez un autre enfant, n'est-ce pas ?

Cette fois, ce fut Noel qui prit la parole :

— J'ai une fille d'un précédent mariage. Elle s'appelle Amanda.

— Est-elle à la maison ?

Frank s'était déjà renseigné et connaissait la réponse.

— Oui, elle est en haut.

Jenna jeta un coup d'œil sur Walker qui n'avait pas encore prononcé un mot.

— Je ne vois pas le rapport entre nos enfants et l'assassinat de Dan par Ed Grayson.

Walker se borna à la regarder, bras croisés.

— Dan venait-il souvent chez vous ? s'enquit Frank.

— Mais pourquoi nous posez-vous cette question ?

— Madame Wheeler, avez-vous quelque chose à cacher ?

Jenna le dévisagea, bouche bée.

— Je vous demande pardon ?

— Pourquoi persistez-vous à compliquer les choses ?

— Je ne complique rien du tout. Je veux juste savoir...

Noel Wheeler posa la main sur le genou de sa femme pour la calmer.

— Oui, il venait souvent. Peut-être une fois par semaine ou plus, avant...

Il marqua une brève pause.

— ... avant qu'on parle de lui à la télévision.

— Et depuis ?

— On l'a vu moins. Une fois ou deux.

Frank se concentra sur Noel.

174

— Vous avez cru aux accusations qui pesaient sur lui ?

Noel Wheeler tarda à répondre. À côté de lui, Jenna se raidit.

Il finit par reconnaître :

— Non, je n'y croyais pas.

— Mais… ?

Noel garda le silence. Il évitait de regarder sa femme.

— Mais on n'est jamais trop prudent, n'est-ce pas ?

— Dan préférait rester à l'écart, dit Jenna. Pour ne pas alimenter les ragots.

Noel continuait à fixer le tapis.

— Et, poursuivit sa femme, j'insiste pour savoir quel rapport cela aurait avec votre enquête.

— Nous voudrions parler à votre fille Amanda, dit Frank.

Jenna bondit puis elle se contint et regarda Noel. Frank se demanda pourquoi. Le syndrome de la belle-mère, probablement.

— Lieutenant… Tremont, c'est ça ? commença Noel.

Frank hocha la tête, sans prendre la peine de le corriger. Il était enquêteur, pas lieutenant, mais bon, lui-même avait du mal à s'y retrouver.

— Nous sommes disposés à coopérer, poursuivit Noel. Je répondrai à toutes les questions que vous me poserez. Mais vous voulez mêler ma fille à toutes ces histoires et j'aimerais savoir si vous-même vous avez des enfants, lieutenant ?

Du coin de l'œil, Frank vit Mickey Walker se dandiner gauchement d'un pied sur l'autre. Walker

175

était au courant, même s'il ne lui avait rien dit. Tremont ne parlait jamais de Kasey.

— Non, répliqua-t-il.

— Je voudrais savoir de quoi vous voulez parler avec Amanda.

— Je vous comprends.

Tremont prit son temps, histoire de les faire mariner un peu. Puis, au moment qu'il jugea propice, il demanda :

— Savez-vous qui est Haley McWaid ?

— Oui, bien sûr, dit Jenna.

— Nous pensons qu'il s'est passé quelque chose entre elle et votre ex-mari.

Il y eut un silence.

— Quand vous dites « quelque chose »..., hasarda Jenna.

— Disons qu'il l'aurait enlevée, violée, assassinée, siffla Frank. Ça vous va comme explication, madame Wheeler ?

— Je voulais juste savoir…

— Je me fiche de ce que vous voulez savoir. Et je n'en ai rien à battre, de Dan Mercer, de sa réputation et même de celui qui l'a descendu. Tout ce qui m'intéresse, c'est sa relation avec Haley McWaid.

— Dan n'aurait fait de mal à personne.

Frank sentit une veine palpiter sur sa tempe.

— Ah, mais pourquoi ne pas me l'avoir dit plus tôt ? Je dois sans doute vous croire sur parole et rentrer chez moi, c'est ça ? Je vais aller voir M. et Mme McWaid et leur dire d'oublier la preuve flagrante qu'il a fait disparaître leur fille, puisque son ex-femme assure qu'il n'aurait fait de mal à personne.

— Il n'y a pas de raison de vous énerver, fit Noel sur un ton qu'il devait réserver à ses patients.

— Au contraire, docteur Wheeler, j'ai toutes les raisons de m'énerver. Comme vous l'avez vous-même souligné, vous êtes père, n'est-ce pas ? Alors imaginez que votre Amanda ait disparu depuis trois mois… et que les McWaid me mènent en bateau comme vous le faites. Comment réagiriez-vous ?

— Nous essayons juste de comprendre…, dit Jenna.

Une fois de plus, son mari la fit taire en posant la main sur son genou. Il secoua la tête à son adresse et cria :

— Amanda !

Jenna Wheeler se rassit tandis qu'une voix bougonne répondait d'en haut :

— J'arrive !

Ils attendirent. Jenna regardait Noel. Noel regardait le tapis.

— J'ai une question pour vous deux, fit Frank Tremont. À votre connaissance, Dan a-t-il jamais rencontré Haley McWaid ?

Jenna dit :

— Non.

— Docteur Wheeler ?

Il secoua sa tignasse indisciplinée. Sa fille venait de descendre. Amanda était grande et mince ; son corps et sa tête paraissaient allongés, comme si un géant avait pressé un cylindre d'argile. Le mot impitoyable qui venait à l'esprit pour la décrire, c'était « dégingandée ». Elle tenait ses grandes mains devant elle, comme si elle avait été nue. Son regard errait à travers la pièce.

Son père se leva et, plaçant un bras protecteur sur ses épaules, la guida jusqu'au canapé. Il l'installa entre Jenna et lui. Jenna enlaça sa belle-fille par les épaules elle aussi. Frank attendit, le temps qu'ils lui murmurent des paroles d'apaisement.

— Amanda, je suis l'enquêteur de police Tremont. Et voici le shérif Walker. Nous avons quelques questions à te poser. Il ne s'agit pas de toi, donc détends-toi, s'il te plaît. Il faut juste que tu répondes le plus directement et le plus honnêtement possible. D'accord ?

Amanda hocha rapidement la tête. Ses yeux papillotaient comme deux oiseaux effrayés en quête d'un abri sûr. Ses parents se rapprochèrent, se penchèrent légèrement comme pour parer le coup à sa place.

— Tu connais Haley McWaid ? demanda Frank.

L'adolescente parut se tasser sur elle-même.

— Oui.

— D'où la connais-tu ?

— Du lycée.

— Dirais-tu que vous êtes amies ?

Amanda haussa les épaules avec gaucherie.

— On était à la même table de labo en cours de chimie.

— Cette année ?

— Oui.

— Comment est-ce arrivé ?

La question sembla déconcerter Amanda.

— Vous vous êtes choisies toutes les deux ?

— Non. C'est Mme Walsh qui a attribué les places.

— Je vois. Et vous vous êtes bien entendues ?

— Ben oui. Haley est supersympa.

— Elle est déjà venue chez toi ?

Amanda hésita.

— Oui.

— Souvent ?

— Non, juste une fois.

Frank Tremont se cala dans son fauteuil.

— Tu peux me dire quand ?

La jeune fille regarda son père. Il hocha la tête.

— C'est bon.

Amanda se tourna vers Tremont.

— Pour Thanksgiving.

Frank observait Jenna Wheeler. Elle ne laissa rien paraître, mais on sentait bien ce qu'il lui en coûtait.

— Pourquoi Haley est-elle venue ici ?

Nouveau haussement d'épaules.

— Comme ça.

— Le jour de Thanksgiving ? Elle n'était pas avec sa famille ?

— C'était après, expliqua Jenna. Les filles ont toutes dîné chez elles et sont venues après. Elles n'avaient pas classe le lendemain.

Sa voix semblait venir de très loin. Une voix blanche, éteinte. Frank gardait les yeux fixés sur Amanda.

— Il était quelle heure, à peu près ?

Amanda réfléchit.

— Je ne sais pas. Elle a dû arriver vers dix heures.

— Et vous étiez combien en tout ?

— Quatre, avec Bree et Jody. On est restées au sous-sol.

— Après le repas de Thanksgiving ?

— Oui.

179

Frank attendit. Comme personne ne parlait, il formula la question qui s'imposait :

— Et oncle Dan était là pour Thanksgiving ?

Amanda ne répondit pas. Jenna s'était figée.

— Il était là ? répéta Tremont.

Se penchant, Noel Wheeler enfouit son visage dans ses mains.

— Oui, dit-il. Dan était là pour Thanksgiving.

16

PAPOU RONCHONNA PENDANT TOUT LE TRAJET DU RETOUR.

— Je l'avais dans ma poche, cette gazelle.

— Désolée.

Puis :

— Gazelle ?

— Question vocabulaire, j'aime bien me maintenir à jour avec les nanas.

— Tu as raison, il faut se maintenir.

— Tu es bien placée pour le savoir.

— N'en rajoute pas, s'il te plaît.

— Je n'en avais pas l'intention, dit Papou. C'est si important que ça ?

— Ouaip. Pardon de t'avoir fait perdre ta gazelle.

— Une de perdue, fit-il en haussant les épaules.

Wendy traversa la maison à la hâte. Charlie était devant la télé, en train de zapper avec deux de ses potes, Clark et James. Ils étaient étalés sur les sièges du salon comme seuls les ados savent le faire : on aurait dit qu'ils avaient retiré leurs squelettes pour les accrocher dans la penderie avant de s'affaler sur le fauteuil le plus proche.

— Salut, dit Charlie en bougeant seulement les lèvres. Vous rentrez de bonne heure.

— Oui, surtout ne te lève pas.

Il ricana. Clark et James marmonnèrent :

— B'soir, madame Tynes !

Eux au moins se donnèrent la peine de tourner la tête. Soudain Charlie s'arrêta sur la chaîne pour laquelle elle avait travaillé. C'était l'heure des informations. Michelle Feisler, la nouvelle, très jeune et exaspérante présentatrice qui aurait dû prendre la porte à la place de Wendy, parlait d'un homme, un dénommé Arthur Lemaine, qui s'était fait tirer dans les deux genoux en sortant de South Mountain Arena à West Orange.

— Ouille, fit Clark.

— Comme si un genou, c'était pas assez.

Arthur Lemaine, récitait Michelle sur le ton docte de la journaliste télé que Wendy espérait ne pas avoir été, sortait d'un entraînement tard le soir au moment de l'agression. La caméra fit un panoramique sur le stade, montrant même le panneau qui indiquait que les New Jersey Devils venaient s'entraîner ici, détail sans rapport aucun avec le sujet. Puis elle revint sur une Michelle Feisler à la mine compassée derrière son bureau de présentatrice.

— Je la hais, dit James.

— Sa tête est trop grosse par rapport au reste, ajouta Clark.

Feisler poursuivait toujours sur ce ton à faire tourner le lait :

— Arthur Lemaine refuse de parler de l'incident aux forces de police.

Je pense bien, se dit Wendy. Si quelqu'un vous tire dans les deux genoux, on a intérêt à faire comme si on n'a rien vu, rien entendu. Même James baissa le nez, signe codé qui désignait la mafia. Charlie changea à nouveau de chaîne.

James se retourna.

— Cette nana, Michelle, elle ne vous arrive pas à la cheville, madame T.

— Ouais, renchérit Clark, c'est une vraie tache à côté de vous.

Il était clair que Charlie les avait mis au courant de ses déboires professionnels ; néanmoins, elle leur en sut gré.

— Merci, les garçons.

— Sérieusement, déclara Clark. Sa tête, on dirait un ballon de plage.

Charlie ne dit rien. Il avait expliqué un jour à sa mère que ses copains la considéraient comme la plus baisable de toutes les génitrices. Cela n'avait pas eu l'air de le gêner, et Wendy n'avait pas su déterminer si c'était une bonne chose ou non.

Elle monta s'installer devant l'ordinateur. Farley n'était pas un prénom très commun. Sherry Turnball avait parlé d'une réunion de soutien organisée en sa faveur. Wendy se souvint alors de lui et d'un scandale lié à une affaire de mœurs.

Normalement, la rapidité et l'efficacité d'Internet auraient dû cesser de l'épater, pourtant, de temps en temps, cela lui arrivait encore, comme en ce moment précis. Deux clics et elle trouva ce qu'elle cherchait.

Six mois plus tôt, Farley Parks, candidat au Congrès en Pennsylvanie, avait été mêlé à une histoire de prostitution. Il y avait eu peu d'échos dans la presse – les scandales politico-sexuels devenaient monnaie courante de nos jours –, mais Farley avait dû retirer sa candidature. Wendy consulta les premiers sites Internet de la page.

Apparemment, une « danseuse érotique » (lire « effeuilleuse ») nommée Désirée (peut-être pas son vrai prénom) avait fourni l'info au journal local. Tout était parti de là. Désirée avait créé un blog pour décrire ses frasques avec Farley Parks sans omettre aucun détail. Wendy se considérait comme une femme libérée, mais les descriptions qu'elle lut la firent rougir. Et il y avait une vidéo à l'appui. Fermant à moitié les yeux, elle cliqua dessus. Pas de scène de nu, Dieu merci ! Désirée, qui apparaissait en ombre chinoise, fournissait d'autres précisions d'une voix déformée. Au bout de trente secondes, Wendy la fit taire.

Assez. Elle avait saisi l'essentiel. Et, franchement, ce n'était pas joli joli.

OK, pas de panique. Quand ils s'attellent à une enquête, les journalistes recherchent le schéma directeur, et celui-ci n'avait rien de difficile à élaborer. Cependant, il fallait qu'elle continue à creuser. La première page correspondant à l'entrée « Farley Parks » ne comportant que des articles relatifs au scandale, Wendy passa à la deuxième. Là, elle tomba sur une biographie succincte. Farley Parks était sorti de Princeton vingt ans plus tôt. La même année que Phil Turnball et Dan Mercer.

Coïncidence ?

Trois hommes issus de la même promotion d'une université prestigieuse, tous victimes d'un scandale. La loi des séries ? C'était bien possible.

Sauf que ces trois-là étaient plus que des camarades de promo.

Phil Turnball avait parlé de colocation. Colocataires, ça signifiait qu'ils étaient au moins trois, voire plus.

Comment savoir si Farley Parks avait été le troisième ?

Wendy n'avait que le numéro du téléphone fixe des Turnball. Et ils étaient probablement encore au Blend. Qui d'autre pouvait être au courant ?

Jenna Wheeler peut-être, l'ex de Dan.

Il commençait à se faire tard, mais l'heure n'était pas à la bienséance. Wendy composa le numéro des Wheeler. Un homme – son mari Noel, sûrement – décrocha à la troisième sonnerie.

— Allô ?

— Bonsoir, ici Wendy Tynes. Puis-je parler à Jenna ?

— Elle n'est pas là.

Clic.

Wendy contempla le combiné. Hum ! Voilà qui était expéditif. Elle haussa les épaules et raccrocha. Alors qu'elle se tournait vers l'ordinateur, une pensée inattendue lui traversa l'esprit. Facebook. Elle avait ouvert un compte l'année dernière, accepté et sollicité une poignée d'amis… et ça s'était arrêté là. Des gens intelligents et dignes de respect lui envoyaient constamment des questionnaires stupides, lui balançaient sans cesse des messages, l'invitaient à jouer à Mafia Wars ou à laisser des commentaires sur son mur, et elle se sentait comme Tom Hanks dans le film *Big*, quand il lève la main et dit : « Je ne comprends pas. »

Puis elle se souvint que sa promo à Tufts avait sa propre page, avec photos anciennes et récentes, et des nouvelles des camarades. Pourquoi cela serait-il différent pour les anciens de Princeton ?

Elle alla sur Facebook et lança la recherche.

Bingo !

Quatre-vingt-dix-huit membres de cette promotion s'étaient inscrits. Sur la page d'accueil, il y avait de minuscules photos de huit d'entre eux. Ainsi que des forums de discussion et des liens. Wendy se demandait comment rejoindre ce groupe pour pouvoir accéder à toutes les informations lorsque son portable se mit à bourdonner. Elle avait un message. À tous les coups, on l'avait appelée quand elle était au Blend. Elle consulta le journal d'appels : le dernier en date provenait de son ancien boulot. Sûrement pour lui parler de ses hypothétiques indemnités de licenciement.

Pourtant, non, l'appel remontait à moins d'une heure. La DRH n'aurait pas téléphoné aussi tard.

Wendy composa le numéro de sa messagerie et fut surprise d'entendre la voix de Vic Garrett, l'homme qui l'avait virée… Était-ce il y a quarante-huit heures seulement ?

Salut, mon petit lapin ! c'est Vic. Rappelez-moi fissa. C'est trop important.

Le cœur de Wendy manqua un battement. Vic n'était pas du genre à dramatiser. Elle l'appela sur sa ligne privée au bureau. S'il était parti, les communications seraient transférées sur son téléphone portable. Il répondit dès la première sonnerie.

— Vous êtes au courant ? demanda-t-il.

— De quoi ?

— On va peut-être vous réembaucher. En free-lance, au moins. D'une manière ou d'une autre, je veux que vous me couvriez ça.

— Que je couvre quoi ?

— Les flics ont retrouvé le téléphone portable de Haley McWaid.

— Et alors ?

— Ils l'ont découvert dans la chambre de motel de Dan Mercer. Apparemment, quoi qu'il ait pu lui arriver, c'est votre petit camarade qui serait derrière tout ça.

Ed Grayson était couché seul sur son lit.

Maggie, sa femme depuis seize ans, avait fait sa valise et était partie pendant qu'on l'interrogeait sur l'assassinat de Dan Mercer. Tant pis. Leur mariage était mort depuis un moment déjà, mais on continue à vivre, à espérer, et voilà que même cet espoir s'était envolé. Maggie ne parlerait pas, il en était certain. Elle préférait occulter les problèmes. Elle était comme ça. Ranger les ennuis dans un carton, le remiser tout en haut d'un placard quelque part dans sa tête, fermer la porte et plaquer un sourire sur son visage. La formule préférée de Maggie, qu'elle tenait de sa maman québécoise, était : « On apporte soi-même le temps qu'il fait au pique-nique. » Les deux femmes souriaient beaucoup. Leur sourire était tellement chaleureux qu'on en oubliait qu'il ne voulait rien dire.

Le sourire de Maggie avait fonctionné pendant de longues années. Il avait séduit le jeune Ed Grayson, lui avait littéralement fait perdre la tête. Ce sourire-là semblait exprimer la bonté même, et Ed avait eu envie de s'y réchauffer. Sauf que ce n'était qu'une expression de façade, un masque pour conjurer les ennuis.

Lorsqu'on avait découvert les photos de leur fils nu, la réaction de Maggie l'avait choqué. Elle voulait faire comme si de rien n'était. Personne n'avait besoin de savoir. E. J. allait bien. Il n'avait que huit ans. Personne ne l'avait touché, du moins c'est ce que le pédiatre leur avait certifié. E. J. se comportait normalement. Pas de cauchemars, pas de pipi au lit, pas d'angoisses inexpliquées.

— Lâche l'affaire, avait insisté Maggie. Il va bien.

Ed avait frôlé l'apoplexie.

— Tu ne veux pas qu'on arrête cette racaille ? Tu veux qu'il fasse ça à d'autres gamins ?

— Je me fiche des autres gamins. C'est E. J. qui m'intéresse.

— Et c'est ce que tu comptes lui apprendre ? À lâcher l'affaire ?

— C'est mieux ainsi. Pas la peine d'aller crier sur les toits ce qui lui est arrivé.

— Il n'a rien fait de mal, Maggie.

— Je le sais, mais les gens le regarderont différemment. Il sera catalogué. Si on garde ça pour nous…

Pour la première fois, le fameux sourire de Maggie lui avait donné la nausée.

Ed s'assit, se versa un autre whisky soda. Puis il zappa sur ESPN. Fermant les yeux, il pensa au sang. À la douleur, à la souffrance qu'il avait infligée au nom de la justice. Il maintenait ce qu'il avait dit à cette journaliste, Wendy Tynes : justice doit être faite. À défaut des instances officielles, c'était aux hommes comme lui de s'en charger. Quitte à en payer le prix.

On entend souvent dire que la liberté se paie. Eh bien, la justice aussi.

Il se souvenait encore du murmure horrifié de Maggie à son retour à la maison :

— Qu'est-ce que tu as fait ?

Et sa réponse, laconique :

— C'est fini.

Il aurait aussi bien pu parler de leur couple. Avec le recul, il y avait de quoi se demander s'ils s'étaient jamais aimés. Il était facile de mettre la rupture sur le compte de ce qui était arrivé à E. J. Mais est-ce le drame qui provoque les fêlures… ou ne fait-il que les révéler au grand jour ? Peut-être qu'on vit dans les ténèbres, aveuglé par un sourire et une bonté de surface. Et alors, le drame ne fait que lever le voile.

Ed entendit sonner à la porte. Il était tard. La sonnerie fut suivie de coups martelés avec impatience. Sans doute par pur réflexe, il bondit hors du lit et attrapa son pistolet sur la table de nuit. On sonna, on frappa de plus belle.

— Monsieur Grayson ? Ouvrez, police !

Ed regarda par la fenêtre. Deux flics du comté de Sussex, des flics en uniforme, mais sans leur grand Black de shérif. Ça, c'était du rapide, se dit-il. Plus surpris que choqué, il posa son arme et descendit ouvrir.

Les deux hommes semblaient avoir douze ans à tout casser.

— Monsieur Grayson ?

— Marshal Grayson, fiston.

— Monsieur, vous êtes en état d'arrestation pour le meurtre de Daniel J. Mercer. S'il vous plaît, mettez les mains derrière le dos pendant que je vous lis vos droits constitutionnels.

17

APRÈS AVOIR TERMINÉ SA CONVERSATION avec son ancien (et bientôt futur ?) patron Vic Garrett, Wendy raccrocha, légèrement hébétée.

L'iPhone de Haley McWaid découvert sous le lit de Dan Mercer…

Elle s'efforça de remettre de l'ordre dans ses idées, mais se sentit aussitôt très mal en pensant à la famille McWaid. Elle espérait que malgré tout les choses finiraient par s'arranger. Et après ? Wendy était choquée, oui. Trop choquée, peut-être. N'aurait-elle pas dû se sentir soulagée, quelque part dans un recoin obscur de son âme ? Cette découverte ne lui donnait-elle pas raison, à propos de Dan ? Il y avait une justice, tout compte fait. Elle n'avait finalement pas servi de pion dans quelque machination pour causer la perte d'un innocent, d'un homme bien.

Devant elle, à l'écran, il y avait la page Facebook de la promotion de Dan à Princeton. Fermant les yeux, Wendy se laissa aller en arrière. Elle revit le visage de Dan le jour de leur rencontre, cette première interview au foyer d'accueil, son dévouement à l'égard des gamins des rues, l'attachement farouche que lui vouaient ces enfants, l'attirance qu'elle avait éprouvée pour lui. Elle repensa à la journée de la veille dans ce maudit camp de caravanes, au même visage, tuméfié cette fois, au regard éteint, à l'envie qu'elle avait eue, malgré tout ce qu'elle savait, de le réconforter.

Doit-on ne tenir aucun compte de ses impressions ?

À l'inverse, bien sûr, le mal pouvait prendre n'importe quelle forme. Elle avait entendu cent fois l'exemple du célèbre tueur en série Ted Bundy. Le fait est qu'elle ne lui avait jamais trouvé une once de charme. Peut-être parce qu'elle savait qui il était. Wendy était sûre qu'elle l'aurait jugé hypocrite, visqueux. Le mal, ça se sent. Elle en était persuadée.

Or elle n'avait rien éprouvé de tel avec Dan. Elle n'avait perçu, jusqu'au jour même de sa mort, que de la chaleur et de la générosité. Ce n'était pas qu'une impression, maintenant. Phil Turnball, Farley Parks. Autre chose était à l'œuvre là-dessous, quelque chose de plus obscur, de plus insidieux.

Wendy rouvrit les yeux et se pencha en avant. OK, Facebook. Elle avait trouvé la page de Princeton, mais comment y accéder ? Il devait y avoir un moyen.

Le mieux serait de demander au spécialiste maison.

— Charlie !

Du bas, il répondit :

— Quoi ?

— Tu peux monter ?

— Je t'entends pas.

— Monte !

— Pour quoi faire ?

— Je voudrais que tu montes, s'il te plaît.

— Tu ne peux pas me dire ce que tu veux ?

Elle attrapa son portable et lui envoya un texto pour lui réclamer son aide de toute urgence et lui signifier que, s'il ne se dépêchait pas, elle fermerait tous ses comptes en ligne, même si elle ne savait pas comment procéder au juste. La minute d'après, elle entendit un grand soupir et des pas traînants dans l'escalier. Charlie passa la tête par la porte.

— Quoi ?

Elle pointa le doigt sur l'écran.

— J'aimerais rejoindre ce groupe.

Charlie scruta la page en plissant les yeux.

— Tu n'as pas étudié à Princeton.

— Merci pour cette analyse approfondie. Ça m'avait échappé.

Il sourit.

— J'adore quand tu me charries.

— Telle mère, tel fils.

Dieu qu'elle l'aimait, ce garçon ! Une brusque bouffée de tendresse submergea Wendy, l'envie de serrer son enfant dans ses bras et de ne plus le lâcher.

— Quoi ? fit Charlie.

Elle se ressaisit.

— Comment je fais pour rejoindre ce groupe si je n'ai pas étudié à Princeton ?

Charlie fit une grimace.

— Tu rigoles, là ?

— Ai-je l'air de rigoler ?

— Difficile à dire, avec toutes tes vannes.

— Je ne rigole pas, ce n'est pas une vanne, comment je fais ?

Charlie soupira, se pencha et indiqua la colonne de droite.

— Tu vois ce lien où il est marqué : « Rejoindre ce groupe » ?

— Oui.

— Clique dessus.

Il se redressa.

— Et après ?

— C'est tout, répondit son fils.

Ce fut au tour de Wendy de grimacer.

— Mais, comme tu l'as si justement fait remarquer, je n'ai pas étudié à Princeton…

— Pas grave. C'est un groupe ouvert. S'il était en accès restreint, tu serais obligée de demander une autorisation. Celui-ci, n'importe qui peut y rentrer. Clique dessus, c'est tout.

Wendy avait l'air dubitative.

Charlie soupira de plus belle.

— Allez, vas-y.

— OK, minute.

Wendy cliqua, et… en un clin d'œil elle était devenue membre d'une promotion de Princeton, du moins sur Facebook. Charlie lui lança un regard, l'air de dire : « Alors ? », secoua la tête et redescendit pesamment. Elle repensa à l'amour qu'elle lui portait. Elle songea à Marcia et Ted McWaid, avertis par la police de la découverte de l'iPhone – un appareil dont Haley avait sûrement rêvé et qu'elle avait accueilli par des piaillements de joie – sous le lit d'un homme qu'ils ne connaissaient pas.

Cela ne l'aidait pas beaucoup.

La page était ouverte, alors au boulot. Pour commencer, Wendy parcourut la liste des quatre-vingt-dix-huit membres. Pas de Dan, pas de Phil, pas de Farley. Normal. Aucun des trois ne cherchait à se faire remarquer. À supposer qu'ils aient appartenu à ce groupe, ils avaient dû se désinscrire. Les autres noms ne lui disaient rien.

Bon, et maintenant ?

Elle jeta un œil sur les forums de discussion. Il y en avait un pour soutenir un camarade de promo malade. Un autre était consacré aux réunions régionales d'anciens élèves. Rien à retirer de ça. Un forum annonçait la prochaine assemblée. Elle y entra et déroula la page jusqu'à tomber sur un lien qui promettait des photos de dortoirs de première année.

Wendy les retrouva tous les trois sur la cinquième image du diaporama. Une centaine d'étudiants posaient devant un bâtiment en brique, avec la légende « Stearns House ». Elle repéra Dan en premier. Il avait bien vieilli. Ses boucles étaient plus longues à l'époque ; autrement, il n'avait presque pas changé. Assurément, il avait été beau garçon.

Les noms figuraient sous les photos. Farley Parks, en bon politicien, se tenait au centre du premier rang. Phil Turnball était à droite. Alors que Dan était vêtu d'un jean et d'un tee-shirt, Farley et Phil semblaient sortir de la plaquette publicitaire d'une école privée pour fils de bonne famille. Pantalon kaki, chemise à col ouvert, mocassins sans chaussettes... il ne manquait que le pull noué autour du cou.

Maintenant, elle connaissait le nom de leur dortoir, mais qu'allait-elle en faire ?

Wendy se replongea dans la page Facebook. Dix minutes plus tard, elle décrochait la timbale : *Notre trombinoscope sur Facebook !*

Elle cliqua sur le lien, téléchargea le fichier PDF et l'ouvrit avec Adobe Acrobat. Le trombinoscope... Wendy sourit à ce souvenir. Il y en avait eu un à Tufts, bien sûr. Votre photo accompagnée de votre ville d'origine, votre lycée et – précisément ce qu'elle recherchait – l'hébergement qui vous était assigné sur le campus. Elle cliqua sur la lettre M, sauta deux pages et finit par trouver Dan Mercer. Sa photo d'étudiant de première année :

Daniel J. Mercer

Riddle, Oregon

Lycée de Riddle

Stearns, appartement 109

Dan arborait un grand sourire sur cette photo : il avait la vie devant lui. À voir son sourire, il était prêt à affronter le monde, et en effet, il allait sortir de Princeton, se marier, divorcer... et puis ?

Devenir pédophile et mourir ?

Était-ce plausible ? Était-il déjà pédophile à l'époque, à l'âge de dix-huit ans ? S'était-il laissé aller à ses penchants au campus ? Avait-il réellement enlevé une adolescente ?

Pourquoi refusait-elle d'y croire ?

Peu importe. Elle avait le numéro de l'appartement, le 109. Wendy cliqua sur P pour vérifier. Il était bien là, Farley Parks de Bryn Mawr, Pennsylvanie, au numéro 109 de la Stearns House. Et Philip Turnball de Boston, Massachusetts, exactement tel qu'il était aujourd'hui... oui, 109, Stearns House également.

Wendy entra « Stearns appartement 109 » et lança la recherche.

Cinq réponses.

Philip Turnball, Daniel Mercer, Farley Parks et deux nouveaux : Kelvin Tilfer, un Afro-Américain au sourire prudent, et Steve Miciano, affublé d'un collier genre lacet avec une grosse perle au milieu.

Ces deux noms ne lui disaient rien. Elle ouvrit un nouvel onglet et tapa « Kelvin Tilfer ».

Résultat : quasiment zéro. Une seule référence, la liste des diplômés de Princeton. Aucun lien vers Facebook, ou Twitter, ou MySpace.

Wendy ne savait que penser. Si on tape le nom de n'importe quel individu sur Google, on trouve toujours quelque chose qui le concerne. Kelvin Tilfer était un fantôme.

Que fallait-il en conclure ?

Rien, peut-être. Il était trop tôt pour tirer des conclusions. Elle devait continuer à chercher.

Wendy tapa « Steve Miciano ». À la lecture des réponses, avant même d'avoir ouvert le moindre fichier, elle comprit.

— Nom d'un chien ! lâcha-t-elle tout haut.

Derrière son dos, elle entendit :

— Quoi ?

C'était Charlie.

— Rien, qu'est-ce que tu veux ?

— Je peux aller chez Clark ?

— OK.

— Cool.

Wendy pivota vers l'écran. Elle cliqua sur la première entrée, un article vieux de quatre mois tiré d'un journal intitulé le *West Essex Tribune* :

Steve Miciano, chirurgien orthopédiste à l'hôpital Saint-Barnabus de Livingston, New Jersey, a été arrêté hier soir et inculpé pour possession de stupéfiants. La police, prévenue par un informateur, a découvert « une importante cargaison d'analgésiques obtenus par des voies illicites » dans le coffre de sa voiture. Le Dr Miciano a été libéré sous caution en attendant d'être présenté au juge. Un porte-parole de Saint-Barnabus déclare que le Dr Miciano sera mis en congé pendant toute la durée de l'instruction.

Ça s'arrêtait là. Wendy compulsa les archives du *West Essex Tribune* pour connaître la suite. Sans succès. Elle retourna sur le Net et trouva des références dans des blogs et même sur Twitter. Le premier était un ancien patient qui racontait comment Miciano lui fournissait de la drogue. Il y avait aussi un « trafiquant » qui s'était mis à table, et un autre patient révélant que le Dr Miciano n'était pas « à la hauteur » et qu'il « semblait être sous l'emprise d'une substance toxique ».

Wendy prit des notes, consulta les blogs, les tweets, les messages postés sur les forums, les liens vers MySpace et Facebook.

La tête lui tournait.

Cinq étudiants de première année, colocataires à Princeton. Rien sur Kelvin Tilfer. OK, elle ferait momentanément l'impasse sur lui. Les quatre autres – un conseiller financier, un homme politique, un travailleur social et, pour finir, un médecin – tous objets d'un scandale en l'espace d'une seule année.

Vous parlez d'une coïncidence !

18

AUTORISÉ À PASSER UN SEUL COUP DE FIL, Ed Grayson réveilla son avocate, Hester Crimstein, pour lui annoncer son arrestation.

— Ç'a l'air tellement débile, répliqua Hester, que normalement j'aurais envoyé un de mes subalternes.

— Mais… ? dit Ed.

— Je n'aime pas le timing.

— Moi non plus.

— J'ai taillé un costard à Walker il y a quelques heures à peine, alors pourquoi s'en prendre à vous et venir vous arrêter ?

Elle marqua une pause.

— À moins que je ne sois en train de perdre la main.

— Je ne crois pas que ce soit ça.

— Moi non plus. Ça voudrait dire qu'il y a du nouveau.

— Les analyses de sang ?

— Ça ne suffirait pas.

Hester hésita.

— Ed, vous êtes sûr qu'ils n'ont aucun moyen de découvrir des choses plus… compromettantes ?

— Aucun.

— Sûr et certain ?

— Absolument.

— OK, vous connaissez la chanson. Ne parlez pas. Mon chauffeur va venir me chercher. J'en ai pour une heure maxi.

— Il y a juste un petit souci, dit-il. Je ne suis pas au siège de la police du comté de Sussex mais à Newark. C'est le comté d'Essex, une autre juridiction.

— Vous savez pourquoi ?

— Non.

— OK, je vais leur sortir le grand jeu, cette fois. Pas de pitié pour ces trouducs.

Trois quarts d'heure plus tard, Hester s'installait aux côtés de son client Ed Grayson dans une petite salle d'interrogatoire au sol stratifié dans lequel une table était vissée. Ils attendirent. Ils attendirent longtemps. Hester fulminait.

Finalement, la porte s'ouvrit, laissant passer le shérif Walker en uniforme. Il était flanqué d'un bonhomme pansu, la soixantaine, en costume havane qui semblait avoir été froissé intentionnellement.

— Désolé de vous avoir fait attendre, dit Walker.

Il s'adossa contre le mur du fond. L'autre homme prit place en face de Grayson. Hester continua à arpenter la pièce.

— On s'en va, déclara-t-elle.

Walker lui adressa un petit signe de la main.

— Au revoir, maître, vous allez nous manquer, mais votre client n'ira nulle part. Il est en état d'arrestation. Vu l'heure tardive, nous examinerons sa demande de mise en liberté sous caution demain matin. Néanmoins, rassurez-vous, nous avons de quoi le loger confortablement.

Hester ne broncha pas.

— Excusez-moi, shérif, mais on vous a bien élu à ce poste, non ?

— Tout à fait.

— Alors que diriez-vous si je mettais tout mon poids dans la balance pour vous faire dégager ? Arrêter quelqu'un dont le fils a été victime d'un odieux…

L'autre homme prit la parole.

— Et si on passait aux choses sérieuses, maintenant ?

Hester le regarda.

— Madame Crimstein, nous avons des questions à poser. Votre client restera ici tant que nous n'aurons pas obtenu les réponses que nous attendons. Suis-je clair ?

Hester plissa les yeux.

— Et vous êtes ?

— Frank Tremont, enquêteur auprès du procureur du comté d'Essex. Franchement, si on faisait l'économie des manœuvres d'intimidation, vous comprendriez peut-être pourquoi on vous a fait venir ici.

Hester, qui semblait sur le point de répliquer, se ravisa.

— OK, annoncez-moi la couleur.

Walker jeta un dossier sur la table.

— Des analyses de sang.

— Qui racontent quoi ?

— Comme vous le savez, on a trouvé du sang dans le véhicule de votre client.

— Si vous le dites.

— Ce sang correspond en tout point à celui de la victime, Dan Mercer.

Hester feignit d'étouffer un bâillement.

— Vous avez peut-être une explication à nous donner, fit Walker.

Hester haussa les épaules.

— Ils sont allés faire un tour avec la voiture, et Dan Mercer a saigné du nez.

Walker croisa les bras.

— C'est ce que vous avez de mieux à nous proposer ?

— Oh non ! shérif Walker, j'ai beaucoup mieux, si ça vous dit.

Hester battit des cils et prit une voix de petite fille.

— Vous voulez une hypothèse ?

— Je préférerais des faits.

— Désolée, c'est tout ce que j'ai.

— Très bien, nous vous écoutons.

— Vous avez un témoin pour le prétendu meurtre de Dan Mercer, est-ce exact ?

— Oui.

— Eh bien, admettons que j'aie lu la déposition de votre témoin, la journaliste de télévision Wendy Tynes.

— C'est impossible, répondit Walker. L'identité du témoin et sa déposition sont strictement confidentielles.

— Mon Dieu, où avais-je la tête ? L'*hypothétique* déposition faite par une *hypothétique* journaliste de télévision. Je peux continuer ?

— Je vous en prie, l'imita Frank Tremont.

202

— Super. D'après sa déposition hypothétique, quand elle a rencontré Dan Mercer dans cette caravane, bien avant les coups de feu, il portait les stigmates d'un passage à tabac.

Personne ne pipa.

— J'aime bien avoir un retour, dit Hester. Hochez la tête, l'un ou l'autre.

— Admettons qu'on l'ait fait tous les deux, répondit Frank.

— Bon, très bien. Disons maintenant – toujours à titre hypothétique – que Dan Mercer a croisé le père d'une de ses victimes quelques jours plus tôt, qu'ils en sont venus aux mains et qu'un peu de sang a coulé dans la voiture de mon client.

Elle écarta les bras et arqua un sourcil. Walker et Tremont se regardèrent et ce dernier fit remarquer :

— S'il y a eu une bagarre hypothétique, ça fournit un mobile à votre client, non ?

— Désolée, c'est quoi votre nom déjà ?

— Frank Tremont, enquêteur pour le comté d'Essex.

— Vous êtes nouveau à ce poste, Frank ?

Cette fois, ce fut lui qui écarta les bras.

— Est-ce que j'en ai l'air ?

— Non, Frank, vous avez l'air d'avoir cent ans de plantages derrière vous. Votre pseudo-mobile, un débutant au cerveau mal irrigué pourrait le servir à un auxiliaire de justice arriéré mental. Tout d'abord – écoutez bien –, dans une bagarre, le perdant est généralement celui qui l'a déclenchée, vrai ou faux ?

— Vrai la plupart du temps.

— Bien.

203

Hester désigna Ed d'un large geste, comme une animatrice de jeu télévisé.

— Regardez-moi cette force de la nature qui se trouve être mon client. Vous voyez des bleus, des lésions ? Non. Donc, s'il y a eu un affrontement physique, mon gars a eu le dessus, ne croyez-vous pas ?

— Ça ne prouve rien.

— Faites-moi confiance, Frank, vous auriez tort de rentrer dans ce débat-là avec moi. Mais bagarre ou pas, ça n'a pas d'importance. Vous parlez de mobile, comme si c'était un scoop. Étant donné que vous êtes nouveau sur ce dossier, je vais vous aider, Frank : Dan Mercer a pris des photos du fils de mon client, un gosse de huit ans, nu. C'est déjà un mobile en soi. Vu ? Quand quelqu'un agresse sexuellement votre enfant, il y a de quoi vouloir se venger. Notez-le. Un enquêteur chevronné doit savoir ces choses-là.

Frank émit un grognement.

— Ce n'est pas le sujet.

— Hélas ! Frank, c'est exactement le sujet. Vous prétendez avoir franchi un grand pas avec vos analyses sanguines. Ça vous impressionne tellement que vous nous traînez ici en pleine nuit. Je vous le dis, vos prétendues preuves – et je vous passe l'épisode où je démonterai les conclusions de vos techniciens de scène de crime et tout le processus car Walker pourra vous rejouer la bande de notre premier tête-à-tête – ce n'est que du vent, on peut lui faire dire ce qu'on veut.

Hester lança un regard à Walker.

— Je ne tiens pas spécialement à être désagréable, mais vous comptez réellement utiliser ce prétexte bidon pour inculper mon client d'homicide ?

— Pas d'homicide, répondit Tremont.

Hester eut un mouvement de recul.

— Ah non ?

— Non, pas pour homicide. Plutôt pour complicité par assistance.

Hester se tourna vers Ed Grayson. Il haussa les épaules. Elle regarda à nouveau Tremont.

— Admettons que je me sois récriée et venons-en directement à ce que vous appelez « complicité par assistance ».

— Nous avons fouillé la chambre de motel de Dan Mercer. Et nous y avons trouvé ceci.

Tremont fit glisser une photo de format quinze sur vingt par-dessus la table. Hester l'examina : un iPhone rose. Elle la montra à Ed Grayson, la main sur son bras comme pour prévenir toute réaction. Elle ne dit rien. Grayson non plus. Hester connaissait les principes de base. Il y a des moments pour prendre l'initiative, et d'autres où il vaut mieux ne rien faire. Elle avait un tempérament offensif. Or ils attendaient une réaction de sa part. D'une façon ou d'une autre. Eh bien, ils en seraient pour leurs frais.

Une minute passa, puis Frank Tremont précisa :

— Ce téléphone a été retrouvé dans la chambre de Mercer, dans un motel de Newark, pas très loin d'ici.

Hester et Grayson se taisaient toujours.

— Il appartient à une jeune fille disparue du nom de Haley McWaid.

Ed Grayson gémit à haute voix. Hester pivota vers lui. Son visage avait perdu ses couleurs, comme si on avait ouvert un robinet pour faire sortir tout le sang. Elle l'empoigna par le bras, exerça une pression pour lui faire reprendre ses esprits.

Puis, histoire de gagner un peu de temps, elle dit :

— Vous ne pensez tout de même pas que mon client… ?

— Vous savez ce que je pense, Hester ? l'interrompit Frank Tremont.

Il avait repris du poil de la bête, et sa voix monta comme un grondement de tonnerre.

— Je pense que votre client a tué Dan Mercer parce qu'il allait passer à travers les mailles du filet, malgré ce qu'il avait fait à son fils. Voilà ce que je pense. Votre client a décidé de se faire justice… et quelque part, je peux le comprendre. Si on avait fait ça à mon gamin, c'est sûr que j'aurais réagi. Sûr et certain. Après quoi, j'aurais engagé le meilleur avocat parce que, en vérité, la victime inspire si peu la sympathie – c'est un personnage tellement peu ragoûtant – qu'on aurait pu la descendre devant un stade plein de monde sans risquer d'inculpation.

Il foudroya Hester du regard. Elle croisa les bras.

— Mais c'est tout le problème quand on veut se substituer à la justice. On ne sait pas où ça vous mène. Il se trouve – on reste toujours dans l'hypothèse, n'est-ce pas ? – que votre client a tué le seul homme capable de nous éclairer sur le sort d'une jeune fille de dix-sept ans.

— Oh, mon Dieu !

Grayson enfouit son visage dans ses mains.

Hester se pencha vers l'oreille de Grayson.

— Vous étiez au courant ?

Il s'écarta, atterré.

— Bien sûr que non.

Elle hocha la tête.

— OK.

— Écoutez, nous pensons que votre client n'a rien à voir avec la disparition de Haley McWaid. Ce qui n'était pas le cas de Dan Mercer. Nous avons donc besoin d'un maximum d'éléments pour retrouver Haley. Y compris de localiser le corps de Mercer. Le temps joue contre nous. Peut-être que Mercer la détenait dans un lieu secret. Haley pourrait être ligotée, terrorisée, blessée, allez savoir. Nous sommes en train de creuser dans la cour de Mercer. Nous interrogeons voisins, collègues, amis, jusqu'à son ex pour connaître ses endroits préférés. L'heure tourne... on ignore si cette jeune fille est seule, affamée, enfermée quelque part, ou pire.

— Et vous croyez qu'un cadavre vous dira où elle est ?

— Ce n'est pas impossible. Il pourrait y avoir un indice dans ses poches. Il faut que votre client nous dise où est Dan Mercer.

Hester secoua la tête.

— Vous attendez de moi que je le laisse s'accuser ?

— J'attends que votre client agisse selon sa conscience.

— Vous avez peut-être tout inventé.

Frank Tremont se leva.

— Quoi ?

— Je connais les flics et leurs astuces. « Avouez et nous sauverons la fille. »

Il se pencha en avant.

— Vous pensez vraiment que c'est un piège ?

— Ça se pourrait.

— Mais ça n'en est pas un, dit Walker.

— Et je suis censée vous croire sur parole ?

Tremont et Walker se bornèrent à la regarder. Personne n'était dupe.

— Quoi qu'il en soit, déclara Hester, je ne laisserai pas mon client faire le moindre aveu.

Tremont s'empourpra.

— C'est aussi votre intention, Ed ?

— Adressez-vous à moi, pas à mon client.

Frank l'ignora.

— Vous avez été officier de police.

Il rapprocha son visage de la tête baissée de Grayson.

— En tuant Dan Mercer, vous pourriez être responsable de la mort de Haley McWaid.

— Taisez-vous, ordonna Hester.

— Vous pourrez continuer à vivre, Ed ? À vous regarder dans la glace ? Si vous croyez que je vais perdre mon temps avec la procédure…

— Attendez, fit Hester d'une voix soudain redevenue calme. Vous fondez vos déductions sur ce téléphone ?

— Comment ?

— C'est tout ce que vous avez ? Le téléphone dans sa chambre de motel ?

— Ça ne vous suffit pas ?

— Ce n'est pas la question, Frank. Avez-vous autre chose.

Tremont regarda Walker. Le shérif hocha la tête.

— Son ex-femme. Mercer venait chez eux. Et Haley McWaid aussi, semble-t-il.

— C'est là qu'il l'aurait rencontrée ?

— Apparemment.

Hester opina du chef. Puis ajouta :

— Relâchez mon client, je vous prie.

— Vous voulez rire ?

— Tout de suite.

— Votre client nous a privés de notre seule piste !

— Faux ! aboya Hester.

Sa voix se réverbéra à travers la pièce.

— Si ce que vous dites est vrai, Ed Grayson vous a *fourni* votre seule piste.

— Qu'est-ce que vous racontez, nom de Dieu ?

— Comment êtes-vous finalement tombés sur ce téléphone ?

Personne ne répondit.

— Vous avez fouillé la chambre de Dan Mercer. Pourquoi ? Parce que vous soupçonniez mon client de l'avoir tué. Sans cela, vous n'auriez rien. Trois mois d'investigation, et vous n'aviez rien. Jusqu'à ce jour. Jusqu'à ce que mon client vous offre votre seul indice.

Un silence accueillit son discours. Mais Hester était lancée.

— Et pendant qu'on y est, enquêteur Frank Tremont du comté d'Essex, je sais que vous avez bâclé cette affaire de meurtre qui a fait tant de bruit récemment. Un minable viré par sa chef Loren Muse en raison de son incompétence crasse. Ceci est votre dernière enquête, et qu'est-ce qu'on constate ? Au lieu de vous racheter, vous et votre lamentable carrière, vous ignorez volontairement un pédophile notoire qui a croisé le chemin de votre victime au vu et au su de tout le monde. Comment diable cela vous a-t-il échappé, Frank ?

Ce fut au tour de Frank Tremont de devenir livide.

— Et maintenant, vous avez le culot d'accuser mon client de complicité ? Vous feriez mieux de le remercier. Si, aujourd'hui, vous êtes à deux doigts de retrouver cette pauvre fille, c'est bien *grâce* à ce dont vous incriminez mon client.

Frank Tremont semblait se dégonfler à vue d'œil.

Hester adressa un signe de tête à Grayson. Tous deux entreprirent de se lever.

— Où allez-vous comme ça ? s'enquit Walker.

— On s'en va.

Walker regarda Tremont, s'attendant à ce qu'il proteste. Mais celui-ci était toujours sous le choc. Le shérif prit alors les choses en main.

— Vous n'irez nulle part. Votre client est en état d'arrestation.

— Je voudrais que vous m'écoutiez.

Hester parlait d'une voix radoucie, presque contrite.

— Vous perdez votre temps.

— Comment ça ?

Elle planta son regard dans le sien.

— Si nous avions su quelque chose qui puisse aider cette fille, nous vous l'aurions dit.

— C'est à vous de déterminer ce qui peut aider ou pas à retrouver Haley McWaid ?

— Oui, rétorqua Hester en se redressant.

Ses yeux passèrent de Tremont à Walker.

— Vous nous avez prouvé tous les deux à quel point on peut vous faire confiance. Occupez-vous donc de chercher cette pauvre fille, au lieu de harceler un homme qui est peut-être le seul à avoir eu une conduite exemplaire dans cette histoire.

On frappa à la porte. Un jeune flic passa la tête à l'intérieur. Tous les regards se tournèrent vers lui.

— Oui, Stanton ? dit Walker.

— J'ai trouvé quelque chose dans son téléphone. Je pense que ça va vous intéresser.

19

FRANK TREMONT ET MICKEY WALKER suivirent Stanton dans le couloir.

— Hester Crimstein est un requin amoral qui manque tellement de scrupules qu'elle ferait rougir une pute de bas étage, dit Walker à Tremont. Toutes ces histoires d'incompétence, c'était juste pour nous déstabiliser.

— Mmm.

— Vous avez suivi cette affaire de bout en bout. Tout ce qu'il était humainement possible de faire, vous l'avez fait.

— C'est vrai.

— Ainsi que le FBI, les profileurs et l'ensemble de votre équipe. Personne n'aurait pu prévoir ça.

— Mickey, si j'ai besoin d'être câliné, lui rétorqua Frank, je trouverai quelqu'un de plus sexy et de plus féminin que vous, OK ?

— OK.

Stanton les conduisit dans une pièce au sous-sol réservée aux techniciens du labo. L'iPhone de Haley McWaid était branché sur un ordinateur. Il leur désigna l'écran.

— Ça, c'est son portable, agrandi pour qu'on voie mieux les détails.

— OK, dit Frank Tremont. Alors, qu'est-ce que c'est ?

— J'ai trouvé quelque chose dans une appli.

— Une quoi ?

— Une application pour téléphone.

Tremont remonta son pantalon.

— Faites comme si j'étais un vieux fossile qui ne sait toujours pas programmer son magnétoscope à cassette.

Stanton appuya sur une touche. L'écran devint noir, avec trois rangées de petits icones.

— Tout ça, ce sont des applications pour iPhone. Là, c'est iCal où Haley notait ses rendez-vous sur un calendrier. Tetris, c'est un jeu... comme Moto Chaser. Safari, pour naviguer sur le Web ; iTunes, pour télécharger des chansons. Haley adore la musique. Là, elle a une autre application musicale, Shazam, qui...

— Je pense qu'on a compris le principe, dit Walker.

— Oui, pardon.

Frank contemplait fixement l'iPhone de Haley. Laquelle de ces chansons avait-elle écoutée en dernier ? Aimait-elle le rock qui déménage ou les ballades romantiques ? En bonne vieille baderne qu'il était, Frank s'était gaussé des jeunes avec leurs e-mails, leurs textos et leurs écouteurs dans les oreilles, mais quelque part ce gadget résumait la vie de Haley. Elle avait la liste de ses amis dans son carnet d'adresses, son emploi du temps dans le calendrier, ses chansons préférées dans une playlist, des photos qui la faisaient sourire – comme celle avec Mickey – dans son album photo.

Le réquisitoire d'Hester Crimstein l'obsédait. Certes, Dan Mercer n'avait aucun antécédent de viol ou d'agression, il semblait s'intéresser à des filles bien plus jeunes, et le fait que son ex-femme habitait la même ville ne constituait pas un danger en soi. Mais les propos de Crimstein sur son incompétence résonnaient à ses oreilles et, à son corps défendant, Frank lui donnait raison.

Il aurait dû faire le lien entre les deux affaires.

— En tout cas, déclara Stanton, sans trop entrer dans les détails, je trouve ça un peu bizarre. Haley a téléchargé un paquet de chansons, comme tous les ados, mais depuis sa disparition, rien. Pareil pour Internet. On sait quels sites elle a visités sur son iPhone parce que le serveur en a gardé la trace. Ce que j'ai vu là-dedans n'est pas vraiment une surprise. Elle a fait des recherches sur l'université de Virginie... Je crois qu'elle était déprimée parce qu'elle n'y avait pas été reçue, c'est ça ?

— Oui.

— Il y avait une recherche au nom d'une Lynn Jalowski, une joueuse de lacrosse de West Orange qui, elle, a été admise. Une rivale, en somme.

— Nous savons tout ça, dit Frank.

— OK, vous êtes donc au courant pour les messages instantanés, les SMS, même si je dois dire que Haley était moins accro à ces trucs-là que la plupart de ses copines. Mais il y a une application qui nous avait échappé, c'est Google Earth. Vous connaissez sûrement.

— Éclairez-moi, dit Frank.

— Regardez ça. En gros, c'est un programme GPS intégré.

Stanton prit l'iPhone et effleura l'image de la Terre. Le globe géant tourna sur lui-même, puis la photo satellite grossit : les États-Unis d'abord, ensuite la côte Est, le New Jersey, et pour finir, à cinquante mètres près, l'immeuble dans lequel ils se trouvaient. Avec l'indication : « 50 W Market Street, Newark NJ ».

Frank en resta bouche bée.

— Et ça va nous renseigner sur tous les endroits par lesquels cet iPhone est passé ?

— Si seulement, répondit Stanton. Toutefois, pour ça il faut activer le programme. Haley ne l'a pas fait. En revanche, vous pouvez entrer n'importe quelle adresse et voir la photo satellite sur la carte. L'historique ne nous dit pas à quel moment elle l'a utilisé, on a juste accès aux résultats de ses recherches.

— Et elle aurait recherché quelque chose de particulier ?

— Deux fois seulement depuis qu'elle a téléchargé l'application. La première fois, c'était sa propre adresse. À mon avis, c'est le vendeur qui a dû lui faire une démonstration. Ça ne compte pas.

— Et l'autre ?

Stanton cliqua, et le globe géant de Google Earth pivota à nouveau. Ils le virent zoomer sur le New Jersey. Il s'arrêta sur une zone boisée avec un bâtiment au milieu.

— Le parc régional de Ringwood, annonça Stanton À une soixantaine de kilomètres d'ici. Au cœur des monts Ramapo. Ce bâtiment, c'est le domaine de Skylands au milieu du parc et de ses plus de deux mille hectares de bois.

Il y eut une seconde, peut-être deux, de silence. Frank Tremont sentit son cœur cogner dans sa poitrine. Il regarda Walker. Les mots étaient superflus. Ils savaient. Le parc était immense. Frank se rappela un adepte de la survie dans la nature qui s'était caché pendant plus d'un mois dans ces bois. On pouvait construire une petite cabane, la camoufler sous des broussailles, enfermer quelqu'un là-dedans.

Ou alors enterrer un cadavre de sorte qu'il soit impossible à retrouver.

Tremont fut le premier à consulter sa montre : minuit. Encore de longues heures d'obscurité devant eux. Paniqué, il téléphona à Jenna Wheeler. Si elle ne répondait pas, il enfoncerait sa porte avec sa voiture pour obtenir la réponse.

— Allô ?

— Dan aimait la randonnée, n'est-ce pas ?

— Oui.

— Il avait des endroits préférés ?

— Je sais qu'il aimait bien le chemin de randonnée à Watchung.

— Et le parc régional de Ringwood ?

Silence au bout du fil.

— Jenna ?

Elle mit un moment avant de répondre.

— Oui…

Sa voix semblait venir de loin.

— À l'époque, quand on était mariés, on faisait très souvent le circuit de Cupsaw Brook.

— Habillez-vous. Je vous envoie une voiture.

Frank Tremont raccrocha, se tourna vers Walker et Stanton.

— Hélicos, chiens, bulldozers, projecteurs, pelles, équipes de secours, gardes forestiers, tous les hommes disponibles plus les volontaires locaux. Allons-y.

Walker et Stanton hochèrent la tête.

Frank rouvrit son téléphone portable, prit une grande inspiration et, aiguillonné par les paroles d'Hester Crimstein, composa le numéro de Ted et Marcia McWaid.

Wendy fut réveillée en sursaut par la sonnerie du téléphone à cinq heures du matin. Elle avait dormi deux heures à peine. À force de surfer sur le Net, les choses commençaient à se préciser. Toujours rien sur Kelvin Tilfer. Était-il l'exception qui confirme la règle ? Trop tôt pour le dire. Mais plus elle fouillait dans le passé des quatre autres, plus ces scandales qui touchaient les anciens colocataires de Princeton l'intriguaient.

Attrapant le téléphone à tâtons, elle croassa un « Allô ? ».

Vic ne perdit pas de temps en civilités.

— Vous connaissez le parc régional de Ringwood ?

— Non.

— C'est à Ringwood.

— Vous avez dû être un journaliste très perspicace, Vic.

— Foncez là-bas.

— Pour quoi faire ?

— Les flics y cherchent le corps de la fille.

217

Wendy se redressa.

— Haley McWaid ?

— Oui. Ils pensent que Mercer l'a balancée dans les bois.

— Et qu'est-ce qui les a orientés sur cette voie ?

— Ma source m'a parlé de Google Earth sur l'iPhone de Haley. Je vous envoie une équipe de tournage sur place.

— Vic ?

— Quoi ?

Elle se passa la main dans les cheveux, s'efforçant de calmer le tumulte qui régnait dans son esprit.

— Je ne suis pas certaine d'être à la hauteur sur ce coup-là.

— Chochotte, va. Allez, remuez-vous.

Il raccrocha. Wendy sortit du lit, se doucha et s'habilla. Sa trousse de maquillage professionnelle était toujours prête, détail quelque peu sordide au vu des circonstances. Bienvenue dans le monde de l'actu télévisée. Comme Vic l'avait formulé avec élégance : chochotte, va.

Elle passa devant la chambre de Charlie. Un vrai capharnaüm… short et chemise de la veille roulés en boule par terre. Mais quand on a perdu un mari, on ne s'arrête pas à ces broutilles. Elle regarda son fils endormi et pensa à Marcia McWaid. Marcia qui s'était réveillée comme elle, qui avait jeté un œil dans la chambre de son enfant et trouvé le lit vide. Trois mois plus tard, elle attendait des nouvelles de la police qui était en train de passer un parc régional au peigne fin à la recherche de sa fille disparue.

Les gens comme Ariana Nasbro avaient du mal à comprendre ça. La fragilité des choses. L'effet boule de neige. Comment une imprudence pouvait vous précipiter dans un abîme de désespoir. Et à quel point le mal était irréparable.

Néanmoins, Wendy réitéra la prière silencieuse que font tous les parents : « S'il Vous plaît, faites qu'il ne lui arrive rien. Protégez-le. »

Puis elle monta dans sa voiture et prit la direction du parc régional où la police recherchait l'adolescente dont la mère n'avait pas de nouvelles depuis trois mois.

20

LE SOLEIL SE LEVA À CINQ HEURES QUARANTE-CINQ.

Patricia McWaid, la jeune sœur de Haley, se tenait immobile au milieu de l'effervescence générale. Depuis que la police avait retrouvé l'iPhone de Haley, elle avait l'impression d'être revenue à la case départ, aux premiers jours harassants passés à coller des affiches, à appeler ses amies, à faire le tour de ses lieux de prédilection, à réactualiser son site web, à distribuer sa photo dans les centres commerciaux de la région.

L'enquêteur Tremont, qui avait été si gentil avec eux, semblait avoir pris dix ans d'un seul coup. Il se força à lui sourire.

— Ça va, Patricia ?

— Bien, merci.

Il lui tapota l'épaule et s'éloigna. Elle avait l'habitude. Patricia était une fille ordinaire, mais ça ne la gênait pas. La plupart des gens sont des gens ordinaires, même s'ils sont persuadés du contraire. Patricia était contente de son sort… du moins, elle l'avait été. Haley lui manquait. Contrairement à sa grande sœur, elle détestait la compétition et évitait de se faire remarquer. Or, maintenant, elle était devenue une sorte d'attraction, un objet de pitié ; les filles les plus populaires recherchaient sa compagnie pour pouvoir dire dans les soirées : « La fille qui a disparu ? Ah, mais je connais bien sa sœur ! »

La mère de Patricia faisait partie de l'équipe qui organisait les recherches. Sa mère avait une forte personnalité, à l'instar de Haley, avec une démarche de panthère, comme si le simple fait de marcher était un défi lancé à l'entourage. Haley menait. Toujours. Et Patricia suivait. Certains croyaient que cela lui posait un problème. Sa mère disait quelquefois : « Il faut que tu t'affirmes davantage. » Patricia, elle, n'en voyait pas l'intérêt. Elle n'aimait pas décider. Aller voir un film choisi par Haley lui convenait à merveille. Manger chinois, ou italien, quelle importance ? En quoi était-ce si indispensable d'avoir un avis sur tout ?

De nombreuses camionnettes étaient parquées en deçà de la zone délimitée par le ruban de sécurité, comme du bétail dans les films de cow-boys. Patricia reconnut la femme aux cheveux méchés et à la voix stridente de l'une des chaînes du câble. Un reporter franchit les barrières et appela Patricia par son prénom. Souriant de toutes ses dents, il lui montra un micro, comme si c'était une sucette pour l'attirer dans sa voiture. Tremont s'approcha et lui fit signe de retourner fissa derrière les barrières.

Une autre équipe de télévision était en train d'installer une caméra. Patricia connaissait la jolie journaliste qui les accompagnait. Son fils Charlie était dans le même lycée qu'elle. Le père de Charlie avait été tué par une conductrice ivre quand il était petit. C'était sa mère qui le leur avait raconté. Chaque fois qu'ils croisaient Mme Tynes à un match, au supermarché ou ailleurs, Patricia, Haley et leur mère baissaient la voix, par respect ou par crainte peut-être, et Patricia se demandait ce que serait sa vie s'il arrivait la même chose à son père.

Des policiers étaient venus en renfort. Son père les saluait avec un pâle sourire, serrant les mains comme s'il était en campagne électorale. Cette tendance à suivre le courant, Patricia la tenait de lui. Mais papa avait changé. Ils avaient tous changé ; il y avait une fêlure en lui, et la jeune fille n'était pas sûre que, même si Haley revenait, il redeviendrait comme avant. Il continuait à sourire, à s'efforcer de rire, de faire le pitre et toutes les petites choses qui faisaient que son père était… son père, mais il semblait vidé de l'intérieur, comme dans ces films où les extraterrestres remplacent les humains par des clones sans âme.

Il y avait des chiens policiers, des danois, et Patricia s'approcha d'eux.

— Je peux les caresser ? demanda-t-elle.

— Bien sûr, répondit le flic après une brève hésitation.

Patricia en gratta un derrière les oreilles, et il pantela en signe de reconnaissance.

On prétend que ce sont les parents qui vous façonnent, mais sa figure tutélaire à elle, c'était bien Haley. Quand, à l'école primaire, des filles s'étaient moquées de Patricia, Haley avait flanqué une raclée à l'une d'entre elles en guise d'avertissement. Quand des garçons les avaient sifflées au Madison Square Garden – Haley avait emmené sa petite sœur voir la chanteuse Taylor Swift –, elle s'était placée devant

222

Patricia et leur avait dit de la fermer. À Disney-World, un soir, les parents les avaient laissées sortir seules, Haley et elle. Elles avaient fini par rencontrer des garçons plus âgés et se prendre une cuite dans un bar. Une fille sage pouvait se permettre ces choses-là. Non pas qu'elle ne soit pas sage, mais Haley était une ado. Ce soir-là, après sa première bière, Patricia était sortie avec un garçon nommé Parker, mais Haley avait veillé à ce que Parker n'aille pas plus loin.

— On va s'enfoncer dans les bois, entendit-elle Tremont dire au policier de la brigade cynophile.

— Pourquoi ?

— Si Haley est en vie, si ce salaud a construit une sorte d'abri pour la cacher, ça doit forcément être à l'écart du sentier. Mais si elle est près du sentier...

Il se tut quand il se rendit compte – Patricia en était sûre – qu'elle était à portée de voix. Elle caressa le chien, feignant de n'avoir rien entendu. Depuis trois mois, elle avait tout occulté. Haley était forte. Elle survivrait. Sa grande sœur était partie vivre quelque étrange aventure et serait bientôt de retour à la maison.

À présent, face à ces bois, elle imagina l'inconcevable : Haley seule, terrifiée, blessée, en pleurs. Patricia serra les paupières. Frank Tremont s'approcha. Planté devant elle, il s'éclaircit la voix et attendit qu'elle ouvre les yeux. Elle pensait qu'il venait la rassurer. Mais non, il resta là, indécis, à se dandiner d'un pied sur l'autre.

Alors Patricia ferma de nouveau les yeux et continua à caresser le chien.

21

TOURNANT LE DOS AU RUBAN JAUNE, Wendy était en train de parler dans le micro portant le logo de NTC News.

— L'attente continue, annonça-t-elle en optant pour un ton grave, mais sans verser dans le tragique. En direct du parc régional de Ringwood, Wendy Tynes, NTC News.

Elle baissa le micro. Sam, son cameraman, déclara :

— On devrait la refaire, celle-là.

— Pourquoi ?

— Ta queue-de-cheval s'est dénouée.

— Ça ira.

— Allez, resserre l'élastique. Ça prend deux minutes. Vic voudra une autre prise.

— Qu'il aille se faire foutre.

Sam leva les yeux au ciel.

— Tu plaisantes, j'espère ?

Wendy ne répondit pas.

— Eh, tu es la première à râler quand tu passes à l'antenne avec un maquillage qui bave. Et tout à coup, tu t'en fiches ? Allez, encore une prise, juste une.

Wendy lui rendit le micro et tourna les talons. Sam avait raison, bien sûr. Elle était journaliste de télévision. Il serait naïf de croire que l'apparence ne comptait pas dans le métier, et Wendy s'était déjà pomponnée pour la caméra et avait multiplié les prises dans des circonstances analogues.

Bref, ajoutez « faux cul » à sa longue liste de ses failles.

— Où vas-tu ? lança Sam.

— J'ai mon portable. Appelle-moi s'il y a du nouveau.

Elle se dirigea vers sa voiture. Elle avait prévu d'appeler Phil Turnball, puis s'était souvenue que, d'après sa femme Sherry, il passait ses matinées à compulser les petites annonces au Suburban Diner sur la route 17. Donc à une vingtaine de minutes d'ici.

Les murs des cafés-restaurants traditionnels d'antan étaient recouverts de bardeaux d'aluminium alors que les façades des établissements plus récents – c'est-à-dire datant de 1968 et après – imitaient la pierre, ce qui donnait à Wendy la nostalgie de l'aluminium. L'intérieur, cependant, ne changeait pas beaucoup. Il y avait toujours un petit juke-box à chaque table, un comptoir avec des tabourets pivotants, des pâtisseries sous une cloche en verre, des photos signées de célébrités locales dont on n'a jamais entendu parler, un type bourru avec des poils dans les oreilles derrière la caisse enregistreuse et une serveuse qui vous appelait « Mon chou » et qu'on adorait pour ça.

Le juke-box jouait un tube des années 1980, *True* de Spandau Ballet, drôle de choix à six heures du matin. Assis à une table en bout de salle, Phil Turnball portait un costume gris rayé avec une cravate jaune. Il ne lisait pas le journal. Il contemplait son café comme s'il cherchait une réponse au fond de la tasse.

Wendy s'approcha, attendit qu'il lève les yeux. En vain.

— Comment saviez-vous que j'étais ici ? demanda-t-il sans bouger un cil.

— Par votre femme.

Il eut un sourire sans joie.

— Ça alors.

Wendy garda le silence.

— Vous vous êtes dit : « Ah, ce pauvre Phil qui passe ses matinées au café à pleurer sur lui-même » ?

— Pas du tout.

Peu désireuse de s'appesantir sur le sujet, Wendy demanda :

— Je peux m'asseoir ?

— Je n'ai rien à vous dire.

Le journal était ouvert à la page avec l'article sur l'iPhone de Haley retrouvé dans la chambre de Dan Mercer.

— Vous avez lu l'article ?

— Oui. Vous êtes toujours là pour plaider la cause de Dan ? Ou était-ce du pipeau depuis le début ?

— Je ne comprends pas.

— Vous saviez qu'il avait enlevé cette fille ? Vous pensiez que je ne vous parlerais pas si vous crachiez le morceau, alors vous avez monté un bateau soi-disant pour le réhabiliter.

Wendy s'assit sur la chaise en face de lui.

— Je n'ai jamais dit que je voulais le réhabiliter. J'ai dit que je cherchais à connaître la vérité.

— C'est noble de votre part.

— Pourquoi êtes-vous si agressif ?

— Je vous ai vue discuter avec Sherry hier soir.

— Et alors ?

Phil Turnball prit sa tasse à deux mains.

— Vous vouliez qu'elle me persuade de coopérer.

— Encore une fois, oui et alors ?

Il but une gorgée, reposa la tasse avec précaution.

— Quand vous m'avez dit que Dan serait tombé dans un piège, cela m'a semblé plausible. Mais maintenant…

Il pointa le menton en direction du journal.

— … à quoi bon ?

— Vous pourriez peut-être aider à retrouver la fille disparue.

Il secoua la tête et ferma les yeux.

La serveuse, le genre que le père de Wendy appelait « pouffe », une grosse blonde aux racines des cheveux noires avec un crayon derrière l'oreille, vint s'enquérir :

— Vous désirez quelque chose ?

Zut ! – elle n'avait pas eu droit à « mon chou » !

— Rien, merci.

La serveuse s'éloigna en traînant les pieds. Phil n'avait pas rouvert les yeux.

— Phil ?

— Off ? fit-il.

— OK.

— Je ne sais pas comment le formuler sans que ça prête à confusion.

Wendy ne le pressa pas.

— Écoutez, Dan et ces histoires de mœurs…

Sa voix mourut. Wendy faillit bondir. Histoires de mœurs ? Donner rendez-vous à une mineure et en enlever peut-être une autre… – on pouvait difficilement qualifier cela avec désinvolture d'« histoires de mœurs » ! Mais l'heure n'était pas à la leçon de morale. Elle se retint et attendit.

— Ne vous méprenez pas. Je ne dis pas que Dan était pédophile. Il ne s'agit pas de ça.

Il s'interrompit à nouveau, et cette fois, Wendy eut l'impression qu'il aurait besoin d'un petit coup de pouce.

— De quoi s'agit-il, alors ?

Phil ouvrit la bouche, se ravisa, secoua la tête.

— Disons qu'il ne répugnait pas à les prendre jeunes, si vous voyez ce que je veux dire.

Le cœur de Wendy se serra.

— Parfois – n'oubliez pas que c'était il y a plus de vingt ans, OK ? –, il arrivait à Dan de fréquenter des filles plus jeunes. Ce n'était pas de la pédophilie, non. N'y voyez aucune perversion. C'est juste qu'il aimait bien aller à des fêtes entre lycéens. Il invitait des filles à des événements au campus, des choses comme ça.

Wendy avait la bouche sèche.

— Et ces filles, elles étaient jeunes comment ?

— Je ne sais pas. Je ne demandais pas à voir leurs papiers.

— Jeunes comment, Phil ?

228

— Je vous l'ai dit, je n'en sais rien.

Il se tortilla.

— Je vous rappelle que nous étions en première année de fac. Ça nous faisait dix-huit, dix-neuf ans maxi. Ces filles-là devaient être au lycée. Il n'y a pas de quoi en faire un plat. Dan devait avoir dix-huit ans. Elles en avaient peut-être trois ou quatre de moins.

— Quatre ? Elles avaient donc quatorze ans ?

— Je ne sais pas. C'est une façon de parler. Il y a des filles de quatorze ans qui font beaucoup plus que leur âge. Vu comment elles s'habillent et tout. Comme si elles cherchaient à brancher des mecs plus vieux qu'elles.

— S'il vous plaît, pas de ça, Phil.

— Vous avez raison.

Il se frotta le visage avec les deux mains.

— Bon sang ! j'ai des filles du même âge. Je ne le défends pas. J'essaie d'expliquer. Dan n'était ni un pervers ni un violeur, mais bon, qu'il soit attiré par une fille plus jeune, à la limite, je peux comprendre. De là à ce qu'il en kidnappe une… ? Non, franchement, je n'y crois pas une seconde.

Il se tut et se renversa sur sa chaise. Wendy ne bougeait pas. Elle repensa à ce qu'elle savait de la disparition de Haley. Pas d'effraction. Pas de violence. Pas d'appels. Pas de SMS. Pas d'e-mails. Aucune trace d'enlèvement. Le lit même pas défait.

Et s'ils étaient complètement à côté de la plaque ?

Une hypothèse commença à germer dans son esprit. Fragmentaire, fondée sur un tas de non-dits et de suppositions, mais qui méritait d'être creusée. Il fallait qu'elle retourne dans le parc pour y retrouver le shérif Walker.

— Je dois y aller.

Il leva les yeux.

— Vous croyez que Dan a pu faire du mal à cette fille ?

— Je n'en ai pas la moindre idée. Franchement, je ne sais plus.

22

WENDY APPELA WALKER DE SA VOITURE. L'appel fut transféré à trois reprises avant que Walker ne décroche.

— Où êtes-vous ? demanda-t-elle.

— Dans les bois.

Il y eut un silence.

— Du nouveau ?

— Pas encore.

— Vous auriez cinq minutes à me consacrer ?

— Je retourne au domaine, là. C'est Frank Tremont qui est en charge du dossier Haley McWaid.

Tremont… ce nom lui disait quelque chose. Elle avait couvert plusieurs affaires dont il s'était occupé par le passé. Un vieux routier, pas bête.

— Je le connais.

— Cool. On vous retrouve là-bas.

Arrivée à Ringwood, Wendy se gara près des véhicules des autres journalistes et s'approcha du flic qui gardait l'entrée de la scène de crime. Sam s'empara de la caméra et lui emboîta le pas. Wendy secoua la tête. Il s'arrêta, interloqué. Elle se présenta à l'agent de faction, et celui-ci la fit entrer. Dépités, les autres reporters se précipitèrent pour réclamer un droit d'accès. Wendy poursuivit son chemin sans un regard en arrière.

Une fois devant la tente, un autre agent lui dit :

— Le shérif Walker et l'enquêteur Tremont vous demandent d'attendre ici.

Elle s'assit sur une chaise pliante, comme celles que les parents apportent pour assister aux matchs de foot de leur progéniture. Il y avait des dizaines de véhicules de police – certains banalisés, d'autres pas – garés dans tous les sens. Et des flics en uniforme, des flics en civil, plus quelques parkas classieuses du FBI. Beaucoup étaient penchés sur un ordinateur portable. Au loin, on entendait bourdonner un hélicoptère.

Une adolescente se tenait toute seule à l'orée du bois. Wendy reconnut Patricia McWaid, la jeune sœur de Haley. Elle hésita, mais pas longtemps. Il fallait savoir saisir les occasions. Ce n'était pas pour faire un scoop, se dit-elle, mais pour découvrir ce qui s'était réellement passé entre Haley et Dan.

Patricia avait peut-être des infos susceptibles de confirmer ou d'infirmer sa nouvelle hypothèse de travail.

— Bonjour, dit Wendy à la jeune fille.

Patricia tressaillit, surprise.

— Bonjour.

— Je m'appelle Wendy Tynes.

— Je sais, répondit Patricia. Vous habitez en ville. Vous travaillez à la télé.

— Exact.

— Vous avez fait un reportage sur l'homme chez qui on a trouvé le téléphone de Haley.

— C'est ça.

— Vous pensez qu'il lui a fait du mal ?

La franchise de l'adolescente la prit de court.

— Je n'en sais rien.

— Mais si vous deviez faire une supposition… vous diriez plutôt oui ?

Wendy hésita.

— Je dirais plutôt non.

— Pourquoi ?

— Une idée comme ça. Je te l'ai dit, je n'en sais rien.

Patricia hocha la tête.

— Je comprends.

Wendy se demandait comment aborder la chose avec elle. Commencer par une question anodine du style : « Vous étiez proches, toi et ta sœur ? » Démarrer en douceur, comme dans une interview classique. Détendre l'atmosphère, établir un contact, donner un rythme. Mais, outre le facteur temps – Tremont et Walker risquaient de se pointer d'une minute à l'autre –, elle sentit que cette approche n'était pas la bonne. La jeune fille avait été directe avec elle. Autant rester sur le même registre.

— Ta sœur n'a jamais parlé de Dan Mercer ?

— La police me l'a déjà demandé.

— Et… ?

— Non, jamais.

— Haley avait-elle un petit ami ?

— Ça aussi, la police me l'a demandé. Le jour de sa disparition. L'enquêteur Tremont m'a reposé la question un million de fois depuis. Comme si je lui avais caché quelque chose.

— Et c'est le cas ?

— Non.

— Alors, est-ce qu'elle avait un petit ami ?

— Je crois que oui. Mais je n'en suis pas sûre. C'était une sorte de secret. Haley était très discrète sur sa vie privée.

Wendy sentit son pouls s'accélérer.

— Discrète comment ?

— Elle allait le retrouver en cachette.

— Et comment le sais-tu ?

— Elle me l'a dit. Pour la couvrir, si jamais les parents la cherchaient.

— Elle a fait ça souvent ?

— Deux ou trois fois.

— T'a-t-elle demandé de la couvrir le soir de sa disparition ?

— Non. La dernière fois, ç'a été la semaine d'avant.

Wendy réfléchit quelques instants.

— Tout ça, tu l'as dit à la police ?

— Bien sûr. Le jour même.

— Et ils ont réussi à retrouver le petit ami ?

— Il me semble. Enfin, c'est ce qu'ils ont dit.

— Tu peux me dire qui c'est ?

— Kirby Sennett. Un gars du lycée.

— Tu penses que c'était Kirby ?

— Quoi ? Son petit ami ?

— Oui.

Patricia haussa les épaules.

— Je suppose.

— Tu n'as pas l'air très convaincue.

— Ben, elle ne me l'a jamais dit. J'étais juste censée la couvrir.

234

Un hélicoptère passa au-dessus de leurs têtes. Patricia mit la main en visière pour le suivre des yeux. Elle avala sa salive.

— J'ai l'impression que tout ça n'est pas réel. Qu'elle est partie en voyage et qu'un jour elle reviendra à la maison.

— Patricia ?

Elle baissa le regard.

— Tu penses que Haley a fugué ?

— Non.

Direct, sans hésitation.

— Tu es sûre de toi, là.

— Pourquoi aurait-elle fugué ? Bien sûr, ça lui arrivait de boire un coup en douce, des trucs comme ça. Mais Haley était heureuse, figurez-vous. Elle aimait le lycée. Elle aimait le lacrosse. Elle aimait ses copines. Et elle nous aimait, nous. Pourquoi aurait-elle fugué ?

Songeuse, Wendy ne fit aucun commentaire.

— Madame Tynes, vous en pensez quoi ?

Elle n'avait pas envie de mentir à cette jeune adolescente. Elle n'avait pas non plus envie de lui dire la vérité. Les yeux dans le vague, Wendy hésita juste le temps qu'il fallait.

— Qu'est-ce qui se passe ?

Elles se retournèrent. Frank Tremont venait d'arriver avec le shérif Walker. Il avait l'air mal embouché. Il jeta un coup d'œil à Walker, qui hocha la tête et dit :

— Tu viens avec moi, Patricia ?

Tous deux regagnèrent la tente, et Wendy resta seule avec Tremont qui fronça les sourcils.

— Nom d'un chien, j'espère que ce n'était pas une ruse pour obtenir des infos de la famille.

— Absolument pas.

— Alors, de quoi avez-vous parlé ?

— Dan Mercer avait un faible pour des filles plus jeunes.

Tremont la regarda avec des yeux de merlan frit.

— Voilà qui nous aide beaucoup.

— Quelque part, cette histoire me tracasse depuis le début, poursuivit-elle. Sans entrer dans le détail, je n'ai jamais réussi à le considérer comme un prédateur sans scrupule. Je viens de parler à un de ses anciens camarades de Princeton. Il ne croit pas que Dan aurait pu enlever quelqu'un.

— Ça aussi, ça nous aide beaucoup.

— Il a confirmé cependant que Dan aimait des filles plus jeunes. Je ne dis pas que ce n'était pas un pervers. Il m'en a tout l'air. Mais, à mon avis, il opérait de manière consensuelle plutôt que violente.

Tremont ne semblait pas impressionné.

— Et alors ?

— Patricia m'a dit que Haley avait un petit ami caché.

— Pas si caché que ça. C'est une espèce de punk nommé Kirby Sennett.

— Vous en êtes sûr ?

— Sûr de quoi ?

Il marqua une pause.

— Attendez, vous cherchez à me faire comprendre quoi, là ?

— D'après Patricia, Haley s'est éclipsée plusieurs fois, la dernière fois une semaine avant sa disparition. Elle a demandé à sa petite sœur de la couvrir.

236

— C'est ça.

— Et vous autres pensez qu'elle avait rencard avec ce Kirby ?

— Oui.

— Est-ce qu'il l'a confirmé ?

— Pas complètement. En fait, rien ne prouve qu'ils sortaient ensemble. Il y a eu des textos, des e-mails, sans plus. Visiblement, Haley gardait ça pour elle parce que le garçon est un punk. Rien de bien méchant. Il a pris un avocat. Ça arrive, même quand on est innocent. Famille aisée, fils gâté pourri, vous voyez le tableau.

— C'était ça, le copain de Haley ?

— Il semblerait que oui. Mais Kirby nous a dit que Haley et lui avaient rompu une semaine avant sa disparition. Ça colle avec la date de son dernier rendez-vous secret.

— J'imagine que vous avez enquêté sur ce Kirby ?

— Évidemment. C'est juste un petit con parmi tant d'autres. Il était dans le Kentucky quand elle a disparu. Un alibi en béton. On l'a examiné sous toutes les coutures. Il n'a rien à voir là-dedans.

Tremont remonta son pantalon par la boucle de la ceinture.

— C'est quoi votre théorie, on peut savoir ?

— On sait que Dan Mercer aime sortir avec de très jeunes filles. Quand Haley McWaid a quitté sa maison, on n'a relevé aucun signe de violence ni d'effraction. Moi, ce que je pense, c'est que le mystérieux petit copain n'était peut-être pas Kirby Sennett mais Dan Mercer.

Cette fois, Tremont prit son temps. Il mâchonna quelque chose qu'il avait dans la bouche, et qui apparemment n'avait pas bon goût.

— Vous croyez donc que Haley est partie avec ce malade de son propre chef ?

— Pour le moment, je n'irais pas jusque-là.

— Tant mieux, dit Tremont, une note métallique dans la voix. Parce que c'est une fille bien. Je ne veux pas que ses parents entendent ce genre de conneries. Ils ne le méritent pas.

— Il ne s'agit pas de calomnier qui que ce soit.

— D'accord. C'était juste pour remettre les pendules à l'heure.

— Mais admettons, dit Wendy, que Haley soit partie avec Mercer. Cela expliquerait l'absence de traces d'agression. Cela expliquerait aussi l'iPhone dans la chambre de motel.

— Comment ?

— Haley part avec Dan Mercer. Il se fait descendre. Elle file en vitesse sans demander son reste. Parce que, si Dan Mercer l'avait enlevée et tuée, pourquoi aurait-il gardé son iPhone ?

— Comme trophée ?

Wendy plissa le front.

— Vous trouvez ça crédible, vous ?

Il ne répondit pas.

— Vous avez eu l'idée de fouiller le parc régional grâce à Google Earth, n'est-ce pas ?

— Oui.

— Imaginez-vous à la place de Haley. Vous n'auriez pas cherché les coordonnées d'un lieu où un ravisseur allait vous séquestrer, vous enterrer ou que sais-je encore.

— En revanche, acheva Tremont, j'aurais cherché les coordonnées du lieu de mon rendez-vous avec mon petit ami.

Wendy hocha la tête, et Frank poussa un soupir.

— C'est une fille bien.

— Il ne s'agit pas de porter un jugement moral.

— Vous en êtes sûre ?

Elle ne releva pas.

— Bon, admettons que vous ayez raison, continua Tremont. Où serait-elle maintenant ?

— Je ne sais pas.

— Et pourquoi aurait-elle abandonné son téléphone dans un motel ?

— Peut-être est-elle partie précipitamment. Peut-être n'a-t-elle pas pu retourner dans cette chambre pour une raison ou pour une autre. Peut-être se cache-t-elle parce que Dan a été tué et qu'elle a peur.

— Elle est partie précipitamment, répéta Tremont en inclinant la tête, en laissant son iPhone sous le lit ?

Là, Wendy ne trouva rien à répondre.

— Procédons pas à pas, fit Tremont. Pour commencer, je vais envoyer des gars au motel – dans tous les nids à rats où Mercer a pu crécher – pour savoir si quelqu'un l'aurait vu en compagnie d'une adolescente.

— Bien, approuva Wendy. Mais ce n'est pas tout.

— Quoi encore ?

— Quand j'ai vu Dan juste avant sa mort, il avait été méchamment tabassé.

Tremont comprit à quoi elle voulait en venir.

— Si Haley McWaid était avec lui, elle aurait pu assister au passage à tabac, c'est ça ?

Elle hocha la tête.

— Raison pour laquelle elle se serait sauvée.

Pourtant, dit à haute voix, cela sonnait faux. Wendy tenta de mettre les pièces bout à bout. Il y avait autre chose : quel rapport avaient les scandales qui avaient touché les colocataires du 109, Stearns House, avec l'affaire en cours ? Elle pensa soumettre le problème à Tremont, mais c'était prématuré. Il fallait continuer à creuser. Autrement dit, retourner voir Phil et Sherry Turnball, appeler peut-être Farley Parks et Steve Miciano, essayer de retrouver Kelvin Tilfer.

— Vous devriez peut-être chercher du côté de l'agresseur de Dan Mercer, fit-elle.

Tremont esquissa un demi-sourire.

— Hester Crimstein a une théorie intéressante là-dessus.

— Hester Crimstein, la juge de la télé ?

— Oui, et aussi l'avocate d'Ed Grayson. D'après elle, c'est son client qui aurait tabassé Dan Mercer.

— Comment ça ?

— Nous avons trouvé du sang dans la voiture de Grayson, le sang de Mercer. Cela, plus votre témoignage, prouverait clairement à nos yeux que Grayson est l'assassin de Mercer.

— Mais… ?

— Mais Crimstein – elle est forte, nom de Dieu ! – dit que vous, notre témoin, affirmez que Mercer portait des traces de coups qui pouvaient être les séquelles d'une bagarre de la veille ou de l'avant-veille entre Grayson et lui. Ça expliquerait aussi les taches de sang retrouvées dans la voiture.

— Et vous avez gobé ça ?

Tremont haussa les épaules.

— Pas vraiment, mais la question n'est pas là.

— C'est drôlement ingénieux de sa part, dit Wendy.

— Ouais. Crimstein et Grayson ont réponse à tout. L'ADN ? Ça s'explique par une bagarre. Le résidu de poudre ? Le patron de Gun-O-Rama confirme que Grayson était là une heure après que vous l'avez vu tirer sur Mercer. Il se souvient bien de lui : il trouve que c'est un tireur d'exception. Vous avez assisté à l'assassinat de Mercer, mais il n'y a pas de corps, pas d'arme, et le tueur portait un masque de ski.

Quelque chose tarabustait Wendy. C'était là, dans un recoin de son cerveau, mais pas moyen de mettre le doigt dessus.

— Vous savez ce que je vais vous demander, n'est-ce pas ? dit Tremont.

— Je devine.

— Les McWaid vivent un enfer. Je ne veux pas qu'ils trinquent davantage. Pour le moment, vous gardez tout ça pour vous.

Wendy demeura muette.

— De toute façon, ajouta-t-il, ce ne sont que des théories fumeuses. S'il y a du nouveau, je vous le promets, vous serez la première avertie. Mais dans l'intérêt de l'enquête – dans l'intérêt des parents de Haley –, évitez d'en parler. D'accord ?

Il était toujours là, ce détail insidieux qui s'obstinait à lui échapper. Tremont attendait.

— D'accord, acquiesça-t-elle.

En quittant le périmètre sécurisé, Wendy ne fut que moyennement surprise d'apercevoir Ed Grayson adossé à sa voiture. Ses efforts pour paraître décontracté ne trompaient personne. Son doigt jouait avec une cigarette. Il la mit dans sa bouche et tira dessus comme s'il avait la tête dans l'eau et que ce fût un tuba.

— Alors, on a collé un nouveau GPS sur mon pare-chocs arrière ? s'enquit-elle.

— Je ne vois pas de quoi vous parlez.

— Bien sûr. Vous avez juste vérifié le pneu, hein ?

Grayson aspira une longue bouffée. Son visage n'avait pas vu de rasoir depuis quelque temps déjà, mais c'était pareil pour bon nombre d'hommes qui étaient arrivés à l'aube. Ses yeux étaient injectés de sang. Il ne ressemblait plus à celui qui, la veille seulement, lui avait exposé avec conviction ses théories sur l'autodéfense. Wendy repensa à leur conversation.

— Vous espériez sérieusement que je vous aiderais à le tuer ? demanda-t-elle.

— Vous auriez pu être d'accord sur le principe. Vous avez même hésité un instant quand j'ai mentionné Ariana Nasbro. Mais non, je n'ai jamais pensé que vous m'aideriez.

— C'était juste pour voir, alors, ou était-ce un prétexte pour coller un GPS sur ma voiture ?

Grayson secoua lentement la tête.

— Quoi ? dit-elle.

— Vous ne voyez toujours pas, Wendy ?

Elle s'approcha de la portière côté conducteur.

— Qu'est-ce que vous faites ici, Ed ?

Son regard se perdit dans les bois.

— J'étais venu participer aux recherches.

— Et ils n'ont pas voulu de vous ?

— À votre avis ?

— On dirait que vous vous sentez coupable.

Il tira sur sa cigarette.

— Soyez gentille, Wendy, je n'ai pas besoin qu'on m'analyse.

— Alors qu'attendez-vous de moi ?

— Que vous me donniez votre opinion.

— Au sujet de quoi ?

Pinçant la cigarette entre deux doigts, il l'examina comme si elle avait contenu un indice.

— Vous croyez que Dan l'a tuée ?

Elle se demanda comment répondre à cela.

— Qu'avez-vous fait du corps ?

— Vous d'abord. Dan a-t-il tué Haley McWaid ?

— Je ne sais pas. Peut-être qu'il l'a juste enfermée, et maintenant, par votre faute, elle est en train de mourir de soif.

— Bien essayé.

Il se gratta la joue.

— Mais les flics m'ont déjà fait ce plan-là.

— Et ça n'a pas marché ?

— Eh non.

— Allez-vous me dire ce que vous avez fait du corps ?

— Alors, là…

Il s'exprimait sur un ton parfaitement monocorde.

— … je-ne-vois-pas-du-tout-de-quoi-vous-voulez-parler.

C'était un dialogue de sourds, et elle avait du pain sur la planche. Ce qui la tracassait, c'était ses recherches sur le groupe de Princeton. Dan et Haley prenant la clé des champs ensemble… oui, bon, soit.

Mais ces scandales autour d'anciens colocataires ? Ce n'était peut-être rien, mais il était tout aussi possible que quelque chose d'énorme lui échappait.

— Que voulez-vous de moi ? répéta-t-elle.

— J'essaie de savoir si Dan a réellement enlevé cette fille.

— Pourquoi ?

— Disons, pour faire avancer l'enquête.

— Et pour pouvoir dormir sur vos deux oreilles ?

— C'est bien possible.

— Alors, quel genre de réponse vous aiderait à dormir paisiblement ?

— Je ne comprends pas.

— Voyons, si Dan a tué Haley, vous sentirez-vous mieux après ce que vous avez fait ? Vous l'avez dit vous-même, il allait forcément récidiver. Vous l'en avez empêché… un peu tard, il est vrai. Et si Dan ne l'a pas tuée, eh bien, vous êtes toujours persuadé qu'il aurait continué à sévir, n'est-ce pas ? D'une façon ou d'une autre, le seul moyen d'y mettre fin était de le liquider. Vous ne perdez le sommeil que si Haley est vivante et que vous ayez aggravé le danger qui la menace.

Ed Grayson secoua la tête.

— Laissez tomber.

Et il tourna les talons.

— J'ai raté quelque chose ? demanda Wendy.

— Je vous l'ai déjà dit.

Il jeta sa cigarette sans ralentir le pas.

— Vous ne voyez rien.

23

BIEN, ET MAINTENANT ?

Wendy pouvait toujours continuer à chercher des preuves que Dan et Haley avaient entretenu une relation plus ou moins consensuelle, à défaut d'être raisonnable, mais à quoi bon ? La police était sur la piste. Il était temps d'aborder le problème sous un autre angle.

Les cinq colocs de Princeton.

Sur les cinq, quatre avaient été impliqués dans un scandale durant l'année écoulée. Et le cinquième aussi, peut-être, mais le Net ne lui avait livré aucune info sur le bonhomme. Elle s'en alla donc poursuivre son enquête au Starbucks d'Englewood. Dès l'entrée, avant même d'avoir repéré le club des Pères, elle reconnut le rap de Ten-A-Fly diffusé par les haut-parleurs.

Charisma Carpenter, je t'aime
T'es pas un rêve de charpentier, t'as rien d'une planche à pain,
Et tu te laisses pas limer facilement…

— Yo, sister.

C'était Ten-A-Fly. Elle s'arrêta.

— Salut !

Il était affublé d'un sweat bleu à capuche avec une fermeture à glissière. Sous la capuche, il portait une casquette de base-ball rouge avec une visière si démesurée que même un routier cibiste de 1978 en aurait eu honte. Derrière lui, Wendy aperçut le tennisman qui pianotait comme un malade sur un ordinateur portable. Le nouveau père au porte-bébé faisait les cent pas en roucoulant doucement.

Ten-A-Fly fit tinter un bracelet clinquant qui n'aurait pas déparé un déguisement d'Halloween.

— Je vous ai vue au concert, hier. Vous avez aimé ?

Wendy hocha la tête.

— C'était, euh… kiffant, man.

Ravi, il leva le poing pour qu'elle tape dedans. Elle s'exécuta.

— Vous êtes journaliste télé, c'est bien ça ?

— C'est ça.

— Vous venez faire un reportage sur moi ?

— Vous devriez, ajouta le tennisman derrière son ordinateur.

Il désigna l'écran.

— On est en plein boom, là.

Wendy s'approcha.

— Vous êtes sur eBay ?

— C'est comme ça que je gagne ma vie, dit le tennisman. Depuis que je me suis fait lourder…

— Doug était chez Lehman Brothers, interrompit Ten-A-Fly. Il l'a vu venir, mais personne ne l'a pas écouté.

— Bref, fit Doug en agitant la main avec modestie. Je me maintiens à flot grâce à eBay. Au début, j'ai vendu pratiquement tout ce que je possédais. Puis je me suis mis à faire les vide-greniers, à acheter des objets, les retaper et les revendre.

— Et vous arrivez à gagner votre vie ?

Il haussa les épaules.

— Pas vraiment, mais ça me fait une occupation.

— Comme le tennis ?

— Oh ! je ne joue pas.

Wendy le dévisagea.

— C'est ma femme qui joue. Ma seconde femme, pour être précis. On pourrait l'appeler un signe extérieur de richesse. Elle se plaint d'avoir renoncé à une carrière mirifique pour s'occuper des gosses, mais en fait elle passe ses journées sur les courts. Quand j'ai perdu mon boulot, j'ai suggéré qu'elle retourne travailler. Elle m'a répondu que c'était trop tard. Alors elle continue à jouer au tennis. Sauf que maintenant elle me hait. Elle ne peut plus me voir en peinture. Du coup, je m'habille en joueur de tennis, en signe de protestation, sans doute. J'ai laissé tomber une femme bien – ça l'a démolie complètement – pour une pétasse. Depuis, la femme bien a refait sa vie et a le bon sens de ne même plus m'en vouloir. J'ai eu ce que je méritais, non ?

Wendy n'avait guère envie de s'appesantir sur le sujet. Elle jeta un œil à l'écran.

— Et vous vendez quoi ?

— Les produits dérivés Ten-A-Fly. En premier lieu son CD, bien sûr.

Il y en avait plusieurs exemplaires sur la table. Ten-A-Fly habillé comme un Snoop Dogg en goguette, faisant des signes alambiqués qui n'étaient pas sans rappeler un « parkinson » avancé. L'album s'intitulait *Banlieue autoreverse*.

— Autoreverse ? fit Wendy.

— Argot du ghetto, expliqua Doug le tennisman.

— Et qu'est-ce que ça signifie ?

— Il vaut mieux que vous ne le sachiez pas. On vend des CD, des tee-shirts, des casquettes, des porte-clés, des posters. Mais là, je viens de mettre en vente une pièce unique. Regardez, le bandana que Ten-A-Fly portait sur scène hier soir.

Wendy regarda, et l'enchère la laissa sans voix.

— Six cents dollars ?

— Six cent vingt maintenant. Je vous l'ai dit, on est en plein boom. La culotte qu'une fan a lancée sur scène est très demandée aussi.

Wendy se retourna vers Fly.

— Cette fan, ce n'était pas votre femme ?

— Où est le problème ?

Bonne question.

— Il n'y a absolument aucun problème. Phil est là ?

Au même instant, Wendy l'aperçut au comptoir, en pleine conversation avec le barman. Il souriait. Quand il tourna la tête et la vit, son sourire quitta son visage. Ils s'avancèrent à la rencontre l'un de l'autre.

— Qu'est-ce que vous faites ici ?

— Il faut qu'on parle.

— On s'est déjà parlé.

— On ne s'est pas tout dit.

— Je ne sais rien.

Elle fit un pas vers lui.

— Vous avez oublié qu'une gamine est toujours portée disparue ?

Phil ferma les yeux.

— Non, je ne l'ai pas oublié. C'est juste que… je ne sais rien.

— Cinq minutes. Faites-le pour Haley.

Il acquiesça. Ils s'installèrent à une table dans le coin. Une table rectangulaire avec le logo handicapé et l'inscription : « S'il vous plaît, laissez cette table à nos clients à mobilité réduite. »

— Durant votre première année à Princeton, dit Wendy, avec qui avez-vous cohabité en dehors de Dan ?

Phil fronça les sourcils.

— Quelle importance ?

— Je voudrais que vous me répondiez, s'il vous plaît ?

— On était cinq. En dehors de Dan et moi, il y avait Farley Parks, Kelvin Tilfer et Steve Miciano.

— Pendant toutes vos études ?

— Vous êtes sérieuse, là ?

— S'il vous plaît.

— Oui. Enfin, en deuxième – ou peut-être troisième – année, Steve a passé un semestre en Espagne. Barcelone ou Madrid. Et la troisième année, je crois, Farley a logé dans une résidence de frat.

— Vous-même ne faisiez pas partie d'une fraternité ?

— Non. Le premier semestre de la quatrième année, j'ai suivi un stage à Londres. Ça vous va ?

— Et vous êtes restés en contact ?

— Pas vraiment.

— Parlez-moi de Kelvin Tilfer.

— Je n'ai pas eu de ses nouvelles depuis que j'ai quitté la fac.

— Savez-vous où il habite ?

Phil secoua la tête. Un serveur apporta un café qu'il posa devant lui. Il regarda Wendy pour voir si elle en voulait un, mais elle fit signe que non.

— Kelvin venait du Bronx. Peut-être qu'il y est retourné, allez savoir.

— Il vous arrive de communiquer avec les autres ?

— Avec Farley, ça fait un moment qu'on ne s'est pas téléphoné. Sherry et moi avons organisé une collecte de fonds pour lui l'année dernière. Il s'est présenté au Congrès, mais ça n'a pas marché.

— Eh bien, justement, Phil.

— Quoi ?

— Ça n'a marché pour aucun d'entre vous.

Il posa la main sur sa tasse.

— Je ne comprends pas.

Elle sortit des feuilles imprimées d'une enveloppe kraft et les déposa sur la table.

— Qu'est-ce que c'est ? demanda-t-il.

— Commençons par vous.

— Par moi ?

— Il y a un an, vous vous retrouvez à la rue pour avoir détourné deux millions de dollars.

Phil écarquilla les yeux.

— D'où vous tenez ce chiffre ?

— J'ai mes sources.

— C'est n'importe quoi. Je n'ai rien fait.

— Je ne dis pas le contraire. Un peu de patience, je vous prie. Donc, vous vous faites virer pour détournement de fonds.

Elle ouvrit une autre chemise.

— Deux mois plus tard, Farley est victime d'un scandale politique lié à une histoire de prostituée.

Chemise suivante.

— Un nouveau mois s'écoule, et Dan Mercer se fait épingler dans mon émission. Deux mois encore, et le Dr Steve Miciano se fait arrêter en possession illégale de substances délivrées sur ordonnance.

Les dossiers s'étalaient maintenant sur la table. Phil les contempla, les mains entre les genoux, comme s'il avait peur de les toucher.

— Vous ne trouvez pas qu'on est en présence d'une sacrée coïncidence ? demanda Wendy.

— Et Kelvin ?

— Pour l'instant, je n'ai rien sur lui.

— Vous avez trouvé tout ça en un seul jour ?

— Ce n'était pas sorcier. Il a suffi de surfer sur le Net.

Derrière elle, Ten-A-Fly demanda :

— Je peux voir ?

Elle se retourna. Ils étaient tous là, le club des Pères au complet.

— Alors, on écoute aux portes ?

— Ne le prenez pas mal, dit Doug. Ici, tout le monde parle fort, y compris des sujets les plus intimes. Comme si les gens se croyaient sous cloche.

251

Du coup, on ne peut pas s'empêcher d'écouter. Phil, cette histoire de prétendus détournement de fonds... c'est pour ça qu'ils t'ont viré ?

— Non. C'était une excuse. J'ai été licencié comme vous autres.

Ten-A-Fly ramassa les feuilles et, chaussant une paire de lunettes, entreprit de les étudier.

— Je ne vois toujours pas, dit Phil, le rapport avec la disparition de cette fille.

— Peut-être qu'il n'y en a pas, répliqua Wendy. Mais procédons par étapes. Vous vous trouvez pris dans un scandale financier. Vous clamez votre innocence.

— Mais je *suis* innocent ! Pourquoi croyez-vous que je suis libre aujourd'hui ? Si ma boîte avait eu des preuves tant soit peu solides, je serais derrière les barreaux. Ils savaient très bien que c'était du pipeau.

— Oui, mais quelque part, le schéma est identique. Prenez Dan. Il a été relaxé. Pour autant que je sache, ni Steve Miciano ni Farley Parks ne sont en prison. Aucune des charges qui pesaient sur vous quatre n'a amené de condamnation... mais elles ont suffi à vous briser.

— Et alors ?

Wendy hocha la tête.

— Quatre individus, tous issus de la même promo, ayant vécu ensemble à Princeton, impliqués dans des scandales à quelques mois d'intervalle.

— Sauf Kelvin.

— Nous n'en savons rien. Il faudrait le localiser d'abord, avant d'en être sûrs.

Owen, avec son bébé toujours en bandoulière, déclara :

— C'est peut-être ce fameux Kelvin qui a monté tout ça.

— Tout ça quoi ?

Phil regarda Wendy.

— C'est une blague, hein ? Pourquoi Kelvin aurait-il voulu nous nuire ?

— Eh, fit Doug, j'ai déjà vu ça dans un film. Dis donc, Phil, vous ne faisiez pas partie de Skull and Bones ou d'une société secrète du même genre ?

— Si ça se trouve, vous avez tué une fille et enterré son corps, et maintenant elle cherche à se venger. Il me semble que c'était comme ça dans le film.

— Arrête, Doug.

— Ils n'ont pas tort, intervint Wendy. Je veux dire, le cadavre mis à part, il ne serait pas arrivé quelque chose du temps où vous étiez à Princeton ? Quelque chose qui expliquerait qu'on s'en prenne à vous des années après ?

— Non.

Il avait répondu trop précipitamment. Ten-A-Fly, ses demi-lunes sur le nez – drôle de look pour un rappeur –, était toujours plongé dans ses feuilles.

— Owen, dit-il.

Le nouveau père s'approcha. Fly arracha une page et la lui tendit.

— C'est un blog vidéo. Va jeter un œil, on ne sait jamais.

— À quoi pensez-vous ? demanda Wendy.

Mais Ten-A-Fly continua à compulser les pages. Elle se tourna vers Phil qui fixait le plancher.

— Réfléchissez, Phil.

— Je ne vois pas.

— Vous n'aviez pas d'ennemis, par hasard ?

Il fronça les sourcils.

— On n'était qu'un petit groupe d'étudiants.

— N'empêche. Il aurait pu y avoir un contentieux quelconque. L'un d'entre vous aurait pu piquer la copine d'un autre.

— Non.

— Vous ne voyez rien de ce genre-là ?

— Je vous le répète, vous êtes sur une mauvaise piste.

— Et concernant Kelvin Tilfer ?

— Quoi ?

— Il ne se sentait pas complexé vis-à-vis de vous ?

— Non.

— C'était le seul Noir de la bande.

— Et alors ?

— Je tâtonne, dit Wendy. Peut-être qu'il lui est arrivé quelque chose, à lui.

— À la fac ? Non. Kelvin était bizarre, un génie en maths, mais on l'aimait bien.

— Qu'entendez-vous par bizarre ?

— Différent, space, à l'ouest. Il avait un rythme de vie particulier. Il adorait se balader la nuit. Il parlait tout seul en travaillant sur un problème de maths. Genre savant fou. Ça arrivait souvent à Princeton.

— Donc vous ne vous souvenez d'aucun incident qui serait survenu à l'époque ?

— Qui l'aurait poussé à agir de la sorte ? Non, je ne vois pas.

— Et plus récemment ?

— Je n'ai pas parlé à Kelvin depuis la fin de mes études. Je viens de vous le dire.

— Pourquoi ?

— Où avez-vous étudié, Wendy ?

— À Tufts.

— Et vous êtes restée en contact avec tous les gens de votre promo ?

— Non.

— Moi non plus. On était amis. On s'est perdus de vue. Comme quatre-vingt-dix-neuf pour cent de copains de fac.

— Il n'est jamais venu aux réunions ni aux fêtes annuelles ?

— Non.

Wendy réfléchissait. Elle allait contacter l'association des anciens élèves de Princeton, des fois qu'ils auraient des infos.

— J'ai trouvé quelque chose, annonça Ten-A-Fly.

Elle se tourna vers lui. D'accord, son accoutrement était ridicule, avec ce jean baggy et cette visière de la taille d'une plaque d'égout, mais il est étonnant de voir à quel point l'attitude contribue à forger le personnage. Là, ce n'était plus Ten-A-Fly, c'était Norm qui parlait.

— Oui ?

— Avant mon licenciement, je m'occupais du marketing pour plusieurs start-up. Notre objectif était de faire connaître la boîte. De créer des buzz, sur le Net surtout. On pratiquait beaucoup le marketing viral. Vous savez ce que c'est ?

— Non.

— Ça prend des proportions telles qu'on en arrive presque à l'effet inverse : tout le monde le fait, si bien qu'on n'entend plus aucune voix particulière dans tout ce vacarme. Mais pour le moment, ça fonctionne encore. On le fait même pour mon personnage de rappeur. Prenons l'exemple d'un film. Dès qu'il sort, vous trouvez des critiques ou des commentaires enthousiastes postés sur les bandes-annonces de YouTube, les forums, les blogs. La plupart de ces commentaires sont bidon. Ils proviennent d'une agence de pub engagée par la production.

— OK, mais en quoi ça peut nous servir ici ?

— Pour faire court, quelqu'un a fait la démarche inverse… avec Miciano et Farley Parks, en tout cas. Il a créé des blogs et des tweets. Il a payé les sociétés de moteurs de recherche, si bien qu'en cherchant des informations sur ces gars-là, on tombe en premier sur les entrées virales, tout en haut de la page. C'est comme le marketing viral, mais plus pour détruire que pour construire.

— Donc, dit Wendy, si je veux en savoir plus sur le Dr Steve Miciano et que je lance une recherche en ligne…

— Vous serez inondée de messages négatifs. Des pages et des pages. Sans compter les tweets, les posts sur les réseaux sociaux, les e-mails anonymes…

— J'ai connu ça chez Lehman, renchérit Doug. Il y a des gars qui allaient sur des forums pour dire du bien d'une introduction en Bourse… anonymement ou sous un faux nom, mais toujours dans leur propre intérêt. Et l'inverse, bien sûr. On postait des rumeurs sur la faillite d'un gros concurrent. Ah ! et je me souviens de ce chroniqueur financier en ligne qui a annoncé la chute de Lehman, et devinez quoi ? La blogosphère a débordé d'accusations bidon contre lui.

— Tout est truqué alors ? demanda Wendy. Miciano n'a jamais été arrêté ?

— Si, répondit Fly. Ça, c'est dans la presse officielle sur un site officiel. Mais le reste ? Regardez ce blog sur le dealer. Et celui de la prostituée mêlée à l'affaire Farley Parks. Chaque fois, une simple page de blogueur, et l'auteur n'a rien écrit d'autre, juste ces articles à charge.

— De la diffamation, quoi, dit Wendy.

Ten-A-Fly haussa les épaules.

— Je ne dis pas que c'est infondé. Peut-être qu'ils sont tous coupables… sauf toi, Phil, on le sait bien. Mais en tout cas, quelqu'un voulait étaler ces affaires au grand jour.

Ce qui, pensa Wendy, allait dans le sens de sa théorie du complot.

Ten-A-Fly jeta un œil par-dessus son épaule.

— Tu trouves, Owen ?

Sans lever les yeux de l'écran, l'autre répondit :

— Ça vient.

Ten-A-Fly baissa le nez sur les feuilles. Un serveur annonça en criant une commande compliquée, quelque chose à propos d'un venti de java chip, d'un chai tea latte et d'un viennois soja. Un autre gribouillait des notes sur un gobelet. La machine à espressos sifflait comme un train, noyant les effets sonores de *Banlieue*.

— Et ce pédophile que vous avez épinglé ? s'enquit Ten-A-Fly.

— Oui, eh bien ?

257

— Il a fait l'objet d'un marketing viral ?

— Je n'ai pas pensé à vérifier.

— Owen ?

— Je regarde. Dan Mercer, c'est bien ça ?

Wendy hocha la tête. Owen pianota sur le clavier.

— Pas grand-chose, quelques posts, mais ce n'était pas la peine. Ce gars-là, tous les médias en ont parlé.

— Bien vu, dit Fly. Wendy, comment avez-vous su, pour Mercer ?

Elle était déjà en train de se rejouer mentalement le scénario… et ce qu'elle voyait ne l'emballait guère.

— J'ai reçu un e-mail anonyme.

Phil secoua lentement la tête. Les autres ouvraient de grands yeux.

— Et ça disait quoi ? demanda Ten-A-Fly.

Elle sortit son BlackBerry, trouva le e-mail, l'afficha et le lui tendit.

Bonjour. J'ai déjà vu votre émission. Il faut que je vous parle du type tordu que j'ai rencontré en ligne. J'ai treize ans et j'étais en train de chatter sur SocialTeen. Il a fait comme s'il avait mon âge, mais en réalité, il était carrément plus vieux. Dans les quarante ans, je pense. Il est de la même taille que mon papa, un mètre quatre-vingts, il a les yeux bleus et les cheveux bouclés. Il avait l'air sympa, alors je suis allée au ciné avec lui. Après il m'a ramenée chez lui. Ç'a été l'horreur. J'ai peur qu'il ne fasse ça à d'autres filles, vu qu'il travaille avec des jeunes. S'il vous plaît, faites qu'il ne recommence pas.

Ashlee (ce n'est pas mon vrai nom...
désolée !)

P.-S. : Je vous envoie le lien pour le chat sur
SocialTeen. Son pseudo est DrumLover17.

Ils lurent en silence, l'un après l'autre. Wendy
retenait son souffle. Ten-A-Fly lui rendit son
téléphone.

— J'imagine que vous lui avez écrit ?

— Je n'ai pas eu de réponse. Et on n'a pas pu
retrouver sa trace. Mais il n'y a pas eu que ce e-mail,
ajouta-t-elle en s'efforçant de ne pas avoir l'air de se
justifier. Ç'a été le point de départ. À partir de là,
nous sommes allés sur le site de chat en nous faisant
passer pour des gamines. C'est comme ça qu'on
procède d'habitude pour faire sortir le loup du bois.
DrumLover17 y était. Il a dit qu'il était batteur, qu'il
avait dix-sept ans. On lui a fixé rendez-vous, et c'est
Dan Mercer qui s'est pointé.

Ten-A-Fly hocha la tête.

— Je me souviens d'avoir lu ça dans les journaux.
Mercer prétendait être venu voir quelqu'un d'autre,
non ?

— Oui. Il travaillait avec des sans-abri. Une fille
dont il s'occupait lui avait demandé de la retrouver
dans notre maison piégée. Mais n'oubliez pas que
nous avons des preuves tangibles : le journal des
chats de DrumLover17 et les e-mails à connotation
sexuelle adressés à notre soi-disant gamine de treize
ans provenaient de l'ordinateur portable trouvé au
domicile de Dan Mercer.

Tout le monde se taisait. Doug mima un revers à
deux mains avec sa raquette de tennis imaginaire.

Phil paraissait assommé. Ten-A-Fly continuait à se creuser les méninges. Il se retourna vers Owen.

— Alors, ça y est ?

— J'ai besoin de mon ordi de bureau pour une analyse plus complète de ces vidéos.

Wendy ne demandait qu'à changer de sujet.

— Qu'est-ce que vous cherchez ?

Le bébé s'était endormi sur la poitrine d'Owen, la tête penchée d'une façon qui l'inquiéta. En un flash, Wendy revit John portant Charlie dans un sac kangourou. Elle se demanda ce que John penserait de son fils, presque un homme maintenant, et l'idée de tout ce qu'il avait perdu lui donna envie de pleurer. Cela lui arrivait fréquemment... aux anniversaires, aux réunions de parents d'élèves ou simplement en regardant la télé en famille. Pas seulement ce dont Ariana Nasbro les avait privés, elle et Charlie, mais ce dont elle avait privé John. Tout ce qu'il avait raté à cause d'elle.

— Owen travaillait comme technicien pour une émission de télé, expliqua Phil.

— Je vais tâcher de simplifier, dit Owen. Vous savez que votre appareil photo numérique fonctionne avec des mégapixels, n'est-ce pas ?

— Oui.

— OK, supposons que vous preniez une photo et la mettiez en ligne. Une photo de huit sur dix. Plus il y a de mégapixels, plus le fichier sera gros. Mais la plupart du temps, une image, disons de cinq mégapixels, du même format occupe autant de place qu'une autre... surtout si elles viennent du même appareil.

— OK.

— C'est pareil pour les vidéos numériques télé-chargeables. Chez moi, je pourrai chercher les effets spéciaux et autres indices révélateurs. Ici, je ne peux voir que la taille du fichier et ensuite calculer la durée. En clair, ces deux vidéos ont été tournées par le même caméscope. En soi, ça ne veut pas dire grand-chose. Il y a des centaines de milliers de caméscopes dans le commerce qui fournissent ce type d'images. Mais bon, ça vaut le coup de le souligner.

Ils étaient tous là, autour d'elle : Norm alias Ten-A-Fly, Doug le tennisman, Owen le nouveau père et Phil en costume-cravate.

— Nous voulons aider, déclara Ten-A-Fly.

— Comment ? demanda Wendy.

— Nous voulons prouver l'innocence de Phil.

— Norm…, dit Phil.

— Tu es notre ami, Phil.

Les autres marmonnèrent leur assentiment.

— Acceptez notre aide, OK ? On n'a rien d'autre à faire. On traîne ici à gémir sur notre sort. Des fois, ça lasse de se complaire dans l'échec. Faisons quelque chose de constructif… mettons nos compé-tences à profit.

— Je ne peux pas vous demander ça, dit Phil.

— Tu n'as pas à demander, répliqua Norm. Tu sais bien que c'est de bon cœur. Si ça se trouve, on en a plus besoin que toi.

Phil ne répondit pas.

— On va commencer par le marketing viral, pour voir d'où ça vient. Nous pouvons t'aider à retrouver le dernier coloc, Kelvin. On a tous des gosses, Phil. Si j'étais sans nouvelles de ma fille, je ne refuserais aucune main tendue.

Phil hocha la tête.

— OK.

Puis :

— Merci.

On a tous des talents. C'est ce qu'avait dit Ten-A-Fly. Mettons nos compétences à profit. Quelque chose là-dedans avait frappé Wendy. Chacun de nous a tendance à privilégier ses points forts, non ? Elle-même voyait les événements avec des yeux de journaliste, Ten-A-Fly avec les yeux d'un gourou du marketing, Owen à travers l'objectif d'une caméra…

Quelques minutes plus tard, Ten-A-Fly la raccompagna à la porte.

— On se tient au courant, fit-il.

— À votre place, je ne serais pas aussi dure avec moi-même.

— Comment ça ?

— Vos histoires d'échec.

Wendy pointa le menton vers l'ordinateur.

— Un raté, personne ne miserait six cents dollars sur son vieux bandana.

Il sourit.

— Ça vous en bouche un coin, hein ?

Se penchant un peu, il chuchota :

— Vous voulez connaître un petit secret ?

— Bien sûr.

— L'enchérisseur, c'est ma femme. En fait, elle utilise deux noms différents et enchérit sur elle-même. Elle croit que je ne le sais pas.

Wendy hocha la tête.

— CQFD.

— Hein ?

— Quelqu'un que sa femme aime à ce point-là, comment pouvez-vous dire que c'est un raté ?

24

LES NUAGES S'ÉTAIENT AMONCELÉS au-dessus du parc régional de Ringwood. Marcia McWaid se frayait un passage à travers la végétation touffue, à quelques pas derrière Ted. Elle espérait que les nuages n'apportaient pas de pluie ; en même temps, un ciel gris était préférable à la brûlure du soleil matinal.

Ni Ted ni Marcia n'étaient amateurs de randonnée, de camping, bref, ce qu'on appelle en général les « activités de plein air ». Avant – il y avait un « avant » pour tout maintenant, un monde révolu de candeur désuète –, les McWaid avaient fréquenté les musées, les librairies et les restaurants branchés.

Ted tourna la tête. Marcia le vit de profil... et ce qu'elle observa la surprit. Malgré la nature macabre de leur mission, un petit sourire jouait sur son beau visage.

— À quoi tu penses ? demanda-t-elle.

Il continua à marcher, avec ce petit sourire mélancolique aux lèvres. Ses yeux étaient remplis de larmes, mais il en était presque toujours ainsi depuis trois mois.

— Tu te souviens du spectacle de danse de Haley ?

Il n'y en avait eu qu'un seul. Leur fille avait six ans.

— C'est la dernière fois, je crois, dit Marcia, que je l'ai vue en rose.

— Tu te souviens de son costume ?

— Oui, bien sûr. C'était censé être de la barbe à papa. Ça ne lui ressemblait tellement pas.

— C'est vrai.

— Et alors ?

Ted s'arrêta au pied d'un talus.

— Tu te souviens du spectacle lui-même ?

— C'était à l'auditorium du collège.

— Tous les parents sont là, dans la salle ; le spectacle dure trois heures, on s'ennuie à périr en attendant que votre propre môme entre en scène. Je me rappelle, la danse de la barbe à papa devait être le huitième ou le neuvième sur vingt-cinq, peut-être trente numéros. Enfin, elle arrive, et on se pousse du coude. Je la regarde, c'est un moment de pure joie. Je regarde son petit visage tout plissé de concentration... même à l'époque, c'était déjà Haley tout craché. Elle veut que tout soit impeccable. Chaque pas est net et précis. Il n'y a pas de rythme, pas d'expression, mais Haley ne commet pas d'erreurs. Moi, je regarde cette petite merveille, et je suis sur le point d'imploser.

Ted se tourna vers Marcia comme pour lui demander d'authentifier ce souvenir. Elle hocha la tête, et à cet instant, malgré cette mission macabre, un petit sourire apparut aussi sur son visage.

— Toi, tu es là, poursuivit-il, tu as les larmes aux yeux, tu penses à ce moment unique, puis – c'est ça qui est incroyable – tu jettes un coup d'œil autour de toi et tu t'aperçois que tous les parents sont exactement dans le même état. Je veux dire, c'est si simple, si évident, et pourtant ça me dépasse. J'ai du mal à croire que ce sentiment poignant, cette immense vague d'amour, n'appartient pas qu'à nous, que nous ne sommes pas les seuls à vivre ces instants d'exception… et quelque part, cela n'en est que plus intense. Je me souviens d'avoir observé les autres parents dans le public. Les yeux humides, les sourires. Les femmes qui prenaient la main de leurs maris, en silence. Et j'en étais bouleversé. Comme si cette salle, cet auditorium scolaire, allait décoller d'une minute à l'autre, propulsée par le trop-plein d'amour.

Marcia aurait voulu lui répondre quelque chose, mais elle ne trouvait pas les mots. Ted haussa les épaules et se mit à gravir le talus. Plantant un pied dans le sol, il agrippa un arbrisseau et se hissa au sommet. Finalement, Marcia dit :

— J'ai si peur, Ted.

— Ça va aller.

Ils ne souriaient plus. Les nuages se faisaient de plus en plus menaçants. L'hélicoptère repassa au-dessus de la zone. Ted tendit la main. Marcia l'attrapa. Il tira. Et tous deux repartirent à la recherche de leur fille.

Deux jours plus tard, dans une tombe creusée à la va-vite en bordure du parc de Ringwood, la brigade cynophile trouva le corps de Haley McWaid.

SECONDE PARTIE

25

LES SERVICES FUNÈBRES se ressemblent presque toujours. Les mêmes prières, les traditionnelles lectures bibliques, les paroles qui se veulent réconfortantes, mais qui, au vu des circonstances, frisent le ridicule aux oreilles d'un étranger. Côté chaire, le rituel ne varie guère ; seules les réactions des proches du défunt déterminent l'ambiance de la cérémonie.

L'enterrement de Haley McWaid pesa comme une chape de plomb sur la communauté en deuil. Wendy avait déjà vécu cela avec la mort prématurée de John. Sur le moment, la douleur est accablante, omniprésente. Mais elle n'affecte l'entourage qu'un temps. La famille, c'est différent.

Arrivée en retard et repartie avant la fin, Wendy était restée au fond de l'église. Pas une fois elle n'avait regardé Ted ou Marcia. Sa raison l'en empêchait… elle refusait de « se mettre la tête à l'envers », comme disait Charlie qui, lui, était bien vivant. C'était un mécanisme de défense, oui et alors ?

Le soleil brillait dans le ciel. Comme souvent les jours d'enterrement. L'image du cercueil fermé de John se profila à nouveau à l'horizon de sa mémoire, mais Wendy la chassa. Elle longea la rue et, s'arrêtant au coin, ferma les yeux pour offrir son visage à la caresse du soleil. Il était onze heures à sa montre. L'heure de son rendez-vous avec le shérif Walker à l'institut médico-légal.

Situé à Newark, sur un tronçon déprimant de Norfolk Street, l'institut médico-légal était commun aux comtés d'Essex, Hudson, Passaic et Somerset. Il y avait bien eu des programmes de rénovation à Newark, mais pas dans le quartier. En même temps, quel intérêt d'installer la morgue dans un quartier branché ? Le shérif Walker vint à sa rencontre. Les épaules voûtées, il semblait toujours un peu gauche en raison de son impressionnant gabarit. Wendy crut qu'il allait s'accroupir pour lui adresser la parole, comme on fait avec un petit enfant, et cela le rendit encore plus touchant à ses yeux.

— On n'a pas chômé ces derniers jours, nous deux, lui dit-il.

La mort de Haley McWaid avait valu à Wendy mieux qu'un retour en grâce. Vic l'avait réembauchée et, en prime, lui avait confié la présentation du journal du week-end. D'autres agences de presse voulaient l'interviewer, lui parler de Dan Mercer et de son combat héroïque pour démasquer plus qu'un pédophile, un assassin.

— Où est l'enquêteur Tremont ? demanda-t-elle.

— À la retraite.

— Il ne termine pas son enquête ?

— Terminer quoi ? Haley McWaid a été assassinée par Dan Mercer. Mercer est mort. Fin de l'histoire, non ? On continuera à chercher le corps de

Mercer, mais franchement, qui voudra juger Ed Grayson pour avoir éliminé cette ordure ?

— Vous êtes sûr que c'est Dan Mercer qui l'a tuée ?

Walker fronça les sourcils.

— Pas vous ?

— C'était juste une question.

— Tout d'abord, ce n'est pas mon enquête. C'était celle de Frank Tremont. Lui, semble convaincu. Mais ce n'est pas fini. Nous sommes en train de fouiller dans la vie de Mercer. Et nous avons ressorti tous les dossiers d'adolescentes disparues. Sans cet iPhone, jamais nous n'aurions établi un lien entre Mercer et Haley. Si ça se trouve, il n'en était pas à son coup d'essai. Mais bon, moi je ne suis qu'un shérif de comté, et ces crimes n'ont pas été commis dans ma juridiction. Le FBI est sur le coup.

Ils pénétrèrent dans le bureau assez prosaïque de Tara O'Neill, le médecin légiste. Au grand soulagement de Wendy, la pièce ressemblait davantage au bureau du proviseur d'un lycée qu'à un lieu où l'on entrepose des cadavres. Les deux femmes s'étaient déjà rencontrées, à l'occasion de reportages sur d'autres affaires criminelles. Tara O'Neill était moulée dans une robe noire – bien plus seyante qu'une blouse –, mais surtout, elle était belle à damner un saint, avec un petit côté Morticia Addams. Grande, avec de longs cheveux aile de corbeau et un visage pâle, calme, lumineux… un physique de gothique éthérée.

— Bonjour, Wendy.

Elle se pencha par-dessus son bureau pour lui serrer la main. Sa poigne était rigide et formelle.

— Bonjour, Tara.

— Je ne vois pas très bien la raison de cet entretien privé, dit Tara.

— Considérez ça comme un service, rétorqua Walker.

— Mais enfin, shérif, vous n'êtes même pas dans votre juridiction.

Walker écarta les mains.

— Est-ce vraiment nécessaire que j'emprunte les canaux officiels ?

— Non.

Tara s'assit et les invita à faire de même.

— Que puis-je pour vous ?

Leurs chaises en bois avaient manifestement été conçues dans un but autre que le confort. Raide comme un piquet, Tara prit un air professionnel. La pièce avait besoin d'un bon coup de peinture, mais, comme disait la vieille blague, ses patients ne se plaignaient jamais.

— Comme je vous l'ai expliqué au téléphone, reprit Walker, nous aimerions que vous nous communiquiez tout ce que vous savez sur les circonstances de la mort de Haley McWaid.

— Oui, bien sûr.

Tara regarda Wendy.

— Je vous fais un topo sur le processus d'identification ?

— S'il vous plaît, dit Wendy.

— Pour commencer, il ne subsiste aucun doute sur le fait que le corps découvert au parc régional de Ringwood est celui de la jeune fille disparue. Malgré son état avancé de décomposition, le squelette est intact, et la chevelure aussi. En clair, c'est elle, la peau en moins. Vous voulez voir une photo de la dépouille ?

Wendy risqua un coup d'œil en direction de Walker. Le shérif n'en menait pas large.

— Oui, répondit-elle.

Tara fit glisser les photos sur la table comme s'il s'agissait de menus dans un restaurant. Wendy se prépara mentalement. Les films interdits aux moins de dix-huit ans lui donnaient la nausée et les scènes de gore lui retournaient l'estomac. Elle jeta un regard rapide et se détourna vivement. L'horreur, c'était que même en l'espace d'une seconde, elle avait reconnu les traits de Haley dans le hideux masque de la putréfaction.

— Les deux parents, Ted et Marcia McWaid, ont tenu à voir le corps de leur fille, poursuivit Tara O'Neill d'une voix monocorde. Tous deux l'ont formellement identifiée. Nous n'en sommes pas restés là. La taille et la charpente du squelette correspondaient à son signalement. À douze ans, Haley McWaid s'était fracturé la main, le métacarpien situé sous le doigt qu'on appelle communément l'annulaire. L'os s'est ressoudé, mais on voit une trace de la fracture à la radio. Et, bien sûr, nous avons réalisé un test ADN à partir d'un échantillon fourni par sa sœur Patricia. Tout concorde. Bref, il n'y a aucun doute sur l'identification.

— Et la cause du décès ?

Tara O'Neill joignit les mains et les posa sur le bureau.

— Indéterminée à ce stade.

— Vous le saurez quand ?

Elle tendit le bras pour ramasser les photos.

— En vérité, fit-elle, probablement jamais.

Elle rangea soigneusement les clichés dans le dossier, le referma et le plaça à sa droite.

— Vous pensez ne pas être en mesure d'établir la cause du décès ?

— C'est cela.

— Ce n'est pas courant !

Tara O'Neill finit par sourire. Elle avait un sourire éclatant et énigmatique en même temps.

— Malheureusement, si. Ce n'est pas comme dans les séries télé : un coup d'œil au microscope, et on a la réponse. Tenez, par exemple, si on se pose la question : Haley McWaid a-t-elle été tuée par une arme à feu ? Tout d'abord – ceci est plutôt du ressort des techniciens de scène de crime –, on n'a pas trouvé de balles sur les lieux. Ni dans le corps. J'ai examiné les radios pour déceler une éventuelle lésion osseuse indiquant une blessure par balle. Il n'y en a pas. Histoire de compliquer les choses, je ne peux pas éliminer pour autant cette hypothèse. La balle a pu ne pas toucher d'os. Du fait de la décomposition, on ne peut pas certifier qu'un projectile n'a pas traversé les tissus. Je dirais donc, au mieux, qu'en l'absence de preuves, la mort par balle me paraît peu probable. Vous me suivez ?

— Oui.

— Bien. La même chose est valable pour l'arme blanche, même s'il reste une marge d'incertitude. Si une artère a été touchée…

— Oui, je vois le tableau.

— Naturellement, il y a des tas d'autres possibilités. La victime aurait pu être étouffée… le coup classique de l'oreiller sur le visage. Mais même si le

274

corps est retrouvé au bout de quelques jours seulement, il est difficile de conclure à la suffocation avec certitude. Dans le cas présent, après que le corps a séjourné trois mois sous terre, c'est pratiquement impossible. Par ailleurs, j'ai lancé une série d'analyses toxicologiques, mais la putréfaction libère les enzymes du sang, ce qui a tendance à fausser la plupart des tests. En clair, le corps en se décomposant se transforme en quelque chose qui ressemble à de l'alcool. Du coup, les analyses toxicologiques des tissus subsistants ne sont pas forcément fiables. L'humeur vitrée – l'espèce de gel contenu dans le globe oculaire – s'étant désintégrée, nous ne pouvons pas chercher de ce côté-là non plus.

— Vous n'êtes donc pas certaine qu'il s'agit d'un meurtre ?

— En tant que médecin légiste, non.

Wendy regarda Walker. Il hocha la tête.

— Pour nous, ce n'est pas un problème. Voyons, dans le cas de Mercer, on n'a même pas de cadavre. Ça n'empêche pas de porter l'affaire devant la justice et, comme le dit Tara, ce n'est pas étonnant pour un corps exhumé longtemps après les faits.

Tara O'Neill se leva, leur signifiant la fin de l'entretien.

— Autre chose ?

— A-t-elle subi des violences sexuelles ?

— La réponse est la même : on n'en sait rien.

Wendy repoussa sa chaise.

— Merci de nous avoir reçus, Tara.

Nouvelle poignée de main raide et formelle, et Wendy se retrouva dans la rue en compagnie du shérif Walker.

— Alors, demanda-t-il, vous avez appris des choses ?

— Non.

— Je vous l'avais dit, c'est du temps perdu.

— C'est donc fini, terminé ? Affaire classée ?

— Pour moi, en tant que shérif ? Oui.

Wendy contempla la rue.

— On n'arrête pas de me dire que Newark se refait une beauté.

— Oui, mais pas dans ce quartier.

— Je vois ça.

— Et vous, Wendy ?

— Quoi, moi ?

— C'est terminé pour vous ?

Elle secoua la tête.

— Pas encore.

— Vous voulez m'en parler ?

À nouveau, elle secoua la tête.

— Pas encore.

— Comme vous voudrez.

Le colosse se dandina d'un pied sur l'autre, les yeux rivés sur le bitume.

— Je peux vous demander autre chose ?

— Bien sûr.

— Je me sens tout bête. Je sais, le moment est mal choisi…

Elle attendit.

— Quand ce sera fini, d'ici quelques semaines…

Walker s'efforça de relever la tête.

— … ça vous ennuierait si je vous passais un petit coup de fil ?

La rue lui sembla soudain encore plus déserte.

— Le moment est mal choisi, en effet.

Il enfouit ses mains dans ses poches.

— Je n'ai jamais su faire dans la nuance.

— Pas grave, répliqua Wendy en souriant intérieurement.

C'est ça la vie, non ? Être confronté à la mort nous pousse vers la vie. Le monde n'est qu'un écheveau de fils ténus reliant ce que nous croyons être les extrêmes.

— Non, ça ne m'ennuie pas du tout.

Le cabinet d'Hester Crimstein, Burton & Crimstein, situé dans une tour de la partie centrale de Manhattan, offrait une vue imprenable sur le quartier des affaires et l'Hudson. De sa fenêtre, elle pouvait voir le porte-avions *Intrepid* converti en musée et les immenses paquebots de croisière – trois mille passagers –, dont elle pensait qu'elle préférerait encore accoucher plutôt que d'y embarquer. À dire vrai, cette vue, elle finissait par ne plus la remarquer. Les visiteurs avaient beau s'extasier, l'extraordinaire servi à dose quotidienne devient ordinaire.

Ed Grayson se tenait devant la fenêtre, mais s'il admirait le panorama, il ne le montrait pas.

— Je ne sais plus quoi faire, Hester.

— Moi je sais.

— Je vous écoute.

— Je vous donne l'avis d'une pro : ne faites rien.

Grayson, qui regardait toujours par la fenêtre, esquissa un sourire.

— Pas étonnant qu'on vous paie des fortunes.

Hester écarta les mains.

— C'est aussi simple que ça ?

— Dans le cas présent, oui.

— Vous savez que ma femme m'a quitté. Elle veut retourner au Québec avec E. J.

— J'en suis désolée pour vous.

— Tout ce gâchis, c'est ma faute.

— Ne le prenez pas mal, Ed, mais vous me connaissez. Je ne suis pas douée pour débiter des platitudes.

— En effet.

— Je vais donc être franche avec vous. Vous vous êtes planté dans les grandes largeurs.

— Je n'avais jamais frappé quelqu'un.

— Eh bien, maintenant c'est fait.

— Je n'avais jamais tiré sur quelqu'un non plus.

— Maintenant c'est fait. Où voulez-vous en venir ?

Ils se turent tous les deux. Le silence ne gênait pas Ed Grayson. Au contraire d'Hester Crimstein. Elle se balança sur son fauteuil, joua avec un stylo, poussa un soupir théâtral. Pour finir, elle se leva et traversa la pièce.

— Vous voyez ceci ?

Ed tourna la tête. Elle désignait une statue de la Justice.

— Oui.

— Vous savez ce que c'est ?

— Bien sûr.

— Alors ?

— Vous rigolez ou quoi ?

— Qui est-ce ?

— La Justice.

— Oui et non. Elle porte un tas de noms. La Justice aveugle, Thémis pour les Grecs de l'Antiquité, Justitia pour les Romains, Ma'at pour les

Égyptiens du temps des pharaons… et même les filles de Thémis, Diké et Astrée.

— Et alors ?

— L'avez-vous bien regardée, cette statue ? En général, on remarque les yeux bandés en premier, signe d'impartialité. Ce qui est aberrant car tout le monde est partial. On ne peut pas y échapper. Mais jetez un œil sur sa main droite. Elle porte un glaive. Censé représenter un châtiment rapide, souvent brutal, voire capital. Le hic, c'est qu'elle seule – la justice – a le droit de l'utiliser. L'appareil judiciaire, si imparfait soit-il.

— Vous êtes en train de me dire que j'ai eu tort de me substituer à la loi ?

Grayson haussa un sourcil.

— Pour une révélation, Hester…

— Regardez la balance. Dans sa main gauche. Certains croient qu'elle symbolise les deux parties d'un litige : l'accusation et la défense. D'autres affirment qu'il s'agit d'équité ou d'objectivité. Mais réfléchissez un peu. La balance, avant tout, c'est une histoire d'équilibre, non ? Je suis avocate, et je sais comment on me perçoit. Les gens s'imaginent que je contourne les lois, que j'exerce des pressions, que j'exploite le moindre vide juridique. Tout cela est vrai. Mais je reste dans le cadre du système.

— Donc, tout va bien ?

— Oui. Question d'équilibre.

— Et moi, pour filer votre métaphore, j'ai fait basculer cet équilibre ?

— Exactement. C'est tout l'intérêt du système. On peut le ployer, le tordre – Dieu sait que je ne m'en prive pas –, mais si on reste dedans, que ce soit du bon ou du mauvais côté, ça fonctionne. Sinon, si on perd l'équilibre même avec les meilleures intentions du monde, on va droit au chaos et à la catastrophe.

— Là, répondit Ed avec un hochement de tête, vous êtes en train de prêcher pour votre paroisse.

Elle sourit.

— Peut-être. Mais vous savez que j'ai raison. Vous avez voulu réparer un tort. Maintenant, l'équilibre a été rompu.

— À moi de le rétablir, alors.

— Ça ne marche pas comme ça, Ed. Vous l'avez constaté vous-même. Lâchez l'affaire et, avec un peu de chance, l'équilibre reviendra de lui-même.

— Quitte à laisser un criminel en liberté ?

Elle lui tendit les mains en souriant.

— C'est qui le criminel aujourd'hui, Ed ?

Il y eut une pause.

Incertain, Grayson hasarda :

— La police est dans le noir, pour Haley McWaid.

Hester rumina quelques instants.

— Vous n'en savez rien, dit-elle. Si ça se trouve, c'est nous qui sommes à côté de la plaque.

26

LA MAISON DU FRAÎCHEMENT RETRAITÉ ENQUÊTEUR
Frank Tremont était ornée d'un porche de style colo-
nial, un bardage en aluminium, une petite pelouse
impeccablement entretenue et un drapeau des New
York Giants à droite de la porte. Les pivoines dans les
bacs offraient au regard une telle débauche de
couleurs que Wendy se demanda si elles n'étaient pas
en plastique.

Elle franchit la dizaine de pas séparant le trottoir de
la porte d'entrée et frappa. Le rideau dans le bow-
window bougea. La minute d'après, la porte s'ouvrit.
L'enterrement remontait à plusieurs heures déjà,
mais Frank Tremont n'avait toujours pas quitté son
costume noir. La cravate était défaite, la chemise
déboutonnée. En se rasant, il avait oublié un peu de
poils par-ci par-là. Il avait les yeux chassieux, et
Wendy perçut des effluves d'alcool dans son sillage.

Sans la saluer, il s'écarta avec un grand soupir et
lui fit signe d'entrer. Elle s'engouffra à l'intérieur.
Une seule lampe était allumée dans la pièce sombre.
Elle repéra une bouteille de Captain Morgan à moitié
vide sur la table basse fatiguée. Du rhum, beurk ! Des

journaux grands ouverts s'étalaient sur le canapé. Il y avait un carton par terre, sans doute le contenu du bureau qu'il venait de quitter. La télé diffusait un publireportage pour des appareils de musculation, avec un coach survitaminé et nombre de jeunes gens aux torses sculpturaux et épilés. Wendy regarda Tremont. Il haussa les épaules.

— Maintenant que je suis à la retraite, j'ai décidé de me refaire les tablettes de chocolat.

Elle s'efforça de sourire. Il y avait des photos d'une adolescente sur la console. Sa coiffure datait de quinze, vingt ans, mais ce qui frappait, c'était son sourire : un sourire immense, contagieux, de la vraie bombe. Wendy connaissait l'histoire. Ce devait être la fille de Frank, morte d'un cancer. Elle jeta un œil sur la bouteille de Captain Morgan, se demandant comment il avait fait pour s'en relever.

— Alors, quoi de neuf, Wendy ?

— Ça y est, commença-t-elle, histoire de gagner du temps, vous êtes officiellement à la retraite ?

— Oui. Un départ en fanfare, ne trouvez-vous pas ?

— Je suis désolée.

— Gardez ça pour la famille de la victime.

Elle hocha la tête.

— On parle beaucoup de vous dans la presse. Cette affaire vous a rendue célèbre.

Il leva son verre en un hommage moqueur.

— Félicitations.

— Frank ?

— Oui ?

— Ne dites pas une sottise que vous regretterez après.

— Bien vu, acquiesça Tremont.

— L'affaire est donc définitivement classée ? s'enquit-elle.

— De notre point de vue, oui. Le meurtrier est mort... probablement enterré dans les bois, ce que quelqu'un de plus intelligent que moi trouverait ironique.

— Avez-vous fait pression sur Ed Grayson pour qu'il vous rende le corps ?

— Par tous les moyens.

— Et... ?

— Il refuse de parler. Je voulais lui offrir l'immunité totale en échange du cadavre de Mercer, mais le grand chef, Paul Copeland, s'y est opposé.

Wendy repensa à Ed Grayson. Si elle tentait de l'approcher, peut-être accepterait-il de lui parler. Tremont balaya les journaux et l'invita à s'asseoir. Lui-même s'affala dans un fauteuil tonneau et reprit la télécommande.

— Vous savez quelle émission va être diffusée dans quelques minutes ?

— Non.

— *Le Tribunal de Crimstein.* Vous êtes au courant que Grayson l'a engagée pour le représenter ?

— C'est vous qui me l'avez dit.

— C'est vrai, j'avais oublié. Bref, elle a soulevé des points intéressants quand nous l'avons interrogée.

Tremont s'empara du Captain Morgan et s'en versa une rasade. Il en offrit à Wendy, mais elle déclina la proposition d'un geste de la main.

— Comme quoi, par exemple ?

— Elle a fait valoir que nous devrions décorer Ed Grayson pour avoir tué Mercer.

— Parce que c'était justice ?

— Non, Hester a voulu élargir le débat.

— C'est-à-dire ?

— Si Grayson n'avait pas tué Mercer, on n'aurait jamais retrouvé l'iPhone de Haley.

Il pointa la télécommande vers le poste pour l'éteindre.

— Elle a souligné qu'au bout de trois mois d'enquête, nous en étions toujours au même point, et que notre seul indice quant au sort de Haley nous venait de Grayson. Et elle a ajouté qu'un bon enquêteur se serait intéressé au pervers notoire qui fréquentait l'entourage de la victime. Vous savez quoi ?

Wendy secoua la tête.

— Hester a raison. Comment ai-je pu négliger un délinquant sexuel poursuivi par la justice qui se rendait régulièrement dans la ville où habitait Haley ? Peut-être qu'il ne l'a pas tuée tout de suite. Alors, j'aurais pu la sauver.

Wendy contempla la silhouette arrogante, sinon effrayante, du capitaine Morgan sur l'étiquette de la bouteille. Quel sinistre compagnon de beuverie ! Elle ouvrit la bouche pour protester, mais Frank l'arrêta.

— S'il vous plaît, épargnez-moi la leçon de morale. Ce serait insultant.

Ce qui n'était pas faux.

— Je doute que vous soyez venue me regarder pleurer sur mon sort.

— Je ne sais pas, Frank. Le spectacle est très distrayant.

Cela le fit presque sourire.

— Qu'est-ce qu'il vous faut, Wendy ?

— Pourquoi croyez-vous que Dan Mercer l'a tuée ?

— Vous voulez dire le mobile ?

— Exactement.

— Vous avez besoin qu'on vous fasse un dessin ? Vous l'avez démontré vous-même, c'était un prédateur sexuel.

— Oui, d'accord. Mais dans l'affaire qui nous intéresse ? Haley McWaid avait dix-sept ans. Dans le New Jersey, l'âge de la majorité sexuelle est de seize ans.

— Peut-être qu'il avait peur qu'elle ne parle.

— De quoi ? Il n'a pas enfreint la loi.

— N'empêche. Cela aurait aggravé son cas.

— Il l'aurait donc tuée pour la faire taire ?

Wendy secoua la tête.

— Vous n'avez rien trouvé qui fasse penser à une relation entre Mercer et Haley ?

— Non. Je sais que vous avez essayé de nous fourguer ça dans le parc... qu'ils auraient pu se rencontrer chez son ex et démarrer quelque chose. Possible, mais on ne dispose d'aucune preuve, et je ne suis pas sûr de vouloir continuer dans cette voie, à cause des parents. On peut supposer, oui, qu'il l'a croisée chez les Wheeler ; elle lui a tapé dans l'œil, il l'a chopée, lui a fait son affaire et l'a tuée.

Wendy fronça les sourcils.

— Franchement, je n'y crois pas une seconde.

— Pourquoi ? Vous vous rappelez le supposé petit copain, Kirby Sennett ?

— Oui.

— Une fois qu'on a découvert le corps, son avocat lui a plus ou moins laissé, disons, le champ libre. Oui, ils se voyaient en cachette, mais c'était chaud. Il a dit qu'elle était à cran, surtout depuis son échec en Virginie. Il pensait même qu'elle prenait des trucs.

— De la drogue ?

Frank Trement haussa les épaules.

— Ça non plus, les parents n'ont pas besoin de le savoir.

— Je ne comprends pas très bien. Pourquoi Kirby ne vous a pas dit tout ça tout de suite ?

— Son avocat craignait que, si on apprenait leur liaison, on ne se penche de près sur son cas. Ce en quoi il n'avait pas tort.

— Mais puisque Kirby n'avait rien à cacher ?

— Primo, qui dit qu'il n'avait rien à cacher ? C'est un dealer à la petite semaine. Si Haley prenait quelque chose, à mon avis, c'est Kirby qui le lui fournissait. Secundo, la plupart des avocats vous diront que l'innocence n'entre pas forcément en ligne de compte. Si Kirby avait dit : « Ouais, c'était chaud entre nous, et elle fumait ou se chargeait par mon intermédiaire », on lui aurait fait un deuxième trou au cul. Et après la découverte du corps, on aurait commencé à sonder pour de bon, si vous voyez ce que je veux dire. Maintenant que Kirby n'a plus rien à craindre, on peut s'attendre à ce qu'il se mette à table.

— Charmante méthode, fit-elle. Sans oublier la métaphore rectale.

Il eut un haussement d'épaules.

— Vous êtes sûr que Kirby n'a rien à voir là-dedans ?

— Il aurait planqué le téléphone de Haley dans la chambre de Dan Mercer ?

— Exact, concéda Wendy.

— Il a un alibi en béton. Écoutez, ce Kirby est typiquement un gosse de riche qui se prend pour un caïd parce qu'il a collé du PQ sur les murs d'une maison. Il n'a rien à voir avec tout ça.

Elle s'enfonça dans le canapé. Son regard tomba sur la photo de la fille décédée de Frank, mais ne s'y attarda guère. Elle détourna vite les yeux, trop vite peut-être, et il s'en aperçut.

— Ma fille, dit-il.

— Je sais.

— Mais on ne va pas en parler, OK ?

— OK.

— Qu'est-ce qui vous tracasse dans cette affaire, Wendy ?

— Je crois qu'il me faut plus de pourquoi.

— Regardez bien cette photo. Le monde n'est pas comme ça.

Frank se redressa, planta son regard dans le sien.

— Quelquefois – le plus souvent peut-être – il n'y a pas de pourquoi.

En consultant son téléphone dans sa voiture, Wendy vit qu'elle avait un message de Ten-A-Fly. Elle rappela aussitôt.

— Je crois qu'on a localisé Kelvin Tilfer.

Le club des Pères avait passé ces quelques jours à traquer les anciens colocataires de Princeton. Le plus facile à trouver, bien entendu, fut Farley Parks. Wendy avait appelé l'ex-candidat au Congrès six fois. Il n'avait jamais rappelé. Pas étonnant. Comme il habitait Pittsburgh, passer le voir n'était pas chose facile. Pour le moment donc, il était hors jeu.

Le deuxième, le Dr Steve Miciano, elle l'avait joint par téléphone et avait demandé à le rencontrer. Dans la mesure du possible, Wendy préférait ne pas révéler l'objet de son coup de fil. Miciano n'avait pas posé de questions. Il avait répondu qu'il était de garde et ne serait pas disponible avant le lendemain après-midi. Wendy s'était dit qu'il n'y avait pas le feu.

Le troisième, et le plus important à ses yeux, était l'insaisissable Kelvin Tilfer. Jusqu'à présent, ils n'avaient rien trouvé sur Internet. À croire qu'il s'était évaporé.

— Comment ? demanda-t-elle.

— Son frère, Ronald Tilfer, travaille comme livreur chez UPS. C'est le seul membre de la famille qu'on a réussi à retrouver. Les deux parents sont morts.

— Et où habite-t-il ?

— À Queens, mais on peut faire mieux. Quand Doug était chez Lehman, ils bossaient beaucoup avec UPS. Il a appelé son ancien contact au service commercial et obtenu l'horaire des livraisons du frangin. Vu que tout est informatisé maintenant, nous pourrions le suivre à la trace dans ses déplacements, si vous souhaitez le rencontrer.

— Oui, s'il vous plaît, dit Wendy.

— OK, allez à Manhattan direction l'Upper West Side. Je vous enverrai par e-mail ses adresses de livraison.

Trois quarts d'heure plus tard, elle vit le camion couleur chocolat garé en double file devant un restaurant de la 69ᵉ Rue. Elle trouva une place de stationnement payante, glissa quelques pièces dans le parcmètre et s'adossa à la portière. En regardant le camion, elle repensa au spot publicitaire d'UPS : un gars chevelu en train de dessiner sur un tableau blanc. Le logo UPS avait beau apparaître, elle n'avait absolument aucune idée de ce que représentait son dessin. Chaque fois, Charlie secouait la tête en voyant cette pub à l'écran, surtout dans les moments décisifs d'un match de football, et disait : « Ce gars-là, j'ai envie de lui mettre ma main dans la gueule. »

Curieux, les choses qui vous viennent inopinément à l'esprit.

L'homme qu'elle supposait être Ronald Tilfer sortit du restaurant en souriant, avec un signe de la main à l'adresse de quelqu'un à l'intérieur. Il était trapu, avec des cheveux poivre et sel coupés ras. Wendy s'écarta de sa voiture et lui coupa le chemin avant qu'il n'arrive au camion.

— Ronald Tilfer ?

— Oui.

— Je suis Wendy Tynes, journaliste à NTC News. Je cherche votre frère, Kelvin.

Il étrécit les yeux.

— Pour quoi faire ?

— Je réalise un reportage sur sa promo à Princeton.

— Je ne peux rien pour vous.

— J'aimerais juste lui parler quelques minutes.

— C'est impossible.

— Pour quelle raison ?

Il essaya de la contourner. Wendy fit un pas de côté pour lui barrer le passage.

— Disons que Kelvin est indisponible.

— Dans quel sens ?

— Il ne peut pas vous parler. Il ne peut pas vous aider.

— Monsieur Tilfer ?

— Je dois retourner au boulot.

— Ça m'étonnerait.

— Pardon ?

— C'est votre dernière livraison de la journée.

— Comment le savez-vous ?

Laissons-le mariner un peu, pensa-t-elle.

— Ne perdons pas de temps en charades du genre « il est indisponible », « il ne peut pas vous parler ». Il est extrêmement important que je le voie.

— Pour un reportage sur Princeton ?

— Il n'y a pas que ça. Quelqu'un cherche à nuire à ses anciens colocataires.

— Et vous pensez à Kelvin ?

— Je n'ai pas dit ça.

— Ce ne peut pas être lui.

— Alors aidez-moi à le prouver. D'une manière ou d'une autre, il y a de la casse. Votre frère est peut-être en danger.

— J'en doute.

— Eh bien, dans ce cas, il pourrait venir en aide à de vieux amis.

— Kelvin ? Il n'est pas en état d'aider qui que ce soit.

Toujours ce mystère. Ça commençait à l'énerver.

— À vous entendre, on dirait qu'il est mort.

— C'est tout comme.

— Je ne voudrais pas paraître mélodramatique, monsieur Tilfer, mais c'est vraiment une question de vie ou de mort. Si vous refusez de coopérer, je ferai appel à la police. Aujourd'hui, je suis venue seule, mais je peux revenir avec une équipe de télévision : les caméras, le son, le grand jeu.

Ronald Tilfer laissa échapper un profond soupir. C'était une menace en l'air, bien sûr, mais il n'avait pas besoin de le savoir. Il se mordilla la lèvre.

— Vous ne voulez pas me croire sur parole ?

— Je regrette.

Il haussa les épaules.

— C'est bon.

— Quoi ?

— Je vous emmène voir Kelvin.

Wendy contemplait Kelvin Tilfer à travers l'épaisse vitre de protection.

— Ça fait longtemps qu'il est là ?

— Cette fois-ci ? Trois semaines, peut-être. Ils vont probablement le relâcher dans huit jours.

— Et où ira-t-il ?

— Tant qu'il ne représente pas un danger, il vit dans la rue. Autrement, on le ramène ici. La mode n'est plus à l'hospitalisation longue durée. Alors on le laisse partir chaque fois qu'il semble aller mieux.

Kelvin Tilfer écrivait fébrilement sur un calepin, le nez à quelques centimètres de la page. Wendy l'entendait crier à travers la vitre. Des paroles dénuées de sens. Il semblait beaucoup plus vieux que ses copains de fac. Ses cheveux étaient blancs, sa barbe aussi. Il lui manquait plusieurs dents.

— C'était le cerveau de la famille, dit Ronald. Un génie, carrément, surtout en maths. C'est ça qu'il y a dans son carnet. Des problèmes de maths. Il y passe ses journées. Jamais il n'a réussi à décrocher. Maman a fait des pieds et des mains pour qu'il ait une vie normale. À l'école, on a voulu lui faire sauter des classes. Elle a refusé. Elle l'a poussé à faire du sport… elle a tout essayé, quoi. Mais quelque part, on savait depuis le début comment ça allait finir. Elle a tenté de contenir la dinguerie, mais autant retenir l'océan à mains nues.

— Qu'est-ce qu'il a ?

— Il est schizophrène. Avec des épisodes psychotiques effarants.

— Oui, mais je veux dire, que lui est-il arrivé ?

— Comment ça, arrivé ? Il est malade, c'est tout. Il n'y a pas de pourquoi.

Il n'y a pas de pourquoi. C'était la seconde fois de la journée qu'elle entendait cette expression.

— Comment attrape-t-on un cancer ? Ce n'est pas comme si maman le battait. C'est un déséquilibre chimique. Je vous l'ai dit, il est né avec ça. Même gamin, il ne dormait jamais. Il était incapable de débrancher son cerveau.

Wendy se rappela la description de Phil. Un garçon bizarre. Genre savant fou.

— Les médicaments n'aident pas ?

— Ça le calme, oui. De même qu'un fusil anesthésiant calme un éléphant. Il ne sait toujours pas où il est ni qui il est. À sa sortie de Princeton, il a trouvé du boulot dans un labo pharmaceutique, mais il disparaissait tout le temps. Alors ils l'ont viré. Il s'est mis à traîner dans les rues. On est resté huit ans sans nouvelles de lui. Quand on a fini par le retrouver, dans un carton rempli de ses propres excréments, Kelvin avait des os cassés qui ne s'étaient pas ressoudés correctement. Il avait perdu des dents. Je n'arrive pas à imaginer comment il a survécu, comment il a fait pour se nourrir, ni ce qu'il a pu traverser.

Kelvin se remit à hurler :

— Himmler ! Himmler aime les steaks de thon !

Wendy se tourna vers Ronald.

— Himmler ? Le nazi ?

— Là, vous me posez une colle. Il raconte n'importe quoi, comme d'habitude.

Kelvin se replongea dans son calepin, écrivant de plus en plus vite.

— Je peux lui parler ? demanda-t-elle.

— Vous voulez rire ?

— Non.

— Vous n'en tirerez rien.

— Ça ne mange pas de pain.

Ronald Tilfer regarda par la vitre.

— La plupart du temps, il ne sait plus qui je suis. C'est comme si j'étais transparent. Je voulais le ramener à la maison, mais j'ai une femme, un gosse...

Wendy ne dit rien.

— Je devrais faire quelque chose pour le protéger, vous ne trouvez pas ? Si je l'enferme, il se fâche. Alors je le laisse partir et je m'inquiète pour lui. Quand on était petits, on allait voir jouer les Yankees. Kelvin connaissait les scores de tous les joueurs. Avoir du génie, c'est une malédiction. Voilà ce que j'en dis. Certains croient que les esprits supérieurs perçoivent l'univers d'une façon inaccessible à nous autres. Ils voient le monde tel qu'il est réellement… et cette réalité est tellement atroce qu'ils en perdent la raison. La lucidité mène à la maladie mentale.

Wendy regardait droit devant elle.

— Kelvin ne parle jamais de Princeton ?

— Maman était si fière de lui. On l'était tous. Les jeunes du quartier ne fréquentaient pas les universités de prestige. On avait peur qu'il ne s'adapte pas, mais il s'est fait des copains rapidement.

— Des copains qui sont dans le pétrin.

— Regardez-le, madame Tynes. Vous pensez qu'il peut les aider ?

— J'aimerais tenter ma chance.

Il haussa les épaules. L'administrateur de l'hôpital lui fit signer un certain nombre de formulaires et leur conseilla de rester à distance. Quelques minutes plus tard, on les escorta dans une pièce vitrée. Un garçon de salle se tenait à l'entrée. Assis à une table, Kelvin continuait de griffonner sur son calepin. La largeur de la table constituait une barrière entre eux et lui.

— Salut, Kelvin ! dit Ronald.

— Les faux bourdons ne comprennent pas l'essence.

Ronald regarda Wendy et lui fit signe.

— Vous avez étudié à Princeton, n'est-ce pas, Kelvin ?

— Je vous l'ai dit. Himmler aime les steaks de thon.

Il n'avait pas levé les yeux de son calepin.

— Kelvin ?

Il écrivait toujours.

— Vous vous souvenez de Dan Mercer ?

— Le petit Blanc.

— Oui. Et Phil Turnball ?

— L'essence sans plomb donne la migraine au bienfaiteur.

— Vos amis de Princeton.

— L'Ivy League, man. Y en a un, il portait des pompes vertes. J'ai horreur des pompes vertes.

— Moi aussi.

— L'Ivy League.

— C'est ça. Vos amis de l'Ivy League. Dan, Phil, Steve et Farley. Vous vous souvenez d'eux ?

Kelvin finalement cessa d'écrire et leva la tête. Ses yeux étaient deux fentes sans vie. Il regarda Wendy, mais de toute évidence, il ne la voyait pas.

— Kelvin ?

— Himmler aime les steaks de thon, fit-il dans un murmure pressant. Et le maire ? Il s'en fiche complètement.

Les épaules de Ronald s'affaissèrent. Wendy s'efforça de capter son regard.

— Je voudrais vous parler de vos colocataires de Princeton.

Kelvin se mit à rire.

— Colocataires ?

— Oui.

— C'est rigolo.

Il se tordait de rire.

— Colocataires. Comme s'ils étaient à terre. Coloc à terre. Rétamé. C'est drôle, non ?

En tout cas, c'était mieux que les goûts culinaires de Himmler.

— Vous vous souvenez de vos anciens colocataires ?

Il cessa de rire comme si on lui avait coupé le courant.

— Ils ont des ennuis, Kelvin. Dan Mercer, Phil Turnball, Steve Miciano, Farley Parks. Ils ont tous de gros ennuis.

— Des ennuis ?

— Oui.

Elle répéta les quatre noms. Encore et encore. Et il se passa quelque chose. Le visage de Kelvin se décomposa à vue d'œil.

— Oh, mon Dieu, non…

Il se mit à pleurer.

— Kelvin ?

Ronald allait se précipiter vers lui, mais le hurlement de Kelvin le stoppa net. Un hurlement soudain et perçant. Wendy fit un bond en arrière.

Il avait les yeux grands ouverts maintenant.

— Tête balafrée !

— Kelvin ?

Il se leva brusquement, renversant sa chaise. Le garçon de salle fit un pas vers lui. Kelvin hurla et courut se réfugier dans le coin. Le garçon de salle appela du renfort.

— Tête balafrée ! glapit Kelvin. On y passera tous. Tête balafrée !

— Qui c'est, Tête balafrée ? cria Wendy.

— Laissez-le tranquille, dit Ronald.

— Tête balafrée !

Fermant les yeux, Kelvin pressa les mains de part et d'autre de son visage, comme pour empêcher son crâne d'éclater.

— Je leur ai dit ! Je les ai prévenus !

— Ça veut dire quoi, Kelvin ?

— Ça suffit ! s'exclama Ronald.

Après quoi, Kelvin disjoncta. Sa tête oscilla d'avant en arrière. Deux autres garçons de salle arrivèrent. En les voyant, il hurla :

— Cessez la chasse ! Cessez la chasse !

Et, se laissant tomber, il se mit à parcourir la pièce à quatre pattes. Ronald avait les larmes aux yeux. Il essaya de calmer son frère. Kelvin se releva. Les garçons de salle le plaquèrent au sol comme si c'était un match de football américain. L'un d'eux lui attrapa les jambes. L'autre le ceintura.

— Ne lui faites pas de mal ! cria Ronald. S'il vous plaît !

On passa une sorte de camisole à Kelvin pendant que Ronald suppliait qu'on ne fasse pas de mal à son frère. Wendy se rapprocha, tenta de rétablir le contact.

Kelvin, allongé, finit par la regarder. Tandis qu'il se débattait, elle rampa vers lui.

— Éloignez-vous ! aboya l'un des garçons de salle.

Wendy fit la sourde oreille.

— Qu'est-ce que c'est, Kelvin ?

— Je leur ai dit, chuchota-t-il. Je les ai prévenus.

— À propos de quoi, Kelvin ?

Il se remit à pleurer. Ronald l'empoigna par l'épaule pour la tirer en arrière. Elle se dégagea.

— Vous les avez prévenus à propos de quoi, Kelvin ?

Le troisième garçon de salle avait une seringue à la main. Il la planta dans l'épaule de Kelvin. Cette fois, il la regarda droit dans les yeux.

— De ne pas aller à la chasse, dit-il d'une voix subitement calme. Il ne faut plus qu'on aille chasser.

— Chasser quoi ?

Mais le sédatif commençait à agir.

— On n'aurait jamais dû aller à la chasse, fit-il tout bas. Tête balafrée vous le dira. On n'aurait jamais dû aller à la chasse.

27

RONALD TILFER N'AVAIT PAS LA MOINDRE IDÉE de qui pouvait être « Tête balafrée » ni de quelle chasse parlait son frère.

— Je l'ai déjà entendu délirer là-dessus. Les histoires de chasse et de tête balafrée. C'est comme avec Himmler. À mon avis, ça ne veut rien dire.

Wendy rentra chez elle, ne sachant que faire de cette pseudo-information, plus désemparée encore qu'au moment de démarrer sa journée. Affalé sur le canapé, Charlie regardait la télévision.

— Salut, dit-elle.

— Qu'est-ce qu'on mange ?

— Je vais bien, merci. Et toi ?

Charlie soupira.

— On n'en est plus à se faire des politesses, si ?

— Ni à respecter les règles élémentaires de courtoisie, semble-t-il.

Il ne broncha pas.

— Ça va, toi ? demanda-t-elle, avec plus de sollicitude qu'elle ne l'aurait voulu.

— Moi ? Oui, pourquoi ?

— Haley McWaid était dans ta classe.

— Ouais, mais je ne la connaissais pas bien.

— Il y avait beaucoup de tes camarades à l'enterrement.

— Je sais.

— J'ai vu Clark et James là-bas.

— Je sais.

— Alors pourquoi n'es-tu pas venu ?

— Parce que je ne la connaissais pas.

— Et Clark et James, si ?

— Non.

Charlie se redressa.

— Écoute, je me sens très mal, là. C'est terrible, ce qui est arrivé. Mais les gens, même mes meilleurs potes, ils aiment bien se montrer. Pas pour présenter leurs condoléances à la famille, mais parce qu'ils trouvent ça cool. C'est à eux qu'ils pensent avant tout, tu comprends ?

— Je comprends, acquiesça Wendy.

— D'habitude, ça ne me dérange pas. Mais quand il s'agit de la mort d'une fille, moi, je ne marche pas.

Il se renfonça dans les coussins et reporta son attention sur la télé. Wendy le contempla un moment.

Sans même un regard dans sa direction, il soupira de plus belle.

— Quoi ?

— Tu parles comme ton père.

Charlie ne dit rien.

— Je t'aime, ajouta-t-elle.

— Et là, je parle comme mon père si je redemande : qu'est-ce qu'on mange ?

Wendy rit.

— Je vais voir dans le frigo.

Mais elle savait déjà qu'elle ne trouverait rien et qu'il n'y avait plus qu'à commander. Des makis... avec du riz brun, pour se donner l'impression de manger plus sain.

— Ah ! une dernière chose. Tu connais Kirby Sennett ?

— Comme ça, vite fait.

— Il est sympa ?

— Non, c'est un sale con.

Cela la fit sourire.

— Et un petit dealer, à ce qu'il paraît.

— Un gros bâtard, oui.

Charlie pivota vers elle.

— C'est quoi, toutes ces questions ?

— J'enquête sur un autre aspect de Haley McWaid. On raconte qu'ils sortaient ensemble.

— Et alors ?

— Tu peux te rencarder ?

Il la regarda, atterré.

— Genre apprenti journaliste infiltré ?

— Ce n'est pas une bonne idée, hein ?

Il ne daigna pas répondre... et ce fut là que Wendy eut une autre idée, qui lui parut excellente, celle-là. Elle monta, alluma l'ordinateur et fit une rapide recherche sur Google Images jusqu'à ce qu'elle trouve la photo idéale. Une fille de dix-huit ans environ, eurasienne, lunettes de bibliothécaire, décolleté plongeant et corps de déesse.

Oui, elle ferait l'affaire.

Wendy créa ensuite une page Facebook avec la photo de la fille et lui inventa un nom en combinant ses deux meilleures copines de fac : Sharon Hait. OK, parfait. Il ne restait plus qu'à offrir son amitié à Kirby.

— Qu'est-ce que tu fais ?

C'était Charlie.

— Je crée un profil bidon.

Il fronça les sourcils.

— Pour quoi faire ?

— J'espère attirer Kirby pour qu'il veuille devenir mon ami. Comme ça, je pourrai converser avec lui.

— Sérieux ?

— Quoi, tu penses que ça ne va pas marcher ?

— Pas avec cette photo.

— Pourquoi ?

— Elle est trop canon. On dirait un spam publicitaire.

— Un quoi ?

Il soupira.

— Il y a des boîtes qui utilisent ce genre de photos pour des spams. Écoute, trouve une fille mignonne, mais réelle. Tu vois ce que je veux dire ?

— Je crois.

— Et fais comme si elle habitait, disons à Glen Rock. Si elle est de Kasselton, il la connaîtra forcément.

— Tu connais toutes les filles du patelin, toi ?

— Les filles canon ? Presque toutes. Au moins par ouï-dire. Alors choisis une ville proche, mais pas trop. Puis dis que tu as entendu parler de lui par une copine ou que tu l'as croisé au centre commercial du Garden State Plaza. Oh ! et prends le nom d'une fille qui existe pour de bon, au cas où il voudrait se renseigner ou chercher son numéro dans l'annuaire.

302

Assure-toi en même temps qu'il n'y a aucune autre photo d'elle dans les images Google. Dis que tu viens de t'inscrire sur Facebook, sinon il va se demander pourquoi tu n'as pas d'amis. Ajoute deux ou trois détails à son profil. Ses films préférés, les groupes rock qu'elle aime.

— Genre U2 ?

— Genre qui a moins de cent ans.

Il lui cita plusieurs groupes dont elle n'avait jamais entendu parler. Wendy prit des notes.

— Tu crois que ça va marcher ? demanda-t-elle.

— J'en doute, mais tu peux toujours essayer. Dans le pire des cas, il voudra devenir ton ami.

— Et ça va m'apporter quoi ?

Re-soupir.

— On en a déjà discuté. C'est comme la page de Princeton. Du moment qu'il fait partie de tes amis, tu pourras voir sa page en entier. Ses photos en ligne, les posts sur son mur, ses copains, ses messages, les jeux auxquels il joue... tout, quoi.

La page de Princeton lui fit penser à autre chose. Elle cliqua dessus, trouva le lien « Admin » et lui envoya un e-mail. L'administrateur se nommait Lawrence Cherston et arborait la cravate orange et noir de Princeton sur la photo de son profil. Le message était simple :

Bonjour, je suis journaliste à la télévision et je réalise un reportage sur votre promo à Princeton. J'aimerais beaucoup vous rencontrer. Vous pouvez me contacter à l'un des numéros ci-dessous selon votre convenance.

Au moment où elle cliquait sur « Envoyer », son portable bourdonna. Elle avait reçu un texto de la part de Phil Turnball. il faut qu'on parle.

Elle répondit : bien sûr, appelez-moi.

Il y eut une pause. Puis : pas au téléphone.

Déconcertée, Wendy tapa : et pourquoi ? rendez-vous dans 30 min au zebra bar ?

Elle se demandait pourquoi il avait éludé sa question. pourquoi ne pas en parler au téléphone ?

Une pause plus longue cette fois. en ce moment, je me méfie du téléphone.

Wendy fronça les sourcils. Tout cela lui semblait un peu rocambolesque, mais d'un autre côté, Phil Turnball n'était pas homme à dramatiser sans raison. Inutile de se casser la tête. Elle le verrait bientôt. Elle tapa ok, puis se tourna vers Charlie.

— Quoi ? fit-il.

— Il faut que j'aille à un rendez-vous. Tu peux commander ton dîner ?

— Euh… m'man ?

— Oui ?

— Tu te rappelles que ce soir, c'est la réunion de préparation de la fête de fin d'études ?

Elle faillit se frapper le front.

— Zut ! j'avais complètement oublié.

— Au lycée, dans…

Charlie regarda son poignet même s'il ne portait pas de montre.

— … moins de trente minutes. Et tu participes au buffet, un truc comme ça.

Elle avait été mise à contribution pour apporter sucre/édulcorant et lait/produits de substitution pour

le café, même si sa modestie naturelle l'avait empê-
chée de s'en vanter tout haut.

Il était toujours possible de se défiler, mais le lycée
prenait cette manifestation très à cœur, et, ces
derniers temps, Wendy avait plutôt eu tendance à
négliger son fils. Elle prit son téléphone et envoya un
texto à Phil Turnball : on peut repousser à 22 h ?

La réponse tarda à venir. Elle alla dans sa chambre,
enfila un jean et un chemisier vert. Retirant ses
lentilles de contact, elle mit une paire de lunettes et
noua ses cheveux en queue-de-cheval. La grande fille
toute simple, quoi.

Son portable bourdonna. Phil Turnball avait
répondu ok.

Wendy descendit. Papou était au salon. Avec un
bandana rouge autour de la tête. Rares étaient ceux
qui pouvaient se permettre d'afficher impunément un
look pareil. Papou en faisait partie, mais c'était
limite.

La voyant entrer, il secoua la tête.

— Tu as mis des lunettes de petite vieille ?

Elle haussa les épaules.

— Jamais tu pourras te pécho un mec avec ça.

Comme si c'était le but dans une réunion scolaire.

— Dans l'absolu, ça ne te regarde pas, mais je me
suis fait draguer aujourd'hui.

— Après l'enterrement ?

— Ouais.

Papou hocha la tête.

— Ça ne m'étonne pas.

— Pourquoi ?

— Mon meilleur coup, ç'a été après un enterrement. Un truc de ouf, à l'arrière d'une limousine.

— Waouh, tu me donneras tous les détails après ?

— C'est de l'ironie, ça ?

— Un peu !

Elle l'embrassa sur la joue, lui demanda de veiller à ce que Charlie n'oublie pas de dîner et s'en alla. En chemin, elle s'arrêta au supermarché pour acheter les denrées qu'on lui avait commandées. Le temps d'arriver au lycée, il ne restait plus une seule place sur le parking. Elle réussit à se garer dans Beverly Road. Peut-être un peu trop près d'un stop, mais bon, elle n'allait quand même pas sortir un mètre pour mesurer la distance. Aujourd'hui, Wendy Tynes avait décidé de vivre dangereusement.

Les parents étaient déjà massés autour du percolateur quand elle fit son entrée. Wendy se répandit en excuses et entreprit de disposer tout ce qui allait normalement avec le café. Millie Hanover, la présidente des parents d'élèves, la gratifia d'une petite moue réprobatrice. Par contraste, les pères étaient tout à fait enclins à pardonner le retard de Wendy. Un peu trop, même. C'était en partie pour ça qu'elle avait boutonné son chemisier jusqu'en haut, mis des lunettes pas très sexy et relevé ses cheveux. En général, elle évitait d'engager la conversation avec les hommes mariés. Tant pis s'ils la trouvaient bêcheuse ou coincée, c'était toujours mieux que d'être considérée comme une salope ou pire. La méfiance que lui manifestaient les femmes de cette ville lui suffisait amplement. Dans des soirées comme celle-ci, elle était tentée d'arborer un tee-shirt avec l'inscription : « Sincèrement, je n'ai aucun intérêt à vous voler votre mari. »

Par bonheur, la cloche retentit, la ramenant à ses propres années de lycée, et tout le monde se dirigea vers la grande salle. Il y avait là un stand proposant aux parents des autocollants « S'IL VOUS PLAÎT, ROULEZ DOUCEMENT – NOUS ♥ NOS ENFANTS », ce qui était pertinent en soi, mais semblait suggérer à l'autre automobiliste que lui n'aimait pas les siens. Un deuxième stand distribuait des décalcomanies à coller sur les fenêtres de la maison pour informer les voisins que, dans ce foyer, c'était « Drogue tolérance zéro ». C'était gentil, mais un peu superflu, dans le genre « Bébé à bord ». Il y avait un stand de l'Institut international de sensibilisation à l'alcool et sa campagne à l'intention des parents qui organisent des soirées alcoolisées chez eux, avec le slogan « Pas sous notre toit ». Sur un autre stand, on pouvait signer des contrats d'engagement en relation avec de la boisson. Le jeune s'engageait à ne pas conduire après avoir bu ni à monter dans la voiture de quelqu'un qui avait bu. En échange de quoi, les parents acceptaient de venir le chercher à n'importe quelle heure.

Wendy trouva un siège au fond de la salle. Un père cordial à l'excès, estomac rentré et sourire Colgate, s'assit à côté d'elle.

— La sécurité à outrance, fit-il avec un geste en direction des stands. On les couve trop, vous ne trouvez pas ?

Wendy ne répondit pas. L'épouse de l'homme, l'air malcommode, prit place à côté de lui. Wendy mit un point d'honneur à la saluer et à se présenter comme étant la maman de Charlie, tout en évitant soigneusement de regarder M. Sourire antisécurité.

Le proviseur Pete Zecher monta sur l'estrade et remercia l'assistance d'être venue durant cette « semaine difficile ». Il y eut une minute de silence en hommage à Haley McWaid. Certains s'étaient demandé pourquoi la réunion n'avait pas été reportée purement et simplement, mais le calendrier scolaire était tellement chargé qu'il n'y avait pas d'autre date disponible. Du reste, combien de temps aurait-il fallu attendre ? Une journée ? Une semaine ?

Passé le premier moment de flottement, Pete Zecher donna la parole à Millie Hanover qui annonça, excitée, que le thème des célébrations de cette année serait « Les Superhéros ». En bref, expliqua-t-elle longuement, le gymnase du collège reproduirait le décor des célèbres comics : la batcave, la forteresse de la solitude de Superman, le manoir des X-Men. Les années précédentes, les festivités avaient eu pour thème Harry Potter, l'émission Survivor (cela devait faire un bon moment déjà, pensa Wendy) et même la Petite Sirène.

Le principe était d'offrir aux élèves un cadre sécurisé pour faire la fête. Un car venait les chercher pour les conduire sur place. L'alcool et la drogue étaient interdits, bien sûr, même si dans le passé certains jeunes en avaient fait circuler sous le manteau.

Après avoir présenté les présidents des divers comités tels que décoration, buffet, transport et publicité, dûment applaudis, Millie Hanover battit le rappel de toutes les bonnes volontés.

— Sans vous, rien ne sera possible, et c'est une merveilleuse façon d'offrir à votre enfant une fête inoubliable. Rappelez-vous, il s'agit de vos propres enfants, et chacun doit mettre la main à la pâte plutôt que de compter sur les autres.

On pouvait difficilement faire plus sentencieux. Millie conclut en disant :

— Merci de votre attention. Vous pouvez vous inscrire sur ces feuilles que j'ai préparées.

Le proviseur Zecher fit venir ensuite Dave Pecora de la police municipale de Kasselton qui entreprit d'énumérer tous les risques liés aux fêtes de fin d'études. Il parla de la recrudescence de la consommation d'héroïne et des *pharm parties* où les jeunes absorbent des mélanges de médicaments volés à la maison. L'an dernier, Wendy avait voulu tourner un reportage là-dessus, mais impossible de trouver un exemple vécu ; tous les témoignages qu'elle avait recueillis relevaient de l'anecdote. Un fonctionnaire chargé de la lutte contre le trafic de stupéfiants lui avait dit que les *pharm parties* tenaient plus de la légende urbaine que de la réalité. Le policier de Kasselton enchaîna sur les dangers de l'alcool :

— Chaque année, quatre mille jeunes décèdent à la suite d'un coma éthylique.

Il ne précisa pas si c'était à l'échelle mondiale ou seulement aux États-Unis, ni l'âge que pouvaient avoir les jeunes en question. Il insista également sur le fait qu'« aucun parent ne rend service à ses gosses » en organisant une soirée arrosée à la maison. La mine sévère, il cita des cas d'adultes condamnés à de la prison ferme pour homicide involontaire. Et, dans la foulée, il se mit à décrire les conditions de détention…

Comme quand elle était au lycée, Wendy consulta subrepticement l'horloge. Vingt et une heures trente.

Son esprit vagabondait, sautant du coq à l'âne. Primo, elle avait hâte de découvrir ce que lui mijotait le soudain sibyllin Phil Turnball. Secundo, elle devait probablement proposer ses services pour aider à préparer la fête, car même si le projet la laissait globalement sceptique – tant d'efforts pour satisfaire une énième lubie de ces enfants gâtés, et puis il semblait que c'étaient surtout les parents qui se faisaient plaisir –, il serait injuste, comme l'avait souligné Millie dans son prêchi-prêcha, d'abandonner tout le boulot aux autres.

Et tertio, elle ne pouvait s'empêcher de penser à Ariana Nasbro et au fait que l'alcool au volant avait coûté la vie à John. Elle se demandait si les parents d'Ariana n'auraient pas dû assister à une de ces réunions de surinformation, si cet apparent trop-plein de sécurité ne permettrait pas de sauver une vie dans les semaines à venir, d'épargner à une famille ce qu'ils avaient vécu, Charlie et elle.

Zecher, de retour sur l'estrade, remercia les parents présents de s'être déplacés avant de lever la séance. Wendy regarda autour d'elle, cherchant un visage familier, déçue de connaître si mal les familles des camarades de classe de son fils. Naturellement, les McWaid n'étaient pas là. Les Wheeler non plus. En prenant la défense de son scandaleux ex-mari, Jenna Wheeler s'était largement discréditée aux yeux des habitants de leur petite ville de banlieue… mais le meurtre de Haley McWaid avait dû achever de lui empoisonner la vie.

Les parents se dispersaient déjà pour aller s'inscrire sur les listes de tel ou tel comité. Wendy se rappela soudain que Brenda Traynor, chargée de la com, était à la fois amie avec Jenna Wheeler et une incorrigible pipelette, combinaison gagnante dans leur petit univers. Elle se dirigea donc vers sa table.

— Salut, Brenda.

— Ça fait plaisir de vous voir, Wendy. Vous voulez faire partie des bénévoles ?

— Euh… oui, bien sûr. Je pourrais vous filer un coup de main pour la pub.

— Formidable. On ne saurait trouver mieux qu'une journaliste vedette de la télé !

— Vedette est de trop.

— Ah, mais non ! J'insiste.

Wendy sourit faiblement.

— Où dois-je m'inscrire ?

Brenda lui tendit la feuille.

— Le comité se réunit le mardi et le jeudi. Vous seriez d'accord pour accueillir une réunion chez vous ?

— Pas de problème.

Wendy écrivit son nom, gardant la tête baissée.

— Au fait, glissa-t-elle avec la subtilité d'un pachyderme, vous ne croyez pas que Jenna Wheeler ferait une bonne recrue pour notre comité ?

— Vous plaisantez, j'espère.

— Il me semble bien qu'elle ait travaillé dans la presse écrite, improvisa Wendy.

— Et alors ? Après ce qu'elle a fait, introduire ce monstre dans notre communauté… enfin, ces gens-là sont partis.

— Partis ?

Brenda se pencha en avant.

— Il y a un panneau « À vendre » sur leur maison.

— Ah bon ?

— Amanda n'assistera même pas à la fête. C'est dommage pour elle, qui n'y est pour rien… mais franchement, ça vaut mieux pour tout le monde.

— Et où vont-ils ?

— Je crois que Noel a trouvé du boulot dans l'Ohio. À Columbus, Canton ou peut-être Cleveland. Toutes ces villes en C, on finit par s'y perdre. À moins que ce ne soit Cincinnati. Encore un C. Un C doux, c'est comme ça qu'on dit ?

— Oui. Ils ont déjà déménagé là-bas ?

— Non, je ne pense pas. Bon, Talia m'a dit… vous connaissez Talia Norwich ? Une femme charmante ? Sa fille s'appelle Allie. Légèrement enrobée ? Bref, Talia a entendu dire qu'ils logeaient dans un *Marriott Courtyard* en attendant de retrouver une maison.

Bingo !

Wendy repensa à ce que Jenna lui avait dit à propos de Dan, de son jardin secret. Et surtout… comment avait-elle formulé ça ? Il lui était arrivé quelque chose pendant ses années de fac. Peut-être qu'il était temps d'avoir une autre conversation avec Jenna Wheeler.

Elle prit congé, échangea quelques mots çà et là en gagnant la sortie et partit à son rendez-vous avec Phil Turnball.

28

PHIL ÉTAIT INSTALLÉ DANS UN COIN relativement tranquille au fond de la salle du bar. Relativement parce
que ces endroits ne sont pas conçus pour l'intimité,
les conversations ou la contemplation. Il n'y avait pas
d'individus au nez rouge ou aux épaules rentrées au
comptoir, pas d'hommes prostrés noyant leur chagrin
perchés sur un tabouret. Personne ne fixait son verre
à moitié vide alors que nombre d'écrans géants diffu-
saient toutes sortes de sports et d'activités annexes à
l'intention de la clientèle.

Le bar s'appelait *Love the Zebra*. Il sentait plus le
poulet grillé et la sauce barbecue que la bière. Le
public était bruyant. Des équipes de softball
composées d'employés d'une même entreprise
étaient en train de célébrer la troisième mi-temps. Ce
soir, c'étaient les Yankees qui jouaient. Quelques
jeunes femmes affublées de maillots au nom de
Derek Jeter suivaient le match avec un peu trop
d'enthousiasme, au grand dam de leurs compagnons
visiblement gênés.

Wendy se glissa dans le box. Phil portait un polo
vert anis avec les deux boutons défaits. Des touffes

313

de poils gris s'échappaient de l'ouverture. Il souriait à demi, le regard perdu très loin.

— On avait une équipe de softball dans la boîte, il y a des années, quand j'ai débuté. On allait dans des bars comme celui-ci après les matchs. Sherry venait aussi. Elle mettait un tee-shirt de softball ultrasexy, vous savez, ces tee-shirts blancs et moulants, avec des manches trois quarts de couleur foncée.

Wendy hocha la tête. Phil avait la voix légèrement pâteuse.

— Dieu qu'elle était belle.

Elle le laissait parler. Le secret d'une bonne interview est de ne pas meubler les silences. Une poignée de secondes passa. Puis une autre. OK. Quelquefois, le sujet avait aussi besoin d'un coup de pouce.

— Sherry est toujours belle, dit Wendy.

— Oh oui !

Le demi-sourire s'était figé sur le visage de Phil. Sa bouteille de bière était vide. Ses yeux luisaient ; la boisson lui avait donné des couleurs.

— Mais elle ne me regarde plus comme avant. Comprenez-moi bien. Elle me soutient. Elle m'aime. Elle fait tout ce qu'il faut. Mais, je le vois dans ses yeux, pour elle, je ne suis plus tout à fait un homme maintenant.

Wendy ne savait que dire sans tomber dans les clichés. « Je suis désolée » ou : « Je suis sûre que ce n'est pas vrai », ça ne le faisait vraiment pas. Une fois de plus, elle préféra se taire.

— Vous buvez quelque chose ? demanda-t-il.

— Volontiers.

— Moi, je carbure à la Bud light.

— Ça m'a l'air bien, mais je me contenterai d'une Budweiser normale.

— Avec des nachos ?

— Vous avez mangé ?

— Non.

Elle acquiesça, songeant que ça ne lui ferait pas de mal d'avoir quelque chose dans l'estomac.

— Bonne idée.

Phil fit signe à une serveuse. Elle portait un maillot d'arbitre, passablement décolleté, d'où le nom *Love the Zebra*[1]. Sur son badge, on lisait son prénom, Ariel. Elle portait un sifflet autour du cou et, pour compléter le tableau, du fard gras noir sous les yeux. Wendy n'avait jamais vu un arbitre fardé de noir, seulement des joueurs, mais ce soir, le mélange des genres était le cadet de ses soucis.

Ils passèrent la commande.

— Vous savez quoi ? dit Phil en suivant la serveuse des yeux.

Il marqua une pause.

— J'ai travaillé dans un bar comme ça. Enfin, pas exactement, c'était une chaîne de restaurants avec un bar au milieu. Vous voyez le style. Avec des boiseries peintes en vert et une déco murale pour suggérer une certaine fraîcheur.

Wendy hocha la tête. Elle voyait très bien.

— C'est là que j'ai rencontré Sherry. Je travaillais comme barman. Elle, c'était la serveuse pétillante qui se présentait tout de go et vous demandait si vous

---

1. Jeu de mots : « z bra » est un soutien-gorge de maintien qui évoque donc une forte poitrine.

vouliez attaquer par ce qu'il y avait de plus sympa dans la famille amuse-gueules.

— Je vous prenais, moi, pour un gosse de riches.

Phil s'esclaffa brièvement et renversa sa Bud light vide pour gober la dernière gorgée. Wendy s'attendait presque à ce qu'il tapote la bouteille.

— Mes parents croyaient aux vertus du travail. Où étiez-vous ce soir ?

— À une réunion au lycée de mon fils.

— Pour quoi faire ?

— Préparer la fête de fin d'année.

— Votre fils sait déjà où il ira l'an prochain ?

— Oui.

— Où ça ?

Wendy remua sur son siège.

— Vous vouliez me voir pour quoi, Phil ?

— J'ai été indiscret ? Désolé.

— J'aimerais juste qu'on en vienne au fait. Il est tard.

— C'est juste que je suis d'humeur contemplative. Les jeunes d'aujourd'hui, on leur vend le même rêve imbécile qu'à nous. « Travaillez dur. Ayez de bonnes notes. Faites du sport. » On dirait que les dix-sept premières années de votre vie ne sont qu'une audition pour les universités de l'Ivy League.

Wendy dut admettre qu'il avait raison. Dans une petite ville de banlieue, les lycéens vivaient au rythme des lettres de refus ou d'acceptation des grandes universités.

— Prenez mes anciens colocs, poursuivait Phil, la voix de plus en plus pâteuse. L'université de Princeton. *La crème de la crème.* Kelvin était noir. Dan était orphelin. Steve n'avait pas un rond. Farley venait d'une famille de huit enfants… une grande famille d'ouvriers catholiques. On a tous réussi, et on était tous malheureux comme les pierres. Le gars le plus heureux que j'aie connu au lycée a laissé tomber en deuxième année de fac. Il est toujours barman. Et toujours content de son sort, l'enfant de salaud.

La jeune et pulpeuse serveuse leur apporta les bières.

— Les nachos arrivent dans quelques minutes.

— Pas de problème, mon petit, sourit Phil.

C'était un beau sourire. Autrefois, on le lui aurait rendu, mais pas ce soir. Son regard s'attarda une seconde de trop sur la jeune femme, même si Wendy doutait qu'elle l'ait remarqué. La serveuse partie, Phil leva sa bouteille. Wendy trinqua avec lui et décida de couper court à cette valse-hésitation.

— Phil, que signifie pour vous l'expression « Tête balafrée » ?

Il fit de son mieux pour ne rien montrer. Il fronça les sourcils pour gagner du temps.

— Hein ?

— Tête balafrée.

— Oui, eh bien ?

— Qu'est-ce que cela signifie pour vous ?

— Rien.

— Vous mentez.

— Tête balafrée ?

Il plissa le visage.

— Il n'y avait pas un film, *Le Balafré* ? Un vieux film, un polar.

— Et « aller à la chasse » ?

— Qui vous a parlé de ça, Wendy ?

— Kelvin.

Il y eut un silence.

— Je l'ai vu aujourd'hui.

La réponse de Phil la prit au dépourvu.

— Je suis au courant.

— Comment ?

Il se pencha en avant. Des acclamations retentirent derrière eux. Quelqu'un cria :

— Allez, foncez !

Deux coureurs des Yankees s'élancèrent vers le marbre sur un coup à la limite du champ centre. Le premier y parvint sans difficulté. Dans la salle, les spectateurs s'égosillèrent de plus belle.

— Je ne comprends pas, dit Phil, ce que vous cherchez.

— Comment ça ?

— Cette pauvre gamine est morte. Dan est mort.

— Et alors ?

— C'est fini. Terminé, non ?

Wendy ne dit rien.

— Que vous faut-il de plus ?

— Phil, avez-vous détourné de l'argent ?

— Qu'est-ce que ça change ?

— Vous ne m'avez pas répondu.

— C'est ça que vous essayez de faire... prouver mon innocence ?

— En partie.

— Arrêtez de vouloir m'aider, OK ? Faites-le pour moi. Pour vous. Pour tout le monde. Soyez gentille, lâchez l'affaire.

Il regarda ailleurs. Ses mains trouvèrent la bouteille, la portèrent à ses lèvres ; il avala une grande lampée. Wendy l'observait. Un instant, elle crut voir la même chose que Sherry. Phil semblait s'être retiré dans sa coquille. Quelque chose en lui – une lumière, une étincelle – s'était éteint. Elle se rappela ce que disait Papou en parlant des hommes qui perdent leur travail.

La voix de Phil n'était plus qu'un murmure pressant.

— S'il vous plaît. Je vous demande de laisser tomber.

— Vous ne voulez pas connaître la vérité ?

Il entreprit de décoller l'étiquette de la bouteille avec un soin minutieux.

— Vous vous imaginez qu'on nous a porté préjudice, fit-il tout bas. Ce n'est rien. Ce qui est arrivé jusqu'ici, c'est une simple pichenette. Si on laisse tomber, ça va s'arrêter. Mais si on persiste – si *vous* persistez –, ça va empirer.

L'étiquette se détacha sur toute sa longueur et atterrit sur le plancher. Phil la regarda tomber.

— Phil ?

Il leva les yeux.

— Je ne comprends pas ce que vous me dites.

— S'il vous plaît, écoutez-moi. Écoutez-moi bien, OK ? Ce sera pire.

— Qu'est-ce qui sera pire ?

— Peu importe.

— Ah non !

La jeune serveuse revint avec les nachos formant une pile si haute qu'on eût dit qu'elle portait un bébé dans les bras. Elle les déposa sur la table.

— Vous désirez autre chose ?

Ils déclinèrent tous deux, et elle pivota sur ses talons. Wendy se pencha par-dessus la table.

— Qui est derrière tout ça, Phil ?

319

— La question n'est pas là.

— Ah bon ? Et si c'étaient ces gens-là qui avaient tué la fille ?

Il secoua la tête.

— C'est Dan qui a fait ça.

— Vous en êtes sûr ?

— Sûr et certain.

Il la regarda dans les yeux.

— Faites-moi confiance. Lâchez l'affaire, et tout sera terminé.

Elle ne répondit pas.

— Wendy ?

— Dites-moi ce qu'il y a là-dessous. Je ne parlerai pas. Promis. Ça restera entre nous.

— Laissez tomber.

— Dites-moi au moins qui tire les ficelles.

Il secoua de nouveau la tête.

— Je ne sais pas.

Elle se redressa d'un mouvement brusque.

— Comment ça, vous ne savez pas ?

Il jeta deux billets de vingt sur la table et se souleva de son siège.

— Où allez-vous ?

— Je rentre.

— Vous n'êtes pas en état de conduire.

— Mais si, ça va.

— Non, Phil, ça ne va pas.

— Maintenant ? cria-t-il, la faisant sursauter. C'est maintenant que vous vous souciez de mon bien-être ?

Et il éclata en sanglots. Dans un bar ordinaire, des têtes se seraient tournées, mais ici, avec les télés qui beuglaient et le match qui captait toute l'attention générale, personne ne se préoccupait d'eux.

— Mais enfin, que se passe-t-il ? s'exclama Wendy.

— Lâchez l'affaire. Vous m'entendez ? Si je vous dis ça, ce n'est pas seulement dans mon intérêt, c'est aussi dans le vôtre.

— Dans le mien ?

— Vous prenez des risques. Et vous en faites courir à votre fils.

Elle l'agrippa par le bras, serra fort.

— Phil ?

Il voulut se lever, mais l'alcool l'avait affaibli.

— Vous venez de menacer mon gamin, là.

— C'est tout le contraire, répliqua-t-il. C'est vous qui mettez les miens en danger.

Elle le lâcha.

— Comment ?

Il secoua la tête.

— N'insistez pas, OK ? N'essayez pas de joindre Farley et Steve… de toute façon, ils ne vous parleront pas. Laissez Kelvin tranquille. Ça ne vous apportera rien. C'est fini. Dan est mort. Mais si vous vous obstinez, d'autres vont y laisser leur peau.

29

ELLE ESSAYA DE LUI TIRER LES VERS DU NEZ, mais il se referma comme une huître. Pour finir, Wendy le raccompagna en voiture chez lui. À son retour à la maison, elle trouva Charlie et Papou en train de regarder la télévision.

— L'heure d'aller au lit, annonça-t-elle.

— Oh nooon, gémit Papou, je peux rester jusqu'à la fin ?

— Très drôle.

Papou haussa les épaules.

— Ce n'est pas ce que j'ai fait de mieux, mais il est tard.

— Charlie ?

Les yeux rivés sur l'écran, son fils n'avait pas cillé.

— Moi, j'ai trouvé ça drôle.

Super, se dit Wendy. Un duo de comiques.

— Au lit.

— Tu sais quel film c'est ?

Elle jeta un œil.

— On dirait le totalement déjanté *Harold & Kumar chassent le burger.*

322

— Parfaitement, acquiesça Papou. Et dans notre famille, on ne s'arrête pas en plein milieu de *Harold et Kumar*. Ce serait un sacrilège.

Il n'avait pas tout à fait tort. Et puis, Wendy adorait ce film. Elle s'assit donc avec eux et rit, s'efforçant d'oublier momentanément les adolescentes mortes, les éventuels pédophiles, les colocataires de Princeton et les dangers potentiels qui menaçaient son fils. Ce dernier point ne se laissait pas oublier facilement. Phil Turnball était tout sauf un alarmiste, pourtant il n'avait pas hésité – pour employer le langage des ados – à en remettre une couche.

Elle regarda Charlie avachi sur le canapé. Il éclata de rire, et elle pensa à Ted et Marcia McWaid qui n'entendraient plus jamais le rire de Haley. Aussitôt, son cerveau lui intima l'ordre d'arrêter.

Quand son réveil sonna le matin – après, semblait-il, huit minutes de sommeil –, Wendy se traîna hors du lit. Elle appela Charlie. Pas de réponse. Elle appela à nouveau. Sans résultat.

Elle bondit sur ses pieds.

— Charlie !

Toujours pas de réponse.

La panique déferla sur elle, lui coupant le souffle.

— Charlie !

Elle se rua dans le couloir, le cœur battant à tout rompre, poussa sa porte sans frapper.

Il était là, encore au lit évidemment, les couvertures remontées sur la tête.

— Charlie !

Il poussa un gémissement.

— Va-t'en.

— Debout !

— Je ne peux pas faire la grasse mat' ?

— Je t'avais prévenu hier soir. Allez, lève-toi.

— Le premier cours, c'est l'éducation à la santé. Je ne peux pas le faire sauter ? S'il te plaît ?

— Debout. Tout de suite.

— L'éducation à la santé, répéta-t-il. On enseigne la sexualité à des petits jeunes malléables. Ça nous donne des idées. Je t'assure, pour mon intégrité morale, tu devrais me permettre de rester au lit.

Wendy réprima un sourire.

— Debout, nom de…

— Encore cinq minutes. S'il te plaît.

Elle soupira.

— OK. Cinq minutes, pas plus.

Une heure et demie plus tard, à la fin du cours d'éducation à la santé, elle le conduisit au lycée. Tant pis. Son grand fils était en terminale, et son admission à l'université était un fait acquis. Elle pouvait bien lâcher un peu de lest.

De retour à la maison, Wendy consulta ses e-mails. Il y avait un message de Lawrence Cherston, l'administrateur du site web de la promo de Princeton. Il serait « enchanté » de la rencontrer quand elle le souhaitait. Son adresse : Princeton, New Jersey. Elle l'appela pour lui proposer un rendez-vous à quinze heures. Une fois de plus, Lawrence Cherston se déclara « enchanté ».

Ensuite, Wendy décida de prendre des nouvelles de son avatar, Sharon Hait, sur Facebook. Bien entendu, le fait que Phil flippe n'avait rien à voir avec le côté Kirby Sennett de l'affaire. Du reste, elle se demandait toujours contre quoi au juste il avait voulu la mettre en garde.

En tout cas, ça ne coûtait rien d'aller faire un tour sur Facebook. Elle découvrit avec satisfaction que Kirby Sennett comptait maintenant parmi ses amis. Bon, très bien. Et après ? Kirby lui avait également envoyé l'invitation à une soirée Red Bull. Elle cliqua sur le lien et tomba sur la photo d'un Kirby souriant avec une grosse canette de Red Bull à la main.

Il y avait l'adresse, l'heure et un petit mot de ce bon vieux Kirby. « Salut, Sharon, ce serait trop cool si tu venais ! »

Autant pour le deuil. Et c'était quoi, exactement, une soirée Red Bull ? Sans doute, comme son nom l'indiquait, une soirée où l'on servait la boisson « énergisante » Red Bull, un peu améliorée peut-être… il faudrait qu'elle pose la question à Charlie.

Alors, devait-elle entrer en contact avec Kirby, au cas où il accepterait de se confier à elle ? Non. C'était trop flippant. Une chose est de se faire passer pour une gamine pour piéger un pervers, mais pour la mère d'un ado, jouer la comédie dans l'espoir de faire parler un de ses camarades de classe, c'était une tout autre histoire.

Que faire à partir de là ? Aucune idée.

Son téléphone sonna. Elle jeta un œil sur le numéro qui s'affichait. Cela venait du siège de NTC.

— Madame Wendy Tynes ? fit une voix pincée, une voix de femme.

— Oui.

— Ici le service juridique et ressources humaines. Nous aimerions vous voir à midi pile.

— À quel sujet ?

— Nous sommes situés au cinquième. Le bureau de M. Frederick Montague. Midi pile. Ne soyez pas en retard, je vous prie.

Wendy fronça les sourcils.

— « Ne soyez pas en retard » ? C'est ça que vous venez de dire ?

Clic.

Qu'est-ce que cela pouvait bien être ? Et c'était quoi, cette façon de s'exprimer ? « Ne tardez pas. » Elle se rencogna dans son siège. Il s'agissait probablement de remplir des paperasses, maintenant qu'ils l'avaient réembauchée. Tout de même, la DRH n'était pas obligée de se la jouer !

Elle réfléchit à ce qu'elle allait faire. La veille, elle avait appris que Jenna Wheeler s'était installée dans un *Marriott* de la région. Il était temps d'enfiler sa casquette de journaliste et d'aller voir de ce côté-là. Wendy consulta Internet. Les trois *Marriott* les plus proches se trouvaient à Secaucus, Paramus et Mahwah. Elle appela Secaucus en premier.

— Pouvez-vous me passer la chambre des Wheeler, s'il vous plaît ?

Elle se disait qu'ils n'auraient pas pensé à prendre un nom d'emprunt.

La standardiste lui demanda d'épeler.

— Nous n'avons personne à ce nom-là.

Ensuite, elle essaya Paramus. On lui répondit :

— Ne quittez pas, s'il vous plaît.

Bingo !

À la troisième sonnerie, Jenna Wheeler dit :

— Allô ?

Wendy raccrocha et alla prendre la voiture. Le *Marriott Courtyard* de Paramus se trouvait à dix minutes de chez elle. Alors autant lui parler en direct. Deux minutes avant d'arriver, Wendy rappela l'hôtel.

La voix de Jenna était plus hésitante cette fois.

— Allô ?

— Wendy Tynes à l'appareil.

— Qu'est-ce que vous voulez ?

— Vous voir.

— Je n'y tiens pas.

— Je n'ai rien contre vous, Jenna, ni contre votre famille.

— Dans ce cas, laissez-nous tranquilles.

Wendy s'engagea sur le parking du *Marriott*.

— Je ne peux pas.

— Je n'ai rien à vous dire.

Elle trouva une place, se gara, coupa le moteur.

— Tant pis. Descendez. Je suis dans le hall. Je ne partirai pas tant que je ne vous aurai pas vue.

Le *Marriott Courtyard* de Paramus était stratégiquement situé entre la route 17 et le Garden State Parkway. Les chambres donnaient soit sur un magasin d'électronique, soit sur un entrepôt aveugle à l'enseigne de *Syms*, avec un panneau qui proclamait : LE CONSOMMATEUR AVERTI EST NOTRE MEILLEUR CLIENT.

Ce n'était pas le lieu idéal pour venir passer ses vacances.

Wendy attendit dans le hall beige : un océan de murs beiges rehaussé par une moquette vert sapin, des couleurs si neutres qu'on sentait un établissement fonctionnel, sans une once de fantaisie. Des exemplaires de *USA Today* étaient éparpillés sur la table basse. Wendy jeta un œil sur les gros titres.

Jenna apparut au bout de cinq minutes. Elle portait un sweat extralarge, et ses cheveux tirés en arrière rendaient ses pommettes, déjà hautes, aussi tranchantes que des lames de couteau.

— Vous êtes venue pavoiser ? demanda-t-elle.

— Oui, Jenna, c'est exactement ça. J'étais chez moi, en train de penser à cette jeune fille retrouvée morte, et je me suis dit : « Tu sais ce qui serait génial ? La cerise sur le gâteau ? C'est d'aller pavoiser un bon coup. » C'est pour ça que je suis venue. Oh ! et en sortant, je passerai dans un chenil pour filer un coup de pied à un chiot.

Jenna s'assit.

— Excusez-moi. C'était déplacé de ma part.

Wendy repensa à la réunion au lycée de Charlie... Combien Jenna et Noel avaient dû regretter de ne pas pouvoir être là !

— Moi aussi, je m'excuse. Tout cela n'est pas facile pour vous.

Jenna haussa les épaules.

— Chaque fois que j'ai envie de m'apitoyer sur mon sort, je pense à Ted et Marcia.

Il y eut un silence.

— J'ai appris que vous déménagiez, fit Wendy.

— Qui vous a dit ça ?

— Les nouvelles vont vite.

Jenna eut un sourire sans joie.

— Oui, j'imagine. Noel a été nommé à la tête du service de chirurgie cardiaque à l'hôpital de Cincinnati.

— Ç'a été rapide.

— Il est très demandé. En fait, nous y pensions depuis quelques mois déjà.

— Depuis que vous avez pris le parti de Dan ?

Elle se força à sourire.

— Disons que ça n'a pas aidé à avoir de bonnes relations avec le voisinage. Nous espérions rester jusqu'à la fin de l'année scolaire… pour qu'Amanda puisse participer aux festivités. Mais bon, les événements en ont décidé autrement.

— Je suis désolée.

— Encore une fois : Nous, ce n'est pas très grave.

Wendy était bien de son avis.

— Alors, pour quoi êtes-vous là, Wendy ?

— Vous avez défendu Dan. Je veux dire, du début à la fin. Depuis mon émission. Vous paraissiez convaincue de son innocence. La dernière fois que nous nous sommes vues, vous avez dit que j'avais détruit un innocent.

— Et qu'attendez-vous de moi ? Que je batte ma coulpe ? Je me suis trompée… c'est vous qui aviez raison ?

— Qu'en pensez-vous ?

— Ce que je pense de quoi ?

— Vous êtes-vous trompée ?

Jenna se borna à la dévisager.

— De quoi parlez-vous ?

— Pensez-vous que Dan a tué Haley ?

Le hall redevint silencieux. Jenna ouvrit la bouche comme pour répondre. Finalement, elle secoua la tête.

— Je ne comprends pas, dit-elle. D'après vous, il serait innocent ?

Wendy hésita, cherchant ses mots.

— Il me semble que certaines pièces du puzzle manquent encore.

— Lesquelles, par exemple ?

— Si je suis ici, c'est pour trouver la réponse à cette question.

Jenna la regarda d'un air interrogateur. Wendy détourna les yeux. Elle méritait mieux comme explication. Jusqu'ici, Wendy avait mené l'enquête en journaliste. Mais il y avait autre chose derrière. C'était peut-être le moment de le reconnaître tout haut.

— Je vais vous faire un aveu, OK ?

Jenna hocha la tête.

— Je travaille à partir de faits, pas d'intuitions. L'intuition, c'est le plus sûr moyen de se planter. Vous voyez ce que je veux dire ?

— Plus que vous ne l'imaginez.

Jenna avait les larmes aux yeux. Et Wendy n'en était pas loin.

— Dans les faits, je sais que j'ai pris Dan en flag. Il a dragué ma pseudo-gamine de treize ans sur Internet. Il est venu au rendez-vous. Il y avait ces photos chez lui et dans son ordinateur. Son boulot même... vous n'avez pas idée du nombre de ces malades qui travaillent avec des ados, soi-disant pour les aider. Tout collait. Et pourtant, mon intuition me criait qu'il y avait quelque chose qui clochait.

— Vous aviez l'air très sûre de vous, quand je suis venue vous voir.

— Presque trop sûre, vous ne croyez pas ?

Jenna réfléchit un instant, et un petit sourire se dessina sur ses lèvres.

— Comme moi, quand on y pense... chacune campait sur ses positions. L'une des deux se trompait, forcément. Aujourd'hui, je me dis qu'on ne peut être sûr de rien, surtout quand il s'agit de quelqu'un d'autre. C'est une évidence, mais j'avais besoin d'une piqûre de rappel. Vous vous souvenez, je vous ai raconté que Dan avait un jardin secret ?

— Oui.

— Peut-être que vous avez vu juste. Il me cachait quelque chose. C'est un lieu commun, mais finalement, on ne connaît jamais quelqu'un totalement.

— Donc, vous vous seriez trompée pendant tout ce temps ?

Jenna se mordilla la lèvre.

— Son côté secret, je croyais que ça venait du fait qu'il était orphelin. Il avait du mal à accorder sa confiance. C'est normal. Pour moi, c'est ça qui a fini par nous séparer. Mais maintenant, avec le recul, je me pose la question.

— Quelle question ?

Une larme coula sur sa joue.

— Je me demande s'il n'y avait pas autre chose, s'il ne lui était pas arrivé quelque chose de grave. S'il n'y avait pas un côté obscur en lui.

Jenna alla vers la machine à café qui se trouvait dans le hall. Elle remplit un gobelet en plastique. Wendy la rejoignit et se servit également du café. Lorsqu'elles eurent regagné leurs sièges, l'humeur avait changé. Wendy n'y voyait pas d'inconvénient. Elle en avait terminé avec l'intuition. Il était temps d'en revenir aux faits.

— La dernière fois que nous nous sommes vues, vous m'avez parlé de Princeton. D'un incident qui se serait produit là-bas.

— Oui, eh bien ?

— J'aimerais creuser de ce côté-là.

Jenna parut déconcertée.

— Vous pensez que Princeton a quelque chose à voir avec tout cela ?

Wendy ne tenait pas du tout à aborder le sujet avec elle.

— Je me renseigne, voilà tout.

— Pourquoi ?

— Tâchez pour une fois de me faire confiance, Jenna. C'est vous, la première, qui avez soulevé la question. Je veux savoir ce qui lui est arrivé là-bas.

Jenna demeura silencieuse un moment. Puis :

— Je ne sais pas. C'était ça, son secret… son plus grand secret, j'ai l'impression. C'est la raison pour laquelle je vous en ai parlé.

— Et vous n'avez aucune idée de ce que c'était ?

— Pas vraiment. Je veux dire, ça n'avait aucun sens.

— Pourriez-vous m'en dire plus ?

— Je ne vois pas bien l'intérêt.

— Faites-moi plaisir, d'accord ?

Jenna souffla sur son café, but une petite gorgée.

— Quand on a commencé à sortir ensemble, il disparaissait un samedi sur deux. Ce n'était pas un mystère, mais il ne disait jamais où il allait.

— Vous le lui avez demandé, je suppose ?

— Oui. Il m'a expliqué tout au début de notre relation que ça faisait partie de son jardin secret. Que je n'avais pas à m'inquiéter, mais il fallait que je comprenne que c'était important pour lui.

Elle se tut.

— Et comment avez-vous réagi ?

— J'étais amoureuse, dit Jenna simplement. Alors, dans un premier temps, je me suis fait une raison. Il y a des types qui jouent au golf. D'autres qui vont au bowling ou qui se retrouvent au bar entre copains. Dan avait ses moments à lui. Il était tellement attentionné par ailleurs. Du coup, je n'ai pas insisté.

La porte de l'hôtel s'ouvrit. Une famille de cinq personnes s'engouffra dans le hall et s'agglutina devant la réception. L'homme donna son nom et sortit sa carte de crédit.

— Vous avez dit « dans un premier temps », fit Wendy.

— Oui. Enfin, plus que dans un premier temps. Nous étions mariés depuis un an, je crois, quand j'ai remis le sujet sur le tapis. Dan m'a répété de ne pas m'inquiéter, que c'était trois fois rien. Mais moi, j'étais dévorée de curiosité. Alors, un samedi, je l'ai suivi.

Un petit sourire apparut sur son visage.

— Oui ?

— Je n'en ai parlé à personne. Même pas à Dan.

Wendy ne la pressa pas. Elle sirota son café en s'efforçant de garder un air neutre.

— En fait, il n'y a pas grand-chose à raconter. On a roulé pendant une heure, une heure et demie. Il est sorti à Princeton. Il s'est garé en ville et est allé dans un café. Je me sentais bête de l'espionner ainsi. Il s'est assis à une table. Y est resté une dizaine de minutes. Moi, je guettais l'arrivée de l'autre. J'imaginais une prof d'université, une brune sexy

333

avec des lunettes. Mais personne n'est venu. Dan a fini son café et s'est levé. Je l'ai suivi dans la rue. Ça me faisait tout drôle. J'aimais cet homme. Vous n'imaginez pas à quel point. Et pourtant, comme je vous l'ai dit, j'avais du mal à le cerner complètement, et voilà que je lui filais le train en me cachant pour ne pas être repérée. Je me disais : « Ça y est, je vais enfin découvrir la vérité », et ça me tétanisait.

Jenna porta le gobelet à ses lèvres.

— Où allait-il ?

— Deux rues plus bas, il y avait une belle demeure victorienne qui faisait partie des logements universitaires. Il a frappé et on l'a fait entrer. Il est resté une heure. Puis il est retourné à la voiture et a repris le chemin de la maison.

La réceptionniste informa la famille que les chambres étaient disponibles à partir de seize heures. Le père supplia pour qu'on les laisse entrer plus tôt. Mais la réceptionniste demeura inflexible.

— Et alors, cette maison, à qui était-elle ?

— C'est ça qui est drôle. Elle était occupée par le doyen, un dénommé Stephen Slotnick. Il était divorcé à l'époque et vivait là avec ses deux gosses.

— Pourquoi Dan lui rendait-il visite ?

— Aucune idée. Je n'ai jamais posé la question. C'en est resté là. Il n'avait pas de maîtresse. C'était son secret. S'il le voulait, il m'en parlerait.

— Et il ne l'a pas fait ?

— Non.

Elles continuèrent à boire leur café, chacune perdue dans ses pensées.

— Vous n'avez pas à vous sentir coupable, dit Jenna.

— Mais je ne me sens pas coupable.

— Dan est mort. Une chose que nous avions en commun : nous ne croyions pas à une vie dans l'au-delà. Mort, c'est mort. Ça lui ferait une belle jambe d'être réhabilité maintenant.

— Ce n'est pas ce que je cherche non plus.

— Mais alors, que cherchez-vous ?

— Si seulement je le savais ! Des réponses, je crois.

— Parfois, la réponse la plus évidente est la bonne. Dan est peut-être bien tout ce qu'on croit qu'il est.

— Oui, mais ça ne répond pas à une question essentielle.

— Laquelle ?

— Qu'allait-il faire chez le doyen de son ancienne université ?

— Je n'en sais rien.

— Vous n'êtes pas curieuse ?

Jenna la regarda.

— Vous comptez vous renseigner là-dessus ?

— Oui.

— C'est peut-être ce qui a brisé notre couple.

— Possible.

— Ou alors ça n'a rien à voir.

— C'est encore plus probable, acquiesça Wendy.

— Je pense que Dan a tué cette fille.

Wendy attendit, mais Jenna n'ajouta rien de plus. Comme si le fait de l'admettre l'avait vidée de ses forces. Elle s'affaissa sur son siège, comme prostrée.

— Vous avez sans doute raison, commenta Wendy au bout d'un moment.

— Mais vous voulez quand même savoir, pour le doyen ?

— Oui.

Jenna hocha la tête.

— Si vous découvrez quelque chose, vous me tiendrez au courant ?

— Promis.

30

EN SORTANT DE L'ASCENSEUR, Wendy se dirigea vers le bureau de Vic. En chemin, elle passa devant Michelle Feisler – la nouvelle présentatrice – en train de travailler dans son ancien box. Le box était tapissé de photos de Walter Cronkite, Edward R. Murrow, Peter Jennings. Au secours, se dit Wendy.

— Salut, Michelle.

Occupée à pianoter sur le clavier, Michelle lui adressa un petit signe de la main. Wendy jeta un œil par-dessus son épaule. Elle était en train de tweeter. Quelqu'un avait posté un commentaire : « Super, votre coiffure dans le journal d'hier soir ! » Michelle le renvoyait à ses *followers* en ajoutant : « J'ai un nouveau soin embellisseur... à suivre. Restez connectés ! »

Edward R. Murrow serait très fier d'elle.

— Des nouvelles du type qui s'est fait tirer dans les genoux ? s'enquit Wendy.

— C'est un sujet pour vous, ça, répliqua Michelle.

— Ah bon ?

— Apparemment, il s'agirait d'un obsédé.

Elle leva brièvement les yeux de l'écran.

— C'est votre spécialité, non ?

Sympa d'avoir une spécialité, pensa Wendy.

— Qu'entendez-vous par « obsédé » ?

— Ben, vous êtes notre obsédée sexuelle maison, à ce qu'il paraît.

— Comment ça ?

— Je n'ai pas trop le temps de discuter, là, déclara Michelle en se remettant à taper. J'ai du boulot.

Wendy ne put s'empêcher de donner raison à Clark : Michelle avait en effet une tête énorme, surtout comparée à son tout petit gabarit. On aurait dit un melon. Il était presque à craindre que son cou ne se brise sous son poids.

Wendy consulta sa montre. Midi moins trois. Elle se hâta vers le bureau de Vic et tomba sur sa secrétaire, Mavis.

— Bonjour, Mavis.

Qui daigna à peine la regarder.

— Que puis-je pour vous, madame Tynes ?

C'était bien la première fois qu'elle l'appelait ainsi. Peut-être avaient-ils reçu la consigne de la traiter avec un peu de distance, depuis son licenciement.

— J'aimerais dire deux mots à Vic.

— M. Garrett est occupé.

Son ton, d'ordinaire amical, était d'une froideur polaire.

— Dites-lui que je monte au cinquième. Je n'en ai pas pour longtemps.

— Je lui transmettrai.

Wendy se dirigea vers l'ascenseur. Peut-être se faisait-elle des idées, mais il y avait comme de l'électricité dans l'air.

Depuis le temps qu'elle travaillait dans ce bâtiment, le siège de la chaîne, Wendy n'avait jamais mis les pieds au cinquième étage. À présent, elle se retrouvait dans un bureau d'une blancheur immaculée, une merveille cubiste, avec une petite fontaine dans un coin. L'un des murs s'ornait d'un grand tableau avec des tortillons noirs et blancs. Les autres murs étaient nus. Les tortillons lui faisaient face, l'empêchant de se concentrer. Sous les tortillons, derrière une table en verre, trônaient trois personnes. Deux hommes, une femme… faisant front commun en face d'elle. Tous trois en costume. L'un des hommes était noir. La femme était asiatique. C'était un bon équilibre, même si le chef, assis au milieu et qui menait l'entretien, était blanc.

— Merci d'être venue, dit-il sobrement.

Il se présenta et présenta ses deux collègues, mais Wendy ne retint pas leurs noms.

— Je vous en prie, répondit-elle.

Sa chaise, nota-t-elle, était de cinq centimètres plus basse que les leurs. Manœuvre classique d'intimidation, quoique fleurant l'amateurisme. Elle croisa les bras et se laissa glisser encore plus bas, histoire de leur laisser croire qu'ils avaient le dessus.

— Alors, dit-elle pour couper court au cérémonial, en quoi puis-je vous être utile ?

Le Blanc regarda l'Asiatique, qui sortit quelques feuilles agrafées ensemble et les fit passer par-dessus le plateau en verre.

— Est-ce votre signature ?

Wendy se pencha pour mieux voir. C'était son contrat d'embauche initial.

— On dirait bien que oui.

— C'est votre signature, oui ou non ?

— Oui.

— Et vous avez lu ce document, bien sûr.

— Je pense que oui.

— Il ne suffit pas de penser...

Wendy l'arrêta d'un geste de la main.

— Je l'ai lu. De quoi s'agit-il ?

— J'aimerais que vous vous reportiez à l'article dix-sept alinéa quatre à la page trois.

— D'accord.

Elle tourna les pages.

— C'est une référence au règlement strict concernant les rapports extraprofessionnels sur le lieu de travail.

Wendy suspendit son geste.

— Oui, et alors ?

— Vous l'avez lu ?

— Oui.

— Et vous l'avez compris ?

— Oui.

— Eh bien, déclara le Blanc, il nous a été signalé que vous avez enfreint ce règlement, madame Tynes.

— Je vous assure que non.

L'homme se cala dans son fauteuil, croisa les bras et prit un air magistral.

— Connaissez-vous un certain Victor Garrett ?

— Vic ? C'est le directeur de l'information.

— Avez-vous eu des relations sexuelles avec lui ?

— Avec Vic ? Allons bon.

— Oui ou non ?

— Trois fois non. Vous n'avez qu'à le faire venir et lui poser la question en direct.

Le trio tint un bref conciliabule.

340

— C'est prévu.

— Je ne comprends pas. D'où tenez-vous que Vic et moi… ?

Wendy se retint de grimacer.

— Nous avons reçu des informations.

— Venant de qui ?

Ils ne répondirent pas tout de suite… et soudain, tout devint clair. Phil Turnball l'avait prévenue, non ?

— Nous ne sommes pas en mesure de vous le dire, fit le Blanc.

— Dommage. Vous portez une accusation grave. Ou vous avez des preuves pour l'étayer, ou vous n'en avez pas.

Le Noir regarda l'Asiatique. Qui regarda le Blanc. Qui regarda le Noir.

Wendy écarta les mains.

— Vous avez répété avant ou quoi ?

Ils se penchèrent et chuchotèrent comme des sénateurs en séance plénière. Finalement, la femme ouvrit un autre dossier et le fit glisser sur la table.

— Lisez donc ceci.

C'était la sortie imprimante d'un blog. Le sang de Wendy ne fit qu'un tour.

Je travaille chez NTC. Je ne peux pas donner mon vrai nom car je me ferais virer. Wendy Tynes est une vraie catastrophe. Elle n'a aucun mérite, même si elle se prend pour une diva, et si elle est arrivée au sommet, c'est grâce à la bonne vieille méthode : la promotion canapé. Actuellement, elle couche avec notre patron, Vic Garrett. Du coup, elle obtient ce qu'elle veut. Elle a été virée la semaine dernière, mais réembauchée aussitôt après parce que Vic craint un procès pour harcèlement. Wendy s'est fait refaire de la tête aux pieds : le nez, les yeux, les seins...

Et ainsi de suite. Wendy repensa à la mise en garde de Phil. Aux campagnes de diffamation contre Farley Parks, Steve Miciano... et maintenant elle. Elle entrevoyait déjà les retombées : sa carrière, son gagne-pain, l'avenir de son fils. Aux yeux de l'opinion, il n'y avait pas de fumée sans feu. On était présumé coupable jusqu'à preuve du contraire.

Dan Mercer ne lui avait-il pas dit quelque chose comme ça ?

Le Blanc finit par s'éclaircir la voix.

— Alors ?

Rassemblant tout son aplomb, Wendy bomba le torse.

— Ils sont d'origine. Vous pouvez tâter, si vous voulez.

— Ceci n'est pas une plaisanterie.

— Mais je ne plaisante pas. Je vous offre la preuve que ces allégations sont fausses. Allez-y. Juste un petit coup.

L'homme se racla la gorge et désigna le dossier.

— Jetez un œil sur les commentaires. Page deux.

Wendy s'efforçait de rester impassible, mais elle avait l'impression que son univers commençait à vaciller. Elle tourna la page et parcourut le premier commentaire.

Commentaire : J'ai travaillé avec elle dans son premier boulot et je suis entièrement d'accord. Il nous est arrivé la même chose. Notre patron, qui était marié, s'est fait renvoyer et a dû divorcer. C'est une vraie saleté.

Commentaire : Elle a couché au moins avec deux profs d'université, dont un alors qu'elle était enceinte. Elle a brisé son couple.

Wendy avait le visage en feu. Elle était mariée à John à l'époque du boulot en question. Il avait été tué alors qu'elle venait de donner son préavis. Ce mensonge-là la révoltait tout particulièrement. C'était tellement ignoble, tellement injuste.

— Alors ?

— Tout ça, fit-elle entre ses dents, n'est qu'un tissu de mensonges.

— C'est partout sur Internet. Certains de ces blogs ont été envoyés à nos annonceurs. Ils menacent de nous retirer leurs campagnes de publicité.

— Ce sont des calomnies.

— Qui plus est, nous vous demanderons de signer une décharge.

— Pour quoi faire ?

— M. Garrett est votre supérieur hiérarchique. Même si vous n'avez pas matière à engager des poursuites, vous pourriez vouloir porter plainte pour harcèlement sexuel.

— C'est une blague ? s'enquit Wendy.

Il pointa le doigt sur le dossier.

— Dans un de ces blogs, il est écrit que vous avez déjà poursuivi un patron pour harcèlement sexuel. Qui nous dit que vous ne recommencerez pas ?

Wendy, qui voyait rouge à présent, serra les poings et, dans un effort surhumain pour parler posément :

— Monsieur… désolée, j'ai oublié votre nom…

— Montague.

— Monsieur Montague.

Elle inspira profondément.

343

— Écoutez-moi bien. Ouvrez grandes vos oreilles car je veux être sûre que vous allez tout comprendre.

Wendy brandit le dossier.

— Ce sont des mensonges. Des histoires inventées de toutes pièces. Des poursuites contre un ancien employeur ? Faux. L'accusation d'avoir couché avec un patron ou un professeur ? Archifaux. Le fait que j'aurais couché avec quelqu'un d'autre que mon mari pendant que j'étais enceinte ? Ou que je me sois fait refaire ceci et cela ? Tout cela est faux. Pas exagéré. Pas déformé. C'est de la pure calomnie. Vous comprenez ?

Montague toussota.

— Nous comprenons que c'est votre point de vue.

— N'importe qui peut raconter n'importe quoi sur le Net. C'est facile à imaginer, non ? Quelqu'un est en train de répandre des cyberbobards à mon sujet. Regardez la date de ce blog, bon sang ! Ç'a été posté hier, et déjà il y a tous ces commentaires. Tout ça, c'est du pipeau. Quelqu'un cherche délibérément à me nuire.

— Quoi qu'il en soit, commença Montague, une expression qui ne voulait strictement rien dire, mais qui agaça Wendy au plus haut point, nous avons jugé préférable de vous mettre momentanément en congé, le temps de tirer les choses au clair.

— Sûrement pas.

— Je vous demande pardon ?

— Si vous faites ça, je déclencherai un tel barouf que vos tortillons, là, vont dégringoler du mur. Je porterai plainte contre la chaîne. Et contre chacun de vous individuellement. J'enverrai à nos chers annonceurs des blogs vous décrivant vous deux…

344

Elle pointa le doigt sur les deux hommes, le Noir et le Blanc.

— … en train de forniquer sur les meubles de bureau pendant qu'elle…

Wendy désigna l'Asiatique.

— … vous regarde en se flagellant. Ce sera dans un blog. Plusieurs blogs même. Et je me servirai de différents ordinateurs pour ajouter des commentaires de gens affirmant que Montague aime les rapports SM, les sextoys ou les petits animaux domestiques. Je vous mettrai la SPA au cul. Et j'expédierai ces blogs à vos familles. Vous me suivez ?

Tout le monde se taisait.

Wendy se leva.

— Je retourne travailler.

— Non, madame Tynes, je crains que ce ne soit pas possible.

La porte s'ouvrit sur deux vigiles en uniforme.

— Nos agents de sécurité vont vous reconduire. N'essayez pas d'entrer en contact avec qui que ce soit ici tant que nous n'aurons pas obtenu les éclaircissements nécessaires. Toute tentative pour communiquer avec des personnes impliquées dans cette affaire pourrait être considérée comme de la subornation. D'autre part, vos menaces dirigées contre moi et mes collègues seront consignées dans le dossier. Je vous souhaite une bonne fin de journée.

31

WENDY APPELA VIC, mais Mavis refusa de le lui passer. Bon, eh bien, tant pis. Princeton était à une heure et demie de route. Elle fulmina pendant tout le trajet, partagée entre la colère et ses interrogations. Il était facile de tourner en ridicule les ragots absurdes et dénués de fondement, mais quoi qu'il arrive, elle savait que ces rumeurs laisseraient une tache peut-être indélébile sur sa carrière. Il y avait déjà eu des insinuations chuchotées dans le passé – lot commun à toutes les femmes tant soit peu jolies ayant gravi des échelons dans le métier –, mais maintenant qu'un abruti les avait postées sur son blog, elles semblaient acquérir une nouvelle crédibilité. Bienvenue dans l'ère du Net.

Wendy repensa à toutes ces pistes qui menaient à Princeton, aux quatre hommes piégés au cours d'une seule et même année.

La question était, comment ?

Et surtout, qui ?

Elle décida de commencer par Phil Turnball, étant donné qu'elle avait un informateur à sa disposition.

Enfonçant l'oreillette du kit mains libres, elle composa le numéro privé de Win.

Il répondit, toujours sur ce ton beaucoup trop hautain pour un seul mot :

— Articule.

— Je peux demander un autre service ?

— *Puis*-je demander un autre service ? Oui, Wendy, tu peux.

— Tu n'imagines pas combien cette leçon de grammaire tombe à point nommé.

— Mais je t'en prie.

— Tu te rappelles, je t'avais interrogé sur Phil Turnball, le type qui s'est fait virer pour avoir détourné deux millions de dollars ?

— Je m'en souviens, oui.

— Si c'était un coup monté et qu'en réalité Phil n'ait pas pris cet argent…

— D'accord.

— … comment s'y serait-on pris pour le piéger ?

— Aucune idée. Pourquoi ?

— Je suis quasiment certaine qu'il n'a rien volé.

— Je vois. Et puis-je savoir d'où te vient cette quasi-certitude ?

— Il m'a dit qu'il était innocent.

— Ah ! voilà qui règle le problème.

— Il n'y a pas que ça.

— Je t'écoute.

— Pourquoi, s'il a volé ces deux millions, n'est-il pas en prison et pourquoi ne lui réclame-t-on pas leur restitution ? Je ne veux pas entrer dans le détail, mais il y a d'autres gars – ses anciens colocs à l'université – qui ont fait l'objet d'un scandale dernièrement.

De drôles d'histoires, et au passage moi j'ai servi de pigeon.

Win se taisait.

— Win ?

— Oui, j'ai entendu. J'aime bien le mot « pigeon », pas toi ? Il prête à croire qu'un bipède digne de ce nom ne se laisserait pas berner.

— Oui, c'est passionnant.

Il était arrogant même dans sa façon de soupirer.

— En quoi puis-je t'aider ?

— Tu pourrais te renseigner ? Je veux savoir qui a piégé Phil Turnball.

— Compris.

Clic.

Elle fut moins surprise cette fois, même si elle aurait voulu ajouter quelque chose, lui faire remarquer que les fins abruptes étaient sa marque de fabrique. Hélas ! il n'y avait plus personne à l'autre bout de la ligne. Elle ne retira pas l'oreillette tout de suite, au cas où il rappellerait. Mais il ne rappela pas.

Lawrence Cherston habitait une maison en pierre chaulée avec des volets blancs. Un poteau se dressait au milieu d'un massif de rosiers, avec un fanion noir orné d'un grand P orange. Bonté divine ! Cherston l'accueillit à la porte en lui serrant les deux mains. Il avait un visage charnu et rubicond qui faisait penser à un gros chat et arborait un blazer bleu avec l'écusson de Princeton et la même cravate que sur son profil. Son pantalon kaki était fraîchement repassé, ses mocassins à glands brillaient, et naturellement il ne portait pas de chaussettes. On aurait dit qu'il était parti pour se rendre à la chapelle du campus le matin même et qu'en chemin il avait vieilli de vingt ans. En entrant, Wendy imagina une penderie avec une dizaine de blazers identiques et de pantalons kaki, et rien d'autre.

— Bienvenue dans mon humble demeure.

Il lui offrit à boire. Elle déclina la proposition. Il avait préparé une assiette de canapés. Par politesse, Wendy en prit un. Il était tellement infect qu'elle se demanda s'il n'avait pas été confectionné à partir de l'objet du même nom. Cherston était déjà en train de disserter sur ses camarades de promo.

— Nous avons deux prix Pulitzer.

Et, se penchant, il ajouta :

— Dont une femme.

— Une femme.

Wendy plaqua un sourire sur son visage.

— Waouh !

— On a aussi un photographe de renommée mondiale, plusieurs P-DG et, ah oui ! quelqu'un qui a été nommé aux oscars. Enfin, c'était pour la meilleure bande-son, et il n'a pas eu le prix. Mais tout de même. Quelques-uns de nos camarades travaillent pour le gouvernement actuel. Et il y en a un qui fait partie de l'équipe des Cleveland Browns.

Wendy hochait la tête comme une imbécile, se demandant pendant combien de temps encore elle réussirait à conserver ce sourire contraint qui lui étirait les lèvres. Cherston sortit des albums photo, le programme de la cérémonie de remise de diplômes et même le trombinoscope des premières années. Il parlait de lui maintenant, de son dévouement sans faille à l'égard de son *alma mater*, comme si c'était un scoop.

Il était temps de passer la vitesse supérieure.

Wendy feuilleta un album dans l'espoir de tomber sur les Cinq de Princeton. Sans succès. Cherston continuait à pérorer. Il fallait faire quelque chose, et vite. Elle prit le trombinoscope, tourna les pages jusqu'à la lettre M.

— Oh, regardez ! l'interrompit-elle en désignant la photo de Steve Miciano. C'est bien le Dr Miciano, non ?

— Oui, pourquoi ?

— Il a soigné ma mère.

Cherston se trémoussa légèrement sur son siège.

— Ça alors.

— Peut-être que je devrais l'interviewer.

— Peut-être. Mais je n'ai pas son adresse actuelle.

Wendy se replongea dans le trombinoscope, feignant à nouveau la surprise.

— Tiens, tiens, regardez-moi ça. Le Dr Miciano a partagé son logement avec Farley Parks. N'est-ce pas l'ancien candidat au Congrès ?

Lawrence Cherston lui sourit.

— Monsieur Cherston ?

— Appelez-moi Lawrence.

— OK. Farley Parks, c'est bien l'ancien candidat au Congrès ?

— Puis-je vous appeler Wendy ?

— Faites, je vous en prie.

Win avait déteint sur elle.

— Merci. Wendy, si on cessait de jouer à ce petit jeu ?

— Quel jeu ?

Il secoua la tête, comme s'il avait été déçu par son étudiante préférée.

— Les moteurs de recherche, ça marche dans les deux sens. Vous pensiez vraiment que je n'aurais pas, au moins par curiosité, cherché à m'informer sur la journaliste qui voulait m'interviewer ?

Wendy se tut.

— J'ai vu que vous vous étiez inscrite sur notre site. Qui plus est, je sais que vous avez couvert l'affaire Dan Mercer. Certains diraient même que vous l'avez initiée.

Il la regarda.

— Ces canapés sont à tomber, dit-elle.

— C'est ma femme qui les a faits, et ils sont immangeables. Bref, je suppose que le but de la manœuvre était de fouiller dans son passé.

— Si vous le saviez, pourquoi avoir accepté de me recevoir ?

— Et pourquoi pas ? repartit-il. Vous enquêtez sur un ancien élève de Princeton. Je préfère m'assurer que vos informations sont exactes, afin qu'il n'y ait aucun malentendu.

— Dans ce cas, merci de m'avoir reçue.

— Je vous en prie. Alors, que puis-je pour vous ?

— Vous avez connu Dan Mercer ?

Il prit un canapé et mordit dedans... à peine.

— Oui, mais pas très bien.

— Quelle était votre impression ?

— Vous voulez savoir s'il avait l'air d'un pédophile et d'un assassin ?

— On peut le dire comme ça.

— Non, Wendy, rien de tout cela. Mais je suis un candide, je l'avoue. J'ai tendance à ne voir que le bon côté des gens.

— Que pouvez-vous me dire à son sujet ?

— Dan était quelqu'un de sérieux... un étudiant doué et travailleur. Il venait d'un milieu défavorisé. Moi-même, je descends d'anciens élèves, quatre générations à Princeton. Nous ne fréquentions pas les mêmes cercles. J'adore cet endroit. Je ne le cache pas. Mais Dan, ça l'impressionnait.

Elle hocha la tête, comme s'il venait de lui fournir une info de première importance.

— Qui étaient ses amis les plus proches ?

— Vous en avez déjà cité deux, donc j'imagine que vous connaissez la réponse.

— Ses colocataires ?

— Oui.

— Vous les connaissiez tous ?

— Vaguement. Phil Turnball et moi avons fait partie de la chorale en première année. C'est curieux. Comme vous le savez sans doute, ici on ne choisit pas ses colocataires. Le résultat peut être désastreux. Moi, je me suis retrouvé avec une sorte de savant fou qui fumait du shit à longueur de journée. J'ai demandé à changer au bout d'un mois. Mais ces cinq-là se sont entendus comme larrons en foire.

— Vous n'avez rien à m'apprendre sur eux ?

— À quel sujet ?

— Étaient-ils bizarres ? Marginalisés ? Avaient-ils des ennemis ? Étaient-ils impliqués dans des histoires louches ?

Lawrence Cherston reposa le canapé.

— Pourquoi cette question ?

Wendy choisit de rester dans le vague :

— Pour les besoins de l'enquête.

— Je ne vois pas le rapport. Je comprends que vous vous renseigniez sur Dan Mercer. Mais si vous cherchez à mêler ses colocataires à la folie qui l'habitait…

— Il ne s'agit pas de ça.

— Alors de quoi s'agit-il ?

Wendy ne tenait pas vraiment à lui en dire davantage. Pour gagner du temps, elle prit le programme de la cérémonie de remise de diplômes et le feuilleta. Elle sentait le regard de son hôte peser sur elle. En tournant les pages, elle tomba sur une photo de Dan avec Kelvin et Farley. Rayonnants, tous les trois. La remise de diplômes… Le rêve devenu réalité.

Lawrence Cherston ne la quittait pas des yeux. Oh ! et puis tant pis, se dit-elle.

— Ils – ses colocataires – ont tous eu des ennuis dernièrement. Farley Parks a dû renoncer à sa candidature.

— Je suis au courant.

— Steve Miciano a été arrêté pour trafic de stupéfiants. Phil Turnball a perdu son travail. Et vous savez pour Dan.

— Je sais, oui.

— Vous ne trouvez pas ça étrange ?

— Pas spécialement.

Il desserra sa cravate comme si elle l'étranglait tout à coup.

— C'est ça, votre approche ? Des colocataires de Princeton dans le pétrin ?

Pour éviter de répondre, elle changea de sujet.

— Dan Mercer venait souvent ici. À Princeton, j'entends.

— Je sais. Il m'arrivait de le croiser en ville.

— Savez-vous pourquoi ?

— Non.

— Il allait rendre visite au doyen.

— Je l'ignorais.

Ce fut en jetant un œil à ce moment-là sur la liste des diplômés que Wendy remarqua une chose bizarre. Elle s'était habituée à chercher les cinq noms… ou peut-être était-ce la photo qui lui en avait soufflé l'idée. La liste suivait l'ordre alphabétique. Et dans la colonne des T, le dernier nom était Francis Tottendam.

— Où est Phil Turnball ? demanda-t-elle.

— Pardon ?

— Le nom de Phil Turnball n'est pas sur la liste.

— Phil n'a pas assisté à la remise de diplômes.

Wendy sentit son pouls s'accélérer.

— Il était en congé ?

— Euh, non. Il a été obligé de partir en cours d'année.

— Vous êtes en train de me dire qu'il n'a pas décroché son diplôme ?

— Pour autant que je sache, oui, c'est exactement ce que j'ai dit.

La bouche sèche, Wendy questionna :

— Pourquoi ?

— Je ne saurais vous répondre avec précision. Il y a eu des rumeurs, bien sûr. Mais on a vite fait d'étouffer l'affaire.

Osant à peine bouger, elle fit d'un ton très calme :

— Vous voulez bien m'en parler ?

— Je doute que ce soit une bonne idée.

— Cela pourrait être très important.

— Comment ? C'est de l'histoire ancienne… et franchement, il n'y avait pas de quoi en faire tout un plat.

— Je ne le divulguerai pas. Ça restera entre nous.

— Je ne sais pas.

Elle n'avait pas le temps de louvoyer. Elle avait offert la carotte. C'était le moment de sortir le bâton.

— Écoutez, je vous ai dit que ça restait entre nous, mais si vous refusez de parler, je creuserai et j'exhumerai jusqu'au dernier squelette pour découvrir la vérité. Et là, ce sera déballé sur la place publique.

— J'ai horreur qu'on me menace.

— Et moi, j'ai horreur qu'on me mène en bateau.

Il poussa un soupir.

— Je vous l'ai dit, ce n'était pas grand-chose. Et je ne suis sûr de rien.

— Mais… ?

— OK, c'est moins dramatique que cela en a l'air, mais Phil a été surpris dans un lieu où il n'avait rien à faire. Ça s'appelle violation de domicile.

— Il était venu voler quelque chose ?

— Ciel, non ! répliqua Cherston comme si l'idée même lui semblait absurde. C'était pour s'amuser.

— Vous entriez par effraction chez les autres pour vous amuser ?

— J'ai un ami qui a étudié au Hampshire College. Vous connaissez ? Bref, il a gagné cinquante points en volant un bus sur le campus. Certains professeurs ont réclamé son renvoi, mais, comme dans le cas de Phil, cela faisait partie d'un jeu. Pour finir, il a écopé de quinze jours de suspension. J'avoue que moi aussi j'y ai participé. Mon équipe a bombé la voiture d'un enseignant. Trente points. Un ami à moi a chipé le stylo d'un ancien étudiant devenu poète de passage chez nous. Le jeu se déroulait à l'échelle du campus. Tous les dortoirs prenaient part à la compétition.

— Quelle compétition ?

Lawrence Cherston sourit.

— La chasse, bien sûr, répondit-il. La chasse au trésor.

32

IL NE FAUT PLUS QU'ON AILLE CHASSER...

Les propres paroles de Kelvin Tilfer.

Des paroles qui semblaient faire sens, à présent. Wendy interrogea Cherston, lui parla de Tête balafrée, mais il n'en savait pas plus. Phil Turnball avait été pris la main dans le sac au cours d'une chasse au trésor. Ce qui lui avait valu son renvoi définitif. Point.

De retour à sa voiture, Wendy sortit son portable pour appeler Phil.

Elle avait seize messages.

Sa première pensée lui fit monter le cœur au bord des lèvres : « Il est arrivé quelque chose à Charlie. »

Vite, elle pressa la touche pour accéder à sa boîte vocale. En entendant le premier message, elle sentit la panique refluer. Toutefois, la nausée persista. Ce n'était pas Charlie. Mais cela ne présageait rien de bon pour autant.

Salut, Wendy, ici Bill Giuliano, ABC News. Nous aimerions vous parler des écarts extraprofessionnels dont on vous accuse... Biiip.

Nous écrivons un article sur votre liaison avec votre boss et nous serions heureux d'entendre votre version des faits... Biiip.

L'un des présumés pédophiles que vous avez démasqués dans votre émission profite des récentes informations sur vos frasques sexuelles pour réclamer la révision de son procès. Il prétend que vous lui auriez tendu un piège par dépit amoureux... Biiip.

Elle supprima les messages l'un après l'autre et contempla son téléphone. Zut ! Elle aurait tant voulu prendre de la hauteur, oublier tout cela.

Quel merdier.

Elle aurait mieux fait d'écouter Phil et de ne pas se fourrer dans ce guêpier. Quoi qu'il arrive à présent – même si elle attrapait le salaud qui l'avait traînée dans la boue et l'obligeait à reconnaître publiquement qu'il avait tout inventé –, le mal était fait. Sa réputation était ternie à tout jamais.

Alors, à quoi bon pleurer maintenant ?

Une autre pensée la frappa : ne pouvait-on pas en dire autant des hommes qu'elle avait épinglés dans son émission ?

Ils auraient beau clamer leur innocence, les casseroles qu'elle leur avait accrochées, ils les trimballeraient toute leur vie. C'était peut-être bien un retour de bâton karmique : le cosmos lui rendait la monnaie de sa pièce.

Ou peut-être que tout était du pareil au même. Tout semblait lié : son histoire à elle, les individus qu'elle avait dénoncés, les colocataires de Princeton. Tirez sur un fil, et la pelote se dévidera.

Que cela lui plaise ou non, elle était engluée jusqu'au cou dans ce bourbier. Il était trop tard pour faire machine arrière.

Phil Turnball avait été renvoyé du campus pour avoir participé à une chasse au trésor.

Au mieux, il lui avait donc menti quand elle lui avait rapporté les propos de Kelvin. Au pire... elle ne savait pas encore très bien ce qui était le pire. Elle composa le numéro du portable de Phil. Pas de réponse. Elle téléphona chez lui. Personne. Elle rappela son téléphone mobile et, cette fois, laissa un message :

Je suis au courant pour la chasse au trésor. J'attends votre appel.

Cinq minutes plus tard, Wendy tambourinait à la porte du doyen. Sans succès. Elle fit le tour de la maison. Pas une seule lumière à l'intérieur. Elle colla son visage à une vitre. Si jamais la police du campus passait par là, elle aurait l'air fin, tiens.

Elle crut percevoir du mouvement.

— S'il vous plaît !

Rien. Elle frappa à la vitre, puis revint à la porte d'entrée et recommença à cogner.

— Vous désirez ? fit une voix d'homme derrière elle.

Wendy pivota sur ses talons. Le premier mot qui lui vint à l'esprit fut « dandy ». Cheveux longs et bouclés, veste en tweed avec des pièces aux coudes, nœud papillon... ce style ne se rencontrait que dans l'atmosphère raréfiée des institutions haut de gamme.

— Je cherche le doyen, dit-elle.

— Je suis le doyen Lewis. En quoi puis-je vous aider ?

Elle n'avait pas de temps à perdre en urbanités.

— Connaissiez-vous Dan Mercer ?

Il hésita comme s'il réfléchissait à sa question.

— Ce nom me dit quelque chose…

Il haussa les épaules.

— Pourquoi ? Je suis censé le connaître ?

— Je pense bien. Pendant vingt ans, il est venu chez vous un samedi sur deux.

— Ah ! sourit le doyen. Je ne suis ici que depuis quatre ans. Vous voulez sans doute parler de mon prédécesseur, le doyen Pashaian. Mais je crois savoir de qui vous parlez.

— Il venait vous voir dans quel but ?

— Il ne venait pas me voir. Enfin, si, il venait ici. Mais pas pour me voir. Ni pour voir le doyen Pashaian, du reste.

— Pour voir qui, alors ?

L'homme passa devant elle et ouvrit la porte avec sa clé. La porte grinça sur ses gonds. Il se pencha dans l'entrée.

— Christa ?

La maison était plongée dans la pénombre. Il lui fit signe de le suivre.

Une voix féminine répondit :

— C'est vous, monsieur le doyen ?

Des pas résonnèrent dans le couloir. Se tournant vers le doyen, Wendy crut lire un avertissement dans son regard.

Que diable… ?

— Je suis dans l'entrée, dit-il.

La femme – Christa ? – annonça :

360

— Votre rendez-vous de seize heures a été annulé. Il faut aussi que vous…

Elle émergea de la salle à manger sur leur gauche et se figea sur place.

— Oh ! je ne savais pas que vous aviez de la visite.

— Cette dame n'est pas venue pour moi.

— Ah bon ?

— Je pense que c'est plutôt vous qu'elle veut voir.

La femme tourna la tête de côté, un peu comme un chien alerté par un bruit inconnu.

— Vous êtes Wendy Tynes ? demanda-t-elle.

— Oui.

Christa hocha la tête comme si elle s'était attendue à sa venue. Elle fit un pas en avant et, dans la lumière qui filtrait par la porte d'entrée, Wendy distingua son visage. Elle étouffa une exclamation… non pas à cause du spectacle qu'elle offrait, même s'il y avait largement de quoi être effaré, mais parce qu'à l'instant une nouvelle pièce du puzzle venait de se mettre en place.

Malgré la pénombre, Christa portait des lunettes noires. Mais ce n'était pas ce que l'on remarquait en premier.

La première chose qu'on remarquait chez elle – qui sautait aux yeux –, c'étaient les grosses cicatrices rouges qui lui sillonnaient le visage.

Tête balafrée.

Son nom était Christa Stockwell.

Elle devait avoir dans les quarante ans, mais il était difficile de lui donner un âge. Elle était mince, un mètre soixante-dix et quelques, avec des mains fines et un port de tête volontaire. Les deux femmes s'installèrent à la table de la cuisine.

— Cela ne vous ennuie pas si je n'allume pas ? demanda Christa.

— Pas du tout.

— Ce n'est pas ce que vous croyez. Je sais bien qu'on me dévisage. C'est normal. Cela ne me dérange pas. J'aime mieux ça que les gens qui font mine de ne pas voir mes cicatrices. Ceux-là, ils sont lourds, si vous voyez ce que je veux dire.

— Je pense que oui.

— Depuis l'accident, mes yeux sont sensibles à la lumière. Je me sens plus à l'aise dans le noir. Ça tombe bien, non ? Les étudiants en psycho boiraient du petit-lait s'ils m'entendaient.

Elle se leva.

— Je vais me faire du thé. Vous en prendrez ?

— Volontiers. Je peux vous aider ?

— Non, ça ira. Menthe ou English Breakfast ?

— Menthe.

Christa sourit.

— Bonne pioche.

Elle alluma la bouilloire électrique, sortit deux mugs, y déposa les sachets de thé. Wendy nota qu'elle penchait la tête à droite tout en effectuant ces gestes simples. Lorsqu'elle se rassit, Christa resta un moment immobile, comme pour lui laisser le temps d'inspecter les dégâts. Le spectacle était, à vrai dire, effrayant. Les cicatrices rouge violacé lui barraient le visage du front au cou, lui soulevant la peau comme sur une carte en relief. Les quelques endroits intacts étaient couverts de plaques rouge foncé, comme si on les avait frottés avec de la paille de fer.

— Je suis tenue par contrat de ne jamais discuter de ce qui s'est passé, dit Christa Stockwell.

— Dan Mercer est mort.

— Je sais. Mais ça ne change rien au contrat.

— Tout ce que vous pourrez me dire restera strictement confidentiel.

— Vous êtes journaliste, n'est-ce pas ?

— Oui. Mais vous avez ma parole.

Christa secoua la tête.

— Je ne vois pas l'intérêt.

— Dan est mort. Phil Turnball a été viré de son boulot pour fraude. Kelvin Tilfer est à l'asile. Farley Parks a eu des ennuis récemment, lui aussi.

— Suis-je censée les plaindre ?

— Que vous ont-ils fait ?

— Ça ne se voit pas ? Ou dois-je rallumer ?

Se penchant par-dessus la table, Wendy posa sa main sur la sienne.

— S'il vous plaît, racontez-moi ce qui vous est arrivé.

— À quoi bon ?

La pendule au-dessus de l'évier égrenait les secondes. En regardant par la fenêtre, Wendy pouvait voir les étudiants se diriger vers leurs salles de cours, tous jeunes, pleins d'entrain, à l'aube de leur existence. L'an prochain, Charlie serait parmi eux. On pouvait toujours expliquer à ces gamins que ça passerait vite, plus vite qu'ils ne le croyaient… un clin d'œil, et les années de fac seraient derrière eux, puis dix ans et encore dix, mais ils n'écouteraient pas, et c'était peut-être mieux ainsi.

— Je pense, répondit-elle, que ce qui est arrivé ici
– ce que ces garçons vous ont fait – est à l'origine de
tout.

— Comment ça ?

— Je n'en sais rien. Mais j'ai l'impression que le
passé les a rattrapés. Et moi, j'ai été prise dans la
nasse. C'est moi qui ai épinglé Dan Mercer… à tort
ou à raison. Donc, ça me concerne aussi.

Christa Stockwell souffla sur son thé. Son visage
semblait avoir été retourné pour mettre en évidence
les veines et le cartilage.

— Ils étaient en troisième année, dit-elle. Moi,
j'avais un an de plus et je préparais une maîtrise de
littérature comparée. Je venais d'un milieu défavorisé. Tout comme Dan, d'ailleurs. Nous combinions
tous deux boulots et études. Lui faisait la lessive à la
section EPS. Moi, je travaillais ici, dans cette maison,
chez le doyen Slotnick. Je gardais ses enfants, je
faisais un peu de ménage, du classement, des choses
comme ça. Il était divorcé, et je m'entendais bien
avec les mômes. J'avais une chambre ici. J'y habite
toujours, en fait.

Deux étudiants passèrent devant la fenêtre, et l'un
des deux rit. D'un rire sonore, musical, et tellement
incongru.

— C'était au mois de mars. Le doyen Slotnick
s'était absenté pour une intervention publique. Les
enfants étaient chez leur mère, à New York. Ce
soir-là, j'avais dîné avec mon fiancé. Marc était en
deuxième année de médecine. Il avait un important
partiel de chimie le lendemain, sans quoi… enfin,
avec des *si* on pourrait refaire le monde. S'il n'avait
pas eu cet examen, nous serions peut-être allés chez

lui ou alors, la maison étant vide, il serait resté ici.
Mais bon, il avait perdu assez de temps comme ça
avec ce dîner. Il m'a déposée et il est parti travailler à
la bibliothèque. Comme j'avais du travail moi-
même, j'ai apporté mon cahier ici... je veux dire, sur
cette même table de cuisine.

Elle contempla la table comme si son cahier s'y
trouvait toujours.

— Je me suis fait du thé. Exactement comme
aujourd'hui. J'allais commencer à écrire quand j'ai
entendu du bruit venant de là-haut. Je savais bien
qu'il n'y avait personne à la maison. J'aurais dû avoir
peur, non ? Je me souviens de ce prof d'anglais qui
demandait à ses élèves quel était le bruit qui faisait le
plus peur. Un homme qui crie de douleur ? Une
femme qui hurle de terreur ? Un coup de feu ? Un
bébé qui pleure ? Le prof secouait la tête : « Non, ce
qui fait le plus peur, c'est quand vous êtes tout seul
dans une maison sans lumière, vous savez qu'il n'y a
personne dans les parages... et tout à coup, vous
entendez un bruit de chasse d'eau à l'étage. »

Christa sourit à Wendy. Wendy fit de son mieux
pour lui sourire à son tour.

— Bref, je n'ai pas eu peur. Peut-être que j'aurais
dû... Si seulement j'avais appelé la police. Ç'aurait
tout changé. Ma vie aurait été différente. Ce soir-là,
j'étais fiancée au plus beau, au plus merveilleux des
hommes. Aujourd'hui, il est marié avec quelqu'un
d'autre. Ils ont trois gosses. Ils sont heureux. Normalement, cela aurait dû être moi.

Elle but une gorgée de thé, tenant sa tasse à deux
mains.

— Je suis sortie en direction du bruit. J'ai entendu chuchoter, pouffer de rire. À supposer même que j'aie eu peur, là c'était terminé. C'étaient des étudiants, des petits plaisantins qui voulaient faire une blague au doyen. Je suis donc montée. Tout était redevenu silencieux. J'avais eu l'impression que les voix provenaient de la chambre du doyen. Je suis entrée dans la chambre, on n'y voyait rien. J'ai attendu que mes yeux s'habituent à l'obscurité. Puis je me suis dit : « Mais qu'est-ce qui t'arrive ? Allume, voyons. » Et j'ai tendu la main vers l'interrupteur.

Sa voix s'étrangla. Les cicatrices sur son visage prirent une teinte plus foncée. À nouveau, Wendy voulut lui effleurer la main, mais Christa se raidit, et elle suspendit son geste.

— Je ne sais même pas ce qui s'est passé ensuite. Enfin, je n'ai pas compris sur le coup. Maintenant je sais. Mais à ce moment-là, j'ai juste entendu un grand fracas, et mon visage a explosé. C'est vraiment la sensation que j'ai eue. Comme si une bombe m'avait éclaté en pleine figure. J'ai touché mes joues et j'ai senti des bouts de verre pointus. Je me suis même coupé les mains. Le sang coulait de mon nez et de ma bouche. Je suffoquais, je ne pouvais plus respirer. Pendant une seconde ou deux, je n'ai ressenti aucune douleur. Puis c'est venu d'un coup, comme si on m'avait écorchée vive. J'ai hurlé et je me suis écroulée.

Wendy sentit son propre pouls s'emballer. Les questions se bousculaient sur ses lèvres, mais elle se retint, laissant Christa lui narrer l'histoire à sa façon.

— J'étais là, par terre, en train de hurler, quand soudain j'ai entendu quelqu'un passer en courant devant moi. Je l'ai attrapé à tâtons. Il s'est étalé de tout son long, en pestant. Je l'ai agrippé par le mollet. Je ne sais pas pourquoi. C'était instinctif. Et là, il m'a donné un coup de pied pour se dégager.

Baissant la voix, elle poursuivit dans un murmure :

— Je ne m'en étais pas rendu compte sur le moment, mais j'avais des morceaux de verre – des éclats du miroir – fichés dans mon visage. Alors, quand il a rué pour se libérer, il m'a enfoncé ces éclats jusqu'à l'os.

Elle déglutit.

— Le plus gros débris s'était logé près de mon œil droit. J'aurais peut-être perdu l'œil de toute façon, mais là, il me l'a planté comme un couteau…

Dieu merci ! elle n'alla pas plus loin.

— C'est la dernière chose dont je me souviens. J'ai perdu connaissance. Je n'ai émergé qu'au bout de trois jours, et ensuite je suis restée plusieurs semaines dans le gaz. J'ai subi opération sur opération. Les douleurs étaient atroces. On m'avait droguée à mort. Mais je saute des étapes. Revenons un peu en arrière. La police du campus m'avait entendue hurler. Ils ont arrêté Phil Turnball devant la maison du doyen, les chaussures pleines de sang. Tout le monde savait qu'il y avait d'autres étudiants avec lui. Ils avaient organisé une chasse au trésor. L'un des plus gros trophées était le boxer-short du doyen. Soixante points. C'est ça que Phil Turnball était venu chercher : un boxer. C'était une blague, vous dis-je. Une blague et rien d'autre.

— Mais vous avez entendu les autres. Qui chuchotaient et riaient.

— C'est vrai. Seulement Phil a soutenu qu'il était tout seul. Ses amis, naturellement, ont abondé dans son sens. Moi, je n'étais pas en état de le contredire, et d'ailleurs, qu'est-ce que j'en savais ?

— Phil a endossé toute la responsabilité ? demanda Wendy.

— Oui.

— Pourquoi ?

— Aucune idée.

— Je ne comprends pas bien. Que vous a-t-il fait exactement ? Je veux dire, qu'est-ce qui a causé toutes ces blessures ?

— Quand je suis entrée dans la chambre, Phil s'est caché derrière le lit. Il a vu que j'allais allumer et… bref, le but était de créer une diversion. Un gros cendrier en verre lancé dans ma direction. J'étais censée me tourner en direction du bruit pour que Phil puisse se sauver. Sauf qu'il y avait un miroir ancien à côté qui a volé en éclats, et j'ai tout pris en plein visage. Un accident bête, quoi.

Wendy ne dit rien.

— J'ai passé trois mois à l'hôpital. J'ai perdu un œil. L'autre aussi a été gravement endommagé : la rétine a été sectionnée. Je suis restée quelque temps dans le noir le plus complet. Peu à peu, j'ai récupéré la vision de cet œil. Je suis toujours officiellement aveugle, mais je distingue les formes. C'est assez flou, et je ne supporte aucune lumière vive… et encore moins le soleil. Une fois de plus, ça tombe bien, n'est-ce pas ? D'après les médecins, mon visage a été littéralement découpé en tranches. J'ai vu les photos du début. Si vous me trouvez défigurée aujourd'hui… à cette époque-là, on aurait dit du bifteck haché. Je n'ai pas d'autres mots pour le décrire. Comme si un lion m'avait dévoré le visage.

— Je suis désolée, souffla Wendy faute de mieux.

— Mon fiancé, Marc, a été formidable. Il ne m'a pas lâchée. C'était héroïque de sa part, quand j'y pense. Parce que j'ai été belle. Je peux le dire maintenant sans fausse modestie. Et lui était si séduisant… Bref, Marc est resté avec moi. Mais lui non plus n'arrivait pas à me regarder en face. Ce n'était pas sa faute. Il n'avait pas signé pour ça.

Christa se tut.

— Et alors ?

— Je lui ai rendu sa liberté. On croit tout savoir de l'amour, hein ? Mais c'est ce jour-là que j'ai vraiment su ce qu'aimer veut dire. Ça m'a fait autrement plus mal que n'importe quel éclat de verre, mais j'aimais Marc, alors je l'ai laissé partir.

Elle s'interrompit à nouveau pour siroter son thé.

— Vous devinez sûrement le reste. La famille de Phil m'a versé de l'argent pour étouffer l'affaire. Une coquette somme, oui. Elle est gérée par un fonds de tutelle qui me fait un virement hebdomadaire. Si je parle de ce qui s'est passé, les versements seront interrompus.

— Je ne dirai rien.

— Vous croyez que c'est ça qui m'inquiète ?

— Je ne sais pas.

— La réponse est non. J'ai des besoins très modestes. J'habite toujours ici. J'ai continué à travailler pour le doyen Slotnick, mais pas avec les enfants. Mon visage leur faisait peur. J'étais donc devenue son assistante. À sa mort, le doyen Pashaian a eu la gentillesse de me garder. Aujourd'hui, c'est le doyen Lewis. Une bonne partie de cet argent va à des œuvres caritatives.

Il y eut un silence.

— Et Dan, que vient-il faire dans tout ça ? s'enquit Wendy.

— À votre avis ?

— Je suppose qu'il était dans la maison ce soir-là.

— Oui. Ils étaient tous là. Tous les cinq. Je l'ai su après.

— Comment ?

— Dan me l'a avoué.

— Et Phil a accepté de porter le chapeau pour tout le monde ?

— Oui.

— Pourquoi, vous avez une idée ?

— C'était un type courageux et loyal, j'imagine. Qui plus est, il venait d'une famille aisée. Contrairement aux autres. Il a dû se dire qu'il n'avait rien à gagner à balancer ses copains.

C'était une explication somme toute plausible.

— Alors comme ça, Dan venait vous voir ?

— Oui.

— Pourquoi ?

— Pour me soutenir moralement. On discutait. Il culpabilisait énormément. D'avoir pris la fuite, entre autres. C'est comme ça que tout a commencé. La première fois qu'il est venu, j'ai été furieuse. Puis nous sommes devenus amis. Nous parlions des heures autour de cette même table.

— Furieuse, dites-vous ?

— Essayez de comprendre. J'ai tout perdu ce soir-là.

— Bien sûr, votre colère était pleinement justifiée.

Christa sourit.

— Oh ! je vois.

— Quoi donc ?

— Laissez-moi deviner. J'étais furieuse. J'étais en colère. Je les haïssais tous. Du coup, j'ai préparé ma vengeance. J'ai attendu quoi, vingt ans, avant de frapper. C'est ça que vous pensez ?

Wendy haussa les épaules.

— On dirait bien que quelqu'un a décidé de les faire payer.

— Et je suis la suspecte idéale ? Œil pour œil, dent pour dent ?

— Vous n'êtes pas d'accord ?

— On se croirait dans un mauvais film d'horreur, mais bon…

Elle pencha la tête.

— Sincèrement, Wendy, vous me voyez dans le rôle du méchant ?

— Pas vraiment.

— Et puis, il y a autre chose.

— Quoi ?

Christa ouvrit les mains. Elle avait toujours ses lunettes noires, mais une larme s'échappa de son œil valide.

— Je leur ai pardonné.

Elle marqua une brève pause.

— Ce n'était qu'une bande de petits jeunes participant à une chasse au trésor. Ils n'avaient pas eu l'intention de me faire du mal.

Et voilà. Parfois, les mots les plus simples contiennent toute la sagesse du monde.

— Dans la vie, on se heurte forcément aux autres. C'est comme ça. Au passage, il y en a qui se prennent des coups. Ces garçons, ils voulaient juste chiper un stupide boxer-short. Leur expédition a mal tourné. Pendant un moment, je les ai haïs. Mais à quoi ça sert, quand on y pense ? À force de cultiver la haine, on finit par passer à côté de tout le reste... vous ne croyez pas ?

Wendy sentit les larmes lui picoter les yeux. Elle souleva son mug de thé, en but une gorgée. Le goût de la menthe la réconforta. Renoncer à la haine. Elle ne savait pas quoi répondre à cela.

— Ils ont pu blesser quelqu'un d'autre ce soir-là, dit-elle.

— Ça m'étonnerait.

— Ou alors quelqu'un cherche à vous venger.

— Ma mère est morte, répliqua Christa. Marc est marié et heureux en ménage. Je n'ai personne d'autre.

C'était sans espoir.

— Que vous a dit Dan la première fois qu'il est venu vous voir ?

Christa sourit.

— Ça reste entre nous.

— Il y a bien une explication à ce qui leur arrive aujourd'hui.

— C'est pour ça que vous êtes ici, Wendy ? Pour les aider à reprendre une vie normale ?

Wendy ne répondit pas.

— Ou bien, poursuivit Christa, vous êtes ici parce que vous craignez d'avoir involontairement piégé un innocent ?

— Les deux, j'imagine.

— Vous cherchez l'absolution ?

— Je cherche à comprendre.

— Vous voulez savoir ce que je pense ? demanda Christa.

— Bien sûr.

— J'ai fini par connaître Dan de très près.

— Je m'en doute.

— On a discuté de tout autour de cette table. Il m'a parlé de son travail, de sa rencontre avec son ex-femme, Jenna, de l'échec de leur couple dont il se sentait responsable, même s'ils étaient restés en bons termes, de sa solitude aussi. Ça, c'est quelque chose que nous avions en commun.

Christa rajusta ses lunettes noires. Un instant, Wendy crut qu'elle allait les ôter, mais non, elle les rajusta, un peu comme si elle essayait de capter son regard.

— Je ne pense pas que Dan Mercer était pédophile. Je ne pense pas qu'il ait tué qui que ce soit. Eh oui, Wendy, je pense que vous avez piégé un innocent.

33

WENDY CLIGNA DES PAUPIÈRES en quittant la cuisine sombre. Devant la maison du doyen, elle observa un instant les étudiants qui passaient, sans se douter de ce qu'ils avaient en commun avec la femme balafrée derrière sa fenêtre. Puis elle offrit son visage au soleil dont l'éclat la fit larmoyer, mais tant pis. Ça lui faisait du bien.

Christa Stockwell avait pardonné à ceux qui lui avaient fait du mal.

À l'entendre, c'était tout simple. Sans s'attarder sur les incidences philosophiques de la chose – au hasard, sur sa propre situation avec Ariana Nasbro –, Wendy tâcha de se concentrer sur le sujet du moment. Si la victime avait pardonné et tourné la page, qui d'autre aurait pu vouloir se venger à sa place ?

De nouveaux messages de ses confrères l'attendaient sur son portable. Elle les ignora. Il y avait aussi un appel de Papou. Wendy le rappela, et il répondit dès la première sonnerie.

— On a des reporters qui traînent dans le coin.

— Je sais.

— Tu comprends maintenant pourquoi je suis contre l'interdiction du port d'armes.

Pour la première fois depuis une éternité, semblait-il, Wendy rit.

— Qu'est-ce qu'ils veulent ? s'enquit-il.

— Quelqu'un est en train de colporter des ragots sur moi.

— Genre ?

— Que je couche avec mon patron. Entre autres.

— Il y a du vrai là-dedans ?

— Non.

— Saloperie.

— Je peux te demander un service ?

— Tout ce que tu veux, rétorqua Papou.

— Je suis dans un sale pétrin, là. À l'évidence, on me cherche des noises.

— Et moi, je suis armé jusqu'aux dents.

— Ce ne sera pas utile, répondit-elle en espérant ne pas se tromper. Mais je voudrais que tu emmènes Charlie quelque part pendant deux ou trois jours.

— Tu crois qu'il est en danger ?

— Je n'en sais rien. De toute façon, la ville entière finira par être au courant. Du coup, il risque de s'en prendre plein la figure au lycée.

— Ben, et alors ? Charlie peut supporter les vannes, c'est un dur.

— Dur ou pas, je n'y tiens pas en ce moment.

— OK, d'accord, je m'en occupe. On ira dans un motel, ça te va ?

— Un endroit correct, Papou. Sans tarifs horaires ni miroirs au plafond.

— Reçu cinq sur cinq, ne te bile pas. Si tu as besoin de mon aide…

— Ça va sans dire, répondit Wendy.

— OK, fais attention à toi. Je t'aime.

— Je t'aime aussi.

Ensuite, elle rappela Vic. Toujours sans résultat. Il commençait à lui courir sérieusement, celui-là. Bon, et maintenant ? Elle connaissait à présent le secret des Cinq de Princeton, mais elle ignorait toujours la raison de ce retour de manivelle vingt ans après. Il y en avait un, certes, à qui elle pouvait poser la question.

Elle téléphona à Phil, mais c'était peine perdue. Elle se rendit donc directement chez lui. Ce fut Sherry qui lui ouvrit.

— Il n'est pas là.

— Vous étiez au courant ? demanda Wendy.

Sherry ne dit rien.

— Pour Princeton. Vous saviez ce qui était arrivé là-bas ?

— Je le sais depuis peu.

Wendy allait lui poser d'autres questions, mais elle se ravisa. Que lui importait au fond l'opinion de Sherry ? Il fallait qu'elle parle à Phil.

— Où est-il ?

— Au club des Pères.

— Ne l'appelez pas pour le prévenir, d'accord ?

La carotte et le bâton, encore. Enfin, surtout le bâton cette fois.

— Si vous faites ça, je serai obligée de revenir. Et là, je serai en colère. Je ramènerai des caméras et d'autres journalistes, et je ferai suffisamment de barouf pour rameuter le voisinage. Suis-je claire ?

— Vous n'y allez pas par quatre chemins, dit Sherry.

Wendy n'avait pas spécialement envie de la menacer, mais elle en avait soupé des bobards et d'être menée par le bout du nez.

— Ne vous inquiétez pas, ajouta Sherry. Je ne l'appellerai pas.

Wendy tourna les talons.

— Une dernière chose.

— Oui ? fit-elle.

— Il est fragile. Allez-y doucement, OK ?

Wendy faillit rétorquer que le visage de Christa Stockwell avait été fragile aussi, mais ce n'était pas le moment. Elle mit le cap sur le Starbucks et se gara sur une place dont le parcmètre n'acceptait que des pièces. Or elle n'avait pas de monnaie. Tant pis. Elle n'en était plus à une transgression près.

Au bord des larmes, elle fit une halte à la porte du café pour se ressaisir.

Ils étaient tous là. Norm, alias Ten-A-Fly, avec sa panoplie du parfait rappeur. Doug en tenue de tennis. Owen avec le porte-bébé. Phil en costume-cravate. Malgré l'heure. Regroupés autour de la table ronde, ils chuchotaient, têtes rapprochées. À les voir, Wendy comprit tout de suite que quelque chose ne tournait pas rond.

Lorsque Phil l'aperçut, son visage s'allongea. Il ferma les paupières. Nullement émue, Wendy se fraya un chemin vers la table et se planta devant lui. Il parut se dégonfler à vue d'œil.

— Je viens de parler à Christa Stockwell, annonça-t-elle.

Les autres assistaient à la scène sans mot dire. Wendy croisa le regard de Norm. Il secoua la tête pour lui demander de ne pas aller plus loin.

— Ils s'en prennent à moi maintenant, lui dit-elle.

— Nous sommes au courant, répondit Norm. On a suivi les cyber-rumeurs sur le Net. Nous avons réussi à supprimer certains sites viraux, mais pas tous.

— Alors cette bataille est aussi la mienne.

— Pas nécessairement.

Phil n'avait toujours pas relevé la tête.

— Je vous avais prévenue. Je vous ai suppliée de ne pas vous en mêler.

— Et je n'ai pas écouté. Tant pis pour moi. Maintenant, expliquez-moi ce qui se passe.

— Non.

Phil se leva. Wendy lui bloqua le passage.

— Laissez-moi sortir.

— Non.

— Vous avez parlé à Christa Stockwell. Que vous a-t-elle dit ?

Wendy hésita. Elle avait juré le silence à Christa. Phil en profita pour la contourner et se faufiler jusqu'à la porte. Elle voulut le suivre, mais Norm la retint en posant la main sur son épaule. Elle pivota rageusement vers lui.

— Qu'allez-vous faire, Wendy ? Lui sauter dessus en pleine rue ?

— Vous n'avez pas idée de ce que je viens d'apprendre.

— Il a été renvoyé de Princeton. Il n'a jamais obtenu son diplôme. Nous savons. Il nous l'a dit.

— Vous a-t-il raconté ce qu'il avait fait ?

— Quelle importance ?

Stoppée dans son élan, Wendy songea à Christa qui avait pardonné aux petits jeunes partis à la chasse au trésor.

— Vous a-t-il dit qui les persécute ?

— Non. Mais il nous a demandé de rester en dehors de ça. Nous sommes ses amis, Wendy. Notre loyauté va à lui, pas à vous. Je pense qu'il a assez trinqué, vous n'êtes pas de mon avis ?

— Je ne sais pas, Norm. Je ne sais pas qui s'acharne contre lui et ses anciens colocs… et contre moi maintenant. Qui plus est, je ne sais même pas si Dan Mercer a tué Haley McWaid. Si ça se trouve, son assassin court toujours. Vous saisissez ?

— Oui.

— Et… ?

— Notre ami nous a demandé de rester en dehors de cette affaire. Ça ne nous concerne plus.

— Très bien.

Elle se dirigea vers la sortie en fulminant.

— Wendy ?

Elle se retourna. Il avait l'air parfaitement ridicule dans cet accoutrement, avec cette fichue casquette noire par-dessus un bandana rouge, la ceinture blanche, la montre de la taille d'une soucoupe. Ten-A-Fly. Tu parles.

— Oui, Norm ?

— On a la photo.

— Quelle photo ?

— La fille sur la vidéo. La pute qui a accusé Farley Parks d'avoir eu recours à ses services. Owen a réussi à faire une capture d'écran et à l'agrandir autour de sa silhouette en ombre chinoise. Ça n'a pas été facile, mais il a fini par obtenir une image assez nette. On l'a, si ça vous intéresse.

Owen tendit la photo de douze sur quinze à Norm, qui la lui apporta. Wendy regarda la fille sur la photo.

— Elle a l'air jeune, dit Norm, vous ne trouvez pas ?

Le monde de Wendy, déjà peu stable, vacilla sur son axe.

Oui, elle avait l'air jeune. Très jeune.

Et surtout, elle ressemblait trait pour trait au portrait-robot de Chynna, la fille que Dan affirmait être venu voir dans la maison piégée.

Tout s'éclaircissait. Cette photo, c'était le chaînon manquant. Il s'agissait bien d'un coup monté.

Mais elle ne savait toujours pas par qui ni pourquoi.

En rentrant chez elle, Wendy ne trouva qu'un seul camion de télévision garé devant la maison. Elle n'en crut pas ses yeux. Non, mais quel culot… c'était sa propre chaîne, NTC. Sam, son cameraman, attendait dehors avec – on respire profondément – la tête de ballon, Michelle Feisler.

Le micro coincé dans la saignée du coude, Michelle était en train de remettre de l'ordre dans sa coiffure. Wendy fut tentée de donner un brusque coup de volant à droite pour voir ce melon qui lui servait de tête s'écrabouiller sur le trottoir. Au lieu de quoi, elle actionna la télécommande du garage et s'engouffra à l'intérieur. La porte automatique se rabattit derrière elle. Elle descendit de la voiture.

— Wendy ?

C'était Michelle qui frappait à la porte du garage.

— Sortez de ma propriété, Michelle.

— Il n'y a ni caméra ni micro. Je suis toute seule.

— J'ai quelqu'un à la maison qui meurt d'envie d'utiliser son arme.

— Écoutez-moi juste une seconde, OK ?

— Non.

— Il faut que vous entendiez ça. C'est à propos de Vic.

Wendy s'arrêta.

— Quoi, Vic ?

— Ouvrez la porte, Wendy.

— Quoi, Vic ?

— Il vous a lâchée.

L'estomac dans les chaussettes, elle demanda :

— Que voulez-vous dire ?

— Ouvrez, Wendy. Ni caméra ni micro, strictement entre nous. Je vous le promets.

Zut ! Elle hésita, mais en même temps elle voulait entendre ce que Michelle avait à lui dire. Et pour ça, elle était bien obligée de la faire entrer, cette grosse nunuche. Elle enjamba le vélo de Charlie qui, comme toujours, bloquait l'accès à la porte et abaissa la poignée. C'était ouvert. Charlie oubliait systématiquement de la fermer à clé.

— Wendy ?

— Faites le tour.

Elle pénétra dans la cuisine. Papou était parti. Il avait laissé un mot, comme quoi il était passé prendre Charlie. Parfait. Elle ouvrit la porte du jardin à Michelle.

— Merci de me recevoir.

— Alors, que se passe-t-il avec Vic ?

— La direction est sur le pied de guerre. Ils lui en font voir de toutes les couleurs.

— Et... ?

— Ils lui mettent la pression pour qu'il dise que vous le draguiez… que vous faisiez une fixette sur lui.

Wendy resta de marbre.

— Voici le communiqué publié par la chaîne.

Michelle lui tendit un papier.

Nous, à NTC, n'avons aucun commentaire à faire sur Wendy Tynes, mais nous tenons à souligner que notre directeur de l'information Victor Garrett n'a commis aucun acte contraire à la loi ou à l'éthique et qu'il a toujours refusé les avances de ses employées. Le harcèlement est considéré comme un délit grave dans notre pays et il provoque une grande souffrance chez ceux qui en sont victimes.

— Le harcèlement ?

Wendy leva les yeux.

— C'est sérieux ?

— Joli travail, vous ne trouvez pas ? Rédigé dans des termes suffisamment vagues pour qu'il n'y ait pas matière à porter plainte.

— Vous êtes là pour quoi, Michelle ? Vous ne croyez tout de même pas que j'accepterai de parler à l'antenne ?

Michelle secoua la tête.

— Vous n'êtes pas stupide à ce point-là.

— Alors ?

Michelle reprit le communiqué et le brandit.

— Tout ceci est injuste. Nous ne sommes pas spécialement amies. Je sais bien ce que vous pensez de moi…

Elle avança ses lèvres enduites d'une épaisse couche de gloss et ferma les yeux, comme si elle soupesait mentalement la suite de sa phrase.

— Vous y croyez, à cette histoire ?

Les yeux se rouvrirent d'un seul coup.

— Non ! Enfin, voyons… vous ? Harceler Vic ? Si c'est vrai, je veux bien me faire bonne sœur.

Si elle n'avait pas été aussi sonnée et moralement chamboulée, Wendy l'aurait embrassée.

— Je sais que cela paraît bateau, mais j'ai choisi ce métier de journaliste pour traquer la vérité. Or ça, c'est de la connerie pure. Quelqu'un vous en veut. Du coup, j'ai voulu que vous sachiez à quoi vous en tenir.

Wendy fit :

— Waouh !

— Quoi ?

— Rien. Ça me laisse baba, c'est tout.

— Je vous ai toujours admirée, votre indépendance, votre façon de travailler. Je sais ce que vous pensez, mais je vous assure que c'est vrai.

Wendy restait plantée là, devant elle.

— Je ne sais pas quoi dire.

— Il n'y a rien à dire. Si vous avez besoin d'aide, je suis là. Bon, il faut que j'y aille… on tourne un sujet sur Arthur Lemaine, vous savez, le délinquant sexuel qui s'est fait tirer dans les genoux.

— Vous avez du nouveau ?

— Pas vraiment. Il n'a eu que ce qu'il méritait, mais tout de même, c'est invraisemblable… un type condamné pour pédopornographie qui entraîne une équipe de hockey poussins.

Wendy sentit les cheveux se dresser sur sa nuque.

Hockey ?

Elle se rappela l'avoir vu aux infos avec Charlie et ses copains.

— Attendez, il a été agressé devant South Mountain Arena, non ?

— C'est ça.

— Je ne comprends pas. J'ai lu quelque part qu'ils sont très stricts sur le recrutement de leurs coachs.

— Exact, acquiesça Michelle. Mais dans le cas de Lemaine, ils n'ont pas eu accès à son casier judiciaire.

— Pourquoi ?

— Parce que leurs vérifications portent seulement sur les délits commis sur le sol des États-Unis. Or Lemaine est canadien. Québécois, je crois.

34

WENDY NE MIT PAS LONGTEMPS À FAIRE LE RAPPROCHEMENT.

Avec le concours de Michelle, qui avait amassé bon nombre d'informations sur le délinquant sexuel Arthur Lemaine, dont son arbre généalogique. Impressionnant, le boulot qu'elle avait abattu. OK, sa tête était peut-être un peu grosse, mais c'était surtout dû au fait qu'elle n'avait presque pas d'épaules.

— Qu'est-ce qu'on fait ? demanda Michelle.

— Je pense qu'il faudrait contacter le shérif Walker. C'est lui qui enquête sur l'assassinat de Dan Mercer.

— Eh bien, allez-y, appelez-le. Puisque vous le connaissez.

Wendy trouva le numéro du portable de Walker dans son répertoire. Assise à côté d'elle, Michelle sortit consciencieusement son bloc-notes et attendit, le stylo en l'air. Walker répondit à la quatrième sonnerie. Wendy l'entendit s'éclaircir la voix.

— Shérif Mickey Walker.

— Bonjour, c'est Wendy.

— Ah… euh… bonjour. Comment allez-vous ?

Ah... euh... bonjour ? Il avait la voix quelque peu constipée. Et, au fait, n'avait-il pas vu que c'était elle qui appelait ?

— Je vois que vous êtes au courant de ce qu'on raconte sur moi.

— Ouaip.

— Super.

Ce n'était pas vraiment le moment, et d'ailleurs ça n'avait aucune espèce d'importance – qu'il aille donc se faire foutre ! –, mais elle n'en ressentit pas moins un petit pincement au cœur.

— Avez-vous entendu parler de l'affaire Arthur Lemaine ? Le gars qui s'est fait tirer dans les deux genoux ?

— Oui, mais ce n'est pas ma juridiction.

— Saviez-vous que Lemaine avait été condamné pour pornographie enfantine ?

— Ça me dit quelque chose, oui.

— Et savez-vous que Lemaine est accessoirement le beau-frère d'Ed Grayson ?

Il y eut une brève pause. Puis Walker fit :

— Waouh !

— Eh oui, waouh. Vous voulez un autre waouh ? Lemaine entraînait l'équipe de hockey de son neveu. Pour ceux qui ne sont pas férus de généalogie, il s'agit de E. J., le fils de Grayson, victime d'un pédophile.

— Re-waouh, concéda Walker.

— Et, en plus, celui qui a tiré sur Lemaine l'a fait à distance.

— L'œuvre d'un tireur d'élite, acquiesça Walker.

— Ce n'est pas ce qu'a dit le patron de Gun-O-Rama au sujet de Grayson ?

— Exact. Mon Dieu ! Mais je ne comprends pas. Je croyais que vous aviez vu Grayson abattre Dan Mercer parce que celui-ci aurait pris des photos de son fils.

— Je l'ai vu, c'est vrai.

— Il aurait donc tiré sur l'un et l'autre ?

— Je pense que oui. Rappelez-vous, Grayson s'est pointé dans le parc de Ringwood pour aider à rechercher Haley. Il m'a dit que je ne voyais rien. Mais là, tout devient clair. Il se sent coupable parce qu'il a tué un innocent.

Michelle prenait assidûment des notes… Wendy se demandait bien sur quoi.

— Voici, selon moi, comment ça s'est passé, poursuivit-elle. Mercer est relaxé. Ed Grayson pète un câble. Il tue Mercer et se débarrasse des preuves. Quand il rentre chez lui, sa femme Maggie apprend ce qu'il a fait. On ne sait pas exactement ce qui arrive ensuite. Peut-être que Maggie prend peur. Ou alors elle lui dit que Dan n'était pas coupable, que c'était son frère qui avait pris les photos. Ou bien E. J. finit par dénoncer son oncle. Je ne sais pas. Mais mettez-vous à la place de Grayson. Pendant des mois, il a assisté à toutes les audiences, il a parlé aux médias pour réclamer la condamnation de Dan Mercer.

— Et il comprend qu'il s'est trompé de cible ?

— Mieux que ça, il sait que son beau-frère ne sera jamais poursuivi. Ou que, si un jour il finit au tribunal, ça risque fort de détruire son couple.

— Le scandale, renchérit Walker. Faire revivre le même cauchemar aux siens. Reconnaître publique-ment qu'il s'est trompé. Alors quoi, Grayson choisit de punir son beau-frère ?

— Oui. À mon avis, il n'avait pas le courage de commettre un autre meurtre. Pas après ce qui s'est passé la première fois.

— Et que ça lui plaise ou non, c'est le frère de sa femme.

— Tout à fait.

Wendy jeta un coup d'œil sur Michelle qui, maintenant, parlait tout bas dans son téléphone portable.

— Il paraît que la femme de Grayson l'a quitté, dit Walker. Elle est partie avec le gosse.

— Peut-être à cause de ce qu'il a fait à Dan.

— Ou parce qu'il a tiré sur son frère.

— Possible.

Walker poussa un soupir.

— Et comment on prouve tout ça ?

— Je ne sais pas. Lemaine ne parlera pas, mais vous pouvez toujours essayer de le faire craquer.

— Quand bien même. Il faisait noir. Il n'y avait pas de témoins. Et nous savons déjà que Grayson est très fort pour brouiller les pistes.

Ils se turent tous les deux. Michelle raccrocha, se remit à griffonner, traça de longues flèches. S'interrompant, elle contempla son bloc et fronça les sourcils.

— Qu'y a-t-il ? demanda Wendy.

Michelle recommença à écrire.

— Il y a quelque chose qui cloche dans ce raisonnement.

— Quoi ?

— Le timing ne colle pas. Lemaine a été agressé la veille de l'assassinat de Mercer.

Le portable de Wendy se mit à vibrer. Un appel en attente. Elle regarda le numéro. C'était Win.

— Je dois vous laisser, dit-elle à Walker. J'ai un autre appel.

— Désolé pour mon ton de tout à l'heure.

— Pas grave.

— J'ai toujours envie de vous rappeler quand ce sera fini.

Elle réprima un sourire.

— Quand ce sera fini, répéta-t-elle.

Puis elle prit l'appel de Win.

— Allô ?

— À ta demande, déclara-t-il, je me suis penché sur la question du licenciement de Phil Turnball.

— Sais-tu qui l'a piégé ?

— Où es-tu ?

— Chez moi.

— Viens à mon bureau. À mon avis, il faut que tu voies ça.

Win était riche. Immensément riche.

Exemple : Le bureau de Windsor Horne Lockwood III était situé dans la tour *Lock-Horne* entre Park Avenue et la 52e Rue.

Faites le calcul.

Wendy se gara sur le parking de l'immeuble MetLife. Son père avait travaillé non loin d'ici. Elle pensa à lui, à la manie qu'il avait de rouler ses manches jusqu'au coude, geste doublement symbolique : comme s'il était toujours prêt à attaquer le boulot et pour bien montrer son appartenance à la classe ouvrière. Son père avait de sacrés avant-bras. Avec lui, elle se sentait en sécurité. Encore maintenant, des années après sa mort, elle aurait voulu pouvoir se blottir contre sa poitrine puissante pour qu'il la rassure. Cela avait été pareil avec John. Papou était formidable, mais ce n'était pas son rôle. Et Charlie, lui, serait toujours son petit garçon ; c'était à elle de le protéger, et pas l'inverse. Les deux hommes avec lesquels elle s'était sentie le plus en sécurité étaient morts l'un et l'autre. Ils ne lui avaient jamais fait faux bond, mais aujourd'hui, en pleine tourmente, elle avait l'impression d'entendre une petite voix lui souffler qu'elle-même n'avait peut-être pas été à la hauteur.

Win avait descendu son bureau d'un étage. L'ascenseur s'arrêta face à une plaque qui disait : MB REPS. La réceptionniste glapit d'une voix haut perchée :

— Bienvenue, madame Tynes.

Wendy faillit reculer dans l'ascenseur. La réceptionniste avait le gabarit d'un bloqueur défensif de la NFL et était moulée dans une combinaison noire qui faisait songer à une version cauchemardesque d'Adrienne Barbeau dans *L'Équipée du Cannonball*. Avec un maquillage appliqué à la truelle.

— Euh… bonjour.

Une jeune Asiatique en tailleur blanc vint à sa rencontre. Elle était grande et mince, avec un physique de top model. En voyant les deux femmes côte à côte, Wendy ne put s'empêcher de penser à une boule de bowling sur le point de heurter une quille.

— M. Lockwood vous attend, dit la jeune femme.

Wendy lui emboîta le pas. Elle ouvrit une porte et annonça :

— Mme Tynes est arrivée.

Win se leva de derrière son bureau. C'était un homme extraordinairement séduisant. Bon, d'accord, pas tout à fait son genre avec ses boucles blondes, ses traits presque efféminés et son look de premier de la classe, mais il y avait en lui une force tranquille, une lueur glacée dans ses yeux bleus, une tension dans ce corps presque trop immobile, comme s'il allait frapper quelqu'un d'un instant à l'autre.

Il dit, s'adressant à la jeune Asiatique :

— Merci, Moa. Tu veux bien prévenir M. Barry que nous l'attendons ?

— Oui, bien sûr.

Moa tourna les talons. Win traversa la pièce et embrassa Wendy sur la joue. Il y eut une petite gêne, une hésitation imperceptible. La dernière fois, ils s'étaient jetés l'un sur l'autre, ç'avait été inoubliable et, premier de la classe ou pas, c'est quelque chose qui vous reste.

— Tu es resplendissante, déclara-t-il.

— Merci. Les apparences sont trompeuses.

— Je sais que tu traverses une passe difficile.

— En effet.

Il se rassit et fit un large geste de la main.

— Je suis prêt à t'offrir soutien et réconfort.

— Et par soutien et réconfort, tu entends… ?

Les sourcils de Win dansèrent.

— *Coitus* sans *interruptus*.

Wendy secoua la tête, sidérée.

— Tu choisis le pire moment pour me faire du gringue.

— Pas du tout. Mais je comprends. Tu veux un brandy ?

— Non, merci.

— Ça ne t'ennuie pas si je m'en sers un ?

— Je t'en prie.

391

Win avait une antique mappemonde qui s'ouvrait pour exhiber une carafe en cristal. Son bureau était en merisier massif. Il y avait au mur des tableaux représentant des scènes de chasse au renard, et un épais tapis d'Orient au sol. Dans un coin, on apercevait un green artificiel. L'un des murs s'ornait d'un écran plasma géant.

— Alors, dit Win, raconte-moi ce qui t'arrive.

— Je préfère pas. Tu ne m'en veux pas ? J'ai juste besoin de savoir qui a tendu un piège à Phil Turnball.

— Bien sûr.

La porte du bureau se rouvrit sur Moa, suivie d'un vieil homme avec un nœud papillon.

— Ah, fit Win, Ridley, merci d'être venu. Wendy Tynes, Ridley Barry. M. Barry est le cofondateur de Barry Brothers Trust, l'ancien employeur de ton M. Turnball.

— Enchanté, Wendy.

Tout le monde s'assit. Le bureau de Win était nu, à l'exception d'une grosse pile de dossiers.

— Avant de commencer, reprit-il, M. Barry et moi-même tenons à nous assurer que rien de ce qui sera dit ici ne sortira de cette pièce.

— Je suis journaliste, Win.

— Alors tu connais l'expression « off ».

— Très bien. Ce sera off.

— Et en tant qu'ami, je veux ta parole que tu ne le répéteras à personne.

Elle regarda Ridley Barry, puis se retourna lentement vers Win.

— Tu as ma parole.

— Parfait.

Win se retourna vers M. Barry. Ce dernier hocha la tête. Win posa la main sur la haute pile.

— Je viens de passer plusieurs heures à compulser les dossiers de M. Phil Turnball. J'ai pris mon temps. J'ai aussi examiné les transactions sur ordinateur de M. Turnball. J'ai étudié ses méthodes de placement, ses techniques de vente… bref, les tenants et les aboutissants de l'affaire qui nous intéresse. Et parce que je te tiens en haute estime, Wendy, et par respect pour ton intelligence, j'ai scruté son parcours professionnel par le menu, dans l'optique d'un éventuel coup monté dont M. Phil Turnball aurait été la victime.

— Et… ?

Elle croisa le regard de Win et sentit comme un souffle glacé sur son visage.

— M. Phil Turnball n'a pas volé deux millions de dollars. D'après mes estimations, ce chiffre se rapproche davantage des trois millions. Il n'y a pas à tergiverser. Tu voulais savoir comment et par qui il a été piégé. Il ne l'a été par personne. Phil Turnball a monté une escroquerie qui date d'au moins cinq ans.

Wendy secoua la tête.

— Ce n'est peut-être pas lui. Il ne travaillait pas seul au milieu d'un désert ! Il avait des associés, une assistante. Si ça se trouve, c'est l'un d'eux…

Toujours sans la quitter des yeux, Win prit la télécommande. L'écran de télévision s'alluma.

— M. Barry a eu la gentillesse de me laisser jeter un œil sur les bandes de vidéosurveillance.

Un bureau apparut à l'écran. Placée en hauteur, la caméra offrait une vue plongeante sur la pièce. Phil

Turnball était en train de glisser des documents dans une déchiqueteuse.

— Ça, c'est ton M. Turnball détruisant les relevés de comptes de ses clients avant qu'ils ne partent au courrier.

Win appuya sur une touche. L'image sauta. À présent, Phil était derrière son bureau. Après s'être levé, il s'approcha d'une imprimante.

— Et là, c'est M. Turnball qui imprime les faux relevés avant de les envoyer par la poste. On peut continuer indéfiniment comme ça, Wendy. Mais il n'y a aucun doute possible. Phil Turnball a escroqué ses clients, ainsi que M. Barry.

Se calant dans son siège, Wendy se tourna vers Ridley Barry.

— Puisque Phil est un escroc de haut vol, pourquoi ne l'a-t-on pas arrêté ?

Pendant quelques instants, personne ne prononça un mot. Ridley Barry regarda Win. Win hocha la tête.

— Vous pouvez y aller. Elle ne parlera pas.

M. Barry s'éclaircit la voix et rajusta son nœud papillon. C'était un petit vieillard tout ratatiné, de ceux que d'aucuns trouvent attendrissants.

— Mon frère Stanley et moi-même avons fondé Barry Brothers Trust il y a plus de quarante ans, commença-t-il. Nous avons travaillé côte à côte pendant trente-sept ans. Dans la même pièce. Nos deux bureaux se faisaient face. Tous les jours ouvrables. À nous deux, nous avons réussi à bâtir une entreprise dont le chiffre d'affaires dépasse le milliard de dollars. Nous employons plus de deux cents personnes. La société porte notre nom. Je prends cette responsabilité très à cœur… surtout depuis que mon frère n'est plus.

Il s'interrompit, regarda sa montre.

— Monsieur Barry, tout cela est émouvant, mais pourquoi Phil Turnball a-t-il échappé aux poursuites judiciaires, s'il vous a volé de l'argent ?

— Il ne m'a pas volé. Il a volé ses clients. Qui se trouvent être aussi les miens.

— Peu importe.

— Non, pas peu importe. C'est beaucoup plus qu'une question de sémantique. Mais laissez-moi vous répondre de deux façons. La première, froidement, en tant qu'homme d'affaires, et la seconde, en tant que vieil homme qui se sent responsable du bien-être de ses clients. L'homme d'affaires : dans ce contexte post-Madoff, que deviendra Barry Brothers Trust si on découvre qu'un de nos principaux conseillers financiers a monté un schéma de Ponzi ?

La réponse était évidente, et Wendy s'étonna de ne pas y avoir pensé plus tôt. Curieux. Phil avait tourné cet argument à son avantage, pour prouver qu'il avait été victime d'un coup monté… *Pourquoi ne m'a-t-on pas arrêté ?*

— D'un autre côté, poursuivit M. Barry, le vieil homme que je suis se sent responsable vis-à-vis de ceux qui lui ont fait confiance. Je suis donc en train d'examiner personnellement les comptes. Je rembourserai tous les clients sur mes fonds propres. En clair, je porterai le chapeau. Tous les clients qui ont été escroqués seront entièrement dédommagés.

— Mais ils n'en sauront rien, dit Wendy.

— Exactement.

Voilà pourquoi Win lui avait fait jurer de garder le silence. Elle se redressa. D'autres pièces venaient de se mettre en place.

Elle savait maintenant. Elle savait presque tout... peut-être même tout ce qu'il y avait à savoir.

— Autre chose ? demanda Win.

— Comment l'avez-vous démasqué ? s'enquit-elle.

Ridley Barry changea de position sur son siège.

— Une pyramide de Ponzi, ça ne dure pas éternellement.

— Oui, je comprends bien. Mais qu'est-ce qui vous a mis la puce à l'oreille ?

— Il y a deux ans, j'ai fait appel à une société pour examiner le passé professionnel de nos employés. Une vérification de routine, rien de spécial, mais notre attention a été attirée sur une incohérence dans le dossier personnel de Phil Turnball.

— Quelle incohérence ?

— Phil avait menti sur son CV.

— À propos de quoi ?

— De sa formation. Il se disait diplômé de l'université de Princeton. Ce qui n'était pas vrai.

35

TOUT DEVENAIT CLAIR À PRÉSENT.

Wendy appela Phil sur son portable. Pas de réponse. Elle téléphona chez lui. Rien. Sur le chemin du retour, elle fit un crochet par Englewood. Il n'y avait personne. Elle passa au Starbucks. Aucune trace du club des Pères.

Elle se demandait si elle devait appeler Walker ou Frank Tremont, puisque c'était lui qui était chargé de l'affaire Haley McWaid. Il était plus que probable que Dan Mercer n'avait pas tué Haley. Wendy pensait savoir qui était l'assassin, mais pour le moment, il ne s'agissait que d'une hypothèse.

Une fois Ridley Barry parti, elle avait résumé la situation à Win. Pour deux raisons. Primo, pour avoir un avis extérieur, et secundo, à titre de sauvegarde… pour protéger à la fois l'information et se protéger elle-même.

Lorsqu'elle eut terminé, Win ouvrit le tiroir du bas, en sortit plusieurs armes de poing et lui en tendit une. Wendy déclina la proposition.

La maison était plongée dans le silence. Elle pensa à l'année prochaine, lorsque Charlie serait à l'université et qu'elle se retrouverait seule dans la maison déserte. Cette perspective ne l'enchantait guère… ce serait peut-être l'occasion de revoir sa surface habitable à la baisse.

La gorge sèche, Wendy vida un grand verre d'eau, emplit le verre à nouveau et monta allumer l'ordinateur. Pour vérifier son hypothèse, elle lança une recherche dans l'ordre inverse, en remontant dans le temps : Steve Miciano, Farley Parks, Dan Mercer, Phil Turnball.

Tout se tenait.

Elle tapa ensuite son nom, lut les comptes rendus sur ses « frasques sexuelles » et secoua la tête. Elle en aurait pleuré, pas sur elle-même, mais sur eux tous.

Fallait-il en chercher l'origine dans cette chasse au trésor sur le campus de Princeton ?

— Wendy ?

Elle aurait dû s'affoler, mais non, cela confirmait ce qu'elle savait déjà. Elle pivota sur sa chaise. Phil Turnball était debout dans l'encadrement de la porte.

— Je ne suis pas la seule à être au courant, annonça-t-elle.

Phil sourit. Son visage luisait, comme chez quelqu'un qui aurait trop bu.

— Vous croyez que je cherche à vous nuire ?

— C'est déjà fait, non ?

— Oui, peut-être. Mais ce n'est pas pour ça que je suis venu.

— Comment êtes-vous entré ?

— La porte du garage était ouverte.

Wendy ne savait comment réagir. Appuyer discrètement sur une touche de son portable, composer le 911, ou essayer d'envoyer un e-mail, sorte de SOS électronique ?

— Vous n'avez rien à craindre, fit-il.

— Vous permettez que j'appelle un ami, alors ?

— Je préfère pas.

— Et si j'insiste ?

Phil sortit un pistolet.

— Je n'ai pas l'intention de vous faire de mal.

Wendy se figea. Face à un pistolet, difficile de faire autre chose. Elle déglutit, s'efforçant de garder son calme.

— Dites-moi, Phil…

— Oui ?

— C'est pour me prouver votre bonne foi que vous brandissez un flingue ?

— Il faut qu'on parle, répliqua-t-il. Mais je ne sais pas par où commencer.

— Pourquoi pas par l'éclat de verre que vous avez planté dans l'œil de Christa Stockwell ?

— Vous n'avez pas chômé, hein, Wendy ?

Elle ne dit rien.

— Mais vous avez raison. C'est comme ça que tout a commencé.

Il soupira. Le pistolet pendait le long de sa cuisse.

— Vous connaissez les faits, n'est-ce pas ? Je m'étais planqué, et Christa Stockwell a hurlé. Je me suis précipité vers la porte, mais elle m'a fait tomber et m'a agrippé par la jambe. Je ne pensais pas la blesser. J'ai juste voulu me dégager et j'ai paniqué.

— Vous étiez chez le doyen pour la chasse au trésor ?

— On y était tous, oui.

— Pourtant, vous avez tout pris sur vous.

L'espace d'un instant, Phil eut l'air déboussolé, perdu. Wendy hésita. C'était peut-être l'occasion ou jamais de prendre ses jambes à son cou. Mais elle ne bougea pas. Elle attendit jusqu'à ce qu'il réponde enfin :

— Oui, c'est vrai.

— Pourquoi ?

— J'ai cru bien faire sur le coup. Vous comprenez, j'avais tout pour moi. Le pedigree, la famille aisée, les études secondaires dans une boîte privée. Les autres, ils tiraient le diable par la queue. Quelque part, ça forçait l'admiration. Ils étaient mes amis. Et puis, j'étais dans le pétrin de toute façon… alors à quoi bon les y entraîner avec moi ?

— C'est tout à votre honneur, fit Wendy.

— Évidemment, j'ignorais l'étendue des dégâts. Il faisait noir dans cette maison. J'ai cru que Christa avait hurlé de frayeur. Je n'imaginais pas, quand j'ai avoué, qu'elle avait été grièvement blessée.

Il pencha la tête à droite.

— J'aime à penser que j'aurais fait la même chose. Endosser toute la responsabilité, j'entends. Mais au fond, je n'en sais rien.

Elle risqua un œil sur son ordinateur. N'y aurait-il pas moyen de cliquer sur quelque chose pour demander de l'aide ?

— Et que s'est-il passé ensuite ?

— Vous le savez déjà, non ?

— Vous avez été renvoyé.

— C'est ça.

— Et vos parents ont payé Christa Stockwell pour qu'elle se taise.

— Mes parents étaient atterrés. Mais bon, je suppose qu'il n'y a pas de quoi s'étonner. Ils ont réglé ma dette, après quoi ils m'ont mis à la porte. Ils ont confié l'entreprise familiale à mon frère. J'étais hors jeu. En même temps, ce n'était peut-être pas plus mal.

— Vous étiez libre, opina Wendy.

— Exactement.

— Et à égalité avec vos colocataires. Les garçons que vous admiriez tant.

Il sourit.

— Tout à fait. Comme eux, j'ai tiré le diable par la queue. Je refusais toute aide. J'ai trouvé du boulot chez Barry Brothers. Je me suis constitué une clientèle, j'ai bossé dur pour satisfaire tout le monde. J'ai épousé Sherry, une femme extraordinaire à tout point de vue. On a fondé une famille. Beaux enfants, jolie maison. Et tout ça, par mes propres moyens. Sans piston, sans népotisme…

Phil se tut. Il souriait toujours.

— Quoi ? fit-elle.

— Vous, Wendy.

— Quoi, moi ?

— On est là, tous les deux. Je suis armé. Je vous confesse mes méfaits. Vous me questionnez pour gagner du temps, dans l'espoir que la cavalerie va arriver.

Elle ne répondit pas.

— Mais ce n'est pas pour moi que je suis venu, Wendy. C'est pour vous.

Elle le dévisagea, et soudain, en dépit de tout, elle cessa d'avoir peur.

— Comment ça ?

— Vous allez voir.

— Je préférerais…

— Vous voulez des explications, n'est-ce pas ?

— Certainement.

— Où en étais-je ?

— Famille, travail, zéro piston.

— C'est ça, merci. Vous avez rencontré Ridley Barry ?

— Oui.

— Il est charmant, hein ? Très gentil. Un bonhomme qui inspire confiance. À juste titre. J'étais comme ça, moi aussi.

Phil contempla le pistolet comme s'il venait de se matérialiser dans sa main.

— On débute rarement en tant que voleur. Je parie que même Bernie Madoff ne l'était pas au commencement. On se met en quatre pour ses clients. Seulement, c'est un panier de crabes. On monte une mauvaise opération. On perd de l'argent. Mais on sait qu'on va le récupérer. Du coup, on transfère de l'argent d'un compte à un autre. Le temps d'une journée, d'une semaine maxi. À la prochaine opération, on colmatera la brèche, avec un bonus en prime. Ce n'est pas du vol. À l'arrivée, les clients vont y gagner. Ça commence comme ça, avec pas grand-chose… on franchit à peine la ligne jaune, mais après ? Si on avoue, on est fichu. On se fait virer ou on se retrouve en prison. Qu'est-ce qu'on a comme choix ? Alors on continue à déshabiller Pierre pour habiller Paul en espérant un miracle, une intervention divine pour arriver à retomber sur ses pieds.

— En clair, dit Wendy, vous avez escroqué vos clients ?

— Oui.

— Et vous vous êtes versé un bon salaire ?

— Il le fallait pour préserver les apparences.

— Je vois.

Phil sourit.

— Vous avez raison, bien sûr. J'essaie simplement de vous décrire mon état d'esprit, justifié ou non. Ridley vous a dit ce qui avait éveillé leurs soupçons ?

Wendy hocha la tête.

— Vous avez menti sur votre CV.

— Cette soirée dans la maison du doyen… voilà qu'elle revenait me hanter. D'un seul coup, à cause d'une vieille histoire, mon univers tout entier se désintégrait. Mettez-vous à ma place. J'avais tout pris sur moi, même si je n'étais pas vraiment fautif, et maintenant, des années après, c'était encore à moi de payer.

— Pas vraiment fautif ? Qu'entendez-vous par là ?

— Exactement ce que je viens de dire.

— Vous y étiez. Vous avez donné un coup de pied à Christa Stockwell.

— Ce n'est pas moi qui ai commencé. Elle vous a parlé du cendrier ?

— Oui. C'est vous qui l'avez lancé.

— Elle vous a dit ça ?

Wendy réfléchit. Pour elle, c'était évident, mais Christa avait-elle mentionné expressément que c'était Phil ?

— Ce n'était pas moi, dit-il. Quelqu'un d'autre a lancé le cendrier et brisé le miroir.

— Vous ne savez pas qui ?

403

Il secoua la tête.

— Les gars qui étaient avec moi ont tous nié. C'est en cela que je ne me sens pas fautif. Et là, une fois de plus, je me retrouvais à la rue. Quand mes parents ont appris mon licenciement, eh bien, ç'a été le coup de grâce. Ils m'ont renié complètement. Sherry et les enfants se sont mis à me regarder d'un autre œil. J'étais perdu. J'avais touché le fond... tout ça à cause de cette foutue chasse au trésor. Alors je me suis tourné vers mes anciens camarades. Farley et Steve m'étaient reconnaissants d'avoir pris la faute sur moi, m'ont-ils dit, mais que pouvaient-ils y faire maintenant ? Et j'ai pensé que j'avais eu tort de porter le chapeau. Si on s'était dénoncés tous les cinq, on aurait partagé le blâme. Je n'aurais pas été le seul à trinquer. À Princeton, on m'aurait traité moins sévèrement. Et je les regarde, mes vieux amis qui ne voulaient pas lever le petit doigt pour moi, alors que tout leur souriait...

— Et vous avez décidé, dit Wendy, de leur donner une leçon.

— Vous allez me le reprocher ? Je suis le seul à avoir payé pour ce qui est arrivé, et là j'avais l'impression d'être fini à leurs yeux. Comme si je ne méritais pas qu'on m'aide. « Tu as une famille riche, m'ont-ils dit. Demande-leur. »

On n'échappe pas à ses origines, songea Wendy. Phil avait beau vouloir imiter ses amis dans le besoin, jamais il ne serait des leurs... tout simplement parce que sa place n'était pas parmi les pauvres, pas plus que leur place n'était chez les riches.

— Vous avez découvert le marketing viral auprès du club des Pères, fit-elle.

— Oui.

— J'aurais dû m'en douter. Farley a été traîné dans la boue. Steve aussi. Moi *idem*. Dan, il était déjà sur Internet. Mais vous, Phil. Il n'y a pas un mot sur vos malversations, rien. Pourquoi ? Si quelqu'un voulait votre peau à tous, pourquoi n'a-t-il pas parlé de cet argent détourné dans un blog ? En fait, personne ne savait. Vous avez dit au club des Pères que c'était un coup monté. C'est seulement quand mon ami Win m'a informée que vous aviez bien volé plus de deux millions de dollars que vous vous êtes mis à table. Et quand vous avez su que j'étais allée à Princeton, vous avez pris les devants... vous leur avez parlé de votre renvoi.

— Tout cela est vrai.

— Voyons un peu comment vous vous y êtes pris pour piéger vos anciens copains. Tout d'abord, vous avez engagé une fille pour jouer Chynna, l'adolescente de Dan, et la prostituée de Farley.

— C'est exact.

— Où l'avez-vous trouvée ?

— Ce n'est qu'une pute à qui j'ai demandé de jouer ces deux rôles. Ce n'était pas bien compliqué. Quant à Steve Miciano, est-ce difficile de planquer de la drogue dans le coffre d'une voiture et de prévenir la police ? Et pour Dan...

— Vous vous êtes servi de moi, déclara Wendy.

— Ça n'avait rien à voir avec vous. Un soir, j'ai vu votre émission et je me suis dit : « Tiens, voici un bon moyen de prendre ma revanche. »

— Comment avez-vous fait ?

— Franchement, Wendy, ce n'était pas sorcier. J'ai écrit ce premier e-mail de la part d'Ashlee, la gamine de treize ans sur un site de chat. Ensuite, je me suis fait passer pour Dan sur le même site. J'ai caché les photos et l'ordinateur portable chez lui quand je suis allé le voir. Ma pute a prétendu être une ado à problèmes du nom de Chynna. Quand vous avez donné rendez-vous à mon personnage de « pédophile »...

Il esquissa des guillemets avec les doigts.

— ... Chynna a simplement demandé à Dan de venir la retrouver au même endroit et à la même heure. Vous y étiez déjà avec vos caméras et...

Il haussa les épaules.

— Je regrette de vous avoir mêlée à tout ça. Et je regrette encore plus d'avoir fait courir ces rumeurs sur vous. Je suis allé trop loin sur ce coup-là. C'était une erreur. Je me sens vraiment coupable. C'est pour ça que je suis ici. Pour me racheter.

Il n'arrêtait pas de répéter la même chose... qu'il était venu pour elle. C'en devenait énervant.

— Vous avez donc fait tout cela, dit-elle, juste pour vous venger ?

Il baissa la tête. Sa réponse la surprit.

— Non.

— Ne soyez pas trop complaisant avec vous-même, Phil. Vous avez tout perdu, et vous avez décidé de le faire payer à des innocents.

— Des innocents ?

Pour la première fois, sa voix vibra de colère.

— Ils n'étaient pas innocents.

— À cause de ce qui s'est passé chez le doyen ?

— Non, ce que je veux dire, c'est qu'ils étaient coupables.

Wendy esquissa une moue.

— Coupables de quoi ?

— Vous n'avez pas compris ? Farley fréquentait des prostituées. C'est un coureur de jupons notoire. Et Steve profitait de son statut de médecin pour vendre illégalement des médicaments prescriptibles sur ordonnance. Demandez aux flics. Ils ne pouvaient pas le choper, mais ils étaient au courant. Vous voyez, je ne les ai pas piégés. Je les ai démasqués.

Le silence se fit, un silence assourdissant, et Wendy sentit qu'elle tremblait. Le moment était venu. Phil attendait, sachant qu'elle aborderait le sujet la première.

— Et Dan ? hasarda-t-elle.

Il respirait bizarrement, malgré ses tentatives pour se contenir.

— C'est pour ça que je suis ici, Wendy.

— Je ne comprends pas. Vous affirmez que Farley est un coureur de jupons et Steve, une sorte de trafiquant.

— Oui.

— Je vous pose donc la question qui coule de source : Dan Mercer était-il réellement pédophile ?

— Vous voulez la vérité ?

— Non, Phil, après tout ce qu'on vient de vivre, je préfère que vous me racontiez des bobards. Lui avez-vous tendu un piège pour le faire traduire en justice ?

— Avec Dan, répondit-il lentement, rien ne s'est passé comme prévu.

— Cessez de tourner autour du pot. Était-il pédophile, oui ou non ?

Phil regarda à gauche et, faisant un effort visible sur lui-même, chuchota :

— Je ne sais pas.

Ce n'était pas la réponse qu'elle attendait.

— Comment est-ce possible ?

— Quand j'ai échafaudé mon plan, je ne pensais pas qu'il l'était. Mais maintenant, je n'en suis plus aussi sûr.

Ses paroles lui donnèrent le tournis.

— Ça veut dire quoi, bon sang ?

— Je vous ai dit que je suis allé voir Farley et Steve, qui n'ont manifesté aucune intention de m'aider. Ensuite, je suis allé chez Dan.

Il leva le pistolet, le changea de main.

— Comment a-t-il réagi ?

— En débarquant dans son taudis, je me suis dit que ça ne valait pas le déplacement. Que pouvait-il faire ? Il n'avait pas un rond. Il travaillait avec des pauvres. Dan m'a offert une bière. Je lui ai raconté ce qui m'arrivait. Il m'a prêté une oreille compatissante. Quand j'ai eu terminé, il m'a dit qu'il était très content de me voir. Je lui ai demandé pourquoi. Il m'a parlé alors de ses visites chez Christa Stockwell. Ça m'a fait un choc. Et là, il a fini par avouer.

Wendy comprit ce que Christa n'avait pas voulu lui révéler.

— *Que vous a dit Dan la première fois qu'il est venu vous voir ?*

— *Ça reste entre nous.*

Elle regarda Phil.

— C'est Dan qui a lancé le cendrier.

Phil hocha la tête.

— Il m'a vu plonger derrière le lit. Les autres – Farley, Kelvin et Steve – étaient déjà dans l'escalier quand Christa a voulu allumer. Dan cherchait juste à créer une diversion. Pour me permettre de filer en douce. D'où le coup du cendrier.

— Et pendant toutes ces années, vous n'avez jamais su que c'était lui.

— Jamais. Dan avait menti. Il m'a expliqué pourquoi. Il était pauvre, il bénéficiait d'une bourse, il a eu peur. De toute façon, cela n'aurait rien changé pour moi. Alors que lui, il serait fichu… et tout ça pour quoi ?

— Donc il s'est tu.

— Comme les autres, il a pensé que l'argent n'était pas un problème pour moi. J'avais une famille, des relations. J'avais les moyens de dédommager Christa Stockwell. Il n'a rien dit, et moi j'ai dû payer pour ce qu'il avait fait. Vous voyez, Wendy, il n'était pas si innocent que ça. À bien des égards, c'était lui, le plus coupable de tous.

Wendy imaginait la fureur de Phil lorsqu'il avait enfin appris la vérité.

— Mais ce n'était pas un violeur d'enfants, si ?

— Je ne le pensais pas, dit Phil, songeur. Pas au début, en tout cas.

Elle s'efforça de remettre de l'ordre dans ses idées quand soudain elle se souvint de Haley McWaid.

— Mon Dieu, Phil ! Qu'avez-vous fait ?

— Les gars ont raison. Je suis un homme fini. Ce qu'il restait de moi – de bon, j'entends – n'existe plus. C'est ça, le désir de vengeance. Ça vous ronge de l'intérieur. Je n'aurais jamais dû pousser cette porte-là.

Wendy ignorait de quelle porte il parlait : celle de la maison du doyen ou la porte de la haine qui l'avait incité à vouloir se venger. Elle repensa aux paroles de

Christa Stockwell… à force de cultiver la haine, on passe à côté de tout le reste.

Mais ce n'était pas tout. Il y avait toujours la question de Haley McWaid.

— Alors, hasarda-t-elle, quand Dan a été relaxé…

Le sourire de Phil la glaça.

— Continuez, Wendy.

Mais elle n'y arrivait pas. Elle tenta de poursuivre son raisonnement, mais ça n'avait ni queue ni tête.

— Vous pensez à Haley McWaid, n'est-ce pas ? Vous vous demandez comment elle s'inscrit dans le tableau.

Wendy était incapable de proférer un son.

— Allez-y, Wendy. Dites ce que vous avez à dire.

Cela n'avait aucun sens.

Phil était plus calme à présent, presque serein.

— Oui, je leur ai causé du tort. Ai-je enfreint la loi ? Ce n'est même pas sûr. J'ai engagé une fille pour diffamer Farley et jouer avec Dan. Est-ce un crime ? Un délit, peut-être. Je me suis fait passer pour quelqu'un d'autre sur ce site de chat… mais vous l'avez fait aussi, non ? Dan a été relaxé, dites-vous. C'est vrai, et alors ? Je ne cherchais pas forcément à les envoyer en prison. Je voulais juste qu'ils trinquent. Et j'ai réussi, vous ne trouvez pas ?

Comme il avait l'air d'attendre, Wendy finit par hocher la tête.

— Mais le faire accuser de meurtre, quel intérêt, hein ?

— Je ne sais pas, souffla-t-elle.

Se penchant en avant, il chuchota :

— Je n'y suis pour rien.

Wendy avait du mal à respirer correctement. Elle essaya de se calmer, de prendre du recul. Haley McWaid avait été découverte trois mois après son assassinat. Pourquoi ? Pouvait-on imaginer un instant que Phil l'avait tuée juste pour faire accuser Dan, au cas où ce dernier échapperait à la justice ?

Était-ce concevable ?

— Wendy, j'ai des enfants. Je serais incapable de tuer une adolescente. Je serais incapable de tuer tout court.

Faire courir des rumeurs sur le Net, c'était une chose, mais de là à assassiner une jeune fille ?

Peu à peu, la vérité se fit jour dans son esprit, la laissant vidée, sans forces.

— Vous n'auriez pas pu cacher l'iPhone dans sa chambre, dit-elle lentement. Vous ne saviez pas où il était.

La tête lui tournait. Elle avait beau se creuser les méninges, la réponse paraissait évidente.

— Ça ne pouvait pas être vous.

— En effet.

Il sourit tranquillement.

— C'est pour ça que je suis ici. Rappelez-vous. Je vous ai dit que je venais pour vous, pas pour moi. Ce sera mon cadeau d'adieu.

— Quel cadeau ? Je ne comprends rien. Comment cet iPhone a-t-il atterri dans la chambre de Dan ?

— Vous connaissez la réponse, Wendy. Vous craigniez d'avoir détruit un innocent. Or la réponse est non. La seule explication à la présence de ce téléphone dans la chambre, c'est que Dan l'avait en sa possession depuis le début.

Elle le dévisagea.

— Dan a tué Haley ?

— C'est évident.

Elle était comme tétanisée.

— Maintenant vous savez tout, Wendy. Vous êtes libre. Désolé pour tout ça. J'ignore si ça rachète le mal que je vous ai fait, mais c'est tout ce que j'ai à vous offrir. Je vous ai annoncé la couleur d'entrée de jeu. Je suis venu ici pour vous aider.

Phil Turnball leva son arme et ferma les yeux. Son visage était redevenu paisible.

— Dites à Sherry que je regrette.

Wendy cria, agita les mains, voulut se précipiter vers lui.

Trop tard.

Il plaça le canon du pistolet sous son menton et pressa la détente.

36

Cinq jours plus tard

LA POLICE NETTOYA LES DÉGÂTS.

Walker et Tremont passèrent tous deux prendre de ses nouvelles et entendre sa version des faits. Wendy s'efforça de leur fournir un maximum de précisions. L'histoire fit grand bruit dans les médias. Farley Parks publia un communiqué condamnant ceux qui s'étaient « empressés de porter un jugement », mais il n'allait pas se représenter au Congrès pour autant. Le Dr Steve Miciano refusa toutes les interviews et déclara qu'il abandonnait la pratique de la médecine pour « se consacrer à d'autres activités ».

Phil Turnball ne s'était pas trompé sur leur compte.

La vie reprit rapidement son cours. Wendy fut blanchie de tous les soupçons d'inconduite, mais l'atmosphère au travail était devenue irrespirable. Vic Garrett n'osait pas la regarder dans les yeux. Il lui assignait ses missions par l'intermédiaire de Mavis. Jusqu'ici, les missions s'étaient révélées

413

calamiteuses. Si ça ne s'arrangeait pas, elle prendrait des mesures plus radicales.

Mais pas tout de suite.

Papou annonça qu'il reprendrait la route avant le week-end. Il était resté pour s'assurer que tout allait bien, mais, comme il l'avait fait remarquer, il était « un vagabond, une pierre qui roule », incapable de rester en place. Wendy comprenait, mais il lui manquerait drôlement.

Bizarrement, alors que ses employeurs avaient reconnu que les rumeurs sur le Net étaient infondées, ce ne fut pas le cas de tous les habitants de Kasselton. Au supermarché, on ne lui adressait plus la parole. Lorsqu'elle venait chercher Charlie au lycée, les mères des autres élèves l'évitaient. Le cinquième jour, deux heures avant la réunion du comité pub et com pour préparer la fête de fin d'année, Millie Hanover téléphona pour lui dire :

— Au nom des enfants, je vous suggère de renoncer à faire partie d'un comité, quel qu'il soit.

— Au nom des enfants, rétorqua Wendy, je vous suggère d'aller vous faire cuire un œuf.

Elle jeta le combiné et entendit applaudir derrière elle. C'était Charlie.

— Bravo, m'man.

— Ce qu'elle peut être coincée, celle-là !

Charlie rit.

— Tu te souviens, je voulais zapper le cours d'éducation à la santé parce qu'on y encourage la promiscuité sexuelle ?

— Oui.

— Cassie Hanover se fait excuser car sa mère a peur pour sa moralité. Le plus drôle, c'est qu'on la surnomme BTP, « bouche à tailler des pipes ». Cette fille est une salope finie.

Se retournant, Wendy regarda son ado dégingandé de fils s'asseoir devant l'ordinateur et se mettre à pianoter, les yeux sur l'écran.

— En parlant de salopes, commença-t-elle.

Il jeta un regard dans sa direction.

— Quoi ?

— Il y a des rumeurs qui circulent sur mon compte. Dans des blogs sur Internet.

— Maman ?

— Oui ?

— Tu crois que je vis dans une caverne ?

— Tu les as lues ?

— Évidemment.

— Pourquoi n'as-tu rien dit ?

Charlie haussa les épaules et se remit à taper.

— Je veux que tu saches que ce n'est pas vrai.

— Quoi, tu ne couches pas pour obtenir de l'avancement ?

— Arrête tes bêtises.

Il soupira.

— Je sais bien que ce n'est pas vrai, m'man. OK ? Tu n'as pas besoin de me le dire.

Wendy avait un mal de chien à retenir ses larmes.

— Ça ne te pose pas trop de problèmes vis-à-vis de tes copains ?

— Non.

Puis :

— Oui, enfin, Clark et James veulent savoir s'il t'arrive de pécho des gars plus jeunes.

Elle fronça les sourcils.

— Je rigole.

— Je suis morte de rire.

— Allez, relax.

Wendy s'apprêtait à sortir de la pièce pour le laisser tranquille. Si elle avait fait cela, tout aurait été fini à présent. Ils avaient les explications. Phil avait piégé ses amis. Dan avait craqué et tué Haley. L'absence de mobile continuait à la tracasser, mais bon, c'était la vie.

Mais elle ne quitta pas la pièce. Elle se sentait seule et elle avait envie de pleurer. Du coup, elle demanda à son fils :

— Qu'est-ce que tu fais ?

— Je regarde ma page Facebook.

Cela lui fit penser à son leurre, la Sharon Hait qui lui avait servi à ferrer Kirby Sennett.

— C'est quoi, une soirée Red Bull ?

Charlie s'arrêta de taper.

— Où as-tu entendu cette expression ?

Elle lui rappela son stratagème pour entrer en contact avec Kirby Sennett.

— Kirby a invité « Sharon » à une soirée Red Bull.

— Fais voir.

Charlie quitta sa page et s'écarta. Wendy s'assit et tapa « Sharon Hait ». Elle mit un moment à se remémorer son mot de passe (« Charlie ») avant de se connecter. Puis elle cliqua sur l'invitation et la lui montra.

— C'est nul, décréta Charlie.

— Quoi ?

— OK, tu sais qu'au lycée on applique la règle tolérance zéro et tout ça ?

— Oui.

— Zecher, il est complètement facho là-dessus. Si un jeune se fait prendre en train de picoler, il est exclu de toutes les activités sportives, de la troupe de théâtre, on le dénonce aux commissions d'admission des universités et tout le bazar.

— Oui, je suis au courant.

— Bon, et tu sais que les mecs sont cons, ils aiment bien poster des photos d'eux en train de boire sur Facebook, entre autres. Du coup, quelqu'un a eu l'idée de les redbuller.

— Redbuller ?

— Ouais. Imagine que tu vas à une fête, tu bois une canette de Bud et, vu que t'es un loser archicomplexé, tu te dis : « Waouh, je suis trop cool, faut que tout le monde voie ça. » Alors tu demandes qu'on te prenne en photo pour la mettre en ligne et frimer devant tes bouffons de potes. Sauf que si Zecher ou ses kapos tombent dessus, t'es cuit. Ce que tu fais, c'est que d'un coup de Photoshop, tu colles une Red Bull sur ta canette de bière.

— C'est une plaisanterie.

— Pas du tout. C'est logique, quand on y pense. Tiens.

Se penchant par-dessus son épaule, il actionna la souris. Une série de photos de Kirby Sennett apparut à l'écran. Il cliqua au hasard.

— Là ! Regarde le nombre de fois où lui, ses potes et leurs thons boivent des Red Bull.

— Ne les traite pas de thons.

— Si tu veux.

Wendy fit défiler les photos.

— Charlie ?

— Ouais.

— Tu es déjà allé à une soirée Red Bull ?

— Bienvenue chez les blaireaux.

— Ça veut dire non ?

— Ça veut dire non.

Elle le regarda.

— Et à une soirée où l'on boit de l'alcool ?

Charlie se frotta le menton.

— Oui.

— Tu as bu ?

— Une fois.

Elle se tourna vers l'ordinateur et recommença à cliquer sur Kirby Sennett et ses copains rougeauds avec leurs Red Bull. De toute évidence, certaines photos avaient été retouchées. La canette de Red Bull était ou trop grande ou trop petite, ici elle cachait les doigts, là elle était légèrement de travers.

— Quand ? demanda-t-elle.

— C'est bon, m'man. C'était juste une fois. En seconde.

Pendant qu'elle hésitait pour savoir jusqu'où pousser cette conversation, elle tomba sur une photo qui changea tout. Kirby Sennett trônait au premier plan. Derrière lui, deux filles tournaient le dos à l'objectif. Souriant, Kirby tenait une Red Bull dans sa main droite. Il portait un tee-shirt des New York Knicks et une casquette de base-ball noire. Mais ce qui attira son attention, ce qui lui fit marquer une pause pour mieux regarder, ce fut le canapé sur lequel il était assis.

Un canapé jaune canari avec des fleurs bleues.

Ce canapé, Wendy l'avait déjà vu.

En soi, cette photo ne signifiait rien. Mais elle se rappela les paroles de Phil Turnball, venu lui faire un

« cadeau » pour qu'elle cesse de se reprocher la mort d'un innocent. Phil y croyait… et Wendy aurait voulu y croire aussi. C'était facile. Dan était un meurtrier. Elle avait aidé à le démasquer.

Alors pourquoi n'était-elle toujours pas convaincue ?

Son intuition première, celle qui lui soufflait qu'elle avait fait du mal à Dan Mercer, celle qui la rongeait depuis qu'il avait poussé cette porte rouge et pénétré dans la maison piégée, Wendy l'avait mise en veilleuse ces derniers jours.

Mais elle ne l'avait jamais quittée.

37

LE CAMION DE DÉMÉNAGEMENT stationnait devant chez les Wheeler.

Une petite rampe le reliait à la porte d'entrée. Deux hommes, équipés chacun d'une paire de gants foncés et d'une ceinture de force comme celles des haltérophiles, étaient en train de faire descendre une crédence, l'un d'eux répétant comme un mantra :

— Doucement, doucement…

Le panneau « À vendre » était toujours là. Wendy laissa passer la crédence, gravit la rampe et jeta un œil à l'intérieur.

— Il y a quelqu'un ?

— J'arrive.

Jenna émergea du salon. Elle portait également des gants et une ample chemise de flanelle sur un tee-shirt blanc. Même avec les manches roulées aux poignets, elle nageait littéralement dedans. Une chemise du mari, pensa Wendy. Petite fille, on recycle les vieilles chemises blanches de papa pour en faire des robes. Adulte, on emprunte celles du mari pour les tâches ménagères ou autres… comme ça, on le sent tout près de soi. Wendy avait fait pareil avec celles de son homme.

— Vous avez trouvé un acheteur ? demanda-t-elle.

— Pas encore.

Jenna avait noué ses cheveux, mais quelques mèches s'étaient échappées. Elle les repoussa derrière ses oreilles.

— En fait, Noel commence à Cincinnati dès la semaine prochaine.

— C'est rapide.

Jenna posa ses mains sur ses hanches.

— Vous venez pourquoi, Wendy ?

— Êtes-vous déjà allée *Chez Freddy*, suites luxe grand confort, à Newark ?

— Chez qui ?

— C'est un motel miteux en plein Newark. Y êtes-vous allée ?

— Sûrement pas.

— Curieux. J'ai montré votre photo au réceptionniste. Il dit vous avoir vue le jour où Dan a été tué. Il prétend même que vous lui avez demandé la clé de sa chambre.

Wendy bluffait à moitié. Le réceptionniste avait reconnu Jenna Wheeler pour l'avoir vue au cours des quinze derniers jours, mais il ne savait plus quand exactement. Il se souvenait aussi de lui avoir remis la clé sans poser de questions – quand une jolie femme se présente *Chez Freddy*, on ne lui demande pas ses papiers –, mais il ne se rappelait pas le numéro de la chambre.

— Il se trompe, rétorqua Jenna.

— Je ne crois pas. Qui plus est, quand j'en aurai informé la police, ils ne le croiront pas davantage.

Les deux femmes s'affrontèrent du regard.

— C'est l'élément qui manquait à Phil Turnball, dit Wendy. Vous avez appris son suicide, j'imagine ?

— Oui.

— Il pensait que Dan avait tué Haley parce que, pour lui, il n'y avait pas d'autres suspects. Dan se cachait dans ce motel. Personne ne savait où il était, donc, à part lui, personne ne pouvait y avoir caché l'iPhone de Haley. Il n'avait pas songé à vous, Jenna. Et moi non plus.

Jenna retira ses gants de cuir.

— Ça ne veut rien dire.

— Et ceci ?

Wendy lui tendit la photo de Kirby Sennett. Le canapé jaune avec des fleurs bleues était juste derrière elles, dans son emballage de plastique, prêt à partir pour Cincinnati. Jenna examina la photo, un peu trop longuement.

— Votre fille ne vous a jamais parlé de soirées Red Bull ?

Jenna la lui rendit.

— Ceci ne prouve rien.

— Mais bien sûr que si. Car maintenant nous connaissons la vérité, n'est-ce pas ? Une fois que j'aurai transmis cette information à la police, ils remettront les jeunes sur la sellette. Ils récupéreront les photos non retouchées. Je sais que Kirby était ici. Il s'est disputé avec Haley, et ils ont rompu. Quand je l'ai pris entre quat'z'yeux, il m'a avoué qu'il y avait eu une fête arrosée ici, dans votre maison, le soir où Haley a disparu. Il a dit que seuls quatre jeunes étaient venus. La police va les interroger. Ils parleront.

Là encore, elle fabulait un peu. C'étaient Walker et Tremont qui avaient entrepris Kirby. Ils l'avaient menacé des pires châtiments pour lui faire cracher le morceau. Ce fut seulement lorsque son avocat avait obtenu une dérogation lui promettant la confidentialité, en plus de l'immunité, qu'il avait mentionné la fête.

Jenna croisa les bras.

— Je ne vois pas de quoi vous parlez.

— Vous savez ce qui m'épate ? Aucun de ces jeunes ne s'est manifesté après la disparition de Haley. Bon, d'accord, ils n'étaient pas nombreux. Kirby avait posé la question à votre belle-fille. Amanda lui a dit que Haley était partie peu de temps après lui. Avec la politique de la tolérance zéro au lycée, personne ne tenait à admettre avoir consommé de l'alcool. Kirby avait peur de se faire exclure de l'équipe de base-ball. Il dit qu'une des filles était sur la liste d'attente de Boston College, et qu'elle n'aurait aucune chance si Zecher apprenait ce qui s'était passé. Du coup, ils se sont tus. Ce qui n'était pas un problème, puisque, selon Amanda, Haley allait bien quand elle était partie de chez vous. Pourquoi auraient-ils mis sa parole en doute ?

— Je pense que vous feriez mieux de vous en aller.

— C'est bien ce que je compte faire. Pour me rendre directement à la police. Ils vont reconstituer le déroulement de la soirée. Ils sauront que vous êtes allée au motel, peut-être après inspection des bandes de vidéosurveillance. Ils comprendront que c'est vous qui y avez déposé le téléphone. Le médecin légiste réexaminera la dépouille de Haley. Votre tissu de mensonges se défera de lui-même.

Wendy pivota sur ses talons.

— Attendez…

Jenna déglutit.

— Qu'est-ce que vous voulez ?

— La vérité.

— Vous avez un micro sur vous ?

— Un micro ? Vous regardez trop la télé.

— Avez-vous un micro sur vous ? répéta-t-elle.

— Non.

Wendy écarta les bras.

— Souhaitez-vous… quel est le terme exact ?… me palper ?

Les deux déménageurs revinrent dans la maison.

— On peut débarrasser la chambre de la grande ? demanda l'un d'eux.

— Je vous en prie.

Jenna regarda Wendy. Elle avait les larmes aux yeux.

— Allons de l'autre côté.

Elle la précéda au salon et fit coulisser un panneau de la baie vitrée. Il y avait une piscine dans le jardin. Une bouée bleue flottait, solitaire, à la surface de l'eau. Jenna la contempla un moment. Ses yeux firent ensuite le tour du jardin, comme si elle venait visiter les lieux en tant que future propriétaire.

— C'était un accident. Quand vous saurez ce qui s'est passé, j'espère que vous comprendrez. Vous êtes mère, vous aussi.

Wendy sentit son cœur se serrer.

— Amanda n'est pas une fille populaire. Ce qui n'est pas très grave en soi. On se trouve d'autres centres d'intérêt ou on se lie d'amitié avec des gens qui vous ressemblent. Mais avec Amanda, ça ne s'est pas passé comme ça. On se moquait d'elle. On ne l'invitait jamais aux soirées. Ç'a empiré après que j'ai pris la défense de Dan, mais à mon avis, ce n'était pas le plus important. Le fait est qu'Amanda prenait tout trop à cœur. Elle passait ses journées à pleurer dans sa chambre. Noel et moi ne savions plus quoi faire.

Elle s'interrompit.

— Alors vous avez décidé d'organiser une petite fête, avança Wendy.

— Oui. Je n'entrerai pas dans les détails, mais tout le monde a trouvé que c'était une bonne idée. Savez-vous que toute cette semaine-là, les élèves de terminale se sont rendus dans le Bronx, à une adresse où l'on servait de l'alcool aux mineurs ? Demandez à Charlie, il vous le dira.

— Laissez mon fils en dehors de ça.

Jenna leva les mains en signe de capitulation.

— OK, OK. Mais je ne vous mens pas. Ils allaient se cuiter dans ce club, après quoi ils reprenaient la voiture pour rentrer. Du coup, Noel et moi, on a pensé faire quelque chose à la maison. Nous, on resterait en haut pour ne pas gêner, et on mettrait à leur disposition une glacière avec des bières. Pas pour les pousser à la consommation, mais bon, vous avez eu dix-sept ans vous aussi. Les jeunes boivent de toute façon. Au moins, comme ça, on leur offrait un cadre protégé.

Wendy revit le stand avec le slogan « Pas sous notre toit », à l'intention des parents qui accueillent des soirées entre jeunes. « La sécurité à outrance », avait décrété le parent d'élève assis à côté d'elle, et quelque part elle avait eu tendance à lui donner raison.

— Et Haley McWaid était de la fête, dit-elle.

Jenna hocha la tête.

— Haley n'aimait pas spécialement Amanda. Elle n'était venue qu'une fois chez nous. À mon avis, elle était là pour l'alcool. Ils étaient une petite poignée à avoir répondu à l'invitation. Haley n'avait pas le moral. Le refus de l'université de Virginie l'avait bouleversée. Là-dessus, elle s'est disputée avec Kirby. C'est pour ça qu'il est parti de bonne heure.

Son regard vogua sur la piscine.

— Et que s'est-il passé ensuite ? demanda Wendy.

— Haley est morte.

Comme ça, de but en blanc.

Les déménageurs descendaient bruyamment l'escalier. L'un des hommes lâcha un juron. Le soleil tapait fort. Le jardin silencieux semblait retenir son souffle.

— Elle avait trop bu, dit Jenna. Coma éthylique. Haley était une fille menue. Elle a trouvé une bouteille de whisky intacte dans le buffet et l'a vidée en entier. Amanda a cru qu'elle était juste dans les vapes.

— Vous n'avez pas appelé le 911 ?

Elle secoua la tête.

— Noel est médecin. Il a tout essayé pour réanimer la pauvre gamine. Mais il était trop tard.

Jenna finit par s'arracher à la contemplation de la piscine et regarda Wendy d'un air implorant.

— Mettez-vous une seconde à notre place. Haley était morte. Rien ne pouvait la ramener à la vie.

— Et mort, c'est mort, fit Wendy, répétant ce que lui avait dit Jenna à propos de son ex-mari lors de leur dernière entrevue.

— Vous ironisez, mais en effet, mort, c'est mort. C'était un accident tragique. Noel s'était acharné à pratiquer le massage cardiaque, en vain. Vous êtes journaliste. Vous avez déjà couvert ce genre de fait divers.

— Oui.

— Vous savez donc comment ça se termine pour les parents qui servent de l'alcool aux jeunes. Par une peine de prison.

— Ça s'appelle homicide involontaire.

— Sauf que c'était un accident. Elle avait trop bu. Ce sont des choses qui arrivent.

— Quatre mille fois par an, dit Wendy, se remémorant l'intervention du policier municipal.

— Haley était allongée là. Morte. Et nous ne savions pas quoi faire. Si on appelait la police, on allait en prison.

— C'est toujours mieux que d'être mort, glissa Wendy.

— Mais ç'aurait changé quoi ? Foutre notre vie en l'air n'aurait pas ressuscité Haley. Nous étions paniqués. Ne vous méprenez pas, sa mort nous a causé un choc épouvantable. Mais nous avions peur... vous pouvez comprendre ça ?

Wendy hocha la tête.

— Tout à fait.

— Qu'auriez-vous fait à notre place ?

— Moi ? J'aurais probablement enterré le corps dans un parc régional.

Il y eut un silence.

— Ce n'est pas drôle, dit Jenna.

— C'est pourtant ce que vous avez fait, non ?

— Admettons que quelque chose du même genre se passe chez vous. Admettons que Charlie monte vous chercher parce qu'un de ses copains gît raide mort au salon. Vous ne l'avez pas forcé à boire. Vous n'avez pas versé de l'alcool dans son gosier. Sauf que maintenant vous risquez la prison. Vous-même ou Charlie. Que feriez-vous pour préserver votre foyer ?

Cette fois, Wendy ne répondit pas.

— Nous étions désemparés, alors oui, nous avons paniqué. Noel et moi avons mis le corps dans le coffre de la voiture. J'aurais sacrifié ma vie pour ramener Haley parmi nous, mais malheureusement, ce n'était pas possible.

— Vous l'avez donc enterrée dans les bois.

— On n'y a pas pensé tout de suite. On voulait rouler jusqu'à Irvington ou n'importe quelle autre ville et la déposer quelque part où on l'aurait retrouvée facilement. Puis nous nous sommes dit que l'autopsie révélerait l'intoxication à l'alcool. Et que la police remonterait jusqu'à nous. Nous étions obligés de la cacher. Je me sentais très mal vis-à-vis de Ted et Marcia… Mais franchement, je ne voyais pas comment faire autrement. Et quand on a avancé l'hypothèse d'une fugue, ma foi, c'était toujours mieux que de la savoir morte.

— Vous m'avez demandé de me mettre à votre place. Maintenant, je me mets à la place de Ted et Marcia. Espériez-vous qu'ils ne découvriraient jamais la vérité ? Leur fille avait disparu dans la nature, et pour le restant de leurs jours, ils se précipiteraient au moindre coup de sonnette et tressailliraient au moindre coup de téléphone ?

— Mieux vaut savoir que votre fille est morte ?

Wendy ne se donna pas la peine de répondre.

— Nous aussi, poursuivit Jenna, nous avons vécu l'enfer. Chaque fois qu'on sonnait à la porte, on croyait que c'était la police.

— Je vous plains de tout cœur.

— Je ne dis pas ça pour gagner votre sympathie ; juste pour expliquer ce qui s'est passé ensuite.

— Je pense savoir ce qui s'est passé. Vous étiez la plus proche famille de Dan. Quand la police est venue vous annoncer son décès... on peut parler d'un concours de circonstances, n'est-ce pas ?

Jenna baissa les yeux et resserra l'ample chemise contre elle, comme pour se protéger. Cela la fit paraître encore plus petite.

— J'aimais cet homme. J'étais effondrée.

— Mais, ainsi que vous l'avez dit vous-même, mort, c'est mort. Dan avait déjà été taxé de pédophilie, et de toute façon, d'après vous, il s'en serait fichu d'être réhabilité.

— C'est tout à fait vrai.

— Les relevés téléphoniques ont montré qu'il n'avait appelé que deux personnes, vous et son avocat, Flair Hickory. Vous étiez la seule en qui il avait confiance. Vous saviez où il logeait. Et vous aviez gardé l'iPhone de Haley. Alors pourquoi ne pas faire porter le chapeau à un mort ?

— Ça ne pouvait plus lui faire de mal.

C'était un raisonnement tordu, certes, mais qui tenait la route.

— Vous êtes allée sur Google Earth et vous avez téléchargé le plan du parc régional de Ringwood dans l'iPhone de Haley. C'était un autre indice. Pourquoi, si Dan l'avait tuée et enterrée là-bas, aurait-elle cherché les coordonnées de ce parc ? Ça n'avait pas de sens. La seule conclusion qui s'imposait, c'était que son assassin voulait qu'on la retrouve.

— Pas son assassin, dit Jenna. C'était un accident.

— Je ne suis pas d'humeur à jouer sur les mots, Jenna. Pourquoi avez-vous téléchargé le plan du parc de Ringwood sur l'iPhone de Haley ?

— Parce que, contrairement à ce que vous pensez, je ne suis pas un monstre. J'ai vu Ted et Marcia… le calvaire qu'ils vivaient au jour le jour.

— Vous avez fait ça pour eux ?

Jenna se tourna vers elle.

— Je voulais leur apporter un peu de paix. Je voulais que leur fille ait une vraie sépulture.

— C'est très gentil à vous.

— Nous avons eu tort. C'est mal, ce que nous avons fait. Mais quelque part, vous le comprenez. Vous avez un fils. Nous faisons ce qu'il faut pour protéger nos enfants.

— Je n'enterre pas des cadavres d'adolescentes dans les bois.

— Ah non ? Vous ne l'auriez pas fait, vous ? Même si la vie de Charlie était en jeu ? Je sais que vous avez perdu votre mari. Supposez qu'il soit toujours là, sur le point d'être condamné à la prison pour un accident. Qu'auriez-vous fait ?

— Je n'aurais pas enterré une fille dans les bois.

— Oui, d'accord, mais vous auriez fait quoi ? J'aimerais savoir.

Wendy ne répondit pas. Un instant, elle se prit à imaginer. John toujours en vie. Charlie qui monte les chercher. Une jeune fille morte dans le salon. La question ne se posait pas.

— Sa mort est un accident, répéta Jenna d'une voix douce.

Elle leva vers Wendy son visage inondé de larmes.

— Qu'allez-vous faire maintenant ?

Jenna prit la main de Wendy.

— S'il vous plaît. Je vous en supplie. Oubliez tout ça.

Wendy songea à son état d'esprit à l'arrivée. Avait-elle changé d'avis ? Une fois de plus, elle se représenta John vivant, Charlie montant l'escalier. La fille morte au salon.

— Je n'ai pas à être juge et partie, déclara-t-elle en pensant cette fois à Ed Grayson. Ce n'est pas à moi de vous punir. Ni de vous absoudre non plus.

— Que voulez-vous dire ?

— Désolée, Jenna.

Jenna fit un pas en arrière.

— Vous ne pourrez rien prouver. Je nierai vous avoir parlé.

— Essayez toujours, mais je doute que ça marche.

— Ce sera votre parole contre la mienne.

— Eh non, justement.

Wendy fit signe à quelqu'un derrière le portail. Mickey Walker parut, escorté de deux policiers.

— Je vous ai menti, dit Wendy en ouvrant sa blouse. J'ai un micro sur moi.

38

CE SOIR-LÀ, UNE FOIS QUE TOUT FUT TERMINÉ, Wendy s'installa seule sur la véranda de sa maison. Charlie était en haut, devant l'ordinateur. Papou sortit, s'arrêta à côté de son fauteuil. Tous deux levèrent le nez vers les étoiles. Wendy buvait du vin blanc. Papou avait une bouteille de bière à la main.

— Ça y est, je suis sur le départ, annonça-t-il.

— Pas après la bière.

— Je n'en prends qu'une.

— Même.

Il s'assit.

— Il faut qu'on cause, de toute façon.

Elle but une gorgée de vin. Bizarre. L'alcool avait tué son mari. L'alcool avait tué Haley McWaid. Et ils étaient là tous les deux, par cette claire et fraîche soirée de printemps, en train de picoler tranquillement. Une autre fois peut-être, à tête reposée, elle essaierait de creuser le pourquoi du comment.

— Oui ? fit-elle.

— Je ne suis pas revenu dans le New Jersey uniquement pour vous voir, toi et Charlie.

Elle se tourna vers Papou.

— Pourquoi es-tu venu, alors ?

— Parce que j'ai reçu une lettre d'Ariana Nasbro.

Wendy ouvrit grands les yeux.

— Je l'ai rencontrée cette semaine. Et pas qu'une fois.

— Et… ?

— Et je lui pardonne, Wendy. Je ne veux plus me polariser là-dessus. Je pense que John aurait été d'accord. Si on n'a pas de compassion, qu'est-ce qui nous reste, hein ?

Wendy resta muette. Elle pensait à Christa Stockwell qui avait choisi le pardon plutôt que la haine. Contrairement à Phil Turnball, qui l'avait payé de sa vie. La haine, la vengeance… si on se focalise trop dessus, on finit par perdre le sens de ce qui est juste.

En même temps, Ariana Nasbro n'avait rien d'une jeune étudiante qui aurait décidé de jouer un tour inoffensif. C'était une alcoolique qui conduisait en état d'ivresse, une récidiviste, qui avait tué son mari. Une pensée traversa soudain l'esprit de Wendy. Si Dan Mercer avait été en vie, aurait-il pardonné ? Les situations étaient-elles comparables ? Et au fond, était-ce si important ?

— Désolée, Papou, impossible de lui pardonner.

— Je ne te le demande pas. Je respecte ton point de vue. Mais je veux que tu respectes le mien. C'est possible ?

Elle réfléchit un instant.

— Je pense que oui.

Un silence paisible s'installa sur la véranda.

— J'attends, dit Wendy finalement.

— Quoi ?

— Que tu me parles de Charlie.

433

— Quoi, Charlie ?

— Tu lui as dit pourquoi tu es revenu ?

— Ce n'est pas à moi de le faire.

Papou se leva et alla finir de boucler ses bagages. Il prit la route une heure plus tard. Wendy et Charlie allumèrent la télévision. Wendy regardait les images défiler devant ses yeux. Puis elle alla dans la cuisine et revint avec une enveloppe, qu'elle tendit à Charlie.

— C'est quoi ?

— Une lettre pour toi de la part d'Ariana Nasbro. Si tu veux qu'on en parle, je serai en haut.

Wendy se prépara à aller au lit en laissant sa porte ouverte. Finalement, elle entendit Charlie gravir l'escalier. Elle attendit. Il passa la tête par l'entrebâillement.

— Je vais me coucher.

— Ça va ?

— Très bien. Je n'ai pas envie d'en parler maintenant, OK ? J'ai besoin de réfléchir de mon côté.

— Pas de problème.

— Bonne nuit, m'man.

— Bonne nuit, Charlie.

Deux jours plus tard, juste avant la rencontre entre les filles de Kasselton et celles de Ridgewood pour le championnat du comté de lacrosse, un service commémoratif eut lieu sur le terrain. Un grand panneau avec l'inscription PARC HALEY MCWAID fut hissé au-dessus du tableau d'affichage durant une minute de silence.

Wendy assista à la cérémonie. De loin. Ted et Marcia étaient là aussi, bien sûr. Avec leurs deux autres enfants, Patricia et Ryan. En les regardant,

Wendy sentit son cœur saigner à nouveau. Un autre écriteau fut associé au nom de Haley McWaid. Il disait : PAS SOUS NOTRE TOIT. Pendant qu'on l'installait, Marcia McWaid détourna les yeux. Elle scruta la foule, et son regard se posa sur Wendy. Elle lui adressa un petit signe de la tête. Wendy fit de même. Ce fut tout.

Dès le début du match, elle tourna les talons pour s'en aller. L'enquêteur désormais à la retraite Frank Tremont était là également ; il se tenait tout au fond, vêtu du même costume froissé qu'il avait porté à l'enterrement. Il avait été soulagé d'apprendre qu'au moment où on lui avait confié l'enquête, Haley était déjà morte. Mais en cet instant, il n'avait pas l'air particulièrement heureux.

Mickey Walker, lui, arborait son uniforme de shérif au grand complet, avec le holster et le pistolet. Il parlait à Michelle Feisler, chargée de couvrir l'événement pour NTC. Voyant arriver Wendy, elle s'éloigna pour les laisser seuls tous les deux. Walker se dandina nerveusement d'un pied sur l'autre.

— Ça va, vous ? fit-il.

— Moi, oui. Dan Mercer était innocent, vous savez.

— Je sais.

— Autrement dit, Ed Grayson a assassiné un innocent.

— Oui.

— Vous ne pouvez pas en rester là. Il faut qu'il soit jugé, lui aussi.

— Même s'il prenait Mercer pour un pédophile ?

— Même.

Walker se tut.

— Vous avez entendu ce que j'ai dit ?

— Oui. Et je ferai mon possible.

Il n'eut pas besoin d'ajouter « mais ». Wendy se démenait pour réhabiliter le nom de Dan, et visiblement tout le monde s'en fichait. Elle se tourna vers Michelle Feisler qui observait la foule en prenant des notes sur son calepin, exactement comme le jour où elle était venue chez elle.

Cela lui fit penser à quelque chose.

— Dites, lui lança Wendy, c'était quoi déjà, cette histoire de timing ?

— L'ordre chronologique ne colle pas, répondit Michelle.

— Ah oui ! exact. Ed Grayson a tiré sur son beau-frère Arthur Lemaine avant Mercer.

— Oui. À mon avis, ça ne change pas grand-chose, si ?

Wendy tourna et retourna le problème dans sa tête, maintenant qu'elle avait le temps.

En fait, ça changeait tout.

Elle pivota vers Walker et vit l'arme de service dans son holster. L'espace d'un instant, elle se borna à la regarder fixement.

Walker surprit son regard.

— Qu'est-ce qui vous arrive ?

— Combien de balles avez-vous trouvées dans le camp de caravanes ?

— Pardon ?

— Vos techniciens de scène de crime ont bien ratissé le camp où Dan Mercer a été tué, non ?

— Oui, bien sûr.

— Combien de balles ont-ils retrouvées ?

— Une seule, celle qui s'était fichée dans le parpaing.

— Celle qui avait fait le trou dans la caravane ?

— Oui. Pourquoi ?

Wendy se dirigea vers sa voiture.

— Attendez, l'interpella Walker, que se passe-t-il ?

Sans répondre, elle s'approcha de sa voiture et l'examina. Rien. Aucune trace, pas la moindre éraflure. Wendy porta la main à sa bouche pour s'empêcher de hurler.

Elle monta dans la voiture et se rendit chez Ed Grayson. Il était dans son jardin, en train de désherber. Son apparition inopinée le prit au dépourvu.

— Wendy ?

— L'homme qui a tué Dan, il a aussi tiré sur ma voiture.

— Quoi ?

— Vous êtes un tireur chevronné. Tout le monde le dit. Je vous ai vu viser et tirer à plusieurs reprises sur ma voiture. Pourtant, il n'y a aucune marque. En fait, le seul et unique projectile découvert dans le camp, c'est celui qui a traversé le mur… celui que vous avez tiré en premier.

Ed Grayson leva les yeux de sa bande de terre.

— De quoi parlez-vous ?

— Comment un tireur d'élite aurait-il pu manquer Dan d'aussi près ? Comment aurait-il pu manquer ma voiture ? Réponse : c'est impossible. Tout ça n'était qu'une ruse.

— Wendy ?

— Oui ?

— Laissez tomber.

Ils se dévisagèrent un instant.

— Pas question. Je me sens toujours responsable de la mort de Dan.

Il ne dit rien.

— C'est drôle, quand j'y pense. Lorsque je suis arrivée dans la caravane, Dan était couvert de bleus. Les flics soupçonnent Hester Crimstein d'avoir voulu les embrouiller : elle s'est servie de mon témoignage pour laisser entendre que vous l'avez tabassé, ce qui expliquait les traces de sang dans la voiture. Ils n'ont pas compris qu'elle disait la vérité. Vous avez retrouvé Dan. Vous l'avez passé à tabac pour le faire avouer. Sauf qu'il n'a pas avoué, n'est-ce pas ?

— Non, répondit Ed Grayson. Il n'a pas avoué.

— Petit à petit, vous avez fini par douter. Vous vous êtes dit qu'il était peut-être innocent.

— Peut-être.

— Allez, aidez-moi. Vous êtes rentré chez vous. Et… quoi ? vous avez réussi à faire parler E. J. ?

— Lâchez l'affaire, Wendy.

— Vous savez que je ne peux pas, voyons. E. J. s'est-il mis à table et vous a-t-il dit que c'était son oncle qui avait pris les photos ?

— Non.

— Qui vous l'a dit, alors ?

— Ma femme, OK ? Quand elle m'a vu couvert de sang, elle m'a dit d'arrêter. Et que c'était son frère qui avait pris ces photos. Elle m'a supplié de ne rien faire. E. J. s'en remettrait. Et son frère était en train de suivre une thérapie.

— Mais vous ne l'avez pas écoutée.

438

— Non. En même temps, je ne voulais pas qu'E. J. témoigne contre son propre oncle.

— Alors vous lui avez tiré dans les genoux.

— Je ne suis pas assez bête pour vous répondre.

— Peu importe. Nous savons tous les deux que c'est vous. Et ensuite… ? Avez-vous appelé Dan pour vous excuser ?

Grayson restait muet.

— Le fait que la juge l'ait relaxé ne signifiait rien, poursuivit Wendy. Mon émission a brisé sa vie. Encore maintenant, même après que je l'ai innocenté publiquement, les gens continuent à voir en lui un pédophile. Il n'y a pas de fumée sans feu, pas vrai ? Il n'a eu aucune chance. Sa vie était finie. Vous aussi, vous avez dû vous reprocher de l'avoir traqué comme vous l'avez fait. Vous avez voulu vous racheter.

— Laissez tomber, Wendy.

— Qui plus est, vous avez été marshal fédéral. C'est bien ces gens-là qui sont chargés de la protection des témoins, non ? Ils savent comment faire disparaître quelqu'un.

Grayson ne broncha pas.

— La solution était simple. Il suffisait de faire croire à sa mort. Seulement, vous n'aviez pas de cadavre sous la main et vous ne pouviez pas falsifier un rapport de police, comme du temps où vous étiez en fonction. En l'absence de cadavre, il vous fallait un témoin digne de foi, quelqu'un qu'on ne pourrait soupçonner de prendre le parti de Dan Mercer. Moi. Vous avez semé suffisamment d'indices pour que la police croie mon histoire – une seule balle, le sang, le témoin qui vous a vu emporter le rouleau de moquette, votre voiture sur les lieux, le GPS sur la

439

mienne, même votre passage sur le stand de tir –, mais pas assez pour qu'on vous inculpe. Vous n'aviez qu'une seule balle réelle dans votre arme. La première, celle que vous avez tirée dans le mur. Les autres, c'étaient des balles à blanc. Dan a dû vous donner un échantillon de son sang ou alors il s'est délibérément coupé… ce qui explique les traces dans la caravane. Ah oui ! mieux encore, vous avez déniché un camp de caravanes sans couverture réseau. Comme ça, votre témoin serait obligé de reprendre sa voiture. Ce qui vous laissait le temps de filer en douce avec Dan. Quand on a retrouvé l'iPhone dans sa chambre, vous avez flippé. C'est pour ça que vous vous êtes pointé dans le parc. Pour avoir des informations. Vous avez eu peur d'avoir aidé un véritable assassin à prendre la fuite.

Elle attendait une réaction de sa part. Pendant une minute, il se contenta de scruter son visage.

— Votre histoire est abracadabrante, Wendy.

— Bien sûr, je ne peux rien prouver…

— Évidemment, acquiesça-t-il. Parce que ça ne tient pas debout.

Il sourit presque.

— Ou bien comptez-vous m'enregistrer, moi aussi ?

— Je n'ai pas de micro.

Il secoua la tête et se dirigea vers la maison. Elle lui emboîta le pas.

— Comprenez-moi. Je ne veux pas prouver quoi que ce soit.

— Pourquoi êtes-vous venue, alors ?

Ses yeux s'emplirent de larmes.

— Parce que je suis responsable de ce qui lui est arrivé. C'est moi qui l'ai piégé pour mon émission. C'est à cause de moi qu'on le prend pour un pédophile.

— Ça, c'est vrai.

— Et si vous l'avez tué, c'est à cause de moi aussi. Je traînerai ça toute ma vie. Il n'y aura pas de seconde chance. Tout est ma faute. Mais si jamais vous l'avez aidé à fuir, alors peut-être qu'il va bien aujourd'hui. Peut-être même qu'il comprendrait et…

Elle se tut. Ils venaient de pénétrer dans la maison.

— Et quoi ?

Elle avait du mal à articuler. Les larmes coulaient à flots maintenant.

— Et quoi, Wendy ?

— Peut-être même qu'il me pardonnerait.

Ed Grayson décrocha le téléphone et composa un numéro avec beaucoup de chiffres. Il donna une sorte de code, attendit le déclic et lui tendit le combiné.

Épilogue

— MONSIEUR DAN ?

Je suis sous la tente qui fait office d'école, pour apprendre aux gamins à lire dans le cadre d'un programme appelé LitWorld.

— Oui ?

— La radio. C'est pour vous.

Il n'y a pas de téléphone au village. On ne peut joindre cette région de la province du Cabinda en Angola que par radio. J'ai déjà travaillé dans le coin lorsque, à ma sortie de Princeton, j'avais rejoint les volontaires du Peace Corps. Quand Dieu ferme une porte, il en ouvre une autre, dit le dicton. Ou quelque chose comme ça. En poussant cette porte rouge, je ne me doutais pas qu'une autre porte allait s'ouvrir bientôt.

C'est Ed Grayson qui m'a sauvé la vie. Il a une amie du nom de Terese Collins qui travaille dans un village comme celui-ci de l'autre côté de la montagne. Ed et elle sont les seuls à connaître la vérité. Pour tous les autres, Dan Mercer est mort et enterré.

Ce qui n'est pas totalement faux.

Je vous ai déjà dit que la vie de Dan Mercer avait basculé. Mais la vie de Dan Mayer – pas énorme comme changement, mais ça me suffit – ne fait que commencer. C'est drôle. Je ne peux pas dire que mon ancienne vie me manque. Quelque chose dans mon parcours, une famille d'accueil maltraitante, l'épisode Christa Stockwell ou le fait de m'être défaussé sur Phil Turnball, a fait de ce travail une véritable vocation. On pourrait presque parler d'expiation. Mais à mon avis, c'est génétique, tout comme il y a des gens faits pour exercer la médecine, aimer la pêche ou marquer des paniers au basket.

Longtemps, j'ai résisté. J'ai épousé Jenna. Mais je l'ai dit dès le départ, mon destin est de vivre en solitaire. Aujourd'hui, je l'accepte avec sérénité. Parce que – je sais que ça va paraître trivial –, quand on voit les sourires sur les visages de ces gosses, on ne se sent plus vraiment seul.

Je ne regarde pas en arrière. Si le monde pense que Dan Mercer est un pédophile, tant pis. Comme on n'a pas Internet ici, je ne peux pas m'informer sur ce qui se passe chez nous. Du reste, je n'y tiens pas. Jenna, Noel et mes jeunes me manquent, mais ce n'est pas grave. Je suis tenté de lui dire la vérité : Jenna est la seule qui m'aura pleuré sincèrement, du fond du cœur.

Je ne sais pas. Peut-être que je le ferai un jour.

Je prends le récepteur radio. Depuis le peu de temps que je suis ici, je n'ai pas eu un seul appel. Ce numéro, seuls Ed Grayson et Terese Collins l'ont ; je suis donc surpris d'entendre une voix familière me dire :

— Je vous demande pardon.

Normalement, je devrais haïr la personne à qui appartient cette voix. Je devrais lui en vouloir, mais non. Je souris. En un sens, elle m'a rendu plus heureux que je ne l'ai jamais été.

Elle parle vite, elle parle et pleure en même temps. J'écoute d'une oreille distraite. Je n'ai pas besoin de ses explications. Si Wendy appelle, c'est juste pour entendre trois mots. J'attends. Et lorsque, finalement, elle m'en laisse l'occasion, je me fais un plaisir de les lui dire :

— Je vous pardonne.

Découvrez dès maintenant
le premier chapitre de

Sous haute tension
le nouvel ouvrage de
HARLAN COBEN

aux Éditions Belfond

HARLAN COBEN

SOUS HAUTE TENSION

*Traduit de l'américain
par Roxane Azimi*

belfond

Titre original :
LIVE WIRE
publié par Dutton, un membre de Penguin Group (USA) Inc.,
New York.

ISBN : 978-2-7144-4571-1

Pour Anne,
car le meilleur reste à venir

1

LA VÉRITÉ LA PLUS ABJECTE, avait dit jadis un ami à Myron, vaut mieux que le plus séduisant des mensonges.

Myron y repensait à présent, en regardant son père dans son lit d'hôpital. Il se rappela la dernière fois, voilà seize ans, qu'il avait menti à son père, mensonge qui avait engendré tant de souffrance et de destruction, mensonge à l'origine d'un tragique effet boule de neige qui, de désastres en catastrophes, allait les conduire ici.

Son père avait les yeux fermés, le souffle rauque et irrégulier. Des tubes lui sortaient de partout. Myron contempla son avant-bras et se souvint d'une visite qu'il lui avait rendue, lorsqu'il était enfant, dans son entrepôt de Newark. Son père trônait derrière un énorme bureau, les manches retroussées, et cet avant-bras était alors assez puissant pour tendre le tissu, transformant la manchette en une sorte de garrot autour du muscle. Aujourd'hui, le muscle paraissait flasque, raboté par l'âge. Le large torse qui lui avait inspiré un tel sentiment de sécurité était toujours là, mais il était devenu fragile, comme si en appuyant dessus on risquait de broyer la cage thoracique à la manière d'un tas de brindilles. Le visage non rasé était constellé de plaques grises au lieu de la coutumière barbe de cinq heures ; la peau du menton pendait mollement, tel un pardessus trop grand.

La mère de Myron – mariée à Al Bolitar depuis quarante-trois ans – était assise à côté du lit. Sa main, agitée par la maladie de Parkinson, serrait celle de son mari. Elle aussi avait l'air terriblement frêle. Jeune, sa mère avait été une féministe de la première heure : elle avait brûlé son soutien-gorge au côté de Gloria Steinem, arboré des tee-shirts avec l'inscription « La place d'une femme est dans la Chambre… et au Sénat ». Tous deux, Ellen et Al Bolitar (« On est El-Al, plaisantait maman, comme la compagnie aérienne d'Israël »), se maintenaient malgré l'outrage des ans, plus chanceux que la plupart des couples vieillissants… Seulement, la chance avait une drôle d'allure, à la fin.

Dieu a un sens de l'humour bien à lui.

— Alors, dit tout bas maman à Myron. Nous sommes d'accord ?

Myron ne répondit pas. Le plus séduisant des mensonges face à la vérité la plus abjecte. Il aurait dû retenir la leçon, seize ans auparavant, lorsqu'il avait menti à cet homme formidable qu'il aimait pardessus tout. Mais non, ce n'était pas aussi simple. La vérité la plus abjecte pouvait faire des ravages. Elle pouvait ébranler un monde.

Voire tuer.

Si bien que, quand les yeux de son père papillotèrent, qu'il regarda son aîné d'un air implorant, éperdu presque, comme un enfant, Myron se tourna vers sa mère et hocha lentement la tête. Puis, ravalant ses larmes, il s'apprêta à servir un ultime mensonge à cet homme qu'il chérissait tant.

2

Six jours plus tôt

— S'IL TE PLAÎT, MYRON, j'ai besoin que tu m'aides.

Myron croyait rêver : une sublime damoiselle en détresse qui se glissait dans son bureau comme dans un vieux film de Bogart... Sauf qu'elle avait tendance à marcher en canard car la sublime damoiselle était enceinte de huit mois, et là, c'était la fin du rêve.

Elle s'appelait Suzze T. – T. comme Trevantino – et c'était une ancienne championne de tennis. Une bombe sexy, une dévergondée, plus connue pour ses tenues provocantes, ses piercings et ses tatouages que pour son jeu à proprement parler. N'empêche, Suzze avait remporté un grand chelem et elle gagnait des fortunes en campagnes publicitaires, notamment en tant que porte-parole topless (Myron adorait ce concept) d'une chaîne de cafés du nom de La-La-Latte, où les jeunes étudiants venaient se ravitailler en « lait frais ». Le bon temps, quoi.

Myron ouvrit grand les bras.

— Je suis à toi, Suzze, vingt-quatre heures sur vingt-quatre, sept jours sur sept... Tu le sais bien.

Son bureau était situé dans Park Avenue, au siège de MB Reps. M comme Myron, B comme Bolitar, et Reps parce qu'il représentait des sportifs, des acteurs et des écrivains. Pas la peine d'aller chercher midi à quatorze heures.

— Dis-moi en quoi je peux t'être utile.

Suzze se mit à arpenter la pièce.

— Je ne sais pas par où commencer.

Myron allait répondre, mais elle leva la main.

— Si tu oses dire : « Par le commencement », je t'arrache un testicule.

— Un seul ?

— Tu as une fiancée, maintenant. C'est à elle que je pense, la pauvre.

Elle marchait de plus en plus vite, d'un pas lourd. Un instant, Myron craignit qu'elle n'accouche là, dans cette pièce récemment rénovée.

— Euh... la moquette, fit-il. Elle est toute neuve.

Suzze fronça les sourcils, refit plusieurs allers-retours en rongeant ses ongles outrageusement vernis.

— Suzze ?

Elle s'arrêta. Leurs regards se croisèrent.

— Raconte-moi.

— Tu te souviens de notre première rencontre ?

Myron hocha la tête. Frais émoulu de la fac de droit, il venait tout juste d'ouvrir son cabinet. À l'origine, MB Reps s'appelait MB Sports, vu qu'au début il représentait uniquement des sportifs. En élargissant sa clientèle aux artistes, écrivains et stars du show-biz, il avait troqué Sports contre Reps.

Une fois de plus, autant faire simple.

— Bien sûr, répondit-il.

— J'étais une tache, hein ?

— Tu étais une joueuse de tennis exceptionnelle-ment douée.

— Et une tache. Pas la peine d'enjoliver.

Myron leva les paumes au ciel.

— Tu avais dix-huit ans.

— Dix-sept.

— Dix-sept, si tu veux.

Vision fugitive de Suzze en plein soleil : cheveux blonds noués en queue-de-cheval, sourire espiègle, tapant dans la balle comme si elle l'avait offensée.

— Tu venais de passer pro. Les ados accro-chaient ton poster dans leur chambre. Tu étais censée battre les légendes du tennis. Tes parents ont repoussé les limites de la notion d'ambition. C'est un miracle que tu aies tenu le coup.

— Bien vu.

— Alors, qu'est-ce qui ne va pas ?

Suzze jeta un coup d'œil sur son ventre comme s'il venait d'apparaître.

— Je suis enceinte.

— Ben… c'est ce que je vois.

— La vie est belle, tu sais.

Sa voix se fit douce, mélancolique.

— Après toutes ces années de gâchis… je suis tombée sur Lex. Sa musique est au top. L'école de tennis marche du feu de Dieu. Enfin, tout baigne, quoi.

Myron attendait. Elle gardait les yeux sur son ventre, le tenant à deux mains comme pour bercer ce qu'il contenait. Pour relancer la conversation, il demanda :

— Tu aimes être enceinte ?

— Tu parles du fait physiologique de porter un enfant ?

— Oui.

Elle haussa les épaules.

— Je ne trouve pas que je sois spécialement épanouie. J'ai hâte d'accoucher, en fait. Mais ce n'est pas sans intérêt. Il y a des femmes qui adorent être enceintes.

— Pas toi ?

— J'ai l'impression qu'on a garé un bulldozer sur ma vessie. À mon avis, les femmes aiment ça parce qu'elles se sentent valorisées. Comme si elles étaient sur un piédestal. La plupart traversent la vie sans qu'on fasse attention à elles, mais là, les autres sont aux petits soins. Ça peut paraître cynique, mais les femmes enceintes aiment les applaudissements. Tu vois ce que je veux dire ?

— Je crois.

— Moi, j'ai déjà eu ma dose d'applaudissements.

Suzze alla à la fenêtre, regarda dehors puis se retourna vers lui.

— À propos, tu as vu mes nichons ? Ils sont énormes, hein ?

Myron se contenta d'un :

— Hmm.

— Maintenant que j'y pense, tu devrais peut-être contacter La-La-Latte pour une nouvelle séance de photos.

— Prises sous un angle stratégique ?

— Exactement. Ça ferait une nouvelle campagne géniale, ces obus.

Et elle les soupesa à pleines mains, au cas où Myron n'aurait pas compris de quels obus elle parlait.

— Qu'en penses-tu ?

— Je pense, répliqua-t-il, que tu es en train de noyer le poisson.

Elle avait les yeux humides, à présent.

— Je suis si heureuse, bordel.

— Ah oui, c'est très problématique, ça.

Elle sourit.

— J'ai mis les démons au repos. Je me suis même réconciliée avec ma mère. Lex et moi, on est totalement prêts à avoir ce bébé. Je veux que les démons me fichent la paix.

Myron se redressa.

— Tu ne t'es pas remise à consommer ?

— Mais non. Je ne parle pas de ce démon-là. Lex et moi, on a décroché définitivement.

Lex Ryder, le mari de Suzze, faisait partie d'un groupe légendaire : HorsePower... Plus comme faire-valoir, à dire vrai, du chanteur ultracharismatique Gabriel Wire. Lex était un bon musicien, quoiqu'un peu tourmenté, mais, comparé à Gabriel, il serait toujours comme John Oates avec Daryl Hall, Andrew Ridgeley avec George Michael, le reste des Pussycat Dolls à côté de Nicole Scherzi-truc.

— Quelle sorte de démon, alors ?

Suzze fouilla dans son sac et en sortit quelque chose qui, de loin, ressemblait à une photo. Elle la contempla un instant avant de la passer à Myron. Il y jeta un œil et, à nouveau, attendit qu'elle parle.

Finalement, histoire de dire quelque chose, il opta pour le plus banal :

— C'est l'échographie du bébé.

— Ouais. Vingt-huit semaines.

Nouveau silence. Une fois encore, Myron le rompit le premier.

— Il y a un souci avec le bébé ?

— Aucun. Il se porte à merveille.

— Il ?

Suzze sourit.

— Je vais avoir mon petit homme à moi.

— Super.

— Oui. Oh, et l'une des raisons pour lesquelles je suis ici : Lex et moi en avons discuté. Nous voulons tous les deux que tu sois le parrain.

— Moi ?

— Ben oui.

Myron ne dit rien.

— Alors ?

À son tour d'avoir les yeux embués.

— Ce serait un honneur.

— Tu pleures ?

Il ne répondit pas.

— Tu es une vraie midinette.

— Que se passe-t-il, Suzze ?

— Peut-être rien.

Puis :

— Je crois que quelqu'un cherche à me détruire.

Myron avait les yeux rivés sur l'échographie.

— Comment ?

Elle le lui montra alors. Elle lui montra les trois mots qui allaient résonner sourdement dans son cœur pendant un très long moment.

3

UNE HEURE PLUS TARD, Windsor Horne Lockwood III
– connu de ceux qui le craignaient (c'est-à-dire à peu
près tout le monde) sous le nom de Win – fit son
entrée dans le bureau de Myron. L'arrivée de Win
passait rarement inaperçue : on l'imaginait très bien
en haut-de-forme et queue-de-pie, faisant tournoyer
une canne entre ses doigts. Au lieu de quoi, il portait
une cravate Lilly Pulitzer vert et rose, un blazer bleu
marine avec une espèce d'écusson et un pantalon
kaki au pli tranchant comme un rasoir. Ajoutez à cela
une paire de mocassins sans chaussettes, et vous avez
le portrait de quelqu'un qui semble descendre tout
droit d'un yacht amarré au port des Vieilles Fortunes.

— Suzze T. vient de passer, dit Myron.

Win acquiesça, le menton en avant.

— Je l'ai croisée en arrivant.

— Elle n'avait pas l'air trop perturbée ?

— Je n'ai pas fait attention, répondit Win en
s'asseyant.

Puis :

— Elle a les seins engorgés.

Du Win tout craché.

— Elle a un problème, dit Myron.

Win se laissa aller en arrière, croisant les jambes avec la nonchalance trompeuse dont il avait le secret.

— Raconte.

Myron fit pivoter l'écran de l'ordinateur vers lui. Comme Suzze T. l'avait fait un peu plus tôt. Il repensa aux trois petits mots. Inoffensifs en soi, mais dans la vie ce qui compte, c'est le contexte. Et dans ce contexte, ces trois mots glaçaient encore l'atmosphère de la pièce.

Plissant les yeux, Win fouilla dans la poche intérieure de son blazer et en tira une paire de lunettes. Il les avait depuis un mois et, aussi invraisemblable que cela puisse sembler, elles le faisaient paraître encore plus bêcheur et hautain. D'autre part, elles lui flanquaient le bourdon. Tous deux n'étaient pas vieux, loin de là, mais pour reprendre la métaphore golfique de Win lorsqu'il avait sorti les lunettes pour la première fois : « Nous sommes officiellement en train de jouer les neuf derniers trous. »

— C'est une page Facebook ? demanda Win.

— Oui. Suzze s'en sert pour promouvoir son école de tennis.

Win se pencha plus près.

— Serait-ce son échographie ?

— Oui.

— Et en quoi une échographie contribue-t-elle à promouvoir son école de tennis ?

— C'est la question que je lui ai posée. Elle dit qu'il faut une touche personnelle. Les gens, ça ne les intéresse pas de lire les messages publicitaires.

Win fronça les sourcils.

— Elle a donc posté l'échographie d'un fœtus ?

Il leva les yeux.

— Tu trouves ça logique ?

À vrai dire, non. Avec tout ça – les lunettes de Win, leurs doléances vis-à-vis du monde des réseaux sociaux –, Myron se sentit vieux une fois de plus.

— Lis les commentaires, dit-il.

Win le regarda, l'air sidéré.

— Ça se fait, de commenter une échographie ?

— Lis-les.

Win s'exécuta. Myron avait déjà mémorisé la page. Il y avait vingt-six commentaires en tout, essentiellement pour la féliciter. La mère de Suzze, parangon du parent boulimique qui pousse sa progéniture sur le devant de la scène (ou du court de tennis), écrivait : « Je vais être grand-mère, youpi, tout le monde ! » Une dénommée Amy disait : « Ooooh, trop mimi !!! » La plaisanterie « Son vieux tout craché » venait d'un batteur de studio qui avait travaillé avec HorsePower. Un certain Kelvin avait écrit : « Félicitations ! » Tami demandait : « C'est pour quand, chérie ? »

Win s'arrêta au troisième post avant la fin.

— Drôle de type.

— Lequel ?

— Une espèce d'humanoïde demeuré nommé Erik a tapé…

Win s'éclaircit la voix, se pencha vers l'écran.

— « Ton bébé ressemble à un hippocampe ! » Et ce boute-en-train d'Erik d'ajouter les lettres LOL.

— Ce n'est pas lui, le problème.

Win n'était pas convaincu.

— N'empêche, ce brave Erik vaudrait peut-être le déplacement.

— Continue à lire, s'il te plaît.

— Très bien.

L'expression faciale de Win variait rarement. Il s'était entraîné, dans les affaires comme au combat, à ne rien laisser paraître. Mais, quelques secondes plus tard, Myron vit une ombre traverser le regard de son vieil ami. Win leva les yeux. Myron hocha la tête. Il savait que Win venait de trouver les trois mots.

Ils étaient en bas de la page. Un commentaire laissé par « Abeona R. », un nom qui ne lui disait rien. L'image du profil était une sorte de symbole, peut-être une calligraphie chinoise. Et là, tout en majuscules, sans ponctuation, figuraient ces trois mots simples et dévastateurs :

PAS LE SIEN

Il y eut un silence. Puis Win fit :

— Ben, mon cochon.

— Tu l'as dit.

Win ôta ses lunettes.

— Dois-je poser la question qui s'impose ?

— À savoir ?

— Est-ce vrai ?

— Suzze jure que l'enfant est de Lex.

— Faut-il la croire ?

— Oui, répondit Myron. C'est important ?

— Du point de vue de la morale, non. Tu veux mon avis ? Ceci est l'œuvre d'un castrat fêlé.

Myron opina du chef.

— Le grand avantage d'Internet : tout le monde a voix au chapitre. L'inconvénient d'Internet : tout le monde a voix au chapitre.

— Le bastion des lâches et des anonymes, ajouta Win. Suzze ferait mieux de l'effacer avant que Lex tombe dessus.

— Trop tard. C'est une partie du problème. Lex s'est tiré.

— Je vois, dit Win. Elle veut qu'on le retrouve, c'est ça ?

— Et qu'on le ramène à la maison.

— Retrouver une célèbre rock star ne devrait pas être sorcier. Quelle est l'autre partie du problème ?

— Elle veut savoir qui a écrit ça.

— La véritable identité de M. Castrat Fêlé ?

— Suzze pense que c'est plus grave que ça. Que quelqu'un cherche délibérément à lui nuire.

Win secoua la tête.

— C'est un castrat fêlé.

— Voyons, écrire « Pas le sien » ? Il faut être malade.

— Un castrat fêlé *et* malade. Ça ne t'arrive jamais de lire tout ce fatras sur Internet ? Prends n'importe quel sujet d'actualité et vois la somme de « commentaires » racistes, homophobes et paranoïaques. (Il esquissa des guillemets avec ses doigts.) Ça te donne envie de hurler à la lune.

— Je sais, mais j'ai promis de m'en occuper.

Win soupira, remit ses lunettes et se rapprocha de l'écran.

— L'auteur de ce post est une certaine Abeona R. Peut-on raisonnablement supposer qu'il s'agit d'un pseudonyme ?

— Sûrement.

— Et la photo du profil ? C'est quoi, ce symbole ?

— Je ne sais pas.

— Tu as demandé à Suzze ?

— Ça ne lui dit rien. On croirait presque du chinois.

— Peut-être qu'on peut trouver quelqu'un pour le traduire.

Se redressant, Win joignit le bout des doigts.

— As-tu remarqué l'heure à laquelle ce commentaire a été posté ?

Myron hocha la tête.

— Trois heures dix-sept du matin.

— Drôlement tard.

— C'est ce que j'ai pensé. Il pourrait s'agir de l'équivalent d'un texto envoyé en état d'ébriété.

— Un ex à problèmes, ajouta Win.

— Tu en connais ?

— Si je me souviens bien de la jeunesse tumultueuse de Suzze, il pourrait y avoir plusieurs candidats.

— Elle ne voit personne qui aurait pu faire ça.

Win continuait à fixer l'écran.

— Alors, par quoi on commence ?

— Sérieusement ?

— Pardon ?

Myron déambula à travers son bureau rénové. Disparus, les affiches des spectacles de Broadway et les gadgets Batman. On les avait retirés pour refaire les peintures, et Myron n'était pas certain de vouloir les remettre en place. Disparus également, ses anciens trophées et récompenses du temps où il était basketteur : ses anneaux des championnats de la NCAA, ses certificats de l'équipe junior, son prix du Joueur universitaire de l'année… à une exception près. Juste avant son premier match professionnel

467

avec les Boston Celtics, au moment même où son rêve devenait réalité, Myron s'était gravement blessé au genou. *Sports Illustrated* avait publié sa photo en couverture, avec la légende : EST-CE FINI POUR LUI ? Le journal n'avait pas répondu à la question, mais, à l'arrivée, la réponse avait été un gros OUI bien gras. Myron ne savait pas très bien pourquoi il gardait cette couverture encadrée sur son mur. Si on le lui demandait, il disait que c'était un avertissement pour les « superstars » qui entraient dans son agence, histoire de montrer à quel point tout cela était éphémère, mais lui-même sentait qu'il y avait autre chose là-dessous.

— Ce n'est pas ton mode opératoire habituel, fit-il remarquer.

— Oh, parle, je t'en prie.

— À ce stade, tu me rappelles normalement que je suis un agent, pas un détective privé, et que tu ne vois aucun intérêt à la chose puisqu'elle ne rapporte rien du point de vue financier.

Win restait muet.

— Ensuite, tu me reproches d'avoir le complexe du héros et ce besoin permanent de sauver quelqu'un pour me sentir exister pleinement. Et enfin – ou devrais-je dire dernièrement –, tu m'as dit que mon ingérence avait fait plus de mal que de bien, et que j'avais causé plus de dégâts et provoqué plus de morts que je n'avais réalisé de sauvetages.

Win bâilla.

— Et tout ça pour dire ?

— Je croyais que c'était évident. Eh bien, voilà : pourquoi tu acceptes soudain, avec enthousiasme même, de te charger de cette mission alors que dans le passé… ?

— Dans le passé, l'interrompit Win, j'ai toujours été là pour t'aider, non ?

— La plupart du temps, oui.

Win leva les yeux, se tapota le menton avec l'index.

— Comment l'expliquer ?

Il réfléchit, hocha la tête.

— On a tendance à croire que les bonnes choses durent éternellement. C'est dans notre nature. Les Beatles, par exemple. Ah, mais ils seront toujours là. Les Soprano, on les verra toujours à la télévision. La série Zuckerman de Philip Roth. Les concerts de Springsteen. Les bonnes choses sont rares. Il faut les chérir car elles disparaissent toujours trop tôt.

Win se leva et se dirigea vers la porte. Avant de sortir, il se retourna.

— Participer à tes croisades fait partie des bonnes choses.

Composé par Facompo
à Lisieux (Calvados)

Imprimé en France par

MAURY-IMPRIMEUR
à Malesherbes (Loiret)
en février 2012

POCKET – 12, avenue d'Italie – 75627 Paris Cedex 13

N° d'impression : 170451
Dépôt légal : mars 2012
S22132/01